INSIDER-MISSION

M.A. ROTHMAN

Übersetzt von
MICHAEL KRUG

Primordial Press

Taschenbuch ISBN-13: 978-1-960244-04-8
Hardcover ISBN: 979-8-7775089-3-5

Für die unschuldigen Opfer.
Möget ihr Frieden finden.

INHALT

6. März 2019

Aussagender Zeuge: Tim Ballard

Senatsausschuss für das Justizwesen

...

Menschenhandel ist real und tragisch. Ich bin dankbar, dass dieser Ausschuss bereit ist, mehr über diese grauenhafte Praktik zu erfahren, und sie besser verstehen möchte ...

...

Beim DHS war ich zwölf Jahre als Special Agent und verdeckter Ermittler bei Untersuchungen des Heimatschutzes tätig. Zehn Jahre davon habe ich an der Südgrenze den Handel mit Sexsklaven bekämpft. Durch die lange Zeit verdeckter Arbeit, Nachforschungen und Ermittlungen bin ich zu einem der führenden Experten des Landes in Sachen Menschenhandel geworden.

...

Zum Job gehört ... Menschenhandel zu erkennen und zu bekämpfen. Um das Ausmaß des Problems ansatzweise zu verstehen, muss man wissen, dass es weltweit schätzungsweise 40 Millionen moderne Sklaven gibt. Kinder machen dabei geschätzte zehn Millionen der Opfer aus. [1]

...

Die USA gehören zu den wohlhabendsten Nationen der Welt und sind somit ein fruchtbarer Nährboden für Kinderhändler, die ihr Produkt auf diesem lukrativen, illegalen Markt zu platzieren versuchen.

Das Außenministerium meldet, dass jährlich rund 17.500 Menschen in die Vereinigten Staaten geschmuggelt werden. Viele davon sind Frauen und Kinder, die zu gewerblichem Sex gezwungen werden.[2] Ungefähr 10.000 Kinder jährlich erleiden das Grauen sexueller Ausbeutung in den USA.[3]

[1] *Guardian*, 25. Februar 2019

[2] Bericht über Menschenhandel, US-Außenministerium, 14. Juni 2004

[3] *Indianapolis Star*, 1. Februar 2018

KAPITEL EINS

»Pizzalieferung.«

Die vertraute Stimme drang aus einem versteckten Lautsprecher in dem kleinen Sicherheitsbüro. Eine gelbe LED an einer der Konsolen blinkte und wies darauf hin, dass jemand den Befehl zum Öffnen an das Eingangstor übertragen hatte.

Yoshi Watanabe überprüfte die Überwachungsmonitore, die einen Überblick über den weitläufigen Wohnkomplex boten. Eine der Videoübertragungen zeigte, wie das nördliche Tor aufglitt und ein Lieferant von *Domino's* die Anlage betrat.

Eine Pizzalieferung war nichts Ungewöhnliches. Zehn Uhr abends war etwas später als der Durchschnitt, aber auch nicht übertrieben spät. Außerdem erkannte Yoshi die Stimme des Zustellers – dieselbe Stimme hörte er seit fast einem Jahr mehrmals pro Woche. Diesmal jedoch erregte etwas daran, wie der Fahrer gesprochen hatte, seine Aufmerksamkeit.

Hatte die Stimme des Mannes ein wenig gezittert?

Unwillkürlich sträubten sich Yoshi die Nackenhaare.

Er rutschte mit dem Stuhl näher zu den Monitoren und betrachtete die Bilder des Lieferwagens. Über die gesamte Anlage verteilten sich fast zwei Dutzend bewegungsaktivierte Überwachungskameras. Dennoch dauerte es nur wenige Augenblicke, die zu finden, die den Honda mit einem *Domino's*-Logo auf der Seite zeigte. Der Wagen parkte vor Gebäude 3. Auf dem Fahrersitz befand sich niemand, trotzdem stiegen vom Heck Auspuffgase auf.

Yoshi schüttelte den Kopf. »Was für eine Einladung für jeden Autodieb.«

Dann jedoch sichtete er neben dem Fahrzeug einen grauen Schemen, der auf dem Boden lag. Er vergrößerte die Ansicht mehrmals. Der graue Schemen entpuppte sich nach und nach als Person mit feuerrotem Haar.

Der Lieferant von *Domino's*. Zweifelsfrei.

Yoshis Herzschlag raste, als er durch die anderen Kameras von Gebäude 3 schaltete. Er sichtete einen Mann mit einer Skimaske, der aus einer der Wohnungen gerannt kam – mit dem schlaffen Körper eines Kinds über der Schulter.

Yoshi sah auf die Bildbeschreibung: erster Stock. Und der Mann war aus dem dritten Apartment von hinten gekommen.

Yoshi stockte der Atem in der Kehle.

Apartment 1C.

Das war nicht irgendein Kind, sondern die Enkeltochter von Shinzo Tanaka, Oberhaupt eines der größten Verbrechersyndikate Japans.

»Nein!«, brüllte er dem Monitor ohnmächtig entgegen und weckte damit den anderen Sicherheitsmitarbeiter.

»Was? Wer?« Der verwirrte Wächter blinzelte sich noch den Schlaf aus den Augen, als Yoshi aus dem Sicherheitsbüro stürmte.

Er sprintete durch den Hof in Richtung des Tors und verzog das Gesicht zu einer Grimasse, als er hörte, wie sich die zwei Tonnen schwere Barriere in Bewegung setzte. Yoshi traf gerade noch rechtzeitig ein, um zu sehen, wie ein Honda neueren Baujahrs mit schlingerndem Heck von der Wohnanlage weg raste und das Ausfahrtstor sperrangelweit offen hinter sich zurückließ.

Zähneknirschend wirbelte Yoshi herum und rannte zu Gebäude 3.

Einer der Wachleute erwartete ihn.

»Yoshi? Was ...«

»Halt die Klappe und ruf die Polizei. Wir haben's mit einer Entführung zu tun! Gebäude 3, Apartment 1C.«

Ein eiskalter Schauder raste Yoshi über den Rücken. Wenn der Täter mit dem Kind entkommen war ... was hatte er dann mit der Mutter gemacht?

Ryuki Watanabe nahm den ersten verfügbaren Flug nach Tokio, nachdem ihn sein Bruder Yoshi mit der Nachricht angerufen hatte. Ryuki hatte maßgeblich dazu beigetragen, Yoshi in der Wohnanlage zu platzieren, damit er auf das Mädchen aufpasste. Doch er konnte nicht zulassen, dass sein Bruder die Schuld dafür auf sich nahm. Die Verantwortung für die Entführung von Tanakas Enkelin lastete auf seinen Schultern.

Nun wartete er spätabends allein in einem Besprechungsraum im obersten Stockwerk des Tanaka-Gebäudes in der Innenstadt von Tokio. Er hatte gehofft, dieser Tag würde nie kommen. Dennoch fühlte er sich ungewöhnlich ruhig, als er am Besprechungstisch saß und auf die Ankunft des Vorsitzenden wartete.

Kopfschüttelnd ließ er den Blick durch den Raum wandern. Ryuki bevorzugte das traditionelle Dekor seiner japanischen Abstammung: niedrige Tische, um die man im *Seiza*-Stil saß, hängende Schriftrollen mit japanischer Kalligrafie, Seidenstickereien. Tanaka hingegen hatte ein Faible für einen eher westlichen Stil. Im Raum roch es nach den zwanzig schwarzen Lederstühlen mit hoher Rückenlehne. Der lange Tisch aus schwarzem Holz, um den die Stühle standen, schimmerte auf Hochglanz poliert. Vermutlich Ebenholz.

Die Tür auf der anderen Seite öffnete sich, und Shinzo Tanaka trat ein. Der Mann war Mitte 60. Die Augen in dem wie versteinert wirkenden Gesicht waren blutunterlaufen. Zwei Leibwächter folgten einen Schritt hinter ihm, schlossen die Tür und blockierten den Ausgang.

Ryuki spürte, wie sich Anspannung in ihm ausbreitete, während er darauf wartete, dass sein langjähriger Boss das Wort ergriff. Als Tanakas Stellvertreter kannte er den Mann seit fast einem Vierteljahrhundert, doch er hatte ihn noch nie so abgehärmt wie an diesem Abend erlebt.

»Ryuki.« Die raue Stimme des älteren Mannes strotzte vor Emotionen. »Wie ... wie konnte das passieren?«

»Es tut mir leid.« Ryuki neigte das Haupt, während er nervös die Umrisse des Messers in seiner vorderen Hosentasche nachfuhr. »Es ist alles so schnell gegangen. Der Mann ist in die Wohnung eingebrochen, hat die Mutter des Kinds bewusstlos geschlagen und das Kind mitgenommen. Alles in weniger als einer Minute. Die amerikanische Polizei ist eingeschaltet, und ich lasse unsere eigenen Leute auch daran arbeiten.«

Tanakas Züge verfinsterten sich, als er die Lippen zu einer schmalen Linie zusammenpresste. »Du hast mir versprochen, dass meine Enkelin in Amerika in Sicherheit sein würde.«

»Das habe ich.« Ein frostiges Gefühl der Resignation schwappte über Ryuki hinweg, als er sich vor seinem Boss verbeugte. »Ich bin bereit, mich auf die aufrichtigste Weise zu entschuldigen.«

Er holte das Messer aus der Tasche, ebenso ein Päckchen Verbandsmull und ein makellos weißes Seidentuch und platzierte alles auf dem Tisch. Er legte die linke Faust in die Mitte des Tuchs, streckte den kleinen Finger aus und neigte mit einem Gefühl tiefen

Bedauerns das Haupt. Es war das erste Mal überhaupt, dass er den Mann enttäuscht hatte. Und er betete, es würde das letzte Mal sein.

Mit zusammengebissenen Zähnen ergriff er das Messer, klappte die scharfe Klinge aus und fuhr mit kräftigem Druck über das Ende des letzten Knöchels seines kleinen Fingers.

Das Messer schnitt durch die faserigen Sehnen. Er spürte, wie sie durchtrennten Gummibändern gleich zurückschnellten. Ryuki spannte den gesamten Körper zum Zerreißen an und unterdrückte mühsam ein gequältes Grunzen.

Als es vollbracht war, benutzte er die rechte Hand, um die abgetrennte Fingerspitze in das weiße Seidentuch zu wickeln. Mit nach wie vor geneigtem Haupt überreichte er die bizarre Opfergabe an Tanaka, der die Entschuldigung mit verkniffener Miene annahm.

Hitze flammte in der Wunde auf, und Ryuki verband den verletzten Finger mit einem mit Gerinnungsmittel durchtränkten Stück Mull. Mit einem frischen Tuch wischte er das Blut vom Tisch.

Schließlich zog sich Tanaka einen Stuhl heraus und nahm ihm gegenüber Platz. »Ryuki, wir müssen meine Enkeltochter finden. Sie ist das einzige Kind meines Sohns.«

Trotz der eigenen Höllenqualen spürte Ryuki den Schmerz seines Gegenübers. Tanaka hatte bereits seinen Sohn verloren. Er war in den USA aus einem vorbeifahrenden Auto erschossen worden. Und das, obwohl er ihn von seinem Lebensstil genauso abgeschirmt hatte wie Ryuki seinen Bruder. Und nun musste der Mann fürchten, auch noch seine Enkeltochter zu verlieren.

»Ich setze mehr unserer Leute darauf an«, versprach Ryuki.

Tanaka beugte sich vor und schob einen Zettel über den Tisch. Ryuki ergriff ihn mit der rechten Hand.

»Ich erteilte dir die Erlaubnis, Verbindung mit den Italienern in unserem amerikanischen Gebiet aufzunehmen«, erklärte Tanaka. »Es gibt nur einen Mann, dem ich das anvertrauen will.«

Bei der Herabwürdigung zog sich in Ryuki alles zusammen. Es ließ sich nicht überhören, dass er das Vertrauen des Mannes verloren hatte, zumindest in Hinblick auf Tanakas Enkelin.

»Bevor du an ihn herantrittst«, fuhr Tanaka fort, »holst du die Erlaubnis seines Vorgesetzten ein. Sag zu, was immer nötig ist, um seine Hilfe zu bekommen. Ich übernehme die Ausgaben.« Damit erhob er sich. Die Leibwächter öffneten die Tür des Besprechungsraums. »Nimm den nächsten Flug und arrangiere das mit dem Oberhaupt der Familie Bianchi in New York City.«

Auch Ryuki stand auf. Tanaka legte ihm die Hand auf die Schulter und drückte sie. »Bring meine Enkelin wohlbehalten zu mir zurück, Ryuki. Sie ist meine einzige lebende Erbin.« Sein Tonfall duldete keinen Widerspruch. »Nichts ist wichtiger als das.«

Ryuki verbeugte sich, und Tanaka versetzte ihm einen leichten Stoß in Richtung des Ausgangs. »Geh!«

Als Ryuki mit schnellen Schritten durch den Flur eilte, faltete er den Zettel auseinander und betrachtete den englischen Namen, der in Handschrift darauf stand.

Als er den Rufknopf für den Fahrstuhl drückte, fragte er sich, wer Levi Yoder war.

Levi erwachte durch die frühmorgendlichen Geräusche von New York City, die über mehrere Stockwerke in sein Apartment an der Park Avenue heraufdrangen. Genüsslich streckte er sich, gähnte und kämpfte sich aus dem Bett. Es war kurz vor fünf Uhr morgens — früher, als er normalerweise gern aufstand. Aber als er das Schlafzimmer verließ, trat bei dem Anblick, der sich ihm bot, dennoch unwillkürlich ein Lächeln in seine Züge.

Neben den an der Wand befestigten Bücherregalen stand, in den warmen Schein einer antiken italienischen Lampe getüncht, eine statuenhafte Frau Anfang 30. Sie trug nur eines seiner Hemden, während sie durch einen dicken Ringordner mit alten, medizinischen Fachzeitschriften blätterte, den sie aus einem Regal geholt hatte. Die Frau besaß glattes, schulterlanges schwarzes Haar und mokkafarbene Haut, die einen herrlichen Kontrast zu dem weißen Hemd bildete.

Vergangene Nacht hatte er Madison zum ersten Mal in seine Wohnung mitgenommen – eine Wohnung, die der Familie Bianchi gehörte, einem der größten Mafiaclans von New York. Ein Minischritt in seine geheime Welt.

»Du bist früh auf«, merkte Levi an.

Mehrere Sekunden lang sah Madison schweigend zu ihm hoch. Ein Lächeln trat in ihre fein geschnittenen Züge.

»Was ist?« Er legte die Stirn in Falten, als er an sich hinabblickte, bevor er wieder Madison ansah.

»Du bist einfach süß. Ich hätte nicht gedacht, dass noch irgendwer im Pyjama schläft.« Sie tippte mit einem Finger auf den Ringordner. »Du hast 'ne merkwürdige Büchersammlung. Gehört das Lesen medizinischer Fachzeitschriften zu deinen Hobbys?«

Er zuckte mit den Schultern, ging zu Madison hinüber und küsste sie auf die Wange. »Dir auch einen guten Morgen. Hoffentlich magst du Eier, das ist so ziemlich das Einzige, was ich für Frühstück im Kühlschrank hab. Ich geh und mache uns Schinken-Käse-Omeletts.«

Madison schnaubte laut. »Levi, ignorier mich nicht. Was hat es mit dem ganzen medizinischen Kram auf sich? Scheint mir merkwürdiger Lesestoff zu sein, wenn man nicht gerade Arzt oder so ist.«

Levi holte einen Karton Eier aus dem Kühlschrank und sprach über die Schulter, während er das Frühstück zubereitete. »Tja, offensichtlich bin ich kein Arzt. Du weißt doch, dass ich vor etwa zwölf Jahren Krebs hatte, oder? Tja, damals haben sämtliche Ärzte gemeint, ich wäre unheilbar. Trotzdem hab ich dem Tod anscheinend ein Schnippchen geschlagen. Aber letzten Endes wurde mir klar, dass ich aus der Zeit in meinem Leben nicht ganz unbeschadet hervorgegangen bin.«

»Wie meinst du das?« Mittlerweile stand Madison am Eingang zur Küche und klang besorgt. »Willst du damit sagen, dein Krebs ist zurück? Du hast doch keinen Rückfall, oder?«

»Nein, nichts dergleichen. Ist schwer zu erklären. Damals ist so viel gleichzeitig passiert. Meine Frau ist bei einem Autounfall gestorben, ich hatte Krebs im Endstadium, und ich hatte ein kräftezehrendes Fieber, das mich total umgehauen hat. Dann ist das Fieber plötzlich von selbst verschwunden, und mein Krebs hat sich vollständig zurückgebildet. Da ist mir aufgefallen, dass auf einmal auch andere Dinge anders waren.

Die Welt hatte mehr Farben, als mir je zuvor aufgefallen waren. Geräusche, die schon immer da gewesen waren, gedämpft im Hintergrund, wurden viel offensichtlicher für mein Gehör. Sogar die Gerüche der Stadt hab ich stärker, deutlicher wahrgenommen. Zuerst hab ich das als 'ne seltsame Nebenwirkung der Krebserkrankung abgetan. Aber nach einer Weile wurden ... andere Dinge schwer zu ignorieren.«

»Was zum Beispiel?«, fragte Madison und legte das Kinn auf Levis Schulter, während sie beobachtete, wie er geschickt Eier in eine Rührschüssel aufschlug. Er spürte ihre an ihn geschmiegte Wärme und überlegte, wie viel er ihr erzählen könnte, ohne dass sie ihn für verrückt hielte.

»Na ja, es waren Kleinigkeiten. Ich konnte mich an willkürliche Fakten erinnern, ohne mir die geringste Mühe zu geben. Zum Beispiel könnte ich dir sagen, dass im Restaurant zwei Blocks nördlich von hier vor zehn Tagen das Tagesgericht Hühnchen-Piccata um 10,99 Dollar war. Und das weiß ich nur, weil ich an dem Tag vorbeigegangen bin und das Schild gesehen hab. Ich könnte dir auch das Kennzeichen des Uber-Fahrers nennen, der uns hergebracht hat. Verdammt, ich weiß sogar noch die Nummer der Eintrittskarte für die Oper, die ich mir vor zwei Wochen mit einem Freund angesehen hab.«

Madison wich einen Schritt zurück. »Ist das dein Ernst?«

Levi goss die geschlagenen Eier in zwei heiße Pfannen. »Ja. Das ist einer der Gründe, warum ich angefangen hab, solche Bücher zu durchforsten. Ich wollte herausfinden ...«

»Warum bist du nicht einfach zu 'nem Arzt gegangen?« Ein Hauch von Erregung schlich sich in ihre Stimme. »Willst du ernsthaft behaupten, du könntest dich an *alles* erinnern, was du je gesehen hast?«

Levi nickte, als er gehackten Schinken und Cheddar auf die halbgekochten Eier streute, bevor er die Omeletts vorsichtig wendete. »So ziemlich. Nur zu. Ich merk dir an, dass du's kaum erwarten kannst, mich auf die Probe zu stellen.«

Madison öffnete erneut den Ringordner, der eine Sammlung alter Ausgaben des *American Journal of Medicine* enthielt. Wahllos blätterte sie durch die Seiten einer der Ausgaben. »Okay, das hier ist vom Oktober 2015. Ein Artikel über Fieber unbekannter Herkunft – sieht so aus, als hättest du ihn markiert. Was steht unmittelbar über der Tabelle?«

Mit einem Schnippen des Handgelenks wendete Levi beide Omeletts und streute noch etwas geriebenen Cheddar darüber. Er rief das Bild der grünstichigen medizinischen Zeitschrift vor sein geistiges Auge und blätterte in Gedanken zum entsprechenden Artikel. Es handelte sich um einen, der ihn besonders fasziniert hatte.

»Okay, ich fange mal damit an, was Petersdorf gemacht hat:

›*Petersdorf klassifizierte auch Fieber unbekannter Herkunft nach Kategorie, das heißt infektiös, bösartig/neoplastisch, rheumatisch/entzündlich und Sonstige. Fieber unbekannter Herkunft können auch im Zusammenhang mit Wirtsuntergruppen betrachtet werden, zum Beispiel Organtransplantationen, menschliche Immunschwächeviren, zurückkehrende Reisende.‹«*

Er schaute über die Schulter, als er die Herdflamme ausschaltete. Madison glotzte ihn mit offenem Mund an.

»Heilige Scheiße, das ist unglaublich. Warum bist du nicht Arzt oder so geworden?«

Levi lachte, als er zwei große Teller aus dem Schrank holte und auf jeden ein perfekt zubereitetes Omelett lud. »Maddie, ganz so funktioniert das nicht. Dass ich mich an alles erinnern kann, heißt noch lange nicht, dass ich alles verstehe, was ich lese. Ich hab in den Regalen auch andere Bücher, über Elektronik, Physik und sonstige Themen. Ich könnte dir also sagen, was ein Widerstand oder ein Kondensator ist, aber ich wüsste ums Verrecken nicht, was man damit anstellen kann. Na ja, vielleicht ungefähr, aber nicht wirklich.«

»Du hast also im Wesentlichen ein fotografisches Gedächtnis.«

Levi zuckte mit den Schultern. »Schätze schon. Aus diesen Zeitschriften hab ich erfahren, dass ein fotografisches Gedächtnis – die nennen es ›eidetisches‹ Gedächtnis – bei Erwachsenen nicht wirklich vorkommt. Ein sehr geringer Prozentsatz kleiner Kinder kann so was tatsächlich besitzen, aber es verschwindet, bevor sie erwachsen werden. Die einzigen Fälle von annähernd eidetischem Erinnerungsvermögen kennt man von Menschen mit irgendeiner Form von traumatischer Hirnverletzung. Und so was hatte ich nicht – zumindest nicht, dass ich wüsste.

Ich weiß auch nicht, vielleicht hat das Fieber oder der Krebs oder auch die Kombination von beidem irgendwas bei mir bewirkt. Jedenfalls ist die Sache mit dem Gedächtnis manchmal praktisch, aber nicht der Schlüssel dazu, ein Genie zu sein. Davon bin ich weit entfernt.«

Er sprenkelte ein wenig fein gehackte Frühlingszwiebeln über die Omeletts, dann deutete er in den Essbereich. »Sehen wir mal zu, dass du was in den Magen bekommst. Du hast 'nen langen Tag vor dir.«

Madisons Blick folgte Levi ins Esszimmer. »Levi, du steckst wirklich voller Überraschungen. Tut mir leid, ich sollte dir helfen, statt ...«

»Unsinn. Du bist hier mein Gast. Setz dich. Ich hol Orangensaft.«

Levi eilte zurück in die Küche und lächelte bei sich, als er an die wunderschöne, halbnackte Frau in seinem Wohnzimmer dachte. Es fühlte sich seltsam für ihn an, persönliche Aspekte seines Lebens mit jemandem zu teilen. Seine biologische Familie wusste nichts von dem, was er Madison gerade anvertraut hatte, seine Mafia-Familie kannte nur kleine Teile.

Unwillkürlich fragte er sich, was die Zukunft für sie beide wohl bereithalten mochte.

Levi stand mit Carmine und Paulie im hinteren Teil des Gemeinschaftsraums im YMCA von Harlem und beobachtete, wie Madison ihre Klasse unterrichtete. Sie trug einen weißen Gi mit einem schwarzen Gürtel um die schlanke Taille und brachte einer Gruppe von fast zwei Dutzend Kindern und jungen Leuten aus der Gegend Kampfsportgrundlagen bei. Das Alter ihrer Schüler reichte von etwa fünf Jahren bis in die späten Teenagerjahre. Vertreten war das gesamte Spektrum der Rassen und Kulturen, das sowohl das Viertel als auch New York City insgesamt ausmachte.

Für Levi verkörperte Madison den Inbegriff von Anmut und Schönheit in einem schlanken, 1,75 Meter großen Paket.

Er musste zugeben, dass ihre Beziehung kompliziert war. Sie beide lediglich als Freunde zu bezeichnen, wäre zu wenig gewesen, sie ein Paar zu nennen, wiederum zu viel ... Sie lebten nicht einmal im selben Bundesstaat – Madison wohnte in Washington, D. C., er in New York City.

Die größte Hürde für eine Beziehung jedoch stellten ihre jeweiligen Jobs dar. Immerhin arbeitete sie als Geheimagentin bei der CIA ... und er galt als eines der führenden Mitglieder einer prominenten Mafia-Familie. Davon wusste sie nichts Genaues, sehr wohl jedoch wusste sie, dass er mit einigen zwielichtigen Gestalten engen Kontakt pflegte. Und das genügte, um von Zeit zu Zeit für unangenehme Situationen zu sorgen.

Richtig kennengelernt hatten sie sich vor fast einem Jahr, als Levi im Ausland war, um sich um eine persönliche Angelegenheit zu kümmern. Dabei geriet er in eine Lage, die ihn zwang, mit Leuten zusammenarbeiten, die sich als CIA-Agenten erwiesen hatten – darunter Madison. Er war vom ersten Moment an von ihr hingerissen gewesen.

Dabei konnte man sich kaum ein unwahrscheinlicheres Paar vorstellen. Levi war nicht sicher, wohin ihre Beziehung führen würde, doch ihr galt seine ungeteilte Aufmerksamkeit. Das ließ sich nicht leugnen.

»Weißt du«, meinte Carmine neben ihm, »wenn sie wirklich Kids unterrichten will, könnte ich in der Innenstadt wahrscheinlich ein schöneres Plätzchen für sie finden.«

Carmine und Paulie waren die beiden Mafiosi, die Levi hierher begleitet hatten.

»Ne«, widersprach Levi. »Sie kennt den Typen, der den Schuppen hier betreibt, und wollte ihm 'nen Gefallen tun. Wenn ich das richtig verstanden habe, hat dieser Mann Madison aus einem Waisenhaus in Okinawa geholt, als sie noch ein Kind war. Er hat sie mit ihrer Großmutter zusammengebracht, die drüben in Los Angeles lebt.«

»Okinawa? Sie sieht gar nicht japanisch aus ... Nein, weißt du was? Ich nehm das zurück. Schätze, wenn man genauer hinschaut, dann sieht man's. Ich dachte erst, sie wär Hawaiianerin oder so ähnlich. Du weißt schon, wie diese Hula-Tänzerinnen.«

Levi lächelte. »Nicht mal annähernd.«

Seine Freunde waren unübersehbar überrascht gewesen, als er gestern mit einer festen Freundin am Arm in dem von der Mafia betriebenen Wohngebäude aufgekreuzt war. Natürlich weckte das ihre Neugier, umso mehr, da sich Levi über diesen Aspekt seines Lebens eher bedeckt hielt. Bisher jedoch hatte er noch mit keinem der Jungs wirklich über sie geredet.

»Ich glaub, ihre Mutter war Japanerin und ihr Vater war ein schwarzer amerikanischer Soldat«, erklärte Levi.

»Hübsch«, befand Carmine. Aber als Levi seinem Blick folgte, war er nicht sicher, ob er Madison oder die Gruppe der Latina-Mütter meinte, die auf der anderen Seite der Sporthalle ihren Kindern bei Karate-Übungen zusahen.

»Ist das ihr Beruf? Karate unterrichten?«, fragte Paulie.

Levi musste den Kopf in den Nacken legen, um zu Paulie aufzuschauen, der fast zwei Meter zehn hoch aufragte. »Das ist für sie bloß ein Hobby, das sie schon seit ihrer Kindheit betreibt. Sie arbeitet in Washington, D. C. und macht politische Analysen und dergleichen.« Politanalytikerin war Madisons offizielle Tarnung. Ihre wahre Berufsbezeichnung war streng vertraulich. »Über die Arbeit reden wir nicht viel. Erspart mir unangenehme Fragen, wenn du verstehst, was ich meine.«

Paulie nickte. »Ja, das kann schwierig sein. Meine Rita und ich sind seit fast zehn Jahren verheiratet, und sie hält mich noch immer für 'nen Buchhalter. So ist's einfacher.«

Eine der Türen zum Gemeinschaftsraum öffnete sich. Herein kam ein asiatisches Mädchen. Die Kleine konnte nicht älter als fünf Jahre sein. Sie trug ein gelbes Kleid mit einem breiten schwarzen Gürtel und Puffärmeln. Das schwarze Haar trug sie zu zwei Pferdeschwänzen zusammengebunden, jeder mit einer gelben Schleife fixiert. In den Händen hielt sie eine kleine Schachtel mit einer roten Schleife. Sie ließ den Blick durch die Halle wandern. Als ihr Blick auf Levi landete, ging sie geradewegs auf ihn zu.

Neugierig kniete er sich hin, bis er sich auf Augenhöhe mit ihr befand. »Hallo. Kann ich dir irgendwie helfen?«

Mit ernstem Gesichtsausdruck verbeugte sie sich und begann, in stakkatoartigem Japanisch zu sprechen.

Levi blinzelte überrascht und fragte sich, woher sie wusste, dass er sie verstehen würde. Immerhin würde ihn mit seinem dunkelbraunen Haar, den blauen Augen und dem eher hellen Teint niemand mit einem Asiaten verwechseln. Aber er hatte mehrere Jahre in Japan gelebt, weshalb er die Sprache fließend beherrschte.

Levi lächelte, während das kleine Püppchen von einem Mädchen die auswendig gelernte Botschaft aufsagte.

»Yoder-san«, begann das Mädchen. »Mein Name ist Kimiko, und mein Vater wünscht dir Gesundheit und Wohlstand. Er möchte dich einladen, damit du und er unter vier Augen reden können.« Mit beiden Händen überreichte sie ihm die Schachtel.

Levi nahm sie entgegen, erwiderte ihre Verneigung und antwortete auf Japanisch: »Danke, Kimiko.«

Er löste die Schleife und öffnete die Schachtel. Sie enthielt ein Bündel 100-Dollar-Scheine und ein zusammengerolltes Pergament. Levi blätterte die Scheine durch und stieß einen anerkennenden Pfiff aus. Dann rollte er das Pergament auseinander. Es handelte sich um einen förmlichen, handgeschriebenen Brief in wunderbarer japanischer Schönschrift traditionellen Stils.

Yoder-san,

ich habe mich an Don Vincenzo Bianchi gewandt, und er hat mir die Erlaubnis erteilt, Verbindung mit Ihnen aufzunehmen.

Ich bin Shinzo Tanakas Vertreter in den USA und würde mich gern mit Ihnen treffen. Ich würde Sie nicht darum bitten, wenn ich nicht der Ansicht wäre, der Grund wäre gerechtfertigt. Ein unschuldiges Leben steht auf dem Spiel, und ich ersuche Sie im Namen meines Vorgesetzten demütig um Ihre Unterstützung.

Ich habe etwas beigefügt, um Sie für Ihre Zeit zu entschädigen. Ich hoffe, noch heute Abend von Ihnen zu hören.

Hochachtungsvoll
Ryuki Watanabe.

Der Rest bestand aus einer Wiederholung der Mitteilung auf Englisch sowie einer Adresse und einem Zeitpunkt später am selben Abend. Gefertigt war die Nachricht mit einem rötlich-braunen Daumenabdruck, dessen Schattierung verdächtig der Farbe von getrocknetem Blut ähnelte.

Levi sah Kimiko neugierig dabei zu, wie sie an Paulies Bein tippte. »Sir?«, sagte sie und starrte den Hünen mit großen Augen an.

Paulie bückte sich mit belustigter Miene. »Ja?« Er sprach mit herzlichem, freundlichem Ton.

»Sie sind sehr groß«, stellte sie nüchtern in makellosem Englisch fest. »Darf ich mich auf Ihre Schulter setzen, damit ich die Decke berühren kann?«

Levi beobachtete verwundert, wie sich der Koloss auf das arglose kleine Mädchen einließ. Für einen Mann, der jemanden in der Mitte auseinanderreißen konnte, erwies er sich als überaus sanft im Umgang mit Kimiko, als er sie auf seine rechte Schulter hob und sich aufrichtete.

Kimiko streckte sich, berührte eine der Deckenplatten und ließ schallendes, hohes Gelächter vernehmen. »Ich hab's geschafft!«

Lachend senkte Paulie sie vorsichtig zurück auf den Boden.

Mit ernster Miene schüttelte sie Paulie die Hand. »Danke, Mister. Ich werd jedem in der Schule von Ihnen erzählen, aber es wird mir wohl niemand glauben, dass ich einen waschechten Riesen gesehen hab.« Dann verlagerte sie den Blick auf Levi und wechselte wieder zu Japanisch. »Ich muss gehen. Der Chauffeur von meinem Papa wartet auf mich. Sehen wir uns vielleicht später noch?«

»Schon möglich«, antwortete Levi auf Japanisch.

Als das Mädchen hinausrannte, fing die Unterrichtsgruppe an, sich aufzulösen.

Levi spürte ein Tippen auf der Schulter, drehte sich um und erblickte Madison, die ihn anlächelte. »Hast du eine neue Freundin?« Sie nickte in Richtung des Ausgangs.

»Sieht so aus.« Er zuckte mit den Schultern und gab ihr einen Kuss auf die Lippen. »Sind wir hier fertig?«

»So ziemlich.« Madison schlängelte den Arm unter sein Jackett und um seine Taille, bevor sie ihn drückte. »Aber ich finde, nächstes Mal solltest du die Gruppe zusammen mit mir unterrichten.«

»Ich weiß nicht recht, hat irgendwie Spaß gemacht, dir zuzusehen. Also ... wann musst du an der Penn Station sein?«

»Ich muss morgen früh raus. Mein Zug fährt um drei.«

Als sie zum Ausgang marschierten, fing das Personal an, die Möbel im Gemeinschaftsraum zurück an ihren Platz zu bringen.

Levi sah auf die Armbanduhr und seufzte wehmütig. »Maddie, die Wochenenden vergehen einfach zu schnell.«

Sie verstärkte den Griff um seine Taille und lehnte den Kopf an ihn. »Finde ich auch. Aber hey, sofern nichts dazwischenkommt, sollte ich um Weihnachten herum zwei Wochen frei haben. Wenn du meinst, du hältst es so lange mit mir aus, können wir was planen. Bis dahin ist's nur noch etwas mehr als ein Monat.«

Carmine war bereits zum Wagen vorausgegangen. Paulie hingegen war geblieben und warf ein: »Wisst ihr, meine Frau und ich hatten zum fünften Jahrestag 'ne wirklich schöne Zeit in den Poconos. Wahrscheinlich sind die Hotels dort längst alle ausgebucht, aber ich kenn ein paar Leute. Sollte möglich sein, euch eine dieser zweistöckigen Suiten mit Whirlpool und allem Drum und Dran zu besorgen. Ist echt romantisch.«

Madison stupste Levi mit der Hüfte. »Hm, romantisch klingt schön.« Sie gab Levi einen flüchtigen Kuss auf die Wange. »Ich zieh mich nur schnell um. Bin gleich wieder da.«

Levis Blick folgte ihr, als sie ein paar Leute im Flur überholte. Er stellte sich vor, wie es mit Madison in einem blubbernden Whirlpool wäre.

Levi schaute zu Paulie auf. »Großer, wenn du ein paar Fäden ziehen könntest, wär ich dir dafür dankbar.«

Paulie grinste. »Geht mich zwar nichts an, aber ihr zwei seht super zusammen aus. Ich finde, ihr solltet was Dauerhaftes draus machen.«

Levi lachte und schüttelte den Kopf. »Das ist kompliziert.« Er stellte sich den hünenhaften Mafioso als Jenta vor, die Heiratsvermittlerin aus dem Broadway-Stück *Anatevka*.

Wieder sah er auf die Uhr. »Sag mal, Paulie, könntest du rausgehen und Carmine sagen, dass wir direkt zur Penn Station müssen, bevor wir zum Helmsley fahren? Ich muss was Geschäftliches mit dem Don besprechen, bei dem Madison nicht dabei sein kann.«

***

Die Limousine rollte die Park Avenue entlang an der East 86th Street vorbei und vor ein prunkvolles altes Gebäude mit zwei Marmorsäulen auf jeder Seite des Eingangs. Die Worte »The Helmsley Arms« prangten in Blattgold über den drei Meter hohen Türen.

Als Levi aus dem Wagen stieg, schlug ihm die kühle Feuchtigkeit des Spätherbsts in New York entgegen. Der erdige Geruch von abgefallenen Blättern und der Mief von Abgasen erfüllten die Luft, ein unverkennbares Zeichen dafür, wann und wo er sich befand.

Die Türen öffneten sich, als er sich dem Eingang des Gebäudes näherte, und Frank Minnelli erschien, der Sicherheitschef. Der Mann war Anfang vierzig, im selben Alter wie Levi, und trug einen fast identischen Maßanzug.

Er gab Levi ein Zeichen. »Komm mit. Wir warten schon auf dich.«

Zusammen passierten sie die zwei muskelbepackten Mafiosi, die den Eingang bewachten, durchquerten das Marmorfoyer und fuhren mit dem Aufzug in die oberste Etage.

»Also hat wohl jemand Kontakt mit Vinnie aufgenommen, richtig?«, fragte Levi.

Die Fahrstuhltüren öffneten sich, und sie traten den Weg durch einen kurzen, holzgetäfelten Gang an.

»Und ob«, bestätigte Frankie schnaubend. »Aber das soll dir Vinnie selbst erklären.«

Zwei weitere Mafiosi sprangen von ihren Stühlen auf und öffneten eine Doppeltür. Frankie und Levi betraten Don Bianchis Salon.

Unwillkürlich staunte Levi darüber, wie weit es seine Freunde seit ihrem gemeinsamen Beginn in Little Italy vor über 20 Jahren gebracht hatten. Der riesige Raum besaß zwei Kamine, eine kunstvoll geschnitzte Holzverkleidung und war mit geschmackvollen Gemälden und einer Marmorstatue der Venus von Milo in Museumsqualität dekoriert.

Am anderen Ende saß Don Vincenzo Bianchi, Oberhaupt der Verbrecherfamilie Bianchi, an seinem großen Schreibtisch aus Mahagoni. Er trug eine Lesebrille und sah einen Stapel Dokumente durch. Als die beiden Männer eintraten, winkte er sie zu sich.

»Kommt, Jungs. Frankie, du und ich müssen ein paar Dinge

besprechen. Aber haken wir zuerst mal die Sache mit dem Tanaka-Syndikat ab.«

Levi nahm auf einem der beiden rötlich-braunen Ledersessel vor dem Schreibtisch Platz, Frankie auf dem anderen.

»Vinnie«, begann Levi, »was hat's damit auf sich, dass jemand deine Erlaubnis eingeholt hat, um mich zu kontaktieren? Wer sind diese Leute? Irgendeine neue asiatische Truppe?«

»Neu wohl kaum.« Vinnie nahm die Brille ab, legte sie auf den Schreibtisch und rieb sich die Augen. »Frankie, wie viele eigene und wie viele externe Leute haben wir inzwischen?«

Frankie legte die Stirn in Falten. »Ich glaub, mit Carlo Moretti letzten Monat haben wir etwa 127 eigene Leute. Die Gesamtzahl hab ich nicht im Kopf, aber insgesamt sind es wohl um die 1.000.«

Der Don trommelte mit den Fingern auf dem Schreibtisch, bevor er sich wieder an Levi wandte. »Ich hatte heute Morgen 'nen Anruf von der Nummer zwei des Tanaka-Syndikats. Du hast von denen vielleicht noch nicht gehört, aber in Japan sind sie ein Schwergewicht. In den letzten paar Jahren haben sie sich über die Insel hinaus ausgedehnt und sich in einige der Tong-Geschäfte an der Westküste gedrängt. Verdammt, sie sind sogar hier in der Stadt vertreten.

Levi, wir haben vereinbart, dass es am besten ist, dich nicht ins Alltagsgeschäft der Familie einzubeziehen. Schon gar nicht, da du ja neuerdings mit den Bundesbehörden zu tun hast. Aber du weißt, womit wir's zu tun haben, wenn's um andere Organisationen wie uns geht. Dieses Tanaka-Syndikat hat zehnmal so viel Leute wie wir und überall Ressourcen.«

Vinnie beugte sich vor und hob zur Betonung einen Finger. »Sie haben uns ein Angebot unterbreitet, das davon abhängt, ob du ihnen bei etwas hilfst. Und es ist ein ziemlich gutes Angebot.«

»In der Botschaft, die ich bekommen hab, wurde ein unschuldiges Leben erwähnt«, sagte Levi. »Weißt du, was die von mir wollen?«

Vinnie zuckte mit den Schultern. »Keine Ahnung. Was ich weiß, ist, dass mit diesen Yakuza-Typen nicht zu spaßen ist, wenn sie schlecht drauf sind, und ich hab kein Interesse dran, dich in den Fleischwolf zu schicken. Dieser Ryuki, die Nummer zwei des Syndikats – er hat gesagt, er garantiert für deine Sicherheit. Will angeblich nur die Gelegenheit für ein Gespräch unter vier Augen mit dir. Er war ausgesprochen höflich, aber das sind diese Asiaten oft. Trotzdem gefällt mir das nicht, um ehrlich zu sein.

Levi, wir zwei kennen uns schon von Anfang an. Ich liebe dich wie 'nen Bruder, und ich sag dir, ich weiß nicht, was ich davon halten soll. Der Kerl hat sich unheimlich vage ausgedrückt – er wollte mir nicht mal verraten, warum er speziell nach *dir* sucht. Was ich damit sagen will: Wenn du nicht hingehen willst, ist das völlig in Ordnung. Deine Entscheidung.«

Frankie räusperte sich und runzelte die Stirn. »Levi, ich hab 'n bisschen über dieses Tanaka-Syndikat recherchiert. Zumindest hab ich's versucht. Der Obermotz ist ein Kerl namens Shinzo Tanaka, nur gibt's über ihn nahezu keine Aufzeichnungen. Ich seh nur, dass ihm vor einigen Jahren die Einreise in die USA verweigert wurde, damit hat es sich auch schon. Der Mann ist ein Geist. Bei Ryuki, seiner Nummer zwei, ist's ähnlich. Keinerlei Vorstrafen. Keine Zwischenfälle mit dem hiesigen oder dem japanischen Gesetz.

Aber das gilt nur für die offiziellen Aufzeichnungen. Auf der Straße erzählt man sich was anderes. Dort kennt die zwei jeder. Und es heißt, man soll sich von diesen irren Yakuzas fernhalten. Neben denen nehmen wir uns aus wie Chorknaben.« Er zeigte mit dem Finger auf Levi. »Also sei vorsichtig. Ich werd aus der Sache nicht schlau, und das macht mich irre.«

Levi konnte sich trotz der Warnungen nicht seiner Neugier erwehren. Warum wollten diese Leute ausgerechnet mit ihm reden?

Wie konnte das Mädchen im YMCA ihn in der Menschenmenge dort erkennen? Und woher hatte die Kleine gewusst, dass er Japanisch verstand?

Er sah Vinnie an und lächelte. »Also lohnt sich das Angebot, das sie für meine Hilfe unterbreitet haben?«

Vinnie erwiderte das Lächeln. »Sonst hätte ich ihm nicht gesagt, wie er dich erreichen kann.«

Levi erhob sich schwungvoll aus dem Sessel und klopfte mit den Knöcheln auf den Schreibtisch. »Wenn das so ist, sollte ich den Mann wohl nicht warten lassen.«

KAPITEL ZWEI

Mit einem etwas beklommenen Gefühl stieg Levi in der 86. Etage des Freedom Tower, mittlerweile als One World Trade Center bekannt, aus dem Fahrstuhl. Er ging vorbei an einem großen, in westlichem Stil gehaltenen Sitzbereich – weiche Ledersessel, ein Kaffeetisch mit Wirtschaftsmagazinen und einer ordentlich gefalteten Ausgabe des *Wall Street Journal.* Levi trat vor den Empfangsschalter.

Er war nicht sicher, womit er gerechnet hatte. Jedenfalls hatte er sich mental dafür gewappnet, einen der führenden Männer eines berüchtigten japanischen Verbrechersyndikats kennenzulernen. Allerdings hatte er nicht erwartet, ihn an einem Ort zu treffen, der wie die Büroräumlichkeiten einer Bank aussah. Und doch war er hier eindeutig richtig: »Tanaka Industries« prangte in großen, silbernen Lettern an der Wand hinter der Empfangsdame.

Sie begrüßte ihn mit einem strahlenden Lächeln und neigte dazu kaum merklich den Kopf. »Mr. Yoder, Sie sind ein wenig früh dran. Mr. Watanabe ist noch nicht eingetroffen.«

Ihren Akzent überhörte man beinah – vermutlich war sie in

Japan geboren, aber als Teenager in die Vereinigten Staaten gekommen. Sie war Mitte 20, groß, hatte einen schlanken Körperbau und helle, an edles Elfenbein erinnernde Haut. Und sie war wunderschön.

Levi sah auf die Armbanduhr. Er war tatsächlich 15 Minuten zu früh. »Dann werde ich wohl einfach ...«

Die Fahrstuhltüren öffneten sich, und zwei asiatische Männer traten heraus.

Die Augen der Empfangsdame weiteten sich. Mit einer Hand deutete sie auf die zwei Asiaten. »Da kommt Mr. Watanabe.«

Die Männer wiesen eine starke Ähnlichkeit auf, eindeutig verwandt. Allerdings wirkte der linke etwas älter und reicher. Er trug einen maßgeschneiderten Anzug, während der des anderen aussah, als wäre er von der Stange gekauft. Wenn auch von einer teuren Stange.

»Mr. Yoder?« Der Mann links streckte die Hand aus, und Levi schüttelte sie. »Ich bin Ryuki Watanabe.« Er sprach Englisch mit schwerem Akzent.

Levi antwortete auf Japanisch. »Bitte nennen Sie mich Levi. War die Kleine, die das Päckchen überbracht hat, Ihre Tochter?«

Der Mann zog die Augenbrauen hoch und lächelte. Ein strahlendes Lächeln, das inneren Stolz verriet. »Ja, das war sie.« Er zeigte auf den Mann an seiner Seite. »Das ist mein jüngerer Bruder Yoshi.«

Auch Yoshi schüttelte Levi die Hand. Ebenfalls mit Akzent sagte er auf Englisch: »Freut mich, Sie kennenzulernen.«

Ryuki wandte sich an die Empfangsdame und sprach in schnellem Japanisch mit ihr. »Hiromi, ist mein Besprechungsraum vorbereitet?«

»*Hai.*« Hiromi nickte knapp. »Es ist alles bereit.«

Ryuki deutete mit ausgestrecktem Arm zu einem Gang, der am

Empfangsschalter vorbeiführte. »Bitte, Mr. Yoder, lassen Sie uns ungestört reden.«

Levi folgte Ryuki. Der Bruder des Mannes begleitete sie nicht.

Sie passierten mehrere verschlossene Türen, bevor sie einen Raum betraten, der Levi das Gefühl vermittelte, direkt aus New York City ein traditionelles japanisches Teehaus betreten zu haben. An den Wänden hingen Schriftrollen mit japanischer Kalligrafie. Auf der anderen Seite des Raums war ein seidengestickter Drache in einem polierten Palisanderrahmen angebracht. Er musste um die viereinhalb Meter breit und fast zwei Meter hoch sein. Auf dem Boden lag eine große Tatami-Matte. In der Mitte befanden sich ein Teekessel, mehrere geschlossene Gläser und Servicegegenstände, die Levi als Zubehör für eine traditionelle Teezeremonie erkannte.

Ohne nachzudenken, zog er am Eingang die Schuhe aus, genau wie Ryuki.

Der Japaner zeigte auf eines der am Boden ausgelegten Kissen. »Bitte, machen Sie es sich bequem. Wenn Sie nichts dagegen haben, möchte ich gern Tee zubereiten, während wir uns unterhalten.«

Levi kniete sich auf ein Kissen, verschränkte die Füße unter den Oberschenkeln und setzte sich auf die Fersen zurück. Während seiner Zeit in Japan hatte er alles über Tee gelernt, den er mittlerweile sehr schätzte. Der Anblick, wie Ryuki ihr Getränk zubereitete, fühlte sich vertraut an. Der Mann zelebrierte zwar eindeutig keine formelle Teezeremonie, trotzdem wirkten seine Bewegungen bedächtig und beinah unterschwellig religiös. Er schraubte eine Dose Matcha auf, ein Tee in Pulverform, löffelte etwas davon in eine Schale, klopfte mit dem Löffel zweimal auf den Rand und hob behutsam den Kessel mit kochendem Wasser an.

Als sich der Mann vorbeugte, um den Tee umzurühren, erhaschte Levi einen flüchtigen Blick auf bunte Tätowierungen unter den langen Ärmeln. Noch auffälliger fand er den fest um den kleinen Finger gewickelten Verband. Der Länge des Fingers nach musste Levi davon ausgehen, dass der Mafioso unlängst *Yubitsume* begangen hatte, ein Ritual, das wörtlich übersetzt »Fingerkürzung« bedeutete. Als Mitglied der Yakuza würde er das getan haben, um Buße für einen schweren Fehltritt zu leisten. Und da er die Nummer zwei im Tanaka-Syndikat verkörperte, konnte er mit seinem Fehltritt nur Shinzo Tanaka höchstpersönlich enttäuscht haben.

Hatte man Levi deshalb herbestellt?

Ryuki lehnte sich vor und stellte eine Schale Tee vor Levi. »Ich hoffe, er schmeckt Ihnen.«

Levi hob die Schale mit beiden Händen an und verneigte sich leicht vor seinem Gastgeber. »Danke dafür.« Er schloss die Augen und atmete tief den vom Tee aufsteigenden Dampf ein. Das frische Pflanzenaroma erinnerte ihn sofort an den Tee, den er in seiner Zeit in Japan genossen hatte. Levi nippte daran und seufzte zufrieden.

Er schmeckte die angenehm bittere Note, die er mit hochwertigem grünem Tee assoziierte.

Ryuki setzte die eigene Schale an die Lippen und trank ausgiebig. Als er Levi ansah, verzog sich sein Mund zu einem verhaltenen Lächeln. »Mich beeindruckt, dass Sie sich offenbar wohl damit fühlen, in traditionellem Stil zu sitzen. Das ist für einen Amerikaner eher ungewöhnlich.«

»Das lässt sich leicht erklären. Ich habe mehrere Jahre in einem *Kyokushin*-Dojo in Tokio gelebt.«

Der Gangster zog eine Augenbraue hoch und nickte. »Sie stecken voller Überraschungen. Das erklärt Ihr ausgezeichnetes Japanisch. Aber wie dem auch sein mag, kommen wir zur Sache. Mein Vorgesetzter hat mich ersucht, Ihre Unterstützung für jemanden zu sichern, der ihm sehr am Herzen liegt. Seine Enkeltochter. Sie ist entführt worden.«

Levi setzte sich aufrechter hin und legte den Kopf schief. »Ich will nicht unhöflich erscheinen, aber warum erzählen Sie das mir? Wie kann ich dabei helfen?«

Ryuki zuckte mit den Schultern. »Ich bin mir nicht sicher, warum Mr. Tanaka ausdrücklich nach Ihnen verlangt hat. Aber er hat mit Nachdruck darauf bestanden.«

Levi wollte etwas erwidern, doch der Japaner hob die Hand.

»Bitte lassen Sie mich Ihnen etwas über das vermisste Kind erzählen. Ihr Name ist June Wilson. Wie ich schon sagte, ist sie Mr. Tanakas Enkelin. Sie ist fünf Jahre alt. Mr. Tanaka ist bereit, so gut wie alles zu tun, um sie zurückzuholen.« Ryukis Züge wurden verkniffen, seine Stimme klang belegt vor Emotionen. »Meine Jüngste, Kumiko, die Sie kennengelernt haben – sie ist im selben Alter wie Mr. Tanakas Enkeltochter. Ich will mir gar nicht vorstellen, wie es mir ginge, wenn ihr so etwas zustieße.«

Beim Gedanken an ein Kind, das verletzt oder vermisst wurde, krampfte sich Levis Magen zusammen. »Wann hat sich die Entführung ereignet?«

»Vor drei Tagen. In Maryland. Mein Bruder wird Ihnen den Ort zeigen.«

Das verhieß nichts Gutes für das Kind. Levi hatte gelesen, dass drei Viertel aller ermordeten Entführungsopfer innerhalb der ersten drei Stunden nach der Entführung getötet wurden.

Levi seufzte. »Ich habe noch nicht zugesagt, Ihnen zu helfen.«

Ryuki lehnte sich vor und sprach mit eindringlichem Ton. »Was kann ich tun, um Sie zu überzeugen?«

Levi schüttelte den Kopf. »Ich weiß ja nicht das Geringste darüber. Ist die Polizei eingeschaltet? Ist das FBI oder sonst jemand dabei? Hat sich der Entführer mit irgendwelchen Forderungen gemeldet?«

»Mein Bruder hat den Vorfall bezeugt und kann viele Ihrer Fragen beantworten. Aber es hat keine Kontaktaufnahme des Entführers gegeben. Wir haben die Aufzeichnungen der Überwachungskameras, und Sie können auch die Mutter befragen. Sie wurde zwar angegriffen, aber nicht verletzt.«

Levi schnaubte ungeduldig. »Tja, holen wir Ihren Bruder herein. Ich muss alles darüber wissen, was passiert ist, wenn die Chance bestehen soll, dass ich helfen kann.«

Ryuki nickte, runzelte jedoch offensichtlich besorgt die Stirn. »Bevor ich Yoshi hereinhole, muss ich Ihnen noch etwas erklären. Ich halte ihn von dem Lebensstil fern, den Sie und ich teilen. Ich bin sicher, Sie wissen, was ich meine.«

Levi nickte. Yoshi war demnach kein Mitglied der Yakuza. Ein Normalsterblicher.

»Bitte behalten Sie das vor Augen, wenn Sie mit ihm reden. Ich will ihn aus dem Geschäft heraushalten. Und es gibt Dinge, über die darf er nichts erfahren.«

»Ich verstehe.«

»Wenn Sie das vermisste Mädchen finden, muss ich wissen, wer sie entführt hat.« Ryuki verengte die Augen zu Schlitzen. Sein Gebaren wurde kalt. Levi erhaschte einen flüchtigen Blick auf das Raubtier, das sich in seinem Gastgeber verbarg. »Ich will, dass der Entführer meinen Leuten statt den Behörden übergeben wird. Ihre Ausgaben bezahle ich. Was immer Sie brauchen, ob Informationen, Waffen, Männer, ich werde tun, was ich kann, um es Ihnen zu liefern, wenn es dazu dient, Mr. Tanakas Enkeltochter zu finden. Wenn es Ihnen gelingt, sie lebend zurückzubringen, halte ich mich an die Abmachung, die ich mit Ihrem Vorgesetzten getroffen habe.«

Levi hatte keine Ahnung, worum es bei der Abmachung ging. Drogen? Prostitution? Gebietsaufteilung? Ein Bündnis? Er wollte es gar nicht wissen. Levi weigerte sich strikt, sich in diesen Aspekt des Geschäfts hineinziehen zu lassen.

Als er sich das kleine Mädchen als Gefangene vorstellte, baute sich Zorn in ihm auf. Wie konnte jemand einem Kind etwas antun? Levi seufzte. »Holen Sie Ihren Bruder herein.«

»Also helfen Sie uns?« Ryuki klang hoffnungsvoll.

Levi nickte. »Ich werde tun, was ich kann.«

June saß mit dem Rücken an der grauen Betonwand ihres neuen Zimmers und hielt ihre Raggedy-Ann-Puppe fest. Eine einzige nackte Glühbirne an der Decke erhellte den fast völlig leeren Raum – er enthielt nur eine Gummimatratze, drei muffige Decken, ein paar alte Bilderbücher und eine Toilette. Neben der Toilette befand sich eine riesige Packung Klopapier, dasselbe, das ihre Mutter immer bei Costco kaufte.

Tränen traten June in die Augen, aber sie riss sich rasch zusammen – *Weinen hilft nicht.* Zornig wischte sie die Nässe weg.

June hatte keine Ahnung, wie sie an diesem Ort gelandet war. Sie wusste noch, dass Mama zur Eingangstür gegangen war, um die Pizza zu holen. Die Tür öffnete sich, und Mama fiel rückwärts. Ein Mann mit einer Skimaske fing sie auf und bremste ihren Sturz. Als June zu ihr rannte, sprühte ihr der Mann etwas ins Gesicht. Es roch merkwürdig, irgendwie süß.

Danach war sie an diesem Ort aufgewacht.

»Was glaubst du, wie lang es her ist?«, fragte sie die Puppe.

Plötzlich ging das Licht aus. Der Raum wurde in Dunkelheit getaucht.

»Er kommt.« Junes Stimme bebte. Sie verstärkte den Griff um die Puppe.

Ketten rasselten an der Metalltür am oberen Ende der Leiter. Die Angeln knarrten. Dann hörte sie das vertraute Geräusch schwerer Schritte, die sich näherten.

Irgendwo aus der Finsternis ertönte die Roboterstimme.

»Magst du die Dunkelheit?«

»Nein«, antwortete June so ruhig, wie sie konnte. Sie wollte sich nicht verängstigt anhören.

»Wenn du nicht genau das tust, was ich dir sage, lasse ich dich hier in der Dunkelheit zurück. Hast du verstanden?«

»Ja«, erwiderte sie. Gegen ihren Willen zitterte ihre Stimme dabei. Sie mochte die Dunkelheit *wirklich* nicht.

»Ich will, dass du klar und deutlich sagst: ›Mama, es ist Dienstag, und es geht mir gut.‹«

June hörte ein federartiges Geräusch, so ähnlich, wie wenn Mama den Toaster runterdrückte, um Blaubeerwaffeln zu wärmen.

»Mama, es ist Dienstag, und es geht mir gut.«

Wieder ertönte das federartige Geräusch – ganz nah, unmittelbar vor ihr.

»Sehr gut«, lobte die Roboterstimme. *»Jetzt musst du den Zeigefinger in die Luft strecken. Du wirst ein kleines Aua spüren. Das ist schon in Ordnung.«*

June spannte den Körper an, als sie langsam die Hand hob.

Etwas packte fest ihren Finger. Ein Klicken ertönte, und sie spürte einen Biss in die Fingerspitze. Nach einem kurzen Druck wurde sie losgelassen.

June steckte sich den Finger in den Mund und schauderte, als sie etwas Salziges schmeckte. Blut? Was hatte dieses Ding mit ihr gemacht?

Die Schritte des Roboters entfernten sich wieder die Leiter hinauf. Die Tür öffnete und schloss sich. Ketten rasselten.

Das Licht ging wieder an.

In der Nähe des Betts hatte der Roboter wieder Essen für June zurückgelassen.

Sie kroch hin und nahm es in Augenschein. Eine Packung Blaubeer-Pop-Tarts, zwei Uncrustables mit Erdnussbutter und Traubenmarmelade, noch kalt aus dem Gefrierschrank. Dazu je zwei Päckchen Saft und Vollmilch mit daran befestigten Strohhalmen.

June fragte sich, was Mama denken würde. Mama würde ihr nie so ungesundes Zeug erlauben.

June umarmte Raggedy Ann und flüsterte ihr ins Ohr: »Glaubst du, Mami geht's gut?« Ihre Sicht verschwamm, als Tränen auf die

Puppe tropften. June bemühte sich zwar, tapfer zu sein, doch sie wusste nicht, wie lange sie es schaffen würde.

Sie hatte solche Angst.

June drückte das Gesichtchen an die Puppe und schloss die Augen. »Mami, wo bist du?«

Helen Wilson saß Levi gegenüber an ihrem Esszimmertisch. Sie war eine attraktive Rothaarige Ende 20, allerdings hatte sie dunkle Ringe unter den Augen, ein sicheres Zeichen für Schlafmangel. Dennoch wirkte sie wesentlich gefasster, als es Levi bei jemandem erwartet hätte, dem erst vor wenigen Tagen mit Gewalt das Kind aus der eigenen Wohnung entrissen wurde.

»Tut mir leid«, entschuldigte sie sich, »aber ich bin mir nicht sicher, wie klug es ist, mit Ihnen zu reden. Ich arbeite beim FBI, und die Behörde hat den Fall übernommen. Abgesehen davon ist Junes Großvater jemand, dem ich nicht vertrauen kann. Wie Sie sicher wissen, ist er nicht unbedingt ein Musterbeispiel für einen aufrechten Menschen. Ich habe Sie überhaupt nur hereingelassen, weil ich Yoshi vertraue. Vor langer Zeit haben er und ich zusammengearbeitet.«

»Das versteh ich vollkommen.« Levi spürte den Schmerz, den die Frau ausstrahlte. »Ich bin nur hier, weil ich mich persönlich verpflichtet habe, Ihre Tochter zu finden. Ich habe versprochen zu tun, was ich kann. Mr. Tanaka verlangt von mir nur, die Kleine zurück zu Ihnen nach Hause zu bringen und ihren Entführer der Gerechtigkeit zuzuführen. Könnten Sie mir also bitte trotzdem entgegenkommen? Die Aufzeichnungen der Überwachungskameras hab ich mir bereits angesehen. Der Pizzabote war es auf jeden Fall nicht. Den hat man tot ganz in der Nähe dieser Wohnung gefunden …«

Helen schnappte nach Luft und riss die Hand an den Mund. »Das hat mir niemand gesagt. Oh, der arme Kerl.«

»Miss Wilson, können Sie mir erzählen, woran Sie sich noch erinnern?«

Sie ließ die Schultern hängen und schüttelte den Kopf, schien mit ihren Gedanken zu kämpfen. »Keine Ahnung. Ich weiß noch, dass ich die Pizza bestellt habe. Weil's Freitag war, sind June und ich länger aufgeblieben und haben Uno gespielt. Am Eingangstor hat es geklingelt, und ich hab den Zusteller hereingelassen. Dann weiß ich noch, dass ich die Wohnungstür aufgemacht habe, danach nichts mehr. Als Nächstes erinnere ich mich daran, dass ich Yoshi über mir hatte und er mich mit Riechsalz zu wecken versucht hat.«

Levi hatte die vergangenen zwölf Stunden mit Yoshi verbracht. Er hatte sich alles angehört, was der Mann zu sagen hatte. Geholfen hatte es leider nicht viel. Auch die Videoaufzeichnungen trugen wenig zur Aufklärung bei. Sie zeigten lediglich einen Mann durchschnittlicher Größe mit einer dunkelgrauen Skimaske, der mit June Wilson über der Schulter flüchtete. Verdammt, es konnte sogar eine Frau gewesen sein.

»Miss Wilson ...«

Mit zittriger Hand wischte sich Helen eine Strähne aus dem Gesicht. »Bitte nennen Sie mich einfach Helen.«

»Helen, haben Sie irgendwelche Verletzungen erlitten?«

»Nein. Ich meine, ich war zwar bewusstlos, habe aber keine Schramme abbekommen, falls Sie das meinen.«

Levi runzelte die Stirn. »Keine Beule am Kopf? Kein blauer Fleck, kein Bluterguss?«

Ihre Unterlippe bebte, als sie den Kopf schüttelte. »Mir kommt das alles wie ein Albtraum vor, aus dem ich nicht aufwachen kann.«

»Helen, wie viel wissen Sie über Entführungen?«

»Nichts. Das gehört nicht zu meinen Aufgabengebieten.« Ihre Stimme zitterte. »Ich bin bloß Budgetanalystin.«

»Na ja, Entführungen fallen in eine von drei Kategorien. Fast die Hälfte kennt man als Familienentführungen. Sie werden von jemandem verübt, der mit dem Kind verwandt ist. Der Rest teilt sich ziemlich gleichmäßig zwischen Bekannten und Fremden auf. Die offensichtliche Frage für mich lautet also: Wo ist Junes Vater? Und es tut mir leid, falls das unangenehm ist oder Sie es dem FBI schon beantwortet haben.«

Tränen traten Helen in die Augen, als sie tief und stockend Luft holte. Levi fühlte mit der Frau.

»Junes Vater ist vor ihrer Geburt gestorben. Er war Doktorand in Georgetown und wurde auf dem Weg zu seinem Wagen aus einem fahrenden Auto heraus erschossen.«

»Das tut mir leid.« Levi kritzelte einige Notizen auf seinen Block. »Wie war sein Name?«

»Jun Tanaka. Und ja, ich weiß inzwischen, dass er Shinzo Tanakas einziger Sohn war. Aber er hatte nie irgendwas mit den Geschäften seines Vaters zu tun. Er hat in den USA gelebt, seit er alt genug für ein Internat war. Was sein Vater macht, hab ich überhaupt erst nach Junes Tod erfahren.«

»Gibt es sonst noch Verwandte auf seiner Seite, von denen Sie wissen? Und was ist mit Ihrer Familie?«

»Ich glaub nicht, dass June andere Angehörige in den Staaten hatte.« Helen runzelte die Stirn. »Aber ich hab eine Schwester. Sie ist verheiratet und hat vier Kinder. Ihre Familie lebt in Arizona. Meine Eltern wohnen auch dort. Die meiste Zeit verbringen sie auf dem Golfplatz, denke ich. Wir reden nicht viel miteinander.«

»Haben Sie ihnen erzählt, was passiert ist?«

Sie schüttelte den Kopf. »Ich weiß, ich hätte sie anrufen sollen. Hab ich aber nicht. Ich bin mir nicht mal wirklich sicher, warum nicht. Irgendwie fühle ich mich innerlich wie gelähmt. Es ist nicht ...«

»Hören Sie.« Levi streckte den Arm über den Tisch und

tätschelte ihre Hand. »Ich urteile nicht über Sie. Ist für mich vollkommen nachvollziehbar, dass Ihr Zustand derzeit nicht normal ist. Keine Ahnung, wie ich mich in Ihrer Situation halten würde. Wann haben Sie Ihre Familie zuletzt gesehen?«

»Vor fast einem Jahr. June und ich sind zu Weihnachten in Arizona gewesen.«

Levi lehnte sich auf dem Stuhl zurück und hakte die Familie Wilson ab – vorläufig zumindest. Aus seiner Sicht gab es im Moment keinen Grund, in diese Richtung weiter zu recherchieren. Hingegen musste er noch mehr über die Tanakas in Erfahrung bringen, obwohl er bezweifelte, dass sie dahintersteckten. Wenn sie es getan hätten, warum sollten sie dann ihn dafür engagieren, die Kleine zurückzuholen? Nein, es fühlte sich nach keiner familiär motivierten Tat an.

Die nächsten 20 Minuten befragte er Helen über ihren Freundeskreis, ihre Arbeitskollegen und über die Vorschule, die June besuchte. Dann klopfte es an der Eingangstür.

»Einen Moment«, rief Helen durch die Wohnung. Sie erhob sich vom Tisch, ging an die Tür und spähte durch den Spion, bevor sie öffnete. Draußen standen zwei Männer in FBI-Windjacken. »Hallo, Jungs. Was gibt's?«

»Wir wollten nur mal sehen, wie's dir geht.«

Levi schloss sein Notizbuch, steuerte auf die Tür zu und tippte Helen auf die Schulter. »Ich werd auf der Grundlage unseres Gesprächs ein paar Dingen nachgehen. Sind Sie heute Abend erreichbar, falls ich noch Fragen habe?«

»Sicher.«

Levi entschuldigte sich und schob sich an den beiden Männern vor der Tür vorbei. Auf dem Weg zu seinem Mietwagen hörte er einen der beiden fragen: »Wer war das?«

Levi stieg ins Auto, zog das Handy aus der Tasche seines Jacketts, gab die Adresse der Vorschule ein und fuhr in die Richtung los. Als er auf die Wisconsin Avenue bog, wählte er Dennys Nummer.

Es klingelte zweimal, bevor sich eine schlaftrunkene Stimme in New York City meldete. *»Ja?«*

»Denny, aufwachen. Ich brauch ein paar deiner Fähigkeiten.«

Etwa zehn Sekunden lang hörte Levi nur gedämpfte Geräusche, als sich Denny aus dem Bett kämpfte. *»Alter, du weißt schon, dass ich auch 'ne Kneipe hab, oder? Bin erst um sieben zu Hause gewesen, und jetzt haben wir noch nicht mal Mittag.«*

»Tut mir leid, aber es ist wichtig.«

»Schon gut, bin wach. Was brauchst du?«

»Freitagnacht gegen 22:15 Uhr wurde aus dem 8000er Block der Wisconsin Avenue in Bethesda in Maryland ein Kind entführt.«

Levi bog nach links auf die Montgomery Avenue.

»Verdammt, da bist du aber ganz schön weit weg von zu Hause. Warte, ich melde mich gerade am Computer an. Was brauchst du?«

»Ein Zustellwagen von *Domino's* war dort. Es war ein Honda, mehr weiß ich im Moment nicht. Jedenfalls ist er von der Wohnanlage Flats8000 weggefahren. Acht Kilometer östlich davon wurde der Wagen hinter einem Restaurant zurückgelassen. Ich brauch Videomaterial von irgendwo entlang der Strecke. Könnte mir vorstellen, dass 'ne Überwachungskamera an einem der Gebäude unterwegs irgendwas erfasst hat, als der Wagen davongebraust ist.«

»Verstanden. Werd mal sehen, was ich aus den Online-Sicherheitssystemen rausholen kann. Was dagegen, wenn ich auf ein paar hilfreiche Ressourcen in Maryland zugreife? Es könnte Aufzeichnungen geben, die sich nicht hacken lassen oder die nicht online sind. Und ich nehme an, du brauchst das sofort, richtig?«

»Je eher, desto besser. Wir haben keine Zeit zu verlieren. Egal, was an Stunden und Ausgaben nötig ist, ich komme dafür auf.«

Levi bog auf den Parkplatz der Vorschule und schaltete den Motor aus.

»Wie alt ist das entführte Kind?«

»Sie ist fünf.«

»Verdammt. Okay, ich ruf die Kavallerie dazu. Sobald wir was haben, geb ich dir Bescheid.«

Damit war die Leitung tot.

Levi steckte das Handy zurück in die Innentasche seines Jacketts, neigte den Innenspiegel nach unten und betrachtete sich darin. Lächelnd kämmte er sich mit den Fingern das dunkelbraune Haar zurück.

»Zeit, die Direktorin zu bezirzen.«

Levi wusste nicht, ob es an seiner Geschichte über das entführte Kind, seinem unverhohlenen Flirten mit der geschiedenen Mittfünfzigerin oder an seinem 1.000-Dollar-Anzug lag, der ihn nach einem achtbaren Menschen aussehen ließ. Es interessierte ihn auch nicht sonderlich. Ihn interessierte nur, dass es funktionierte und ihm die Direktorin die Erlaubnis erteilte, mit Junes Lehrerin zu reden. Außerdem hatte sie die Frau angerufen und ihn angekündigt.

Levi hörte die Kinder laut reden, als er an die Tür von Miss Ledbetters Vorschulklassenzimmer klopfte. Er hörte, wie die Lehrerin drinnen mit einem zischenden Laut zu Ruhe aufrief, bevor sie verkündete: »Eins, zwei, drei, vier, alle Augen zu mir.«

Sofort kehrte Stille im Klassenzimmer ein.

Die Tür wurde von einer kleinen Frau mittleren Alters mit einer runden Harry-Potter–Brille geöffnet. »Oh, das war aber schnell. Mr. Yoder?«

Er nickte, beugte sich zu ihr und flüsterte: »Es dauert nicht lang, in Ordnung?«

»Verstehe. Bitte, kommen Sie rein.«

Die Lehrerin führte ihn zu einer Gruppe Drei- und Vierjähriger, die im Schneidersitz in einem Halbkreis saßen. Sie schnippte dreimal mit den Fingern und erklärte mit einer für jemanden ihrer Größe überraschend gebieterischen Stimme: »Hergehört, Schüler. Wir haben einen Besucher, der euch eine sehr wichtige Frage stellen muss. Ich möchte, dass ihr ihm zeigt, wie verantwortungsbewusst ihr sein könnt, und dass ihr ihm eure ganze Aufmerksamkeit schenkt. Das ist Mr. Yoder. Klasse, was sagen wir zu Besuchern?«

Sämtliche Kinder riefen: »Guten Morgen, Mr. Yoder.«

»Hallo, Klasse.« Levi lächelte und zog einen Stift aus der Tasche seines Jacketts. Beim Dressieren von Hunden auf der Farm seiner Eltern hatte er einen Trick gelernt, von dem er dachte, er könnte auch bei diesen Kindern funktionieren. »Sehen alle diesen Stift?«

»Ja«, antworteten die Schüler enthusiastisch.

»Okay, haltet alle die Augen auf den Stift gerichtet, und wenn er aufhört, sich zu bewegen, stelle ich euch eine wichtige Frage. Los geht's ...«

Langsam bewegte er den Stift hin und her, bis die Augen der Kinder ihm folgten. Als er sich vor Levis Nase befand, hielt er inne und fragte: »Hat irgendjemand June Wilson gesehen, seit ihr am Freitag aus der Schule gegangen seid?«

Levi konzentrierte sich auf den Gesichtsausdruck jedes Kinds und achtete auf eine ungewöhnliche Reaktion – nervös zuckende Augen, einen plötzlich angespannten Körper. Irgendetwas, das darauf hindeutete, ein Kind könnte ein Geheimnis haben. Aber die einzige Reaktion, die Levi erzielte, blieb Verwirrung. Köpfe wurden geschüttelt, ein paar Kinder antworteten: »Nein.«

Ein blondes Mädchen fragte: »Ist sie krank?«

Levi lächelte die Kleine an. »Nein, sie musste nur für ein Weilchen wohin. Ich bin sicher, sie ist bald zurück.« Er wandte sich wieder an die gesamte Gruppe. »Danke, dass ich euch besuchen durfte.«

Die Lehrerin schnippte zweimal mit den Fingern. »Was sagen wir zu Mr. Yoder?«

Im Einklang antwortete die Gruppe: »Danke für den Besuch, Mr. Yoder.«

Levi winkte den Kindern, nickte der Lehrerin zu und verließ das Klassenzimmer.

»Ich hoffte wirklich, Denny kommt mit den Videoaufnahmen weiter«, brummelte er bei sich.

Als er das Gebäude verließ und über den Parkplatz zu seinem Auto ging, rasten drei ungekennzeichnete Limousinen mit Blinklichtern auf dem Armaturenbrett über den Randstein und fuhren ihn beinah über den Haufen.

Die Türen flogen auf, und mehrere Stimmen brüllten: »Hände hoch!«

Bevor Levi wusste, wie ihm geschah, hatte ein halbes Dutzend Männer Waffen auf ihn gerichtet.

Langsam streckte er die Hände über den Kopf.

Drei Männer mit FBI-Windjacken näherten sich ihm und zwangen ihn zu Boden. Levis Wange landete auf dem Asphalt, und er musste sich mächtig beherrschen, um sich nicht zu wehren. Ein Mann richtete seine Neun-Millimeter-Glock auf Levis Kopf, ein anderer presste ihm das Knie ins Kreuz. Innerhalb von Sekunden hatte er Handschellen um die Hand- und Fußgelenke.

»Was zum Teufel soll das?«, verlangte er zu erfahren.

»Klappe halten«, war die einzige Antwort.

Einer der Männer filzte Levi, dann zerrte er ihn hoch und verfrachtete ihn auf den Rücksitz einer der dunkelgrauen Crown Victoria Limousinen. Links und rechts von ihm nahm je ein Beamter Platz. Kaum hatten sie Levi zwischen sich eingepfercht, raste der Wagen von der Schule weg.

Levis Wange brannte, weil sie der Asphalt aufgeschrammt hatte. Er rieb sie mit der Schulter und fragte mit knurrendem Unterton:

»Kann mir mal jemand sagen, wieso zum Teufel ihr mich einge-sackt habt? Ich habe nichts getan.«

Der Agent auf dem Beifahrersitz drehte sich um und schleuderte ihm einen giftigen Blick zu. »Sie haben keine Ahnung?«

»Nicht die Geringste. Wenn Sie mich verhaften, würde ich von irgendeiner Anklage ausgehen. Warum haben Sie mich mitgenommen?«

Im vergangenen Jahr hatte Levi eine Menge mit Bundesvoll-zugsbehörden zu tun gehabt. Sie hatten ihn benutzt, um korrupte Bundesbeamte dingfest zu machen, die ihre Finger in Sexsklaven-handel mit Minderjährigen hatten. Normalerweise waren die Agenten recht besonnen, aber diese Truppe wirkte stinksauer.

Er zuckte mit der rechten Schulter, um eine Verspannung darin zu lockern. Prompt erhielt er von dem Agenten zu seiner Rechten einen kräftigen Ellbogenstoß in die Rippen.

»Oh, Entschuldigung«, brummte der Mann durch und durch unaufrichtig.

»Und? Erfahre ich jetzt irgendeinen Grund, warum Sie mich mitgenommen haben?«

Der Agent vorn schaute weiter finster drein. »Klar, warum nicht? Wir haben 'nen Anruf über einen Mann erhalten, nach dem das halbe FBI sucht. Und siehe da, Sie waren genau dort, wo man Sie uns gemeldet hat.«

Levi runzelte die Stirn. »Das versteh ich nicht. Warum sollte jemand nach mir suchen? Das muss ein Irrtum sein. Was hab ich denn angeblich getan?«

Der Agent links von Levi sah aus, als würde er ihm am liebsten ins Gesicht spucken. »Special Agent Bruce Wei. Special Agent Tony Mendoza. Special Agent Tran Nguyen.«

Levi zuckte mit den Schultern. »Sollte mir das irgendwas sagen?«

Die Kiefermuskeln des Agenten verkrampften sich. Seine

Blicke jagten Dolche in Levi. »Alle wurden außer Dienst ermordet, einer direkt vor den Augen seiner Kinder.« Ein frostiges Lächeln schlich sich in die versteinerten Züge des Mannes. »Uns liegen Meldungen über jemanden an den Tatorten vor, auf den *Ihre* Beschreibung passt. Kumpel, Sie haben's mit 'ner dreifachen Mordanklage zu tun.«

KAPITEL DREI

Man hatte Levi die Arme mit Handschellen hinter dem Rücken gefesselt. Seine Schultern pochten. Er saß auf einem am Boden verschraubten Stuhl aus Metall vor einem Tisch mit brauner Resopal-Platte. Abgesehen davon war seine zwei mal drei Meter große Untersuchungshaftzelle mit den tristen grauen Wänden leer. Und kalt – sehr kalt. Nicht ganz frostig genug, dass Atemwölkchen entstanden, aber vermutlich um die zehn Grad.

Er befand sich mit Sicherheit nicht im J. Edgar Hoover Building in Washington, D. C. Dieser Ort war bloß irgendein Drecksloch mitten im Nirgendwo. Aufgrund der zahlreichen Abzweigungen und der Dauer der Fahrt vermutete er irgendwo in der Nähe von Quantico in Virginia.

Er fragte sich, wann jemand kommen würde. 20 Minuten waren vergangen, seit man ihn an den Stuhl gekettet hatte. Wahrscheinlich wollte man ihn weichkochen. Als Vorbereitung auf ein Verhör. So hätte er es gemacht. Allerdings hatte er sich schon mit weitaus schlimmeren Bedingungen herumgeschlagen. Also schloss er einfach die Augen und konzentrierte sich auf seine Atmung. Die dumpfen Schmerzen seiner verschrammten Wange und seiner wunden Muskeln legten sich.

Aus Sekunden wurden Minuten, und seine Sinne nahmen die winzigen Details seiner Umgebung wahr. Durch den Metallstuhl spürte er die schwachen Vibrationen der Welt draußen.

Irgendwo in der Ferne fühlte er den Motor eines Wagens im Leerlauf, dann die sich öffnende und schließende Autotür.

Er hörte das Gemurmel von Stimmen, gefolgt von Schritten, die durch einen unsichtbaren Flur hallten. Beides wurde lauter.

Levi öffnete die Augen in dem Moment, als die Tür zu seiner Zelle aufschwang. Ein großer Kerl, den er zuvor noch nicht gesehen hatte, trat ein. Die Tür schloss sich mit einem metallischen Klicken hinter dem Unbekannten.

Der Mann sah aus, als hätte ihn eine Casting-Agentur als archetypischen FBI-Agenten geschickt. Ende 40, nichtssagender dunkelgrauer Anzug, dunkle Brille, humorloser Gesichtsausdruck. Er nahm auf der anderen Seite des kahlen Tischs Platz und starrte Levi einige Sekunden lang an. Dabei gab er saugende Geräusche durch die Zähne von sich.

»Mr. Yoder, ich bin Special Agent O'Connor vom FBI. Ich fürchte, Sie stecken in ernsten Schwierigkeiten.«

Levi legte den Kopf erst zur einen, dann zur anderen Seite schief. Die Sehnen in seinem Hals knackten. »Wie auch immer die Anschuldigungen lauten, sie sind ein Haufen Müll. Ich habe nichts getan.«

»Die Agenten, von denen Sie abgeholt wurden, haben Ihnen bereits gesagt, was Ihnen zur Last gelegt wird, Mr. Yoder.« O'Connor runzelte die Stirn. »Und ich habe die Aufzeichnungen über Sie. Ich weiß alles, was es über Sie und Ihre Verbindung zur New Yorker Verbrecherfamilie Bianchi zu wissen gibt. Außerdem sind Sie bezahlter Informant. Ich bin sicher, davon halten Ihre Freunde bei der Mafia nicht allzu viel ...«

»Bullshit. Ich weiß nichts über irgendwelche Verbrecherfamilien, und selbst wenn, würde ich nie mit den Bundesbehörden darüber reden. Warum haben Sie mich wirklich eingesackt?«

O'Connor starrte Levi volle zehn Sekunden an, bevor er antwortete. »Wir haben Beweise dafür, dass Sie an den Tatorten der Morde an drei Bundesagenten waren. Nimmt man dazu noch Ihre bekannte Verstrickung in den Handel mit Sexsklaven ...«

»Die Scheiße hängen Sie mir nicht an!« Levi schnaubte und schüttelte den Kopf. »Ihre Aufzeichnungen sind Schwachsinn. Ich hab euch Arschlöchern geholfen, korrupte, bestechliche Bundesbeamte auffliegen zu lassen. *Sie* haben minderjährige Prostituierte importiert und sich mit ihnen vergnügt. Geht's darum? Soll das so was wie ein Racheakt für Ihre pädophilen Kumpels werden? Ich will meinen Anruf. Holen Sie meinen Anwalt her.«

Die eiserne Selbstbeherrschung, mit der Levi sein Temperament zügelte, bekam allmählich Risse. Er hatte zwei Monate im Auftrag der für Kindersexhandel zuständigen Abteilung des FBI gearbeitet. Dabei hatte er letztlich zwei Agenten aufgespürt, die von einer der anderen Mafiafamilien an der Ostküste Bestechungsgeld angenommen hatten. Es war ein hässliches Geschäft. Je mehr Einblick Levi darin erhalten hatte, desto mehr hatten ihn die anderen darin verstrickten Familien angewidert. Trotzdem hatte er nie jemanden außer den korrupten Bundesbeamten verpfiffen.

Diese FBI-Agenten hatten gegen ihre Eide verstoßen, nicht er – und nicht mal die Mafiosi, mit denen er zu tun gehabt hatte.

Nun jedoch sah es tatsächlich so aus, als wollte sich das FBI rächen. Levi hatte für einen solchen Fall vorgesorgt. Er hatte von fast allem Video- und Audioaufzeichnungen. Diese Mistkerle würden ihn nicht zu Fall bringen.

O'Connor starrte Levi finster an und schüttelte den Kopf. »Sie kriegen *gar nichts*, bis ich es sage. Die drei Agenten, die Sie getötet haben, waren meine Freunde, und ich habe vor ...«

»Was haben Sie vor?«, fiel Levi ihm ins Wort, spannte die Ketten seiner Fesseln und streckte die Brust vor. »Sie müssen sich an die Regeln halten, Agent O'Connor. Ich kenne meine Rechte. Und ich weiß, dass ich nicht getan habe, was Sie mir vorwerfen. Holen Sie mir meinen Anwalt.«

Der Agent lehnte sich zurück und blies laut den Atem aus. »Hören Sie mir gut zu, Yoder. Ich kann Ihnen das Leben zur Hölle machen, wenn Sie sich mir widersetzen. Klar, letztlich kriegen Sie Ihren Anruf. Aber ich kann dafür sorgen, dass Sie keine Kaution bekommen. Ich sorge außerdem dafür, dass Sie für Monate, vielleicht sogar für Jahre in den Bau wandern, bevor Ihr Fall vor Gericht kommt. Ich vergrabe Sie.«

Levi starrte den Agenten finster an. Leider log der Mann nicht. Ganz gleich, wie zuversichtlich er sein mochte, seine Unschuld beweisen zu können: Dieser Arsch konnte ihm Schwierigkeiten bereiten.

»Ich hab niemanden ermordet«, beteuerte Levi. »Sie haben mich recherchiert. Ich bin sauber, und das wissen Sie genau. Ich hab euch Arschlöchern lediglich geholfen, bei euch aufzuräumen und ...«

»Sie haben nie Ihre Mafia-Kontakte preisgegeben.«

»Das war auch nie vereinbart. *Ihre* Leute waren korrupt. Ich hab Ihnen die Beweise geliefert, die Sie gebraucht haben, um zwei bestechliche Bundesbeamten aus dem Verkehr zu ziehen. Eigentlich sollten Sie mir vor lauter Dankbarkeit den Hintern küssen. Stattdessen schikanieren Sie mich wegen etwas, das ich nicht getan habe.«

O'Connor beugte sich vor und knurrte. »Ich weiß nichts dergleichen. Ich weiß nur, dass wir drei nach Mafia riechende Morde an

Bundesagenten haben und Sie damit in Verbindung gebracht werden. Vielleicht sollte ich Sie einfach einbuchten. Hab gehört, was passiert ist, als Sie das letzte Mal drin waren. Ist ein bisschen blutig geworden, nicht wahr?«

Levi starrte ihn finster an. Als er das letzte Mal in Haft gewesen war, ebenfalls wegen frei erfundener Anklagepunkte, hatten ihn russische Mafiosi angegriffen.

O'Connor schmunzelte. »Oh, dachten Sie etwa, davon wüsste ich nichts? Ich hab Sie am Wickel. «

»Einen Scheiß haben Sie. Muss ich Sie daran erinnern, dass sämtliche Anklagepunkte gegen mich fallen gelassen wurden?«

»Sie haben in dem Knast zwei Menschen ermordet.«

Levi lachte. »Was denn, sind Sie ein verschollener Cousin der toten Russen-Gangster, die mich umbringen wollten? Jetzt machen Sie aber verdammt noch mal halblang. Es war Notwehr, das wissen Sie. Dieses Schwelgen in der Vergangenheit ist ja echt rührend und macht mich ganz nostalgisch. Aber was wollen Sie eigentlich von mir?«

»Ich will Antworten. Hatten Sie etwas mit der Ermordung der Special Agents Wei, Mendoza oder Nguyen zu tun?«

»Nein.«

»Wissen Sie, wer es war?«

»Keine Ahnung. Lassen wir den Quatsch doch beiseite, Sie sind hier total auf dem Holzweg.«

»Sind Sie bereit, sich einem Lügendetektortest zu unterziehen?«

Levi lächelte. Was immer dieser Agent an sogenannten Beweisen haben mochte, wahrscheinlich wusste er selbst, dass sie wertlos waren. Er fischte im Trüben.

»Ich hab kein Problem mit dem Lügendetektor, Agent O'Connor.« Levi runzelte die Stirn. Je länger er herumsaß und seine Zeit mit diesen Leuten vergeudete, desto schwieriger würde es werden, Tanakas Enkelin zu finden. »Was muss ich tun, damit Sie mich in

Ruhe lassen? Ob Sie's glauben oder nicht, ich wüsste Besseres mit meiner Zeit anzufangen.«

O'Connor verlagerte auf dem Stuhl das Gewicht und trommelte mit den Fingern auf der Tischplatte. »Sie haben vielleicht den Eindruck, Sie hätten hier das Sagen, aber damit liegen Sie falsch. Sie gehören mir, bis ich was anderes entscheide. Aber vielleicht könnte ich mit einem Deal leben.« Er klopfte mit den Knöcheln auf die Tischplatte und nickte. »Sofern Sie den Lügendetektortest bestehen, können wir unter Umständen zu einer Lösung finden. Ihr Zugang zu einigen Ihrer Mafia-Kontakte könnte sich bei dieser Untersuchung als nützlich erweisen. Vielleicht gelingt es mir, meine Vorgesetzten zu überreden, Sie als Kronzeugen zu behandeln.«

O'Connor war offenbar nicht klar, dass Levi niemals irgendein Mitglied der Familie an die Behörden verraten würde. Dinge innerhalb der Familie wurden innerhalb der Familie geklärt. Ausnahmslos. Er stellte sich eine Fünfjährige in den Händen eines Entführers vor und schluckte die Galle hinunter, die ihm dabei in die Kehle stieg. »Und dadurch werd ich diese Handschellen los und kriege meine Freiheit zurück?«

»Die Handschellen werden Sie los, ja. Was die Freiheit angeht – tja, das kommt ganz auf die Einzelheiten eines etwaigen Deals an. Aber Sie bleiben so oder so ein Verdächtiger, bis der Fall zur Zufriedenheit des FBI gelöst ist.«

»Na schön.« Levi zuckte mit den Schultern. Er sah keine große Wahl in der Angelegenheit. Jedenfalls nicht ohne juristische Schereien und einen erheblichen Zeitverlust, den er sich nicht leisten konnte. Immerhin stand das Leben eines unschuldigen Mädchens auf dem Spiel. Außerdem konnte man nie wissen: Vielleicht log das FBI gar nicht und hatte wirklich einen Informanten, der zu Unrecht mit dem Finger auf ihn zeigte. Nur wer könnte es sein?

»Sie sind klüger, als Sie aussehen.« O'Connor stand auf, zückte ein Handy und hielt es sich ans Ohr. »Ich bin's. Er ist bereit, sich dem Lügendetektortest zu unterziehen. Bringt die Ausrüstung her.«

Das war alles. Wer immer am anderen Ende der Leitung gewesen war, hatte mit diesem Ergebnis gerechnet. Das FBI wollte, dass sich Levi freiwillig einem Lügendetektortest unterzog.

Aber warum?

Nachdem Levi einen langen Fragebogen ausgefüllt hatte und an das Gerät angeschlossen war, lehnte er sich auf dem Metallstuhl zurück und konzentrierte sich auf seine Atmung.

Er hatte rund ein Dutzend Mal mit einem Lügendetektor geprobt, doch diesmal war es ein wenig anders. An seine Finger waren mehr Drähte angeschlossen. Levi wusste, dass sie die galvanische Reaktion seiner Haut messen sollten – die elektrischen Veränderungen, die durch verschiedene emotionale Zustände ausgelöst wurden. Um seine Brust und seinen Bauch waren zwei Pneumografieschläuche gewickelt, um seine Atmung zu messen. Und zu guter Letzt hatte man um seinen rechten Oberarm eine Blutdruckmanschette angebracht.

Der Untersuchungsleiter, ein vierschrötiger Mann in einem schlecht sitzenden Anzug, tippte auf einem an den Polygraphen angeschlossenen Laptop. »Mr. Yoder, wir gehen jetzt Ihre Antworten in dem Fragebogen durch, den Sie vorhin ausgefüllt haben. Ich muss Sie darüber in Kenntnis setzen, dass ...«

Levis Gedanken lösten sich von den Worten des korpulenten Untersuchungsleiters, und er begann zu meditieren. Damit bereitete er sich auf die Fragen vor, von denen er wusste, sie würden kommen.

Vor Jahren hatte er von einem indischen Guru die Kunst der transzendentalen Meditation erlernt. Sie erwies sich als nützlich dabei, den Geist zu leeren. Das hatte ihm vor allem damals geholfen, als der Tod seiner Frau seine Seele förmlich zerfressen hatte. Seither hatte er sich verschiedene Varianten derselben Fähigkeit angeeignet, mentale Techniken, durch die er sich gleichzeitig entspannen und die Sinne schärfen konnte.

Er hörte die angestrengte Atmung des Untersuchungsleiters, spürte den langsamen, gleichmäßigen Takt seines eigenen Herzschlags und nahm sogar das Summen der Stromversorgung der Neonbeleuchtung draußen im Flur wahr. Levi stellte sich vor, wie sich sein Geist vom Körper trennte und umherschwebte. Auf emotional distanzierte Weise hörte und sah er alles.

Obwohl er den Untersuchungsleiter nicht beobachtete, wusste er genau, wann der Mann den zuvor ausgefüllten Fragebogen zur Hand nahm. Levi empfand nicht das Geringste, als der Mann das Wort ergriff.

»Mr. Yoder, ich stelle Ihnen jetzt eine Reihe von Kontrollfragen, um Ihre grundlegenden physiologischen Reaktionen zu ermitteln. Das hilft mir beim Kalibrieren der Ausrüstung. Bitte antworten Sie auf jede Frage, die ich Ihnen stelle, mit ›Nein‹. Haben Sie verstanden?«

Levi nickte.

Der Untersuchungsleiter verlagerte unbehaglich das Gewicht auf dem Stuhl. »Mr. Yoder, Sie sind 41 Jahre alt, ist das richtig?«

»Nein.« Levi war tatsächlich 41.

»Sind Sie der derzeitige Präsident der Vereinigten Staaten?«

»Nein.«

»Haben Sie jemals gelogen?«

»Nein.« Der Rhythmus von Levis Atmung blieb im Verlauf der Fragen unverändert.

Bald beendete der Untersuchungsleiter die Kontrollfragen und wandte sich Levis Verbindungen zur Mafia zu. Levi log bei fast allem zu dem Thema. Als es darum ging, wo er sich an bestimmten

Tagen der vergangenen zwei Wochen aufgehalten hatte und ob er bestimmte Agenten kannte, antwortete Levi wahrheitsgetreu. In der Hinsicht hatte er nichts zu verbergen.

Nach ungefähr 30 Minuten endete die Befragung. Der Untersuchungsleiter tippte wiederholt auf der Tastatur des Laptops. Der Mann war rot angelaufen, und trotz der kühlen Luft im Raum glänzte seine Stirn feucht vor Schweiß. Schließlich klappte er den Deckel des Laptops zu, schloss ihn von dem Gerät ab, mit dem Levi verbunden blieb, und verließ den Raum mit dem Computer.

Geschlagene zehn Minuten harrte Levi allein aus. Seine nach wie vor am Stuhl fixierten Arme pochten allmählich vor Bewegungsmangel.

Plötzlich schwang die Tür wild auf, und O'Connor stapfte herein. Seine Gewittermiene verriet auf Anhieb seine Verärgerung. »Yoder, was für eine Micky-Maus-Scheiße haben Sie da abgezogen? Was für ein Trick ist das?«

Levi schaute auf, als der Agent grob die Leitungen von seinen Fingern, die Blutdruckmanschette und die Schläuche um seine Brust und seinen Bauch entfernte. »Agent O'Connor, ich habe keine Ahnung, wovon Sie reden.«

Der Agent schnaubte genervt und schüttelte den Kopf. »Egal, spielt keine Rolle. Ich hatte einen Anruf von meinem Vorgesetzten. Ich bringe Sie zu ihm.«

Levi lockerte die nach wie vor verkrampften Schultern, als er Agent O'Connor durch die Gänge der FBI-Räumlichkeiten in Washington, D.C. folgte. Sie waren knapp 30 Minuten in der Limousine des Mannes unterwegs gewesen. Abgesehen von der barschen Anweisung, sich anzuschnallen, war die Fahrt in völliger Stille verlaufen.

Mehrere vorbeigehende FBI-Mitarbeiter warfen einen neugierigen Blick auf Levis Besucherausweis. Außerdem brauchten die Sicherheitsleute ziemlich lange, um aus einem anderen Raum ein Buch zu holen, in das er sich eintragen musste. Zusammengenommen ergab sich der Eindruck, dass man in dieser Außenstelle nicht oft Besucher hatte.

O'Connor blieb vor einer geschlossenen Tür stehen und klopfte an.

Von drinnen ertönte eine Stimme. *»Herein.«*

Der Agent öffnete die Tür und bedeutete Levi, einzutreten.

Levi ging in ein beengtes Büro. Die Einrichtung bestand aus einem Schreibtisch mit Resopal-Platte und mehreren regierungstypischen, eintönig grauen Metallschränken. Auf jeder ebenen Fläche stapelte sich Papier.

Hinter dem Schreibtisch erhob sich ein grauhaariger Mann Ende 50 und zeigte auf einen Stuhl. »Bitte, Mr. Yoder, nehmen Sie Platz.«

O'Connor schloss die Tür und setzte sich eine Armeslänge von Levi hin. »Mr. Yoder, das ist Special Agent in Charge Gary Michaels.«

Levi kannte sich mit der Organisation des FBI gut genug aus, um zu wissen, dass ein Special Agent in Charge, kurz SAC, ziemlich weit oben in der Hierarchie stand. Es gab keinen für ihn ersichtlichen Grund, warum sie sich zu dritt in einem Büro befanden. Diesem Michaels unterstanden vermutlich etliche, wenn nicht die meisten der Mitarbeiter in diesem Gebäude. Levi fragte sich, was das große Aufhebens sollte.

»Mr. Yoder, bevor wir im Detail darauf eingehen, warum Sie hier sind, möchte ich unmissverständlich klarstellen, wie ernst Ihre Lage ist. Ihnen wird Mord an drei Bundesagenten zur Last gelegt. Wir haben Zeugenaussagen, die Sie mit den Tatorten in Verbindung bringen. Ich habe mehr als genug in der Hand, um Sie für drei Tage in Haft zu nehmen. Und aufgrund der Schwere der Verbrechen kann ich dafür sorgen, dass Sie bei der Vorführung vor Gericht keine Kaution bekommen. Das muss Ihnen bewusst sein.«

Zähneknirschend musterte Levi den SAC. Sein Tonfall und sein Gebaren ließen unzweifelhaft erkennen, dass er daran gewöhnt war, das Heft in der Hand zu haben. Der Mann trieb keine Spielchen. Er wirkte berechnend, intelligent und würde sich von jemandem wie Levi keinen Schwachsinn gefallen lassen.

»Ich verstehe, Sir.«

Michaels nickte knapp. »Gut.« Er griff sich ein Blatt Papier von einem der Stapel auf seinem Schreibtisch und betrachtete es. »Sind Sie damit einverstanden, Kronzeuge zu werden und uns bei der Identifizierung der Tatverdächtigen an der Ermordung der Special Agents Bruce Wei, Tony Mendoza und Tran Nguyen zu unterstützen?«

»Ja.«

»Sie werden nicht – ich wiederhole, *nicht* – versuchen, im Zuge dieser Ermittlungen irgendwelche Verdächtigen eigenständig zu fassen. Das ist nicht Ihre Aufgabe. Beweise, die Sie finden, übergeben Sie uns, und wir handeln. Ist das klar?«

»Kristallklar, Sir.«

»Gut.« Michaels wandte sich an O'Connor. »Agent O'Connor, zufällig weiß ich, dass Nick Anspach gerade aus dem Labor in Quantico angekommen ist. Bringen Sie Mr. Yoder zu unserem kriminaltechnischen Experten.«

»Aber ...«, setzte O'Connor zu einem Protest an.

»Kein Aber, tun Sie's einfach, Frank. Verstanden?«

»Ja, Sir.«

Michaels richtete den Zeigefinger auf Levi. »Mr. Yoder, wir werden Sie nicht ersuchen, einen Peilsender zu tragen, solange Sie sich täglich bei Agent O'Connor melden. Er fungiert für die Dauer der Kooperation als Ihr FBI-Ansprechpartner, und Sie nehmen Ihre Anweisungen von ihm entgegen.«

Levi sah O'Connor an und runzelte die Stirn. »Das versteh ich nicht. Wie soll ich jeden Stein nach den Tätern umdrehen, wenn ich bei jedem Handgriff Agent O'Connor um Erlaubnis fragen muss?«

Michaels verengte die Augen und schüttelte kaum merklich den Kopf. »Ich denke, Sie werden feststellen, dass Agent O'Connor kein Kontrollfreak ist.«

O'Connor drehte sich auf dem Sitz zu Levi herum. »Mr. Yoder, darf ich Sie bitten, kurz im Gang draußen zu warten? Ich muss unter vier Augen mit Mr. Michaels sprechen.«

»Sicher.«

Levi verließ den Raum und schloss leise die Tür hinter sich – dann drückte er das Ohr an die Wand von Michaels' Büro. Er hörte den barschen Klang von O'Connors flüsternder Stimme.

»Wie können wir ihn einfach vom Haken lassen? Der Polygraph ...«

Levi presste das Ohr fester an die Wand. Was hatte sein Lügendetektortest ergeben?

»Frank, die Entscheidung liegt nicht bei mir.«

»Wenn nicht bei Ihnen, wer hat dann ...«

»Jetzt halten Sie die Klappe und tun Sie's einfach. Es gibt da gewisse ... Ich verstehe es ja selbst kaum.«

Die Stimmen wurden noch leiser, und schließlich ... Stille.

Levi richtete sich auf, als sich die Tür zu Michaels' Büro öffnete.

Agent O'Connor trat in den Flur heraus, würdigte ihn kaum eines Blickes und sagte: »Folgen Sie mir.«

***

Als sie die Treppe in den zweiten Stock hinunterstiegen, ergriff Levi das Wort. »Agent O'Connor, als Ihre Leute mich aufgegriffen haben, war ich gerade dabei, einer Spur im Fall einer Entführung nachzugehen. Die Mutter arbeitet beim FBI und ...«

»Wie heißt sie?« O'Connor sah ihn mit großen Augen an.

»Das entführte Mädchen?«

»Nein, die Mutter.«

»Helen Wilson.«

Der Agent blieb vor der Tür stehen, die vom Treppenhaus in den zweiten Stock führte, und konzentrierte sich auf Levi. »Ich bin vertraut mit dem Fall. Wir haben Leute darauf angesetzt.« O'Connor runzelte die Stirn. »Ich weiß Ihre Sorge um das Kind zu schätzen, aber das ist nicht Ihr Problem. Mir soll bloß nicht zu Ohren kommen, dass Sie Ihre Zeit mit etwas anderem als damit verbringen, herauszufinden, wer die drei Bundesagenten ermordet hat. Haben wir uns verstanden?«

Levi hätte dem Kerl *so* gern die Visage poliert. Stattdessen atmete er tief ein, blies die Luft langsam aus und nickte. »Verstanden, Agent O'Connor.«

»Gut.«

Aber als O'Connor ihn aus dem Treppenhaus durch einen holzgetäfelten Korridor führte, knirschte Levi mit den Zähnen. Auf keinen Fall würde er die Entführung des Tanaka-Kinds den Bundesbehörden überlassen.

Nick Anspach, der Kriminaltechniker, sah wie Mitte 40 aus. Er hatte platinblondes Haar und Narben in der rechten Gesichtshälfte, anscheinend von einer schlimmen Verbrennung. Als Levi dem Mann die Hand schüttelte, fiel ihm auf, dass die Hälfte des kleinen Fingers und des Ringfingers fehlte.

»Freut mich, Sie kennenzulernen, Mr. Yoder.«

Agent O'Connor stand am Eingang zum Büro des Mannes.

»Nick Anspach ist einer der besten Kriminaltechniker beim FBI.« Er wandte sich an den Anspach und deutete mit dem Daumen auf Levi. »Mr. Yoder ist Kronzeuge im Fall Mendoza, Wei und Nguyen.«

Levi bemerkte den ausgesprochen ordentlichen Schreibtisch. Alles befand sich penibel ausgerichtet an seinem Platz. Das Einzige im Büro, das ansatzweise Chaos erkennen ließ, waren die hinter dem Schreibtisch an die Wand gehefteten Fotos. Um die 30 Aufnahmen von Anspach bei verschiedenen gesellschaftlichen Anlässen. Ein Leitmotiv schien ein Drink in seiner unversehrten Hand zu sein, und auf vielen der Fotos waren Abzeichen von FBI-Mitarbeitern zu sehen. Ein populärer Mann.

»Nick, ein paar Grundregeln zu unserem Kronzeugen hier. Er hat keine Legitimation, also übergebe ich ihn hiermit an dich. Offensichtlich muss er begleitet werden. Er hat die Freigabe, sich die Beweise anzusehen, die wir zu den drei Morden gesammelt haben. Aber er darf nichts davon entfernen oder Kopien von irgendwas anfertigen.«

Anspach nickte. »Sonst noch was?«

O'Connor schüttelte den Kopf. »Nein, das war's. Ich muss mich noch um andere Dinge kümmern.«

Als sich der Agent zum Gehen wandte, fragte Levi: »Hey, was ist mit meinem Wagen? Ich hatte vor der Schule geparkt, als Ihre Leute mich eingesackt haben.«

O'Connor schaute über die Schulter zu Levi zurück. »Darum habe ich mich schon gekümmert. Bis Sie und Nick fertig sind, steht er draußen vor dem Gebäude.« Damit verließ er das Büro und schloss die Tür hinter sich.

Anspach deutete auf einen Stuhl. »Mr. Yoder, nehmen Sie doch Platz, dann sehen wir uns an, was wir bisher zu den Fällen haben.«

»Mendoza wurde vor acht Tagen in New York City umgebracht.« Anspach sprach leise, beinah im Flüsterton.

Levi blätterte durch die Akte des Falls Mendoza, als der Kriminaltechniker auf der anderen Seite des Schreibtischs Platz nahm. Es handelte sich um fast 50 Seiten, bestehend aus Notizen, Befragungsabschriften und sonstigen forensischen Berichten. Die Autopsie an dem Agenten hatte ergeben, dass die Schlagader des Mannes durch einen tiefen Schnitt vorne und seitlich am Hals durchtrennt worden war.

Mit einem schiefen Grinsen, das leicht das Narbengewebe auf seiner Wange verzog, schob Anspach einen Block mit gelben Haftnotizen zu Levi. »Sie können von den Unterlagen zwar nichts mitnehmen, aber O'Connor hat nicht gesagt, dass sie keine Notizen machen dürfen.«

Levi erwiderte das Lächeln des Technikers und tippte sich seitlich an den Kopf. »Danke, aber ich versuch, es hier abzuspeichern.« Er legte den Zeigefinger auf die Akte. »Das ist am helllichten Tag im Central Park passiert. Wie kann's sein, dass der Täter nicht geschnappt wurde?«

Anspach zuckte mit den Schultern. »Kann ich nicht sagen. Offen gestanden war ich nicht von Anfang an bei der Untersuchung dabei, aber ich habe mit dem Zuständigen von der Außenstelle New York geredet. Es hat ursprünglich wie ein willkürlicher Raubüberfall ausgesehen, nur wurde nichts gestohlen.«

Levi blätterte zur nächsten Seite der Akte, wo ihn das Phantombild eines asiatischen Mannes erwartete. »Ist das der Verdächtige?«

Anspach setzte eine verkniffene Miene auf. »Ja. Es ist direkt vor den Augen von Mendozas Frau und seinen zwei Kindern passiert. Das Phantombild ist nach der Beschreibung der Ehefrau entstanden.« Er streckte sich über den Tisch und tippte auf die Wange des Asiaten. »Außerdem hat sie zu Protokoll gegeben, dass sie ihm ziemlich heftig über die linke Wange gekratzt hat. Die DNA-Probe, die wir unter ihren Fingernägeln entnommen haben, entspricht der eines chinesischen Mannes.«

Levi fragte sich, wie er je in die Sache hineingezogen werden konnte. *Ich bin weiß, über 1,80 Meter groß und hab 80 Kilo. Man kann mich unmöglich mit einem 1,75 Meter großen, 70 Kilo schweren Asiaten verwechselt haben.*

Levi schnaubte frustriert und konzentrierte sich wieder auf das Phantombild. Auf einer der früheren Seiten der Akte stand, dass Mendozas Kinder fünf und sieben Jahren alt waren, beides Jungen. Was für ein Barbar würde jemanden vor den Augen seiner beiden Kinder angreifen?

Der Kriminaltechniker schob eine dickere Akte zu Levi. »Das hier haben wir über den Fall Nguyen und Wei. Ist nur etwa eine Stunde von hier entfernt passiert. Eine Autobombe, die beide ausgeschaltet hat, und ...«

»Das versteh ich nicht.« Levi begann, durch die neue Akte zu blättern. »Ein Mord in New York, zwei in der Nähe von hier. Warum fasst man diese drei Morde zusammen? Ich hätte vermutet, sie würden von zwei verschiedenen Außenstellen bearbeitet.«

Anspach legte den Kopf schief und starrte Levi einen Herzschlag lang an, bevor er antwortete. »O'Connor hat es Ihnen nicht gesagt?«

»O'Connor hat mir einen Scheißdreck gesagt. Was übersehe ich?«

»Na ja, ich schätze, es schadet nichts, es Ihnen zu sagen. Sie waren alle Teil einer Taskforce gegen Sexsklavenhandel.«

»Mit Kindern, meinen Sie?« Levi verzog angewidert die Lippen. Unwillkürlich sah er vor dem geistigen Auge ein Bild des entführten Tanaka-Kinds.

»Nicht *nur* Kinder, aber ja. Die Einfuhr von ausländischen Personen für ... alles andere als ehrenwerte Zwecke. Obwohl die Sklaverei in diesem Land seit über 150 Jahren abgeschafft ist, existiert sie noch immer.« In Anspachs Züge trat ein gequälter Ausdruck, der erahnen ließ, dass dem Kriminaltechniker schon Dinge untergekommen waren, die er lieber nicht gesehen hätte.

Levi sah sich die Berichte über die Bombe durch, mit der die beiden Agenten getötet wurden. Einer der Ausdrucke zeigte ein Bild eines Asiaten. »Sie haben einen Fingerabdruck auf einem Bombensplitter gefunden?«

»Ein echter Glücksfall. Im FBI-Labor drüben in Quantico haben wir wirklich gute Verfahren, um latente Abdrücke zum Vorschein zu bringen. Ist mir tatsächlich gelungen, unter all den Trümmern vom Tatort einen Abdruck zu finden. Und wie aus dem Bericht ersichtlich, hat er zu einem Treffer in IAFIS geführt.«

»IAFIS?«

Anspach schmunzelte. »Oh, tut mir leid. FBI-Abkürzung. Davon haben wir ganze Wagenladungen. Das ist unsere Datenbank für Fingerabdrücke.«

Levi überflog den IAFIS-Bericht über einen gewissen Kiyoshi Ishikawa – 32 Jahre alt, japanischer Staatsbürger mit abgelaufenem Studentenvisum. Derzeitiger Aufenthaltsort unbekannt. Der Abschnitt des Berichts mit dem Titel »Strafregister und Zugehörigkeiten« enthielt eine Aufstellung relativ harmloser Auseinandersetzungen mit dem örtlichen Gesetz in D. C. Allerdings dröhnte Levis Herzschlag laut durch seinen Kopf, und ein kalter Schauder raste ihm über den Rücken, als er die nächste Zeile laut vorlas. »Bekanntes Mitglied des Tanaka-Syndikats.«

Anspach brummte etwas Unverständliches, bevor er deutlicher sagte: »Soweit ich weiß, ist das ein ziemlich übler Menschenschlag aus Japan, der in den USA Fuß zu fassen versucht. Ist aber der Ehrlichkeit halber nicht mein Fachgebiet, deshalb kann ich Ihnen nicht wirklich viel darüber sagen.«

Während Levi den Rest des Berichts überflog, überschlugen

sich seine Gedanken. Nach weiteren fünf Minuten Stille schob er die Akte zurück zu Anspach. »Ist das alles, was Sie haben?«

Das rechte Auge des Mannes zuckte. Es sah wie ein schmerzhafter Tic aus, der das Narbengewebe neben dem Augenwinkel kräuselte. »Ich fürchte, das ist alles.« Er zeigte auf die Haftnotizen und den Bleistift. »Sind Sie sicher, dass Sie sich nichts notieren müssen?«

Levi stand auf und nickte. »Ich hab alles, was ich brauche.«

KAPITEL VIER

Im Mietauto hatte Levi gerade Madison angerufen, als ein Polizeiwagen mit heulender Sirene am FBI-Gebäude vorbeiraste. »Maddie, alles in Ordnung?«

»*Mir geht's gut.*« Ihre Stimme drang aus den Lautsprechern des Autos. Sie klang gestresst. »*Was gibt's? Normalerweise rufst du unter der Woche nicht tagsüber an.*«

»Tja, stell dir vor, ich bin gerade in Washington, D.C. und hab noch ein paar Stunden, bevor mein Zug zurück geht. Lust auf einen Happen zu essen?«

»*Oh ich wünschte, ich könnte. Um ehrlich zu sein, ich fühl mich nicht ganz wohl, deshalb bin ich grade unterwegs zum Arzt, um mich durchchecken zu lassen. Vielleicht brüte ich die Grippe aus oder so.*«

Levi runzelte die Stirn. Irgendetwas hörte sich nicht richtig an. Sie schien aufgebracht zu sein. »Na ja, ich könnte dich begleiten. Ich hab Zeit. Sag mir einfach, wo wir uns treffen können.«

»*Nein, schon gut. Nimm du ruhig den Zug. Wirklich, ich mein's ernst.*«

»Aber ...«

»*Levi!*« Madison erhob die Stimme, dann lachte sie. »*Musst du echt von mir hören, dass ich unterwegs zum Gynäkologen bin und mir lieber wäre, wenn du nicht dabei bist? Mir geht's gut, ich fühl mich bloß nicht zu 100 Prozent fit. Ich ruf dich am Freitag an, dann sehen wir weiter, okay?*«

Verlegen betätigte Levi die Gangschaltung. »Okay, ich denke, das versteh ich. Viel Spaß.«

»*Nicht unbedingt, was eine Frau auf dem Weg zum Frauenarzt hören will, aber gut.*« Levi nahm ein Lächeln in ihrer Stimme wahr. »*Wir hören uns.*«

Er gab die Zieladresse ins Navigationssystem des Autos ein und fuhr los.

Mitten in der Union Station presste sich Levi das Handy ans Ohr, während er versuchte, Denny über den Lärm der Masse der abendlichen Pendler zu verstehen.

»*Levi, der Lieferwagen von* Domino's *wurde hinter einer heruntergekommenen Taqueria in der Nähe der Ecke Arliss Street und Garland Turnaround zurückgelassen. Auf der anderen Straßenseite ist 'ne Kosmetikschule mit 'nem Sicherheitssystem. Die Überwachungskameras haben ein paar Weitwinkelaufnahmen aus dem Zeitraum. Die Auflösung der Bilder reicht nicht, um was Nützliches wie Kennzeichen zu erkennen. Aber man sieht 'nen dunklen Suburban, der hinter der Taqueria geparkt hat, nachdem das Restaurant geschlossen wurde. Ich hab beim Besitzer nachgefragt. Niemandem dort gehört so 'ne Karre. Dem Besitzer ist nichts aufgefallen.*«

»Danke, Denny. Hast du zufällig rausgefunden, in welche Richtung der Suburban den Parkplatz verlassen hat?«

»*Hab ich tatsächlich, ja. Neben der Kosmetikschule ist 'ne*

Bibliothek mit 'ner Kamera, die zur Walden Road weist. Ziemlich genau um den Dreh, als der Wagen von Domino's *zurückgelassen wurde, zeigt die Kamera der Bibliothek 'nen schwarzen Suburban, der auf der Walden Road nach Norden fährt.«*

»Das ist toll.«

»Freu dich nicht zu sehr. Weiter konnte ich ihn nicht verfolgen. Was danach kommt, ist größtenteils Wohngebiet, da gibt's nicht viel an Überwachungskameras. Hab mein Netz ziemlich weit ausgeworfen, 'ne Menge Gefälligkeiten abgerufen, trotzdem konnte ich den Wagen nicht mehr finden. Er könnte in irgendeiner Garage geparkt haben, aber höchstwahrscheinlich ist er weg. Die Walden ist eine der Straßen, die gerade durch Wohngegenden verlaufen. Der Suburban könnte überall sein.«

»Scheiße. Okay.« Levi setzte sich zu dem Bahnsteig in Bewegung, von dem sein Zug abfahren würde. »Ich bin noch in Washington, aber ich nehme 'nen Acela Express zur Penn Station, bin also in ein paar Stunden wieder in der Stadt.« 15 Meter weiter sichtete Levi ein vertrautes Profil und steuerte auf den Mann zu. »Hör mal, Denny, ich muss auflegen. Trag zusammen, was immer du kannst. Wir sehen uns dann irgendwann nach Mitternacht.«

»Alles klar. Ich werd wie immer in der Kneipe sein.«

Levi beendete den Anruf und stellte sich hinter den asiatischen Mann, der auf die Fahrplantafel von Amtrak starrte.

Er legte dem Mann die Hand auf die Schulter und sagte: »Yoshi, was für ein merkwürdiger Zufall, Sie hier zu sehen.«

Levi und Yoshi saßen nebeneinander im offenen Wagenbereich, während der Zug Richtung Norden zur Penn Station raste. Um sie herum dröhnten die Unterhaltungen spätabendlicher Pendler. Yoshi wollte in einen stilleren Waggon, Levi hingegen wollte, dass ihr

Gespräch vom Umgebungslärm übertönt wurde. In Levis Augen galt jeder als potenzieller Verdächtiger. Und an diesem Bruder eines Mafioso und der ganzen Tanaka-Geschichte störte ihn so einiges.«

Es erschien ihm schwer vorstellbar, dass er erst vor zwölf Stunden Helen Wilson in ihrem Esszimmer befragt hatte. Seither hatte er sich jene Unterhaltung durch den Kopf gehen lassen und sich dabei ertappt, dass einige ihrer Sätze seine Aufmerksamkeit besonders erregten.

Ich habe Sie überhaupt nur hereingelassen, weil ich Yoshi vertraue. Vor langer Zeit haben er und ich zusammengearbeitet.

»Also«, begann Levi. »Wann haben Sie aufgehört, fürs FBI zu arbeiten?«

Yoshi hatte zuvor den Kopf zurückgelehnt und die Augen geschlossen. Bei der Frage setzte er sich jäh auf und drehte sich auf dem Sitz Levi zu. »Woher zum Geier wissen Sie, dass ich dort gearbeitet habe? Hat Helen was gesagt?«

»Nicht direkt und ausführlich, aber ja.« Levi musterte den Mann. Seine Haltung wirkte steif, und er sah Levi direkt und etwas trotzig in die Augen.

Dann jedoch seufzte Yoshi wehmütig, und seine Haltung wurde lockerer. »Es ist schwer zu erklären.«

»Hören Sie, ich will nicht verarscht werden.« Levi beugte sich zu ihm. »Ich krieg's am Ende ja doch raus, aber es wäre für alle Beteiligten wesentlich besser, wenn ich von vornherein weiß, was los ist. Alles. Sie hätten auf keinen Fall die Sicherheit eines Regierungsjobs beim FBI hingeworfen, um bei einem zweitklassigen Sicherheitsunternehmen anzuheuern, wenn's keinen triftigen Grund dafür gegeben hätte.« Ihm fiel ein ziemlich teurer Chronograph von Tag Heuer an Yoshis linkem Handgelenk auf. Ein Bild von seinem Gespräch am Vormittag mit Helen tauchte vor seinem geistigen Auge auf, und er lächelte. »Lassen Sie mich raten: Ihr Bruder hat Ihr Gehalt aufgebessert, und das FBI hat davon Wind bekommen.«

Yoshi senkte den Blick. »Nah dran. Ryuki hat mich vor ein paar Jahren gebeten, nach Helen zu sehen. Ich hab dafür nichts verlangt, aber er hat angefangen, Geld auf mein Konto zu überweisen, und irgendjemand bei der Arbeit muss es bemerkt haben. Die Lügendetektortests damals habe ich alle bestanden, weil ich zu dem Zeitpunkt ehrlich noch nicht mal von den Überweisungen wusste. Trotzdem war ich danach bei meinen Vorgesetzten unten durch, und ich kann ihnen keinen Vorwurf daraus machen. Ich hab immer gewusst, dass es ein Problem für meine Karriere werden könnte, wenn mein Bruder in die USA kommt.

Also hab ich mit Ryuki geredet, und er hat mir den Job bei der Sicherheitsfirma verschafft. So war es einfacher, Helen und vor allem June im Auge zu behalten. Deshalb hatte ich die Nachtschicht. Tagsüber arbeitete ich ehrenamtlich in Junes Vorschule. Nachts hab ich versucht, dafür zu sorgen, dass den beiden nichts passiert.«

Levi setzte ein verhaltenes Lächeln auf. »Weiß Ihr Bruder, dass Helen und Sie etwas miteinander haben?«

Yoshi erbleichte. »Wie ... nein ... Hat Helen ...«

»Nein, sie hat mir nichts verraten. Das hat Ihre Uhr.« Levi zeigte mit dem Finger auf das Stahlarmband von Yoshis Chronometer. »Helen hat die passende Damenausführung davon. Irgendwie glaub ich nicht, dass sie sich ein so edles Spielzeug mit dem Gehalt einer FBI-Analystin leisten könnte.«

Yoshi beugte sich vor und vergrub das Gesicht in den Händen. »Ich bin so ein Idiot.« Dann richtete er sich auf und sah Levi mit besorgtem Gesichtsausdruck an. »Es ist nicht so, dass ... Ich meine, eines Tags wollte ich nach ihr sehen, und da ist es einfach irgendwie passiert. Wir haben es beide im selben Moment gemerkt, aber wir wussten auch, dass wir es geheim halten mussten.«

Das konnte Levi nachvollziehen – Yoshi sorgte sich über Tanakas Reaktion, wenn er es herausfände. Immerhin hatte sich

Yoshi mit der Witwe des einzigen Sohns des Yakuza-Bosses eingelassen.

Schmunzelnd klopfte er Yoshi auf die Schulter. »Sie haben echt Eier, das muss ich Ihnen lassen. Sonst noch was, das Sie mir nicht gesagt haben? Etwas über June oder die Mutter? Irgendwas. Mag Ihnen nicht wichtig erscheinen, könnte es aber sein.«

Yoshi schüttelte den Kopf und sprach mit zittriger Stimme. »Nein. Ich liebe die Kleine, als wäre sie meine eigene Tochter. Ich würde für beide mein Leben opfern. Ich hab Ihnen alles gesagt, was ich weiß.«

»Gut.« Levi fühlte sich ein wenig erleichtert und lehnte sich nach hinten gegen die Kopfstütze. Er war sich bei Yoshi nicht sicher gewesen. Nun jedoch strich er ihn gedanklich von der Liste der Probleme, die er zu lösen hatte.

Sein Verstand befasste sich rasend mit den nächsten Schritten. Er musste zwei völlig verschiedene Fälle gleichzeitig bewältigen. Vor seinem geistigen Auge prangte groß und deutlich das Phantombild jenes Asiaten.

Ein Besuch in Chinatown schien angebracht zu sein.

Zu Mittag ging Levi die Straßen von Flushing entlang, folgte der 40th Road in Chinatown. Es war ein milder Spätherbsttag. Jede Menge Menschen bevölkerten die Umgebung. Die einzigen Nicht-Asiaten darunter waren jedoch einige Mitarbeiter des Versorgungsunternehmens Consolidated Edison, die an einem Schaltkasten an der Seite eines Gebäudes arbeiteten.

Normalerweise trug Levi die Familienuniform, die für jemanden aus dem inneren Kreis wie ihn aus einem maßgeschneiderten Anzug und italienischen Slippers bestand. Allerdings war es kein gewöhnlicher Tag. Er befand sich auf der Jagd und durfte nicht auffallen.

Daher hatte er sich wie ein Tourist gekleidet: Turnschuhe, Jeans, Hemd und Yankees-Windjacke.

Für Levi besaß jeder Teil der Stadt seine eigene unverwechselbare Handschrift – Geräusche, Gerüche und sogar eine prägende, eigene Atmosphäre. Hier bestand dieses charakteristische Flair aus den Gerüchen von Ingwer, Soja und Sternanis. Dazwischen schimmerten die Aromen eines Hotdog-Stands hinter einem Kastenwagen mit chinesischen Schriftzeichen an der Seite durch.

Dennoch fühlten sich die Straßen an diesem Tag ... anders an. Düster, trotz des strahlenden, sonnigen Tags. Es war, als hinge eine unsichtbare, bedrückende Wolke über der Gegend. Als würde jedem im Viertel die Energie ausgesaugt.

Während Levi langsam die schmale Straße entlangging, schnellten seine Augen auf der Suche nach seiner Zielperson hin und her. Etliche Leute starrten aus den Schatten von Markisen über den Eingängen der Geschäfte zu ihm zurück. Niemand davon erregte seine Aufmerksamkeit.

Dann sichtete er ein junges Mädchen – ein zierliches kleines Ding.

Wahrscheinlich höchstens acht oder neun Jahre alt. Mit Sicherheit noch nicht in der Pubertät. Dennoch trug sie knalliges Augen-Make-up, grellen Lippenstift und einen kaum vorhandenen Minirock. Die rechte Schulter war trotz kaum zehn Grad entblößt.

Levi knirschte mit den Zähnen. Es handelte sich um eines der Mädchen, von denen er in diesem Teil der Stadt gehört hatte. Eine Sexsklavin. Vielleicht ein Flüchtlingskind aus Kambodscha, Vietnam oder China. So etwas sollte es nicht geben. Nicht hier. Nicht in seiner Stadt. Levi drehte sich der Magen mit einer Mischung aus Abscheu, Wut und Traurigkeit um.

Er holte sein Handy hervor und tat so, als sähe er sich etwas an. In Wirklichkeit jedoch richtete er die Kamera auf das Mädchen. Er zoomte näher hin.

Dadurch konnte er ihre Gänsehaut erkennen, während sie sehnsüchtig zum nahen Hotdog-Stand starrte.

Er schoss ein Foto und steckte das Telefon weg.

Dann überquerte er die schmale Straße, reichte dem am Hotdog-Stand arbeitenden Mann zwei Dollar und sagte: »Ich nehme einen Hotdog.«

Der Verkäufer fischte ein Würstchen aus dem dampfenden Wasserbad, legte es in ein warmes Brötchen, wickelte es ein und reichte es Levi. »Danke, Sir.«

Mittlerweile starrte das Mädchen Levi an.

Er ging zu der Kleinen hinüber und reichte ihr den Hotdog. »Für dich, Liebes. Gönn dir 'nen Snack.«

Die Kleine starrte mit großen Augen auf das Geschenk in ihrer Hand – aber sie wirkte wie gelähmt und schien nicht zu wissen, was sie tun sollte.

»Nur zu, iss«, ermutigte Levi sie in seinem besten Mandarin. Er hatte keine Ahnung, mit welcher Sprache das Mädchens aufgewachsen sein mochte.

Plötzlich tauchte aus den Schatten zwischen zwei Gebäuden ein Mann auf, rief etwas in einem chinesischen Dialekt, den Levi nicht kannte, und stapfte bedrohlich herüber.

Nackte Angst trat in die Züge des Mädchens, das zu dem einschüchternden Kerl aufschaute.

Der Mann schlug das Essen auf den Boden, knurrte und herrschte Levi mit schwerem chinesischem Akzent an. »50 Dollar, nicht Hotdogs. Du willst ficken, macht 50 Dollar. Mädchen sehr gut. Erstklassig.«

Levi spannte den Körper an, als der Mann näher kam und die Stimme erhob. »50 Dollar, weißer Mann. Du mir schuldest 50 Dollar. Bezahl.«

Mit geballter Faust spie Levi ihm entgegen: »Ich schulde dir einen Scheißdreck.«

Plötzlich spürte er eine Hand auf der Schulter. Als er sich umdrehte, erblickte er wenige Zentimeter entfernt eine attraktive Asiatin. Ihr Blumenduft umfing ihn. »Ich hab mich schon gefragt, wann du hier sein würdest«, sagte sie mit einem Lächeln auf den Lippen. Dann beugte sie sich zu ihm, schlängelte einen Arm um seinen Nacken und drückte ihm einen festen Kuss auf die Lippen.

Bevor Levi reagieren konnte, packte sie ihn am Oberarm und zog ihn über die Straße. »Sie sollten nicht hier sein«, flüsterte sie.

Der Mann, bei dem es sich offensichtlich um den Zuhälter des kleinen Mädchens handelte, brüllte ihnen hinterher, wieder in einem Levi fremden Dialekt. Die Frau rief über die Schulter etwas zurück, während sie Levi wegführte.

Levi fiel auf, dass sich viele Händler in ihre Geschäfte zurückgezogen hatten und von einem anderen Menschenschlag ersetzt wurden. Eine Ansammlung bedrohlicherer Gestalten schien sich einzufinden. Vermutlich Mitglieder einer örtlichen Straßenbande. Zweifellos gehörten sie der hiesigen Tong an, einer chinesischen Verbrecherorganisation.

Ein Lächeln trat in Levis Züge, als ihn die Frau mit erstaunlich kräftigem Griff in Richtung eines Geschäfts zog. Auf der gegenüberliegenden Straßenseite sichtete er zwischen einer chinesischen Wäscherei und einem Stand mit Obst und Gemüse den Mann vom Phantombild. Die Zeichnung erwies sich bis hin zu den zornig-roten Kratzspuren auf der linken Wange als bemerkenswert präzise.

Levi hatte den Überblick verloren, wie viele Gangmitglieder das Gezeter des Zuhälters auf die Straße gelockt hatte.

Die Frau, die ihn mit sich zog, öffnete eine Tür. Eine daran angebrachte Glocke bimmelte fröhlich. Die Unbekannte zerrte Levi ins Gebäude. »Ich sorge dafür, dass Ihnen nichts passiert«, sagte sie.

Unwillkürlich belustigte Levi der Gedanke. Er hatte zwei geladene Schusswaffen und mehrere Messer dabei. Abgesehen davon war er durchaus in der Lage, sich bei einem Schlagabtausch gegen jeden Gegner zu behaupten. Dennoch lehnte sich diese Frau weit aus dem Fenster, um *ihn* zu retten.

Sie rief einem alten Mann etwas zu, der im hinteren Bereich des Ladens stand. Er zog einen Kleiderständer beiseite. Dahinter kam eine Metalltür zum Vorschein. Ohne den Griff von Levis Arm zu lösen, gab die Frau einen Code in ein Tastenfeld neben der Tür ein. Das Klicken einer Verriegelung ertönte. Sie öffnete die Tür, zog ihn unsanft in einen geräumigen Wohnbereich und schlug die Tür hinter ihnen zu.

Levi starrte seine »Retterin« zugleich belustigt und verdutzt an. »Äh, Miss ...«

Sie deutete auf ein Ledersofa. »Setzen Sie sich einfach. Ihnen passiert nichts.« Der Raum mit der gepolsterten Ledercouch maß vielleicht sechs mal neun Meter.

Levis Blick folgte der statuenhaft anmutenden Gestalt der Asiatin, als sie das Zimmer verließ. Er schüttelte den Kopf und betrachtete seine Umgebung.

Der Raum erwies sich als wesentlich luxuriöser, als er es in diesem Viertel erwartet hätte. Die Polsterung der Couch bot genau das richtige Mittelmaß zwischen fest und nachgiebig. Ausgesprochen bequem. Der von dem Möbel ausgehende Geruch von gegerbtem Leder sowie die Geschmeidigkeit und die feine Textur des Bezugs bestätigten, dass es sich um ein hochwertiges Stück handelte. Das Dekor bestand aus einer asiatisch-westlichen Mischung. Die Wände zierten typisch chinesische Seidenbehänge, während das Sofa und der polierte Kaffeetisch aus Walnussholz äußerst westlich anmuteten. Levi wäre nicht überrascht, wenn die Couch aus Italien stammte.

Als irgendwo vom anderen Ende der Wohnung das Geräusch einer Dusche zu ihm drang, steigerte sich seine Belustigung. Im Wohnzimmer dieser Frau saß ein fremder Mann, den sie unter ungewöhnlichen Umständen hereingeholt hatte, und sie nahm eine Dusche? Unwillkürlich bewunderte er ihren Mumm.

Nach wenigen Minuten kehrte die Frau zurück. Zu Levis Überraschung splitternackt.

Als sie ungeniert das Zimmer durchquerte, musste Levi bewusst darauf achten, nicht den Mund aufklappen zu lassen. Sie besaß den Körper einer Tänzerin – zugleich wohlproportioniert, muskulös und zierlich. Ihre helle Haut zierte eine der komplexesten und schönsten Tätowierungen, die Levi je gesehen hatte. Es handelte sich um einen wellenförmigen asiatischen Drachen, der sich über die Erhebungen und Vertiefungen der fantastischen Figur dieser Frau erstreckte.

Sie ergriff einen Morgenmantel aus Seide von einem altmodischen Kleiderständer aus Holz, schlüpfte hinein und erkundigte sich: »Möchten Sie Tee?«

Obwohl sie sehr deutliches Englisch sprach, schwang darin etwas mit, das sich nach einem leichten russischen Akzent anhörte.

»Ich ... Gern, wenn es nicht zu viele Umstände macht.« Levi stand auf.

Sofort schnippte die Frau mit den Fingern und zeigte auf die Couch. Verwirrt setzte er sich wieder und wurde zunehmend neugieriger auf diese Frau.

Kurze Zeit später brachte sie ein Tablett mit einem Teekessel und zwei kleinen chinesischen Tassen. Sie schenkte für sie beide ein und nahm am Kaffeetisch ihm gegenüber Platz.

Er griff sich eine Tasse – und wurde schlagartig von einer Erinnerung ereilt, als ihn vor nicht allzu langer Zeit eine andere wunderschöne Frau vergiften wollte. Aber als er am Tee schnupperte, nahm er nichts Merkwürdiges wahr und nippte daran. Das Getränk erwies sich als sehr guter Schwarztee.

»Ich habe gesehen, was Sie getan haben.«

Levi sah die Frau mit schiefgelegtem Kopf an. »Was meinen Sie? Den Streit mit diesem Typen?«

»Nein.« Die Frau schwenkte wegwerfend eine Hand. »Sie haben dem Mädchen etwas zu essen gegeben. Warum haben Sie das gemacht?«

Überrascht von der Frage lehnte sich Levi zurück. »Keine Ahnung. Schätze, sie hat hungrig ausgesehen und mir leidgetan.«

»Warum?«

»Warum sie mir leidgetan hat?«

Die Frau nickte.

Kurz überlegte er, wer diese Frau sein mochte. Sie hatte eindeutig keine Angst davor, allein mit ihm zu sein. Weit gefehlt. Und wie sie ursprünglich an ihn herangetreten war, mit diesem unverhofften Kuss ... vielleicht eine Nutte? Nein, eher nicht. Oder vielleicht doch? Levi musste sich seine Antwort gut überlegen. Er hatte keine Ahnung, wie die Frau reagieren würde, wenn er ihr sagte, dass ihm die Vorstellung eines so jungen Mädchens auf der Straße zutiefst widerstrebte.

»Es war kühl draußen. Sie hat ausgesehen, als könnte sie was Wärmendes vertragen.« Das war nicht gelogen.

Mehrere Sekunden lang starrte ihn die Unbekannte an, ohne zu blinzeln. Dann nickte sie. »Offenbar sind Sie ein guter Mensch. Deshalb hab ich Ihnen geholfen.« Sie zeigte in Richtung der Tür, durch die sie eingetreten waren. »Sie müssen hier noch 20 bis 30 Minuten warten. Bis dahin werden sich die Jungs interessanteren Dingen zugewandt haben.« Sie trank den Rest ihres Tees aus, stand auf und verließ ohne ein weiteres Wort das Zimmer.

Levi holte sein Handy heraus. Er wollte Paulie eine Nachricht schicken, dass er ihn bei Denny treffen sollte. Allerdings musste er feststellen, dass er in diesem Gebäude keinen Empfang hatte.

Ungefähr 25 Minuten später tauchte die geheimnisvolle Frau wieder auf. Mittlerweile trug sie gewöhnliche Straßenkleidung.

»Draußen ist die Luft rein«, verkündete sie. »Kommen Sie mit.«

Levi folgte ihr zu einer Tür in der hinteren Ecke des Raums. Sie zog mehrere Riegel auf, dann öffnete sie die Tür. Zum Vorschein kam eine düstere Gasse hinter dem Gebäude in der Nähe der 40th Road.

»Ihnen wird nichts passieren«, sagte sie. »Kommen Sie nur nie wieder her.«

Levi trat hinaus und drehte sich um, wollte der Frau die Hand schütteln. Sie jedoch kehrte in ihre Wohnung zurück und schloss die verstärkte Tür mit einer Endgültigkeit, die zu ihren Worten passte.

Levi blickte auf sein Handy. Er hatte wieder vollen Empfang.

Auf dem Weg zur nächstgelegenen U-Bahnstation wählte er eine Kurzwahlnummer.

»Ja?«, meldete sich eine Männerstimme.

»Paulie, ich schick dir gleich ein Foto.«

»Wieder ein Kind?«

»Ja. Genau wie vorher. Diesmal in Flushing in Chinatown neben einer chinesischen Wäscherei.«

»Verstanden. Du, der Typ, dem ich vertraue, ist heute dienstlich für den Don unterwegs. Es wird mindestens bis morgen warten müssen. Ist das in Ordnung?«

»Ja. Sag ihm, er soll vorsichtig sein. Das hier ist Tong-Gebiet, und sie haben auf Abruf Schläger bereit. Gib Bescheid, was es kostet, ich komme dafür auf.«

»Kannst es als erledigt betrachten.«

Levi legte auf und schaute über die Schulter zurück, als er die Treppe zur Main Street Station hinunterstieg.

Heute Abend würde er den Mörder von Mendoza kennenlernen.

KAPITEL FÜNF

Es war später Abend, die beste Zeit für die schäbigere Seite der Stadt. Levi öffnete eine Plastiktüte mit der Kleidung, die er für solche Streifzüge in die Stadt benutzte. An diesem Abend würde Levi nicht wie jemand der kultivierten Elite New Yorks auftreten und in einem schicken Anzug herumstolzieren. Als er die abgewetzte Hose und das fadenscheinige Hemd aus dem versiegelten Beutel holte, schlug ihm der Geruch von abgestandenem Bier und von Urin entgegen. Das war immer der schwierige Teil: sich an den Gestank zu gewöhnen.

Er zog die Kleidung an und begutachtete sich im Spiegel. Zwar hatte er sich an diesem Morgen nicht rasiert, allerdings genügte der Stoppelwuchs eines Tags nicht, um als betrunkener Obdachloser durchzugehen. Also trug er ein wenig Gesichtsschmiere und einen Hauch Make-up auf, um an strategischen Stellen etwas Dreck hinzuzufügen – etwa in den Ohrenfalten, an den Rändern der Nase, auf der Rückseite der Finger und auf den Handrücken. Er wusste, wie er sich in einen passablen Penner verwandeln konnte.

Als das Telefon klingelte, hielt er es sich ans Ohr. »Frankie?«

»*Ja. Der Ort ist bereit. Dort warten auch ein paar Jungs, du solltest also keinen Ärger haben, sobald das Paket eintrifft.*«

»Danke. Ich bin dir 'nen Gefallen schuldig.«

Damit legte Levi auf und überprüfte sich noch einmal im Spiegel. Sein Haar war nun fettig und zerzaust. Insgesamt sah er aus, als hätte er seit Monaten nicht geduscht. Es war keine perfekte Tarnung, aber er verließ sich darauf, dass der Geruch, dieser unangenehm beißende Ammoniakgestank von Urin, die meisten Menschen davon abhalten würde, einen zu genauen Blick auf ihn zu werfen.

Levi schlüpfte in die Schuhe, die den Teil der Verkleidung darstellten, auf den er am stolzesten war. Sie sahen so abgewetzt und zerschrammt aus, als könnten sich die Nähte jeden Moment auflösen. Tatsächlich war die äußere Schicht der Schuhe fast vollständig aus Teilen größerer Schuhe zusammengenäht. Darunter jedoch trug Levi ein robustes, bequemes Paar Wanderschuhe.

Schon bald würde er damit durch die Straßen schlendern und auf den Eingang der nächstgelegenen U-Bahnstation zusteuern.

Levi wankte in der Nähe der chinesischen Wäscherei, auf die er zuvor gestoßen war, in Position. Die Abluft von den Trocknern drinnen, die durch Schlitze herausdrang, hielt ihn einerseits warm und blies seinen Gestank zu Passanten auf der Straße, die dadurch auf Abstand blieben.

Nachts tummelte sich draußen eine völlig andere Menschenmenge als jene, die er tagsüber gesehen hatte: mehr Prostituierte, von denen ihm zum Glück keine Aufmerksamkeit schenkte; mehr Freier für die Nutten; und mehr Gangmitglieder. Einige der Letzteren spielten Dame, andere tranken Schnaps und riefen einander zu. Wieder andere vertickten unverhohlen Drogen. In Teilen Chinas hatte Levi Schlimmeres erlebt, doch es beunruhigte ihn, das praktisch direkt vor seiner Haustür zu sehen.

Er hatte zuvor recherchiert und herausgefunden, dass es sich beim hier gesprochenen Dialekt um Kantonesisch handelte. Zwar verstand er es trotzdem nicht, aber zumindest hatte er eine Vorstellung davon, woher diese Leute stammten. Wahrscheinlich von der Küste Chinas oder aus Hongkong. Vielleicht waren diese Gangs Ableger der Triaden. Da er diesen Menschenschlag kannte, überraschte es ihn nicht. Wer bereit war, Kinder auszubeuten, war unter aller Würde.

Levi verbrachte fast zwei Stunden in der Gasse liegend unter einem Stück Pappe, das er als Decke benutzte, bevor er seine Zielperson sichtete.

Der Mann mit dem zerkratzten Gesicht lachte über etwas mit einer Handvoll anderer Kerle, die kleine Tütchen verkauften, vermutlich mit Heroin oder Methamphetamin.

Levi bedeckte Mund und Nase mit einer Malermaske und zog sich eine Skimaske über den Kopf. Er war bereit.

Als die Zielperson zufällig in seine Richtung blickte, nieste Levi absichtlich und ließ die Pappe leicht nach unten rutschten. Dadurch sah man, dass er in den Schatten lag, und vor allem eine Brieftasche neben seinem Körper.

Levi beobachtete mit halbgeschlossenen Augen, wie sich die Zielperson in seine Richtung in Bewegung setzte.

Als der Mann Levi erreichte, schaute er nach links und rechts, lächelte und bückte sich, um die Brieftasche aufzuheben.

Levi quetschte eine Flasche, die schlagartig einen Sprühnebel in die Gasse entließ.

Der Mann schnappte überrascht nach Luft, atmete den Sprühnebel ein und richtete sich wankend auf. Dann sackte er mit einem gurgelnden Laut zusammen und landete schwer auf dem Boden.

Bei dem Sprühnebel handelte es sich um ein starkes Betäubungsmittel namens Sevofluran – eine Chemikalie, von der Levi während seiner kurzen Zusammenarbeit mit zwei CIA-Agentinnen erfahren hatte.

Mit angehaltenem Atem packte Levi einen Arm des Mannes und hievte ihn sich über den Rücken. Er brachte ihn tiefer in die Gasse, rannte den dunklen Korridor zwischen den Gebäuden entlang und überquerte mehrere schwach beleuchtete Straßen. Dabei glich er lediglich einem Schatten, der von einem dunklen Winkel der Stadt in den nächsten huschte, bis er eine Tür erreichte. Er klopfte erst zweimal, wartete, klopfte noch einmal und anschließend dreimal.

Die Tür öffnete sich. Paulies hünenhafte, über zwei Meter große Gestalt füllte den Eingang aus. Er nahm Levi seine Last ab und flüsterte: »Das Zimmer ist vorbereitet.«

Levi quetschte eine Kapsel mit Riechsalz unter der Nase des Gangsters. Ein Ruck durchlief den Bewusstlosen, und er zuckte von dem beißenden Ammoniakgeruch weg, bäumte sich gegen die Lederfesseln auf, die ihn an dem mit dem Boden verschraubten Metallstuhl fixierten.

Levi folgte seinen Bewegungen und behielt die Kapsel direkt unter der Nase, bis der Mann die Augen weit aufriss.

»Aufgewacht«, sagte Levi ruhig, als der Gefesselte die Augen gegen die grellen, direkt auf ihn gerichteten Lichter zusammenkniff. In dem Raum hielten sich drei von Levis Bekannten bei der Mafia auf, darunter Paulie und Sonny. Männer, denen er voll und ganz vertraute. »Ich hab ein paar Fragen an dich. Wenn du sie beantwortest, kannst du gehen.«

Der Mann kämpfte erneut gegen die Lederfesseln an, bevor er in Levis Richtung spuckte. »Scheiß auf dich und deine Fragen.«

Er sprach Englisch, als wäre es seine Muttersprache. War es vielleicht auch. Levi wusste praktisch nichts über diesen Kerl.

»Hör mal, wir müssen das nicht auf die harte Tour machen. Ich hab ein paar Fragen, auf die ich Antworten brauche. Die Bullen suchen nach dir. Schlimmer noch, das FBI will dich unbedingt haben. So sehr, dass die sich mit mir in Verbindung gesetzt haben.«

»Wer zum scheiß Geier bist du?« Der Mann bewegte den Kopf hin und her, als er versuchte, am Gleißen der Lichter vorbei etwas zu erkennen. »Ich hab nichts getan.« Der Gangster fing an, aus voller Kehle um Hilfe zu schreien.

Die Männer in Levis Team standen im Hintergrund und lächelten.

Levi ließ den Mann eine geschlagene Minute lang brüllen, bevor er ihm verriet: »Der Raum ist vollkommen schalldicht. Niemand wird irgendwas hören.«

Paulie näherte sich dem Gefangenen einen Schritt, brachte seine gewaltigen Arme in Sichtweite und ballte eine Hand zur Faust. Seine Knöchel knackten laut.

Der Gefangene verzog verächtlich die Lippen. »Nur zu, prügelt ruhig die Scheiße aus mir raus. Ich werd mir die Visagen von euch Pennern merken und mich später reichlich revanchieren.«

Levi schmunzelte, während er die Kratzer im Gesicht des Mannes betrachtete. »Sieht so aus, als hättest du 'ne kleine Auseinandersetzung gehabt. Erzähl mir davon. Woher hast du die Kratzer?«

»Fick dich.«

Mit einer blitzschnellen Bewegung rammte Levi den Handballen gegen die Nase des Mannes. Ein übelkeitserregendes Knirschen ertönte.

Blut schoss über das Gesicht des Getroffenen. Einen Moment lang dachte Levi, er bräuchte eine weitere Dosis Riechsalz. Dann jedoch schüttelte der Mann den Kopf, verspritzte überallhin Blut und lächelte mit rot verschmierten Zähnen.

»Ist das schon alles, was du draufhast?«

Levi streckte Paulie den Arm entgegen und spürte, wie ihm der Griff eines Kugelhammers in die offene Hand gelegt wurde. Er schwenkte den Hammer, als wollte er dessen Gewicht testen. »Hör gut zu, mein Freund. Es liegt ganz bei dir, wie weit das hier geht. Lass mich dir erklären, wie ...«

»Oder was? Willst du mir den Schädel einschlagen?« Der Gangster lächelte höhnisch, während ihm Blut vom Kinn tropfte. »Du langweilst mich.«

Levi grinste den Gefangenen an und schüttelte den Kopf. »Oh, das würd ich nicht tun. Dann wär der Spaß ja zu Ende. Glaub mir, du wirst mit mir reden. Und wenn ich dir 'ne Transfusion verabreichen muss, um dich am Leben zu erhalten, du wirst mit mir reden.« Er schwenkte den runden Kopf des Hammers vor dem Gesicht des Mannes. »Weißt du, ich hab noch nie jemandem mit 'nem Hammer auf den Schädel geschlagen. Ist so gar nicht mein Ding. Ich bin kein gewalttätiger Mensch. Tatsächlich würde ich am liebsten überhaupt nichts mit Gewalt zu tun haben. Aber im Augenblick ist es so, dass ich jemanden vor mir habe, der 'ne Geschichte zu erzählen hat und nicht mit mir reden will.« Er schaute über die Schulter zu Paulie. »Verletzt es nicht deine Gefühle, wenn jemand nicht mit seiner Geschichte herausrücken will?«

Paulie nickte und stimmte in Levis Lächeln ein.

Levi deutete mit dem Daumen auf Paulie und beugte sich näher zu dem gefesselten Gangster. »Du verletzt die Gefühle meines Freunds. Das ist unhöflich.« Damit drosch er den Hammer auf den kleinen Finger des Mannes und zertrümmerte die Knochen in winzige Splitter.

Der Asiate schrie vor Schmerz gellend auf und spannte den Körper gegen die Fesseln an.

Levi gab missbilligende Laute von sich. »Siehst du das? Ist gar nicht gut, wenn sich das Nagelbett so blau verfärbt. Das bedeutet nämlich, ich hab sämtliche Blutgefäße im Finger abgequetscht. Wenn das nicht bald behandelt wird, verfärbt er sich schwarz, und du verlierst ihn wahrscheinlich. Was für eine Verschwendung. Dabei will ich doch nur deine Geschichte hören.«

Die Atmung des Gangsters ging vor Schmerz abgehackt, aber er war nach wie vor hellwach.

Levi hatte schon die verschiedensten Reaktionen auf Folter erlebt. Manche Menschen knickten bereits ein, bevor es überhaupt körperlich wurde. Andere brauchten Adrenalinspritzen, damit ihr Herz weiterschlug. Bei wieder anderen musste man auf sogenannte Wahrheitsseren zurückgreifen, um sie zu entspannen und ihre Entschlossenheit zu schwächen. Levi wusste nicht, wie weit dieser Typ gehen würde, und es interessierte ihn auch nicht. Dieser Mafioso hatte einen Vater und Ehemann umgebracht, noch dazu vor den Augen der Familie des Mannes. Levi konnte sich nur wenig vorstellen, was schlimmer wäre. Die Familie Bianchi, jener Zweig der Cosa Nostra, dem Levi angehörte, missbilligte solche Dinge.

Levi starrte dem Mann ins Gesicht und presste knurrend hervor: »Woher hast du die Kratzer?«

Der Gangster schloss die Augen und knirschte kurz mit den Zähnen, bevor er antwortete. »Lässt du mich gehen, wenn ich's dir sage?«

»Kommt drauf an, ob ich dir glaube. Bring mich dazu, dir deine Geschichte abzukaufen.«

Der Mann holte tief Luft und blies sie langsam aus. »Na schön. Mein Bruder musste im geschlossenen Sarg beerdigt werden. Wir haben anfangs nicht gewusst, warum er bei dem Unfall so übel zugerichtet wurde. Dann war da dieser Typ. Jemand hat mir Fotos und Beweise zugespielt, dass er meinen Bruder gefoltert und umgebracht hat.« Die Stimme des Gangsters wurde belegt vor Emotionen. »Ich hab mich bloß an dem Drecksack gerächt, der mir meinen Bruder genommen hat. Und er war ein kranker Wichser. Hat ihn gefoltert und seinen Körper praktisch zerfetzt.«

Levi bedeutete dem Mann zu schweigen. »Langsam, eins nach dem anderen. Wer hat dir diese Fotos gegeben?«

Blutblasen blubberten aus der Nase des Mannes, als er nachdenklich das Gesicht verzog. »Keine Ahnung. Bei mir zu Hause ist ein Umschlag aufgetaucht. Unter der Tür durchgeschoben.«

»Hast du die Fotos noch?«

Er nickte. »In meiner Wohnung.«

Sonny hatte die Brieftasche des Gangsters. Er las die Adresse vom Führerschein des Mannes vor.

»Ja, dort wohn ich.«

»Ist das in der Nähe?«, fragte Levi.

»Ja, ist nicht weit.«

»Wo bewahrst du die Fotos auf?«, wollte Levi wissen.

»In der Sockenschublade im Schlafzimmer.«

»Lebst du allein?«

Der Mann nickte.

Levi legte den Daumen auf den gebrochenen Finger des Gefangenen und verlieh seiner Stimme einen warnenden Ton. »Wenn wir feststellen, dass du nicht ehrlich zu uns bist, sorge ich dafür, dass du weiterlebst, nur wirst du die Arme, die Beine oder Sonstiges« – er senkte den Blick bedrohlich auf den Schritt des Gangsters – »das dir lieb und teuer ist, nicht mehr benutzen können. Also frage ich dich noch mal.« Er verstärkte den Druck auf die zertrümmerten Überreste des kleinen Fingers des Mannes. »Sagst du uns die Wahrheit?«

»Ja.« Der Mann nickte heftig und krümmte sich vor Schmerz.

Levi wandte sich an Sonny. Er gehörte zu den besten Einbruchsprofis der Familie. »Sonny, geh los, sieh in der Sockenschublade des Kerls nach und bring mit, was immer du dort findest.«

Sonny, ein kleiner Bursche mit dem Körperbau eines Jockeys, stahl sich lautlos davon.

Levi drehte sich wieder seinem Gefangenen zu und lächelte. »Jetzt zu den Kratzern. Erzähl mir von dem Tag, an dem du sie abbekommen hast. Und lass keine Einzelheit aus.«

Levi betrachtete die Fotos, die Sonny aus der Wohnung des asiatischen Mafioso gebracht hatte. Die Aufnahmen sahen aus, als wären sie in den Überresten eines zerbombten Gebäudes entstanden. Die Qualität war ziemlich mies.

Die Bilder zeigten zwei Personen: Mendoza, den Levi aus der FBI-Akte wiedererkannte; und einen nackten Asiaten mit verbrannter Haut und blutigen Wunden kreuz und quer über den Körper. Besonders übel sah die Stirn aus. Zudem wies er eine unförmige Delle auf, wo der rechte Wangenknochen sein sollte, als wäre er an der Stelle mit etwas Schwerem geschlagen worden.

Auf einem der Fotos lächelte Mendoza in die Kamera, während er sich auf den nackten Körper des anderen Mannes erleichterte.

Beim Opfer musste es sich um den Bruder des asiatischen Gangsters handeln.

Levi hielt sein Handy in einer Hand, die Fotos in der anderen. Er fühlte sich hin- und hergerissen, wusste nicht recht, wie er weiter vorgehen sollte.

Den bewusstlosen Gangster hatten sie bereits weggebracht. Zurück an die Stelle, wo Levi ihn überwältigt hatte. Er konnte sich weder erklären, noch konnte er entschuldigen, was er auf den Bildern sah, und ein Teil von ihm fand, dass Mendoza wohl bekommen hatte, was er verdiente.

Seufzend steckte er die Fotos in seine Tasche und wählte eine Nummer.

»*O'Connor.*«

»Hi. Yoder hier. Ich hab Mendozas Mörder im Visier.«

Das blecherne Bimmeln einer Glocke ertönte, als Levi *Gerard's* betrat, eine Kneipe in seinem früheren Viertel Little Italy. In den alten Tagen bot das Lokal kaum genug Platz für mehr als ein Dutzend Gäste und sechs Tische. Derzeit jedoch wurde erweitert. Das Aroma von Basilikum und Knoblauch wehte Levi entgegen. Eine tiefe Stimme begrüßte ihn aus dem neu angebauten Raum, der letztlich die Küche des Lokals werden sollte.

»Hey, Levi! Wie kann's sein, dass du diesen *Filisteo* schon so lang kennst und ihm nie beigebracht hast, wie man 'ne richtige Marinara zubereitet?«

Levi lächelte Gino »Dreifachkinn« Romano an, einen über 150 Kilo schweren Mafioso, der auf dem neu installierten Herd einen großen Topf umrührte. Denny, der Besitzer der Kneipe, achtete aufmerksam darauf, welche Zutaten Gino hineinwarf. Aber als er zu Levi aufschaute, wirkte sein Blick, als müsste er gerettet werden.

Levi nickte dem dicken Mann zu. »Hey, Gino, machst du dazu auch Pasta?«

»Was glaubst du denn?« Der rundgesichtige Gangster schaute geradezu beleidigt drein. »Ich hab meinem Kumpel Denny schon gezeigt, wie man Nudeln walzt und eine *Chitarra* für meine klassischen *Spaghetti alla chitarra* benutzt.«

Es war um die Mittagszeit, einen Tag, nachdem Levi den Mörder von Mendoza ausgeliefert hatte. Sein Magen erinnerte ihn knurrend daran, dass er seit gestern nichts mehr gegessen hatte. Ginos Spezialität waren Spaghetti, die er selbst anfertigte und mit einer traditionellen italienischen Schneidvorrichtung zuschnitt, die Gitarrensaiten in einem Holzgestell ähnelte.

»Alles klar. Aber du wirst ohne Dennys Hilfe zurechtkommen müssen. Ich brauch ihn.«

Gino wischte sich die Hände an dem Geschirrtuch ab, das er sich unter den weit gedehnten Hosenbund gesteckt hatte. Er winkte Denny weg. »Geh nur, ich mach das hier fertig.«

Denny kam Levi entgegen und zwinkerte ihm zu. »Vielleicht hätte ich Gino sagen sollen, dass ich null Ahnung vom Kochen ab und Rosie die Küche für die Kneipe übernimmt.«

Gino hörte ihn. Er rief quer durch das Lokal: »Die besten Köche sind allesamt Männer, vergiss das mal nicht!«

Levi lachte, legte Denny den Arm um die Schultern und führte ihn zum hinteren Bereich der Kneipe. »Hör mal, falls er aufdringlich wird, kann ich ...«

»Nein, gar nicht.« Denny wischte Levis Worte weg. »Ich lern gern Neues dazu, und er ist total enthusiastisch. Ist echt kein Problem.« Verspielt stupste er Levi in die Rippen. »Hab euresgleichen ja lang genug um mich rum gehabt. Und ich bin kein Duckmäuser. Ich kann schon für mich eintreten.«

»Gut.« Levi nickte anerkennend. Es hatte sich etwas merkwürdig angefühlt, dass seine Bekannten von der Mafia angefangen hatten, Dennys Laden zu frequentieren. Immerhin war es jahrelang *Levis* Stammkneipe gewesen. Aber seit Levi wieder ins Geschäft eingestiegen war und Denny für einen sicherheitsrelevanten Auftrag an die Familie vermittelt hatte, fanden einige der Jungs Gefallen an Denny.

Was Levi amüsierte, denn ihm wäre kaum jemand eingefallen, der weniger italienisch war als Denny, ein in Queens geborener Schwarzer mit einem IQ, mit dem er es mit den klügsten Köpfen der Welt aufnehmen konnte. Dennoch verstand er sich prächtig mit Levis Mafia-Bekannten, und dadurch boomte Dennys legitimes Geschäft.

Im hinteren, aus dem Gastraum nicht einsehbaren Bereich

drückte Denny den Finger auf eine verborgene Stelle der verfliesten Wand. Ein Klicken ertönte, und Denny schob die versteckte Tür zu seinem geheimen Hinterzimmer auf.

Denny scannte Fotos des Falls Mendoza in seinen Computer. Er legte die Stirn in Falten, als sie nacheinander auf dem Bildschirm erschienen. »Verdammt, Levi. Das Zeug ist heftig. Erinnert mich an die Bilder aus Abu Ghraib – du weißt schon, die Fotos aus dem Knast im Irak, die durch die Zeitungen gegeistert sind.«

»Ist echt übel, das lässt sich nicht abstreiten«, pflichtete Levi ihm bei. »Ich muss nur wissen, womit ich's zu tun hab. Nach allem, was du mir darüber erzählt hast, wie man Fotos manipulieren kann, wollte ich deine Meinung zu den Bildern hören. Der Kerl auf den Fotos, also der Lebende, war angeblich FBI-Agent.«

Ein neues Bild von Mendoza wurde auf dem Monitor angezeigt, und in Levi zog sich alles zusammen. Mendoza lächelte in die Kamera, hatte einen Fuß auf dem Kopf des geschundenen, nackten Körpers, der auf dem dreckigen Boden lag.

»Ein Bundesbulle? Wieso zum Teufel sollte der posieren wie ein ... Na ja, gibt wohl solche und solche.«

Denny hob ein Foto auf, drehte es in den Händen, schnupperte am Papier und schüttelte den Kopf. »Das kommt aus keinem Fotolabor. Jemand hat das auf Fotopapier gedruckt, wahrscheinlich mit einem Tintenstrahldrucker recht guter Qualität.« Seine Finger verschwammen, als er rasend auf der Tastatur tippte. »Ich maskiere mal Teile des Bilds und probiere, ob 'ne fragmentierte umgekehrte Bildsuche was ergibt.«

»Denny, versuch mal kurz, dich verständlich für Normalsterbliche auszudrücken. Was hast du grade gesagt?«

Der Monitor verwandelte sich in ein Gewirr von Bildern, die

kurz auftauchten und wieder verschwanden. »Hätte ich ’ne elektronische Kopie des Originalfotos, könnt ich’s zerpflücken und ziemlich schnell sagen, ob’s gefakt ist – vielleicht sogar, wo’s geschossen wurde. Aber da ich keine habe und die Qualität dieser Bilder zu wünschen übriglässt, ist schwer zu sagen, ob sie digital manipuliert wurden. Wollte ich jemandem ein gefälschtes Foto unterjubeln, würde ich es so machen. Jedenfalls hab ich ’nen Teil des Hintergrunds ausgeschnitten und durchsuche jetzt alle im Internet auffindbaren Bilder, um zu sehen, ob’s irgendwo etwas mit ’ner teilweisen Übereinstimmung gibt.«

Levi war einigermaßen stolz auf sich, weil er der Erklärung tatsächlich folgen konnte. Er beobachtete, wie Fotos von verfallenen Gebäuden in Kriegsgebieten erschienen und wieder verschwanden. »Hab ich kapiert. Und was, wenn du ...«

»Volltreffer!« Denny zeigte auf ein Bild. »Sogar ’ne genaue Übereinstimmung.«

Levi beugte sich näher hin, ergriff das Originalfoto und verglich es mit der Anzeige auf dem Bildschirm. »Heilige Scheiße, das ist die gleiche Szene, nur ohne den Bundesbullen. Und da, wo die Leiche liegt, ist der Hintergrund verschwommen. Wer immer das Foto ausgedruckt hat, muss Zugriff auf das Original gehabt haben. Was zum Teufel soll das?«

Mit ein paar Befehlseingaben wurde das Bild verkleinert, und ein Zeitungsartikel erschien. Die Schlagzeile lautete: »Meth-Labor in Elmira Heights explodiert.«

»Levi, allmählich wird das Foto mit dem Bundesbullen, der mit der Leiche posiert, ziemlich dubios.«

Verblüffung setzte ein, als Levi die neue Information verarbeitete.

Dennys Finger verschwammen erneut, als er rasend tippte. »Hab gerade ’ne Maske von dem FBI-Mann in der Pose angelegt. Mal sehen, ob das irgendwo auftaucht.«

Fast sofort nach dem Absenden der Suchanfrage wurde ein Bild von Mendoza auf dem Monitor angezeigt. Es handelte sich um ihn in derselben Pose, nur hatte er den Fuß nicht auf dem Kopf eines Toten, sondern auf einem Fußball. Aus der Bildunterschrift ging hervor, dass Anthony Mendoza der neue Fußballtrainer des YMCA in Queens war.

»Hol mich der Teufel.« Levi wurde klar, dass der Gangster, den er ans FBI ausgeliefert hatte, hereingelegt worden war. Aber wieso um alles in der Welt sollte jemand ein Mitglied einer Straßengang dazu anstacheln wollen, die Jagd auf einen FBI-Agenten zu eröffnen?

»Soll ich auch den Rest überprüfen?«

Levi schloss die Augen und lehnte sich auf dem Klappstuhl aus Metall zurück, auf dem er saß. »Ja. Ich will wissen, ob überhaupt irgendeins davon echt ist.«

Während Denny am PC tippte, sah er Levi an und sagte: »Ach übrigens, ich erwarte morgen etwas, das ich dir unbedingt zeigen will. Einer meiner anderen Kunden hat im Voraus für 'ne Sonderanfertigung bezahlt. Dann hat sich seine Situation geändert, und jetzt braucht er die Bestellung nicht mehr. Das Ding ist grade schräg genug, dass du Verwendung dafür haben könntest.«

Levi schwenkte wegwerfend eine Hand. »Ich hab vorerst genug Schusswaffen.«

»Ist was anderes. Vertrau mir, so was hast du noch nie gesehen.«

Levi öffnete die Augen und starrte auf Dennys Hinterkopf. »Ach ja?«

Denny ließ ein Bild von Mendoza auf dem Monitor, als er vom Stuhl aufsprang und hinzufügte: »Warte, jetzt, wo ich grad dran denke, muss ich schnell was holen, um deine Augen zu messen.«

»Meine Augen?« Levi beobachtete, wie Denny an ihm vorbeieilte und in dem Labyrinth der mit allen möglichen Gerätschaften beladenen Regale verschwand. Er kehrte mit etwas zurück, das wie ein unförmiges Mikroskop mit einer Kinnstütze aussah.

Denny bedeutete Levi, näher zu kommen. »Das ist ein Ophthalmometer. Damit messe ich die Krümmung deiner Hornhaut, um 'ne weitere Sonderanfertigung an deine Augen anzupassen.« Er justierte die Kinnstütze. »Okay, leg einfach dein Kinn da rein und drück den Kopf an die Stirnauflage.«

»Und wofür musst du meine Hornhaut messen?« Levi runzelte kurz die Stirn, dann jedoch zuckte er mit den Schultern und legte das Kinn auf das Gerät. »Na schön, wie du meinst.«

»Ich glaub, du wirst voll drauf abfahren.« Denny nahm auf der anderen Seite des optischen Instruments Platz und schraubte an einigen Drehknöpfen. »Sieh mit einem Auge in die Reflexion deines Auges und mach das andere zu.« Er überprüfte den Apparat, verstellte einige weitere Drehknöpfe und kritzelte dann etwas auf einen Zettel. »Okay, erledigt. Ich lass so bald wie möglich etwas für dich anpassen, aber komm auf jeden Fall morgen vorbei. Bis dahin hab ich 'n Upgrade deiner Mütze fertig. Ich denke, die Änderungen werden dir auch gefallen.«

Levi murmelte eine bejahende Antwort und richtete das Augenmerk wieder auf den Bildschirm, von wo ihm Mendozas Gesicht ausdruckslos entgegenstarrte. Wer konnte den Mord an dem FBI-Agenten eingefädelt haben? Und wer konnte Zugang zu den unbearbeiteten Fotos der Explosion eines Meth-Labors gehabt haben?

»Okay, das zweite Bild ist auch manipuliert«, verkündete Denny. »Weiter zum Nächsten.«

»Dachte ich mir«, murmelte Levi.

Seine Gedanken wanderten von Mendoza zur Enkelin des Tanaka-Syndikatsbosses. Er musste unbedingt zurück ins Gebiet von Washington, um seine Ermittlungen fortzusetzen. Gab es weitere Hinweise? Irgendwelche Mitteilungen an die Mutter? Er musste noch einmal mit ihr reden. Vielleicht war ihm etwas entgangen.

Und dann war da noch O'Connor. Der Mann würde irgendetwas zu den Fällen Wei und Nguyen erwarten, und Levis einzige Spur war ein verschwundenes Mitglied des Tanaka-Syndikats. Vielleicht konnte Yoshis Bruder dabei helfen.

Dennys Computer gab einen Piepton aus, und Denny rief: »Oh Scheiße, Levi. Auf Helen Wilsons Gmail-Konto ist gerade 'ne Nachricht mit WAV-Anhang eingegangen.«

»WAV-Anhang?«

»Du weißt schon, 'ne .WAV-Datei. Eine Audiodatei.« Denny klickte mit der Maus. Die Stimme eines kleinen Mädchens drang aus den Lautsprechern.

»Mama. Es ist Dienstag, und es geht mir gut.«

Auf die Stimme des Mädchens folgte das Geräusch von etwas, das gegen das Mikrofon gedrückt wurde. Dann ertönte eine synthetisch, fast roboterhaft klingende Stimme.

»Du hast zwei Wochen, um zehn Millionen US-Dollar aufzutreiben und auf das in der E-Mail genannte Bankkonto zu überweisen. Ist das Geld bis dahin nicht eingegangen, siehst du dein Kind nie wieder.«

KAPITEL SECHS

Als Levi bei Tanaka Industries aus dem Fahrstuhl stieg, wurde er von Ryuki Watanabe in Empfang genommen. Die Nummer zwei des Tanaka-Syndikats hatte einen grimmigen Ausdruck im Gesicht. Der Mann schwieg, als er Levi durch die nahezu verwaisten Büroräumlichkeiten führte, die offiziell ein Import-Export-Unternehmen beherbergten.

Ryuki hielt vor einer Tür, auf der sowohl auf Japanisch als auch auf Englisch der Name des Gangsters stand. Die beiden Männer betraten ein geräumiges Büro. Der stellvertretende Leiter der Verbrecherorganisation nahm hinter einem großen Mahagonischreibtisch Platz und schob das Festnetztelefon zwischen sie beide.

Ryuki ergriff auf Japanisch das Wort. Seine Stimme klang angespannt. »Ich habe meinen Vorgesetzten sofort nach Ihrem Anruf geweckt. Er wartet darauf, dass wir uns bei ihm melden. Haben Sie die Daten?«

Levi nickte.

Der Gangster drückte eine Taste am Telefon. Eine lange

Abfolge von Pieptönen drang durch den Raum, als eine internationale Nummer gewählt wurde.

Es klingelte nur einmal, bevor sich ein älterer Mann auf Japanisch meldete.

»Wird auch Zeit, Ryuki. Ich warte seit über einer Stunde!«

Levi ergriff das Wort. »Tanaka-sama, es tut mir sehr leid. Hier spricht Levi Yoder. Die Verzögerung ist meine Schuld. Ich hatte auf dem Weg hierher Probleme mit dem Mittagsverkehr und ...«

»Ryuki hat mir die Neuigkeit mitgeteilt. Ich will es selbst hören.«

»Verstanden. Es ist auf Englisch. Möchten Sie, dass ich ...«

»Nein, ich verstehe genug, danke.«

Levi regelte die Wiedergabelautstärke seines Handys höher und spielte die Aufzeichnung ab, die er bei Denny angefertigt hatte.

»Du hast zwei Wochen, um zehn Millionen US-Dollar aufzutreiben und auf das in der E-Mail genannte Bankkonto zu überweisen. Ist das Geld bis dahin nicht eingegangen, siehst du dein Kind nie wieder.«

Ryukis Züge verrieten keinerlei Emotionen, während die Mitteilung ablief.

Einen Herzschlag lang drang nur die schwere Atmung des Yakuza-Bosses aus dem Lautsprecher des Telefons. Dann sagte er ein einziges Wort, das Levi nicht verstand. Japanischer Slang? Ein Codewort des Syndikats?

Ryuki antwortete mit einem knappen *»Hai«* und neigte den Kopf vor dem Telefon.

»Yoder-san, war da noch etwas in der Mitteilung?«

»Ja, das Mädchen. Die Kleine sagt eine Botschaft für ihre Mutter.«

»Ah, haben Sie das auch dabei? Ich habe noch nie die Stimme meiner Enkelin gehört.«

»Ja.« Ohne darüber nachzudenken, neigte auch Levi den Kopf vor dem Telefon. Er sprang zurück zum Beginn der Aufzeichnung und hielt sein Handy nah den Tischapparat.

»Mama. Es ist Dienstag, und es geht mir gut.«

Einige Sekunden lang herrschte angespannte Stille in der Leitung. *»Das also ist meine einzige Erbin.«* Die verhaltene Emotion, die in der Stimme des Yakuza-Bosses mitschwang, jagte Levi einen kalten Schauder über den Rücken. *»Yoder-san, ich bin zu sehr involviert für ungetrübtes Urteilsvermögen. Ich brauche Ihren Rat. Was würden Sie tun, wenn das Ihr Kind wäre?«*

»Ich würde die Verantwortlichen vernichten«, antwortete Levi, ohne zu zögern.

Ryukis steinerne Fassade bekam Risse. Anerkennend nickte er Levi zu.

»Aber ich würde nicht sofort reagieren«, fuhr Levi fort. »Wir brauchen mehr Informationen.«

»Und wie haben Sie vor, diese Informationen zu beschaffen?«

»Tanaka-sama, ich hatte vor, mich darüber mit Ryuki abzustimmen, jedenfalls verfüge ich über Ressourcen. Ich kann Information vom FBI einholen. Dort sucht man nach einem gewissen Kiyoshi Ishikawa, den man für ein Mitglied Ihrer Organisation hält. Keine Ahnung, ob das stimmt, aber ...«

»Ryuki«, dröhnte Tanakas Stimme laut und gebieterisch aus dem Lautsprecher. *»Kennst du den Namen?«*

»Ja.« Ryuki nickte und begann, eine kleine Box mit Karteikarten durchzublättern. »Er hat um Erlaubnis ersucht, nach Japan zurückkehren, um seinen kranken Vater zu besuchen. Ich habe sie ihm erteilt. Ich habe eine Adresse von ihm in Ryogoku.« Er holte eine Karteikarte heraus und schob sie über den Tisch zu Levi. Sie enthielt auf Japanisch die Adresse des Vaters.

Levi nickte. »Tanaka-sama, ich habe Leute, die mir helfen und denen ich vertraue, aber das FBI glaubt, dass Ishikawa-san zwei seiner Agenten umgebracht hat. Man hat mich aufgefordert, der Entführung Ihrer Enkelin nicht weiter nachzugehen. Das FBI behauptet, man würde sich um den Fall kümmern, aber ... Also, ich will zwar nicht glauben, das FBI könnte dahinterstecken, nur finde ich auffallend, dass einige der Beteiligten sowohl über das Erbe Ihrer Enkelin als auch Ishikawas Beziehung zu Ihnen Bescheid wissen. Vielleicht ...«

»Sie glauben, dass man meine Enkelin als Druckmittel benutzt, um an Ishikawa heranzukommen?«

»Ich weiß es nicht. Aber ich würde Ishikawa gern befragen. Es wäre wohl am besten, wenn ich dafür nach Japan reise. Wahrscheinlich wäre es nicht sicher für Ishikawa, hierher zurückzukommen.«

»Ryuki, lass Yoder-san den Jet benutzen. Ich werde versuchen, nach Tokio zurückzukehren. Falls ich es nicht schaffe, arrangierst du, dass Yoder-san in Empfang genommen wird.«

»Hai.« Ryuki nickte erneut vor dem Telefon, dann sah er Levi an. »Ich rufe gleich an und lasse die Maschine auftanken. Wie lange brauchen Sie, bis Sie bereit sind?«

Levi sah auf die Armbanduhr. Es war drei Uhr nachmittags – die Leute waren noch bei der Arbeit. »Ich muss ein paar Anrufe erledigen. Wenn sich dabei keine Probleme ergeben, kann ich in ungefähr einer Stunde bereit sein. Aber ich habe keine Sachen zum Wechseln dabei, auch keine ...«

»Ryuki kümmert sich um alles, was Sie brauchen. Er wird Sie erwarten, wenn Sie landen. Wir dürfen keine Zeit verlieren.«

Levi stand auf. »Na schön, dann geh ich jetzt raus und erledige meine Telefonate.«

»Yoder-san, ich freue mich sehr darauf, Sie persönlich kennenzulernen.«

»Das kann ich nur zurückgeben, Tanaka-sama.«

Vor dem One World Trade Center musste Levi das Handy einige Zentimeter vom Ohr weghalten, als O'Connor brüllte: *»Sie verlassen auf keinen scheiß Fall das Land!«*

Levi schüttelte den Kopf, während er auf und ab lief. Er musste verhindern, dass ihm das FBI in die Quere käme. Auch mit einem Privatjet würde er bei der Ankunft durch den Zoll müssen, und er war sich ziemlich sicher, dass beim FBI heller Aufruhr ausbrechen würde, wenn sein Reisepass plötzlich einen Alarm auslöste, der zeigte, dass er in Japan gelandet war.

»Hören Sie mir zu«, sagte er. »Mir persönlich ist scheißegal, wer Ihre Agenten ausgeschaltet hat. Ihre Behörde hat mich gebeten, der Sache nachzugehen. Ich hab Ihnen Mendozas Mörder geliefert. Und jetzt wollen Sie mir sagen, dass ich einer Spur nicht folgen soll?«

»Sie können von Glück reden, dass die DNA, die wir von dem Gangster haben, zu Mendozas Mörder passt. Mein SAC ist glücklich darüber, aber Sie haben den Kerl verdammt übel zugerichtet. Er wird immer noch im Krankenhaus behandelt.«

»Keine Ahnung, wovon Sie reden. Er war schon so, als ich ihn gesichtet hab.«

»Ja, ja, klar. Erklären Sie's mir noch mal: Warum Japan?«

»Haben Sie sich die Beweise im Fall Nguyen und Wei überhaupt angesehen?« Levi lehnte sich an die Mauer in der Nähe des Eingangs des Wolkenkratzers. Männer und Frauen in Geschäftskleidung marschierten an ihm vorbei. »Auf einem der Bombensplitter war ein latenter Abdruck, für den Ihre IAFIS-Datenbank etwas ausgespuckt hat. Ich hab Insider-Informationen darüber, wo der Kerl ist – und der Ort liegt ein Stück außerhalb von Tokio. Er wird durch seine Mafia-Verbindungen geschützt. Wenn Sie der Meinung sind, Sie könnten hinfliegen und ihn sich holen, dann nur zu, tun Sie's. Andernfalls sieht's wohl so aus, dass ich Ihre Drecksarbeit erledigen muss.«

»Wir haben nicht die Befugnisse, Verdächtige im Ausland zu verfolgen.«

»Dann hören Sie auf, an meiner Kette zu ziehen. Diese Gelegenheit kriege ich unter Umständen später nicht mehr. Vielleicht kann ich ihm einen Grund geben, in die Staaten zurückzukehren ...«

»Wie zum Teufel wollen Sie das schaffen?«

»Überlassen Sie das mir. Jedenfalls will ich nicht, dass mein Reisepass einen Alarm auslöst, wenn ich in Japan lande. Kann ich der Spur jetzt nachgehen oder nicht?«

»Ich kann nicht genehmigen, dass ein Kronzeuge das Land verlässt.«

Levi knirschte mit den Zähnen, atmete tief durch und bemühte sich, kühlen Kopf zu bewahren. »Wer kann es dann?«

»Ich ruf sie in 15 Minuten zurück.«

Damit war die Leitung tot.

Als Nächstes hätte sich Levi gern bei Denny gemeldet, allerdings bezweifelte er, dass er ihn erreichen würde. Der Elektronikguru hatte Anzeichen dafür entdeckt, dass sich jemand durch seine Firewalls hacken wollte, und er hatte sofort sämtliche seiner Systeme heruntergefahren. Im Augenblick befand er sich wahrscheinlich in einem seiner stillen Kämmerchen, die er gegen sämtliche elektronische Signale abgeschirmt hatte. Dort führte der Bursche seine riskantesten Arbeiten durch, von denen Levi nicht das Geringste verstand.

Levi sah eine Reihe von Kontaktnummern durch, die ihm Denny beschafft hatte. Schließlich fand er jene, nach der er suchte, und tippte auf die Anrufschaltfläche. Es klingelte einmal ... zweimal. Dann meldete sich eine Frauenstimme. *»Stelle für öffentliche Angelegenheiten, Federal Bureau of Investigation.«*

»Hallo. Ich möchte mit Nick Anspach sprechen, A-n-s-p-a-c-h. Es ist recht wichtig. Er müsste entweder in der Außenstelle Washington oder irgendwo im Hauptlabor in Quantico sein. Können Sie mir weiterhelfen?«

»Sir, was kann ich sagen, wer anruft?«

»Sagen Sie ihm, Levi Yoder ist dran.«

»Einen Moment, Sir.« Nach vielleicht einer halben Minute in der Warteschleife meldete sich die Vermittlung wieder. *»Sir, ich verbinde Sie jetzt.«*

Es klingelte nur einmal, bevor sich Nicks leise, ruhige Stimme meldete. *»Mr. Yoder? Überrascht mich ein wenig, von Ihnen zu hören.«*

»Bitte nennen Sie mich einfach Levi. Und offen gestanden hätte ich selbst nicht gedacht, dass ich Sie anrufen würde. Aber unverhofft kommt oft. Ich muss Sie etwas bitten, das vielleicht etwas unkonventionell ist, aber es geht um ein kleines Mädchen. Ich brauche Ihre Hilfe.«

»Äh ... okay. Versprechen kann ich nichts. Was wollen Sie wissen?«

»Vor ein paar Tagen wurde ein fünfjähriges Mädchen aus der Wohnung der Mutter in Maryland entführt. Ich wurde von einem Angehörigen des Opfers mit dem Versuch beauftragt, die Kleine zu finden. Um ehrlich zu sein, nimmt der Fall Nguyen und Wei so ziemlich meine gesamte Zeit in Anspruch, und je länger sie verschwunden ist, desto geringer wird die Chance, sie lebend aufzuspüren. Da Sie ja Spezialist für Kriminaltechnik sind, dachte ich mir, Sie könnten mir vielleicht helfen, etwas herauszufinden.«

Einige Sekunden lang herrschte Stille in der Leitung, bevor Anspach antwortete. *»Ich denke nicht, dass ich Ihnen in irgendeiner offiziellen Eigenschaft helfen kann.«* Sein Tonfall vermittelte Levi den Eindruck, dass ein »aber« folgen könnte. *»Jede formale Analyse eines Tatorts müsste über die üblichen Kanäle erfolgen.*

Aber ... wenn es um eine Entführung geht und das Opfer über Staatsgrenzen verbracht worden sein könnte, ist das FBI unter Umständen bereits involviert. In dem Fall könnte ich vielleicht etwas tun.«

»Das FBI *ist* involviert, aber aus offensichtlichen Gründen will man mir nicht mitteilen, was man bisher in Erfahrung gebracht hat. Ich will nur, dass die Kleine lebend gefunden wird, ob von mir oder sonst jemand. Und ich habe vielleicht Informationen, die dabei helfen könnten.«

»Ach ja? Was zum Beispiel?«

Levi erklärte, dass es sich bei dem Mädchen um die Tochter einer FBI-Mitarbeiterin handelte, dass es ihm gelungen war, den Lieferwagen von *Domino's* auf einem Parkplatz aufzuspüren, und dass es Videoaufnahmen eines schwarzen Geländewagens gab, der von dem Parkplatz weg in Richtung Norden raste.

»Levi, ich bin mit dem Fall überhaupt nicht vertraut. Aber wenn Sie diese Aufnahmen haben – wir haben hier Leute, die spezialisiert auf die Optimierung von Videobildern sind. Man weiß ja nie, vielleicht können wir ein Nummernschild lesbar machen.«

»Ich hab die Aufnahmen im Moment nicht bei mir, könnte sie Ihnen aber wahrscheinlich ...«

Levis Telefon piepte. O'Connor.

»Hören Sie, ich hab Agent O'Connor auf der anderen Leitung. Ich sorge dafür, dass Sie die Aufnahmen bekommen, aber jetzt muss ich auflegen.«

Levi wechselte die Leitung. O'Connors barsche Stimme drang aus dem Handy. *»Mr. Yoder, offenbar haben Sie einen Schutzengel. Mein SAC hat Ihre Reise genehmigt. Rufen Sie mich sofort an, wenn Sie auf fremdem Boden gelandet sind. Mir egal, wie spät es ist.«*

»Verstanden. Ich halte Sie auf dem Laufenden.« Damit legte Levi auf.

In dem Moment kam Ryuki aus dem Gebäude. Er sah sich um, sichtete Levi und steuerte auf ihn zu. »Yoder-san, der Jet wird gerade aufgetankt, der Flugplan wurde bereits eingereicht. Haben Sie alles, was Sie brauchen?«

Levi tastete die Brusttasche seines Jacketts ab und spürte den Reisepass sowie die Pistole im Schulterholster. »Meinen Reisepass hab ich. Außerdem trage ich zwei Schusswaffen und ein paar Messer bei mir.«

Ryuki klopfte Levi auf die Schulter. »Das dachte ich mir. Keine Sorge. Ihre Sicherheit ist gewährleistet.« Er führte Levi zur Fulton Street, wo eine lange schwarze Limousine an den Bordstein rollte. Ein großer, muskulöser Mann, dessen Hals locker so dick zu sein schien wie Levis Oberschenkel, stieg auf der Beifahrerseite aus und öffnete die hintere Tür.

Ryuki schüttelte Levi die Hand und sagte in gedämpftem Ton: »Sie können Ihre Waffen zur sicheren Verwahrung bei unserem Piloten lassen. Er ist ein vertrauenswürdiges Mitglied der Organisation. Haben Sie noch irgendwelche Fragen?«

»Ich steige also einfach in die Maschine, und wenn ich lande, ist jemand da, der mich abholt und zu Ishikawa-san bringt?«

»Ja. Außerdem möchte Sie mein Vorgesetzter kennenlernen. Ob vor oder nach Ihrem Treffen mit Ishikawa-san, weiß ich nicht genau.« Ryuki legte die Hand erneut auf Levis Schulter und beugte sich näher. »Man wird Sie als Ehrengast behandeln. Sie müssen sich keine Sorgen machen.«

Levi nickte und stieg in den geräumigen Fond eines brandneuen Mercedes-Maybach. Der einladende Geruch von edlem Leder umfing ihn, als der große Kerl sanft die Tür hinter ihm schloss.

Levi lehnte sich auf dem bequemen Sitz zurück und zerbrach sich den Kopf darüber, welche Verbindung zwischen Ishikawa und der Entführung von June Wilson bestehen könnte.

Der Lautsprecher in der Kabine des Flugzeugs erwachte knisternd zum Leben, und der Pilot meldete sich auf Englisch mit leichtem Akzent.

»Mr. Yoder, wir sind im Endanflug auf den Flughafen Narita und sollten in etwa 15 Minuten auf Rollbahn A landen. Es ist dann 18:35 Uhr Ortszeit. Die Temperatur liegt bei ungefähr sechs Grad Celsius.

Unser Kontakt im Terminal hat mir mitgeteilt, dass sich Mr. Tanaka erst morgen früh mit Ihnen treffen kann. Aber er hat arrangiert, dass einige seiner Männer Sie in die Stadt begleiten.«

Der Lautsprecher wurde abgeschaltet, und die Gulfstream G650ER drehte leicht bei. Das Geräusch des ausklappenden Fahrwerks ging als vibrierendes Murmeln durch die Kabine.

Bei seinem letzten Flug in einem Privatjet hatte Levi mit zwei CIA-Agentinnen eine geheime Militäranlage in Sibirien verlassen. Das schien eine Ewigkeit zurückzuliegen.

Dieser Jet war wesentlich luxuriöser als die Maschine damals – das Pendant eines Vorstandsbüros am Himmel. Unwillkürlich überlegte Levi, wie viel Geld dieses Syndikat scheffeln musste, um sich nicht nur einen solchen Jet leisten zu können, sondern auch einen Nonstop-Flug nach Tokio mit einem einzigen Passagier.

Während das Flugzeug tiefer und tiefer sank, wurde der Druck in der Kabine angepasst, und Levi schloss die Augen. Er gestand es sich ungern ein, aber Landungen machten ihn immer nervös.

Als Levi die an den Jet gerollte Treppe betrat, schlug ihm eine kühle Brise entgegen, die ihm den Geruch von Kerosin zutrug. Es war kalt genug, dass sich Atemwölkchen bildeten.

Am Fuß der Treppe empfingen ihn vier Japaner in identischen Anzügen. Ihr Alter reichte von Ende 30 bis Anfang 50.

Angesichts des geschäftigen Treibens auf dem Rollfeld konnte man sich leicht vorstellen, dass der Flughafen Narita zu den meistfrequentierten Reisedrehscheiben der Welt gehörte. Levi hatte einmal gelesen, dass täglich weit über 100.000 Reisende den Flughafen passierten. Sogar in diesem Bereich, wo nur der Verkehr von Privatflugzeugen abgewickelt wurde, herrschten die Geräusche von landenden, abhebenden und über die Rollbahn fahrenden Maschinen vor. Kein Wunder, dass die auf der Piste arbeitenden Leute alle einen Gehörschutz trugen.

Der Älteste in Levis Begrüßungskomitee trat vor und verneigte sich tief, eine Geste, die Levi erwiderte. Ihm fiel auf, dass an der linken Hand des Mannes zwei Knöchel fehlten. Er hielt sich ständig vor Augen, dass er es mit der Yakuza zu tun hatte. Und soweit er wusste, stand das Tanaka-Syndikat im Ruf besonderer Skrupellosigkeit.

»Mr. Yoder«, sagte der Mann auf Englisch mit deutlichem Akzent. »Ich bin Hirofumi Hidetada, aber bitte nennen Sie mich Harry.«

»Nur, wenn Sie mich Levi nennen.« Levi schenkte dem Mann ein Lächeln. Harry strahlte zurück, bevor er auf seine drei Begleiter deutete. »Heute Abend begleiten uns Daishi, der sich David nennt, Chujiro, der Charlie bevorzugt, und Akinori, kurz Alan.«

Levi verneigte sich respektvoll vor jedem und setzte zu einer Erwiderung auf Japanisch an, womit er eine unerwartete Reaktion der Gruppe erzielte.

»Bitte«, sagte Harry und schaute entschuldigend drein. »Können wir heute Abend alle Englisch sprechen? Wir sollen ab Anfang nächsten Jahres in den USA für Mr. Watanabe arbeiten, deshalb würden wir gern mit jemandem üben ...«

»Das versteh ich sehr gut.« Levi zeigte dem Mann beide

Daumen hoch. Er sah auf die Armbanduhr. »Es ist fast sieben. Wie sieht der Plan aus?«

Harry deutete auf eine wartende Limousine. »Wir haben erfahren, dass Sie früher in Japan gelebt haben. Deshalb hat der Boss vorgeschlagen, dass wir Ihnen etwas Einzigartiges zeigen. Gegenüber von Ihrem Hotel ist der perfekte Ort dafür. Wir nehmen an einem Burns Supper teil.«

»Burns Supper? Was ist das?«

Alle vier Männer lächelten, und Harry erwiderte: »Werden Sie schon sehen. Ich denke, es wird Ihnen gefallen.«

Als sich June gerade mit Raggedy Ann ins Bett legen wollte, wurde der Raum jäh in Dunkelheit getaucht. Ein überraschtes Quieken rutschte ihr heraus. Die Ketten der Metalltür oben an der Leiter rasselten.

In June krampfte sich alles zusammen, denn das Geräusch konnte nur eines bedeuten: Der Robotermann würde kommen.

Sie wusste nicht, wann er zuletzt bei ihr gewesen war. June wusste nur, dass sie hungrig war und schon lange nichts mehr gegessen hatte. Hoffentlich würde er etwas zu essen bringen.

Die Leitersprossen knarrten. Schritte näherten sich.

»Ich bringe dir was zu essen und etwas Neues zum Anziehen.«

Die Stimme klang, als befände sie sich unmittelbar vor June, aber sie konnte nicht das Geringste sehen.

»Danke, Mr. Roboter. Wann kann ich Mami sehen?«

»Bald. Vielleicht sogar sehr bald.«

June spürte eine kalte Hand am Fußgelenk und schnappte nach Luft.

»Halt einfach still, damit ich dich anziehen kann.«

»Ist gut. Ich werd mich nicht bewegen«, versprach June mit zittriger Stimme.

Der Mann verstärkte den Griff um ihr Fußgelenk und fädelte ihren Fuß durch etwas. Er wiederholte den Vorgang mit ihrem anderen Fuß. Dann schob er ihre Arme durch die Löcher von etwas, das sich nach einer ärmellosen Bluse oder Jacke anfühlte. Jedenfalls erwies sich das Kleidungsstück als schwer.

Der Roboter drückte auf etwas an der Rückseite der Jacke. Vorne ging ein winziges Lämpchen an, nicht größer als ein Stecknadelkopf. Es wurde rot.

»Versuch nicht, das auszuziehen. So weiß ich, dass du dich benimmst. Und geh auch nicht in die Nähe der Leiter. Wenn du's doch tust, siehst du deine Mama nie wieder. Hast du verstanden?«

June nickte mit Nachdruck. »Ich werd es nie ausziehen, ich schwör's.«

Der Robotermann legte die kalte Hand auf ihre Wange.

Dann verschwand er.

Das Licht ging flackernd wieder an, und June erblickte einen Karton, gefüllt mit Lebensmitteln und Getränken. Wieder Uncrustables mit Erdnussbutter und Traubenmarmelade, dazu Päckchen mit Saft und Vollmilch.

Sie blickte an sich hinab und stellte fest, dass sie weder eine Bluse noch eine Jacke trug – es ähnelte eher der Schwimmweste, die Mama und sie einmal auf einem Boot getragen hatten. Nur hatte diese Weste Schlaufen um jedes ihrer Beine. Selbst wenn sie gewollt hätte, sie hatte keine Ahnung, ob sie die Vorrichtung überhaupt ablegen könnte. June fuhr mit den Fingern über das olivgrüne Segeltuchmaterial und spürte Drähte darunter.

Wie lange würde sie das tragen müssen?

In ihrem Kopf ertönte die Stimme des Robotermanns. *Wenn du's doch tust, siehst du deine Mama nie wieder.*

June gelobte sich: »Ich werd's nicht ausziehen. Auf keinen Fall.«

Dann griff sie sich ein noch halb gefrorenes Uncrustable, wickelte es aus und biss hinein.

Sie blinzelte sich Tränen aus den Augen. June hatte sich fest vorgenommen, nicht mehr zu weinen. Nie wieder.

Und dennoch fielen Tränen, als sie an Mama dachte, die ohne sie ganz allein zu Hause war.

KAPITEL SIEBEN

Bei seinem letzten Aufenthalt in Japan hatte sich Levi in einer völlig anderen Phase seines Lebens befunden. Damals hatte er um seine verstorbene Frau getrauert und sich in eine Kampfkunstausbildung gestürzt. Tagsüber hatte er im Dojo Karate trainiert, nachts hatte er im Hinterzimmer desselben Dojos auf dem Boden geschlafen. Er hatte mühsam die Sprache erlernt, gesellschaftlichen Umgang größtenteils gemieden und sich so von den anderen unterschieden.

In Japan gab es ein Ritual namens *Nomikai*. Kollegen oder Teamkameraden stärkten damit die Bindungen untereinander nach Feierabend. Oft gehörte dazu, dass man zusammen in eine Bar oder in ein Restaurant ging, das Drinks servierte, damit man lockerer wurde. Damals war Levi als andere als locker und entspannt. Dafür schwirrte ihm viel zu viel im Kopf herum. Zu der Zeit gab es nur eine Person, mit der er gern Zeit verbrachte: einen jungen Burschen, wahrscheinlich noch keine 20, und wie Levi ein missmutiger Typ und Einzelgänger. Er half Levi dabei, Japanisch zu lernen. Aber selbst damals waren sie bei den seltenen Gelegenheiten, wenn sie etwas unternahmen, zu einem Sumo-Kampf gegangen, nie zum Trinken.

Als Levi mit vier japanischen Gangstern im Festsaal von *O'Shaughnessy's* saß, einer schottischen Bierstube mitten in der Innenstadt von Tokio, konnte er sich deshalb ein Lächeln nicht verkneifen.

Die vier Männer tranken großzügige Schlucke aus ihren Krügen voll BrewDog, einem schottischen Bier, das seinen Begleitern sehr zu schmecken schien, während Levi selbst an einem Selters nippte.

Harry streckte Levi seinen Krug entgegen. »Wollen Sie nicht doch einen Drink? Der Boss bezahlt.«

Levi stieß mit Harry an und schüttelte den Kopf. »Ich bin allergisch gegen Alkohol. Mir wird schlecht davon.«

»Tut mir leid, das zu hören. Muss schwierig sein.«

»Ich hab mich dran gewöhnt.«

Die Wahrheit sah so aus, dass Levi zwar durchaus Alkohol trinken konnte, sein Körper ihn jedoch ungewöhnlich verarbeitete. In der Regel setzte die Wirkung bei ihm sofort ein. Ihm wurde einige Minuten lang schwindlig, danach folgten Kopfschmerzen. Keine angenehme Erfahrung.

Levi sah sich im Lokal um. Es handelte sich um einen großflächigen Saal, mindestens 15 mal 15 Meter, mit etwa 20 weiteren Tischen, alle mit Gästen besetzt, die sich unterhielten und Bier tranken. Offensichtlich warteten alle auf den Beginn irgendeiner Veranstaltung. Levi riss ein Stück von dem Brotlaib ab, der auf den Tisch gelegt worden war, und steckte es sich in den Mund. Es war noch warm und schmeckte ausgeprägt nach Roggen. Er brach ein weiteres Stück von dem knusprigen Roggenbrot ab und deutete damit in Richtung der anderen. »Kennt ihr eigentlich Kiyoshi Ishikawa?«

Zwei der Männer schüttelten den Kopf. Charlie hingegen nickte.

Er schien der Jüngste zu sein. »*Hai*. Er und ich sind als Nachbarn aufgewachsen.«

»Wie ist er so?«

Harry ergriff das Wort. »Warum wollen Sie das wissen?«

Levi zuckte mit den Schultern. »Ich will ihm ja einen Besuch abstatten und ihm Fragen stellen. Ist 'ne vertrauliche Angelegenheit, aber ich wollte mir bloß ein Bild davon machen, wie ...«

Plötzlich ertönten vom entfernten Ende des Saals Dudelsack- klänge. Alle an den Tischen standen auf und jubelten, als ein Dudel- sackspieler in Sicht geriet, gefolgt von zwei weiteren Männern in Kilts.

Einer der Männer trug auf einem Silbertablett die größte Wurst, die Levi je gesehen hatte. Kellner füllten rasch Gläser und Krüge auf, die Anwesenden im Saal klatschten begeistert, und Levi ertappte sich dabei, in den Bann der Feierlichkeiten gezogen zu werden.

Die überwiegend japanischen Gäste zeigten sich enthusiastisch, als das Tablett auf einem reservierten Tisch in der Mitte des Saals abgestellt wurde.

Ein großer, vermutlich schottischer Kerl mit einem mächtigen roten Bart trat an den Tisch. Schlagartig verstummten die fast 200 Anwesenden und setzten sich wieder.

Mit einem dramatischen Schwung zog der Mann ein langes Messer aus einer Scheide an seiner Hüfte und zeigte damit auf den großen Braten in Wurstform vor ihm. Langsam drehte er sich der Menge zu und verkündete mit volltönender Stimme: »Zeit, sich dem Haggis zuzuwenden.«

Da begriff Levi, was er vor sich sah. Er hatte schon von Haggis gehört, einer schottischen Spezialität aus Lammfleisch, Haferflo- cken und anderen Gewürzen in einem Schafsmagen oder so ähnlich. Aber er hatte noch nie davon probiert. Tatsächlich hatte er bisher nie einen Haggis zu Gesicht bekommen. Und mit Sicherheit hatte er nicht damit gerechnet, ausgerechnet in Japan darauf zu stoßen.

Die Stimme des Schotten hallte laut durch den Saal:

»Dein feines Gesicht sei von Glück erhellt,
du Häuptling in der Würstewelt!
Bist hoch über alle anderen gestellt,
ob Pansen, ob Darm:
Verdienst, dass man dein Lob erzählt,
so lang wie mein Arm.
Die ächzende Schüssel da füllst du aus,
dein Hintern schaut wie ein Bergrücken raus,
Dein Holzspieß hülf als 'ne Rad-Achse aus,
in Zeiten der Not.
Und aus deinen Poren tritt Tau heraus,
wie Bernstein rot.
Sieh, wie der Bauer sein Messer wischt;
er schneidet dich auf, wenn aufgetischt,
Und in dein saftiges Inneres er bricht,
dem Pflüger gleich;
Und dann, o welch gesegnete Sicht,
warm-dampfend, reich!«

Levi verstand kaum ein Wort von dem, was der Mann von sich gab. Dennoch beobachtete er fasziniert, wie der Schotte überschwänglich in den Haggis stach und ihn anschließend quetschte, bis sich der Inhalt aus der Hülle ergoss. Dabei verhielt er sich, als würde er ein Opfer ausweiden.

Während der Mann seine »Ansprache an den Haggis« fortsetzte, vibrierte Levis Handy mit einer Nachricht.

Sie stammte von Denny.

Dachte mir, das könnte dich interessieren.

Die Staatspolizei von Maryland hat gestern Abend eine Fahndung nach einem gestohlenen schwarzen Suburban rausgegeben.

Vor ungefähr 20 Minuten ist über Polizeifunk eine Explosion in der Nähe von White Oak, Maryland gemeldet worden. Die Cops vor Ort haben bestätigt, dass es die Überreste des gestohlenen Suburban sind.

Levis Gedanken überschlugen sich. Wenn die Polizei dort war, würde sich hoffentlich auch die Spurensicherung die Sache ansehen. Er wagte kaum zu glauben, er könnte so viel Glück haben, dass es sich um den Wagen aus der Videoaufzeichnung handelte, aber ...

Rasch tippte er eine Antwort.

»Ihr Mächte, die ihr im Himmel verkehrt,
und den Menschen den Speisezettel serviert,
ein Schotte hat Fraß noch nie verzehrt,
der bloß ein Dreck ist;
Drum, wünscht ihr, dass er euch verehrt ...«

Der Mann hob triumphierend das Tablett und brüllte die letzte Zeile förmlich:

»Gebt ihm ’nen Haggis!«

·   ·   ·

Alle im Saal stimmten lauten Applaus an, und das Servierpersonal strömte mit Tabletts herein, um das Abendessen aufzutischen.

Harry stupste Levi und lächelte. »Und? Was halten Sie davon?«

Levi erwiderte das Lächeln. »Hab zwar kaum ein Wort verstanden, aber es war fantastisch.«

Harry erhob seinen Krug. Alle vier stießen klirrend miteinander an und wiederholten, was die Leute an den anderen Tischen riefen. »Der Haggis!«

Levi lachte während des Abendessens viel und genoss die Gesellschaft dieser Männer. Mit den Gedanken jedoch war er woanders – bei einem fünfjährigen Mädchen, das sich wahrscheinlich gerade zu Tode fürchtete, falls es überhaupt noch lebte ...

Der Fahrstuhl im Tanaka-Gebäude bimmelte, als er das oberste Stockwerk erreichte. Die Türen glitten auf, und Levi sah sich zwei ernst wirkenden Männern in Anzügen gegenüber.

»Mr. Yoder.« Der Ältere rechts sprach ihn auf Japanisch an und bedeutete ihm mit einer Geste, dass er die Arme heben sollte. »Bitte, das ist nicht respektlos gemeint, aber ...«

»Ich verstehe.«

Levi streckte die Arme seitlich von sich. Der linke Mann filzte ihn, während der andere dabei zusah. Danach wechselten sie sich ab, und Levi wurde erneut abgetastet.

Anschließend führten die Männer ihn durch einen hell erleuchteten Gang. Im Gegensatz zu Ryukis Büro in den USA orientierte sich die Innenausstattung des Tanaka-Gebäudes in Tokio an westlichem Flair: dunkle Holztäfelung und Kunstwerke, die nach Kopien von Meistern wie Rembrandt und Picasso aussahen.

Oder vielleicht auch keine Kopien.

Sie hielten vor einer Doppeltür, an die einer der Männer kräftig klopfte.

Von drinnen antwortete eine Stimme. *»Herein.«*

Die Männer führten Levi in ein Penthouse-Büro mit Rundumblick auf Tokio. Regalsäulen enthielten Fotos, Bücher und diversen Nippes, was dem geräumigen Büro ein persönlicheres Flair verlieh.

Hinter einem massiven Schreibtisch aus Holz – auf Hochglanz poliert und überwiegend schwarz mit nur wenigen dunkelbraunen Einschlüssen – erhob sich ein Mann. »Yoder-san, es freut mich sehr, Sie endlich persönlich zu treffen, nachdem ich so viel über Sie gehört habe.«

Levi verneigte sich höflich. »Ich freue mich auch. Aber etwas geht mir nicht aus dem Kopf. Wenn Sie die Frage gestatten, wie sind Sie darauf gekommen, nach mir zu verlangen? Ich glaube nicht, dass wir uns je begegnet sind, und ich habe ein gutes Gedächtnis.«

Der Yakuza-Boss lächelte. Seine steife Haltung wurde lockerer. Er wandte sich an seine beiden Untergebenen, die an der Tür standen. »Geht. Ich rufe euch, wenn wir fertig sind.«

Die Männer verneigten sich, zogen sich zurück und schlossen die Türen hinter sich.

Shinzo Tanaka kam hinter dem Schreibtisch hervor und bedeutete Levi, ihm zu einem der Regale zu folgen. »Kommen Sie. Sagen Sie mir, ob Sie etwas sehen, das Ihnen bekannt vorkommt.«

Levi ging hinüber zu den Regalen, die aus demselben Holz wie der Schreibtisch bestanden. Sie beherbergten Dutzende von ledergebundenen Klassikern in japanischer Sprache. Levi entdeckte *1984*, *Die Farbe Lila*, *Fahrenheit 451*, *Wer die Nachtigall stört* und *Der Hobbit*.

Tanaka war eindeutig ein Fan westlicher Literatur.

Weitere Regale enthielten Fotos von Tanaka mit anderen Leuten – vermutlich Politiker und einflussreiche Persönlichkeiten.

Insbesondere ein Bild erregte Levis Aufmerksamkeit. Es stand an prominenter Stelle mitten im Regal und zeigte einen jüngeren Tanaka mit dem Arm um einen Jungen. Einen vertraut wirkenden Jungen.

Levis Gedanken kehrten jäh zu dem Dojo zurück, in dem er vor über 12 Jahren ausgebildet worden war. Er dachte an seinen einzigen Freund im Dojo zurück, den Einzelgänger, der nie seinen Familiennamen benutzt hatte, nur den Vornamen.

Jun.

Und dann fügten sich die Teile zusammen.

Der Junge auf dem Foto war Jun aus dem Dojo.

Helen Wilsons Tochter hieß June und wurde genauso ausgesprochen.

Shinzo Tanaka hatte den Arm um Jun gelegt ...

Jun Tanaka?

Und plötzlich ergab alles einen Sinn.

Jun hatte nie über seine Familie gesprochen. Levi hatte vermutet, er wäre ein Waisenkind, und hatte sich deshalb nie nach Einzelheiten erkundigt.

Er drehte sich Tanaka zu, der ihn mit unergründlicher Miene ansah. »Sie sind Juns Vater. Das wusste ich nicht.«

Shinzo Tanaka nickte, und plötzlich zog ein Sturm der Gefühle über das Gesicht des Mannes. Traurigkeit, Stolz, Zorn. Und durch all das schimmerte Entschlossenheit. »Mein Sohn. Ich habe ihm aufgetragen, nicht seinen richtigen Namen zu benutzen. Ich wollte nicht, dass ihn mein Ruf in Gefahr bringt. Bestimmt verstehen Sie das.«

»*Hai.*« Ohne nachzudenken, verbeugte sich Levi leicht. Schlagartig kehrten alte Gewohnheiten zurück. »Das verstehe ich vollkommen. Also hat Jun mich erwähnt?«

Ein Lächeln erschien in den Zügen des älteren Mannes. Er legte Levi die Hand auf die Schulter. »Ja, er hat mir alles über den

Amerikaner erzählt. Er hat mir auch erzählt, dass Sie ein Mann von ungewöhnlicher Ehre sind. Und er hat gedacht, Sie wären von einer Mafiafamilie weggeschickt worden, ähnlich wie er. Zum Schutz.«

»Nun ja, ganz so ist es bei mir nicht gewesen.«

»Ich weiß.« Shinzo klopfte Levi auf den Rücken. »Schon damals habe ich mich informiert, um zu erfahren, mit wem mein Sohn Umgang hatte. Ich wollte Sie bereits seit Jahren kennenlernen und mich dafür bedanken, dass Sie meinem Sohn durch seine schwierigsten Jahre geholfen haben. Es betrübt mich, dass wir uns nicht unter erfreulicheren Umständen treffen.«

Levi nickte. »Ich werde tun, was in meiner Macht steht, um Ihre Enkeltochter zu finden. Und da wir gerade davon sprechen, darf ich Sie etwas fragen? Vielleicht ist es unangemessen, aber es hat mit Ishikawa-san zu tun.«

Shinzo kehrte zu seinem Schreibtisch zurück und bedeutete Levi, sich zu setzen. »Nur zu.«

»Das FBI behauptet, Ishikawa-san hätte Fingerabdrücke auf einer Bombe hinterlassen, die zwei Agenten der Behörde getötet hat. Diese Agenten waren mit Ermittlungen gegen Kindersexhandel beauftragt. Könnte Ishikawa-san darin verwickelt gewesen sein?«

Levis Frage hing gefährlich in der Luft. Immerhin hatte er damit angedeutet, dass Tanakas Organisation Profit aus dem Handel mit Kindersexsklaven schlagen könnte.

Die Züge des Yakuza-Bosses liefen rot an. Angewidert verzog er die Lippen. »Ich bin vieles – aber ich handle *nicht* mit Kindern. Wie ich höre, ist es bei vielen Italienern verpönt, Frauen in ihre Geschäfte einzubeziehen, sei es aktiv oder als Zeuginnen. Nun, mein Kodex sieht vor, bei meinen Geschäften keine Kinder einzubeziehen. Haben wir uns verstanden?«

»Es tut mir leid, wenn ich Sie beleidigt habe ...«

»Nein!« Tanaka hieb mit der Faust auf den Schreibtisch. Seine Augen verengten sich zu Schlitzen. »Nicht Sie haben mich beleidigt. Wenn Ishikawa etwas Derartiges getan und Schande über meine Organisation gebracht hat, überlassen Sie es mir, mich um ihn zu kümmern.«

Levi fühlte sich ein wenig erleichtert darüber, dass der Zorn dieses mächtigen Mannes nicht ihm galt, und blies den unbewusst angehaltenen Atem aus. »Mit Ihrer Erlaubnis möchte ich ihn so bald wie möglich befragen.«

»Gewährt.« Shinzo drückte eine Taste an seinem Telefon. Prompt tauchten die zwei Männer wieder auf, die Levi herbegleitet hatten. »Ichiro, Kenzo, bringt Yoder-san zu der Adresse, die ich euch vorhin gegeben habe. Er soll Informationen aus Ishikawa Kiyoshi herausholen. Unterstützt Yoder-san bei allem, was er braucht. Verstanden?«

»*Hai*.« Beide Männer bestätigten den Befehl ihres Vorgesetzten mit einer tiefen Verbeugung.

Levi stand auf und verbeugte sich ebenfalls vor dem Verbrecherboss. Tanaka antwortete darauf mit einem Nicken.

Es war an der Zeit, loszulegen.

Tanakas Männer begleiteten Levi zu einem Wohngebäude in Ryogoku. Zuletzt war Levi in dieser Ortschaft gewesen, als Jun und er sich einen Sumo-Kampf angesehen hatten.

Es ging auf Mittag zu, als sie eines der nahen Wohngebäude betraten. Durchdringender Schimmelgeruch begleitete sie durch einen schwach beleuchteten Flur und ein noch schlechter beleuchtetes Treppenhaus. Das Gebäude selbst schien in einigermaßen gutem Zustand zu sein, aber es roch, als hätte die Luft darin lange nicht mehr zirkuliert. Der modrige Mief wurde stärker, als sie den Keller betraten.

»Wohnt hier jemand?«, wollte Levi wissen.

»Nein«, antwortete einer der Männer. Er zog einen Schlüsselbund aus der Tasche und schloss eine Metalltür am Fuß der Treppe auf. »Der Boss benutzt dieses Gebäude für besondere Zwecke. Für solche wie heute.«

Die Angeln quietschten laut, als die Männer die Tür aufschoben und Levi den Vortritt ließen.

Er durchquerte den Durchgang und betrachtete die Einzelheiten seiner neuen Umgebung. Es handelte sich um einen großen, offenen Raum, der kaum etwas enthielt, abgesehen von zwei Männern am gegenüberliegenden Ende des Kellers. Sie standen etwa zwei Meter voneinander entfernt, die Ärmel hochgekrempelt. Kunstvolle Tätowierungen zierten die Arme. Frische Blutspritzer besudelten ihre weißen Hemden.

Zwischen ihnen befand sich auf einem Stuhl ein erschlaffter Mann, die Arme hinter dem Rücken gefesselt. Sein Körper war an dem mit dem Boden verschraubten Stuhl festgebunden.

Offensichtlich war der Gefesselte geschlagen worden.

Auf einem Tisch in der Nähe lagen Folterinstrumente verstreut: Zangen, Hämmer, Meißel, etwas, das einem modifizierten Viehtreiber ähnelte, und ein besonders verheerend aussehender, verchromter Korkenzieher. Schachteln mit sterilem Verbandmull, Alkohol, Spritzen und Riechsalz rundeten die Sammlung ab.

Diese Yakuza scherzten nicht.

Als sich Levi näherte, verbeugten sich die beiden Männer und wichen mehrere Schritte zurück.

»Ishikawa-san?«, fragte Levi und deutete auf den Bewusstlosen.

»*Hai*«, antworteten sie.

Einen kurzen Moment lang verspürte Levi tatsächlich Mitleid mit Ishikawa. Er war von zwei Mitgliedern seiner eigenen Organisation aufgemischt worden und wusste vermutlich nicht mal den Grund. Die Männer, die ihn verprügelt hatten, wahrscheinlich auch nicht. Shinzo Tanaka hatte ihnen einfach befohlen, Ishikawa für

Levis Ankunft aufzuweichen. Um die Dinge zu vereinfachen. Und vor allem zu beschleunigen.

Dann hielt sich Levi vor Augen, dass der Kerl womöglich die Finger in Kinderprostitution hatte. Und sein Mitgefühl verpuffte.

Er griff sich eine Riechsalzampulle vom Tisch, packte Ishikawa am Haar und hob seinen Kopf an. Blut sickerte aus einer Wunde am Nasenrücken. Levi hielt dem Mann die Ampulle unter die Nase und schnippte den Verschluss weg. Der starke Ammoniakgeruch stieg auf, und der Gangster wollte das Gesicht wegdrehen, doch Levi hielt ihn fest.

Ishikawa öffnete die Augen. Levi schlug ihm mit der flachen Hand auf die Wange.

»Aufwachen. Ich hab Fragen an dich.«

Der Mann blinzelte heftig, hatte das Bewusstsein noch nicht vollständig zurückerlangt. Als Levi den chemischen Cocktail erneut unter die Nase des Gefesselten hielt, brummte Ishikawa auf Japanisch: »Ich bin wach ... ich bin wach.«

Levi warf die benutzte Ampulle auf den Boden und ging vor Ishikawa in die Hocke. Das Gesicht des Mannes wies Narben auf, die ihn an Anspach erinnerten, nur neuer. Ein Teil eines Ohrs sah aus, als wäre darauf gekaut worden. Das rosa Gewebe der Wange und der Schläfe zeugte von schweren Verbrennungen.

»Kiyoshi«, sagte Levi. »Shinzo Tanaka hat mich geschickt, um mit dir zu reden. Und ich erwarte Antworten.«

Trotz der Prügel, die Ishikawa bereits eingesteckt hatte, erbleichte er bei der Erwähnung des Oberhaupts des Tanaka-Syndikats. Sofort nickte er und sagte in beinah flehentlichem Ton: »Ich tue, was immer nötig ist.«

»Ich brauche nur die Wahrheit. Erzähl mir von der Bombe, die du gelegt hast.«

Panisch schaute der Mann hin und her. Levi überlegte, was er tun musste, um den Mann zum Reden zu bringen, als sich Ishikawas Augen begreifend weiteten.

»Ich wollte nur in das Gebäude einbrechen«, sagte er. »Von dem Gasleck wusste ich nichts. Sie hätten nicht sterben sollen – das war nicht meine Absicht. Die Kinder waren ...«

»Warte. Was für Kinder?«

Ishikawa legte den Kopf schief. »In der Schule. Es war spät, als ich eingestiegen bin. Dabei muss irgendein Funke aufgetreten sein, und alles ist in die Luft gegangen. Ich wusste nicht, dass noch jemand im Gebäude war.«

Levi runzelte die Stirn und musterte den Gesichtsausdruck des Mannes. »Wo war diese Schule?«

»Das wissen Sie nicht?«

»Wo war diese Schule?«, herrschte Levi den Mann laut an.

»In West Virginia. In einer Kleinstadt namens Chelsea.«

Levi stand auf und begann, vor Ishikawa auf und ab zu laufen. »Erzähl mir mehr.«

»Ich hab den Tipp bekommen, dass im Büro der Grundschule Bargeld verwahrt wird. Über 10.000 Dollar von einer Spendenaktion der Schule. Ich hab was gerochen, als ich mich dem Gebäude genährt habe – muss das Gas gewesen sein. Ich hätte es wissen müssen. Aber ...«

»War das die einzige Explosion, in die du verwickelt warst?«

Ein Ausdruck aufrichtiger Überraschung trat in Ishikawas Züge. »J-ja.«

»Wie spät war es, als du in die Schule eingebrochen bist?«

Ishikawa legte die Stirn in Falten. »Es war auf jeden Fall Nacht. Nach zehn, glaube ich, aber vor Mitternacht. Und beim Aufbrechen der Tür muss ich wohl einen Funken verursacht haben ...«

Levi entfernte sich von Ishikawa, rief eine Kurzwahlnummer an und hielt sich das Handy ans Ohr.

Denny hob nach dem ersten Klingeln ab. *»Hey, Levi, was gibt's?«*

»Du musst was für mich überprüfen. Geht das sofort?«

»Klar, gib mir nur 'ne Sekunde – steh gerade hinter der Bar. Hey, Rosie, ich geh mal eben nach hinten. Gleich, Levi.«

Mit der Hand über dem Telefon rief Levi durch den Raum zu Ishikawa: »Wie lange ist diese Explosion her?«

»Ein paar Monate. Anfang September, glaube ich.«

Levi kehrte zur Treppe zurück, wo seine zwei Begleiter warteten. »Hat Ishikawa Kinder?«, fragte er.

Ein Mann nickte. »Zwei. Ein Mädchen, einen Jungen. Sie sind beide jung, fünf und sieben Jahre alt.«

»Bring sie her.«

Der Mann zögerte nur eine Sekunde, bevor er mit einem Nicken reagierte. »Sie sind in der Nähe und besuchen ihren Großvater. Ich bin in ein paar Minuten zurück.«

Als der Mann die Treppe hinauf verschwand, meldete sich Denny zurück. *»Okay, bin an meinem Terminal. Was willst du wissen?«*

»Überprüf eine Explosion in 'ner Schule. Wahrscheinliche Ursache Erdgas. In Chelsea, West Virginia. Irgendwann im September. Ich muss alles wissen, was du darüber herausfinden kannst, und zwar so schnell wie möglich.«

»Einen Moment.«

Levi schaltete den Anruf auf stumm, trat zurück in den Keller und zeigte auf die beiden Männer, die Ishikawa weichgeklopft hatten. »Macht ihn sauber und bindet ihn los.« Er verengte die Augen zu Schlitzen, als er den Blick auf Ishikawa richtete. »Ich bin sicher, er wird sich zu benehmen wissen.«

Als Levi das Gespräch mit Denny beendete, nachdem er die benötigte Information bekommen hatte, war der Gangster mit Ishikawas Kindern zurück. Die Kleinen rannten los und umarmten ihren

Vater, der in der Zwischenzeit so gut wie möglich sauber gemacht worden war. Auf seiner Nase klebte ein Pflaster, um die Schultern hatte er ein Handtuch. Für seine Kinder bewahrte er eine tapfere Miene, aber Levi sah die nackte Angst in seinen Augen. Und er hatte durchaus Grund zur Sorge. Er war nicht darauf vorbereitet gewesen, dass seine Kinder ins Spiel kommen könnten.

»Vater, was ist mit deiner Nase passiert?«, fragte der kleine Junge.

Ishikawa lächelte und legte die Hände auf die Gesichter seiner Kinder. »Ich bin versehentlich gestürzt. Dieser Amerikaner ist Arzt und hilft mir, sie zu richten.«

Das kleine Mädchen löste sich vom Vater und schlang die Arme um Levis Mitte. »Danke, Mister. Vielen Dank.«

Levi tätschelte der Kleinen den Kopf und bedeutete dem Mann, der die Kinder geholt hatte, sie wieder hinauszubegleiten.

Ishikawas Blick folgte seinen Kindern zur Tür hinaus. Er wartete, bis sie verschwunden waren, bevor er mit zittriger Stimme das Wort ergriff. »Bitte, bitte, tun Sie ihnen nichts. Was immer Sie mit mir anstellen, akzeptiere ich. Mir ist bewusst, dass ich falsch gehandelt habe, aber ...«

»Genug!«, brüllte Levi. Seine Stimme ertönte wie ein Schlag ins Gesicht des Mannes. Er ging in die Hocke, damit er sich auf Augenhöhe mit Ishikawa befand, der nach wie vor auf dem Stuhl saß, wenngleich nicht mehr gefesselt. »Du kannst dir nicht mal ansatzweise vorstellen, was ich mit deinen Kindern mache, wenn du mich noch mal anlügst. Ich war gerade mit jemandem am Telefon, von dem ich weiß, dass es keine Explosion in irgendeiner Schule in Chelsea, West Virginia gegeben hat. Also, in welche Explosionen warst du *wirklich* verwickelt? Welche Bomben hast du gelegt?«

»Bomben?« Ishikawa blinzelte mit einem unverhohlen überraschten Ausdruck im Gesicht. »Ich habe nie ... Ich weiß nichts von irgendwelchen Bomben. Soweit ich mich erinnere, bin ich noch nie auch nur in der Nähe einer Bombe gewesen. Niemand an unserem Standort ist ein Bombenbauer, da bin ich mir sicher. Ich schwöre Ihnen, ich habe keine Ahnung von irgendwelchen anderen Explosionen oder von Bomben.«

Levi studierte die Züge des Mannes. Die klamme Blässe der Haut war offensichtlich. Die erzielte Reaktion hatte Levi schon etliche Male erlebt. Die Reaktion eines Mannes, der verwirrt und überrascht war. Levi brauchte keinen Lügendetektor, um zu wissen, dass Ishikawa die Wahrheit sagte.

Er hatte die Bombe nicht gelegt, die Nguyen und Wei getötet hatte.

»Ishikawa-san, die Explosion war nicht in Chelsea. Sie war knapp außerhalb der Stadtgrenze in der Ortschaft Ghent.« Levi tätschelte dem Mann das Knie und stand auf. Er wandte sich an die beiden Männer, die Ishikawa bewachten. »Bringt Ishikawa-san zurück zum Boss. Er soll entscheiden, was zu tun ist, aber ich glaube, Ishikawa hat nichts falsch gemacht.«

Bei den Worten bröckelte, was immer Ishikawa aufrecht auf dem Stuhl gehalten hatte, denn er kippte nach vorn und wäre mit dem Gesicht voraus auf den Boden geknallt, wenn Levi ihn nicht aufgefangen hätte.

Die beiden Bewacher packten Ishikawa an den Armen. Halb trugen, halb eskortierten sie ihn zum Ausgang.

Levi klopfte Ishikawa auf die Schulter und flüsterte: »Flieg noch nicht zurück in die USA. Nach dir wird gefahndet.«

Als Ishikawa zu einem Dank ansetzte, befanden sich Levis Gedanken bereits weit entfernt.

Die einzige Spur, die er im Fall der beiden toten Agenten gehabt hatte, war gerade in sich zusammengefallen.

O'Connor wollte trotzdem Ergebnisse. Diesmal jedoch würde Levi ihn enttäuschen müssen.

KAPITEL ACHT

In der Eingangshalle des Helmsley Arms kam Levi der Sicherheitschef der Familie Bianchi entgegen.

»Hey, Frankie. Was gibt's?«

Frankie deutete zum Eingang des Wohngebäudes. »Gehen wir ein Stück spazieren. Du und ich müssen reden.«

Levi betrachtete Frankies grimmigen Gesichtsausdruck, dann folgte er ihm mit einem frustrierten Seufzen zurück hinaus auf die Straßen von New York City.

Als sie die East 86th Street entlangschlenderten, bildete Levis warmer Atem kleine Wölkchen. Frankie trug eine Winterjacke, Levi hingegen denselben Anzug, in dem er die letzten beiden Tage verbracht hatte.

»Komm schon, Frankie, ich frier mir hier draußen den Arsch ab. Was ist los?«

»Einer unserer Leute ist ausradiert worden«, verkündete Frankie unverblümt und warf Levi einen Seitenblick zu. Mit forschen Schritten marschierte er weiter.

»Scheiße.«

Levi hasste die Risiken, die mit dem Geschäft der Familie einhergingen. Zwar beteiligten sich die Bianchis zunehmend an legalen Unternehmungen, trotzdem lief unter Leuten, die das Gesetz beugten, nichts ohne Risiko ab. Manchmal prallten Persönlichkeiten der verschiedenen Familien aufeinander, andere Male handelte es sich bloß um einen Fall von falschem Ort zur falschen Zeit. Die Stadt konnte sogar für jemanden mit Verbindungen zur Mafia ein gefährliches Pflaster sein.

Allerdings gehörte das nicht zu den Angelegenheiten, um die sich Levi in der Regel kümmerte – das fiel in Frankies Zuständigkeitsbereich.

»Wer war es, Frankie? Und warum erzählst du mir davon?«

»Du bist ihm wahrscheinlich nie begegnet – ein Laufbursche namens Jimmy Costanza. Er war einer unserer externen Leute. Man hat uns eine Nachricht und zwei Teile von ihm zugestellt: einen Finger und sein bestes Stück.«

»Was?« Levi starrte Frankie ungläubig an. Jemanden erschießen zu lassen, war eine Sache. Aber der Mafiafamilie eines Opfers Souvenirs zustellen zu lassen, zeugte von sehr alter Schule. Levi hätte nicht gedacht, dass so etwas noch vorkam.

Frankie kramte einen zusammengefalteten Zettel aus der Tasche. »Hier, wirf 'nen Blick drauf.«

Levi faltete das Papier auseinander und überflog die Worte.

Haltet euch aus Flushing und unserem Geschäft raus.

Auf dem Papier prangte ein rötlich-brauner Fleck. Getrocknetes Blut.

Flushing? Soweit Levi wusste, ging die Familie Bianchi in der Gegend keinerlei Geschäften nach. Aber ...

»Oh Scheiße.«

»Genau. Oh Scheiße. Vinnie hat mir aufgetragen, dich zu ersuchen, dass du einstellst, was immer du dort treibst. Ich will nicht mehr wissen, als ich muss, aber Paulie hat mir von den Kindern erzählt, die du dort rausholen willst. Er hat gesagt, Jimmy hätte ihm dabei ein paar Gefallen getan und wurde wahrscheinlich von einem dieser chinesischen Drecksäcke beobachtet. Tja, was immer er für dich gemacht hat, er ist deswegen tot.«

Ein kalter Schauder lief Levi über den Rücken. Wenn Paulie auf Costanza zurückgegriffen hatte, um das von Levi gesichtete Mädchen rauszuholen, dann waren die Chinesen dem Mann vielleicht gefolgt. In dem Fall wussten sie unter Umständen, wohin die Kleine gebracht worden war. Das Blut gerann ihm in den Adern zu Eis.

Er blieb stehen und drehte sich Frankie zu. »Ich kläre das mit Vinnie, aber jetzt muss ich schleunigst weg!«

Levi rannte zurück zum Wohngebäude und wählte unterwegs eine Nummer. Kaum wurde abgehoben, brüllte er ins Telefon. »Ich brauche beim Helmsley ein Auto. Sofort.«

***

Levi übertrat alle möglichen Geschwindigkeitsbegrenzungen, um es in zweieinhalb Stunden nach Lancaster in Pennsylvania zu schaffen. Unterwegs rief er wiederholt Paulie an, erreichte jedoch nicht mal die Mailbox – entweder hatte der Mann das Handy ausgeschaltet oder keinen Empfang.

Als er auf den Weg zur Farm seiner Familie bog, sichtete er einen anderen Wagen – einen schwarzen Toyota Camry mit Kennzeichen aus New York. Sein Herzschlag beschleunigte sich. Autos waren in dieser abgelegenen amischen Gemeinde eine Seltenheit.

Er sprang aus dem geliehenen Fahrzeug und trat den Weg über

den vereisten Pfad an. Draußen auf dem Land hatte es unlängst geschneit.

Levis Mutter kam vorne aus der Scheune, um nachzusehen, wer eingetroffen war. Ihre Züge hellten sich auf, als sie Levi erblickte. »Lazarus!«, rief sie seinen Taufnamen. Obwohl sie auf die 70 zuging, kam sie mit raschen Schritten herbei und zog ihn in eine gewaltige Umarmung. »Es ist ja so lange her! Du solltest uns öfter besuchen.« Sie rügte ihn in Pennsylvania-Deutsch, der Sprache, mit der er aufgewachsen war.

Levi küsste sie auf beide Wangen, dann deutete er mit dem Kopf auf das andere in der Nähe geparkte Auto. »Wem gehört der Wagen?«

Sie schob eine verirrte Strähne ihres ausgebleichten blonden Haars zurück unter die weiße Gebetsmütze. »Das weißt du nicht? Der Dolmetscherin, die du für das neue Mädchen geschickt hast. Sie scheint sehr nett zu sein.«

Levi spürte, wie ihm alle Farbe aus dem Gesicht entwich. »Wo ist die Dolmetscherin?«

Seine Mutter zeigte in die Ferne zu dem Gebäude der aus einer Klasse bestehenden Schule, die Levi in seiner Jugend besucht hatte. »In der Schule natürlich. Die Kinder machen sich wirklich gut. Sie werden begeistert sein, dich zu sehen.«

Levi drückte seiner Mutter einen Kuss auf die Stirn und sagte: »Ich bin gleich wieder da. Will nur schnell nach dem Rechten sehen.«

Während er im Laufschritt die etwa 400 Meter zur Schule antrat, klopfte er seinen Anzug ab und vergewisserte sich, dass seine Waffen dort waren, wo sie hingehörten.

Levi hatte keine Dolmetscherin geschickt.

Er sprang die Stufen zur Schule förmlich hinauf und öffnete die Tür, für alles gewappnet.

Was ihn erwartete, hätte aus einem Gemälde von Norman Rockwell stammen können. Zwölf Kinder im Alter von fünf bis zehn Jahren saßen an Pulten und schrieben in Hefte. Eine Frau, die mit dem Rücken zu Levi stand, redete gerade am gegenüberliegenden Ende des Klassenzimmers mit einem Mädchen.

»Papa Levi!«, rief eines der Kinder freudig. Köpfe drehten sich. Mehrere Kinder sprangen von den Stühlen auf und stürmten auf Levi zu. Als sie ihn umringten und aus allen Richtungen umarmten, rührten sie sein Herz. Er erinnerte sich bei jedem einzelnen Kind, wo er es gefunden hatte. Bilder, die sich für immer in seinen Geist eingebrannt hatten.

Diese Kinder waren Opfer der Straße gewesen und auf unaussprechliche Weise ausgebeutet worden. Man hatte sie aus dem Ausland hergeholt – unter anderem aus Vietnam, Kambodscha und China. Ohne ein Wort Englisch zu beherrschen, waren sie der Gnade der Zuhälter und Sklavenhalter ausgeliefert gewesen, die sich in den Schatten nahezu jeder größeren Stadt versteckten.

Das Beste, was Levi tun konnte, war, ihnen eine Chance zu geben. Er hatte eine hübsche Stange Geld für die Dokumente bezahlt, die ihnen amerikanische Namen, die US-Staatsbürgerschaft und einen soliden Start in ein neues Leben ermöglichten. Als er nun ihre lächelnden, gesunden Gesichter betrachtete, wusste er, dass es sich gelohnt hatte. Er hoffte, es würde bei all den Sünden, die er begangen hatte und noch begehen würde, ein wenig Balsam für seine rastlose Seele sein.

»Sie sind das also.«

Levi schaute zu der Frau auf, die gesprochen hatte, und schnappte nach Luft, als er sie erkannte. Es handelte sich um die Asiatin, die ihn in Flushing »gerettet« hatte. Die Frau, deren straffen, athletischen Körper unter der Kleidung eine wellenförmige Drachentätowierung zierte. Sie hatte die Arme um das Mädchen gelegt, dem er an jenem Tag helfen wollte – das Mädchen, das so sehnsüchtig zu den Hotdogs geschaut hatte.

Er wandte sich in Pennsylvania-Deutsch an die Kinder. »Geht zu Oma Yoder und richtet ihr aus, ich hätte gesagt, dass ihr alle einen Leckerbissen verdient habt. Ich will mich mit dieser Dame unterhalten.«

Jubelnd strömten die Kinder aus der Schule. Ein Mädchen jedoch, Alicia, drehte sich dem vor der Frau stehenden Mädchen zu und sagte etwas, vermutlich auf Kantonesisch.

Die Frau nickte, und beide Mädchen rannten aus dem Schulhaus, ließen Levi allein mit der Asiatin zurück.

»Was machen Sie hier?«, fragte er und bemühte sich, den Zorn in ihm aus seiner Stimme herauszuhalten.

Die Frau kam völlig entspannt und selbstbewusst auf ihn zu. »Eigentlich sollte ich Sie fragen, was diese Kinder hier machen. Warum haben Sie Mei ihrem Manager gestohlen?«

»Manager?« Levi spürte, wie ihm Hitze in den Hals kroch. »Sie meinen wohl *Zuhälter*. Wie zum Teufel haben Sie diesen Ort gefunden?«

Die Frau trat näher, befand sich mittlerweile in Reichweite. Sie wirkte nicht im Geringsten eingeschüchtert von ihm. »Warum haben Sie die Kleine entführen lassen?« Sie deutete auf all die Pulte im Raum. »Und die anderen Kinder? Sind sie alle wie Mei? Haben Sie alle jemandem gestohlen?«

Levis sechster Sinn schlug an. Er spürte, dass irgendetwas nicht stimmte. War sie Polizistin? Versuchte sie, ihn zu einem Geständnis zu verleiten?

»Heben Sie die Arme«, forderte er sie auf. »Ich muss Sie durchsuchen.«

»Sie rühren mich nicht an«, entgegnete die Frau mit knurrendem Unterton und bedachte ihn mit einem angewiderten Blick. Sie wich einen Schritt zurück. »Schließen Sie die Tür ab, dann zeige ich Ihnen, dass ich nichts verberge.«

Levi ging zur Tür, schloss den Riegel und beobachtete, wie die

Frau den Reißverschluss ihres Kleids öffnete, bevor sie es zu Boden gleiten ließ. Sie trat es zu ihm. Danach folgten ihre Schuhe und ihre Unterwäsche. Anschließend fuhr sie sich mit den Fingern durch das pechschwarze Haar. Levi war noch nie jemandem begegnet, der sich so ungezwungen vor einem Fremden entblätterte.

Ungeniert stand die Frau splitternackt im Klassenzimmer, während Levi ihre Kleidung nach Abhörgeräten durchsuchte. »Warum sind diese Kinder hier? Ihnen muss klar sein, dass diese Leute Sie dafür umbringen würden.«

Levi warf die Kleidung zu ihr zurück. Rasch zog sie sich an. »Wie haben Sie diesen Ort gefunden?«, wiederholte er.

Sie kam wieder näher und funkelte ihn an. »Beantworten Sie zuerst meine Frage. Warum sind diese Kinder hier?«

Levi musterte sie. Diese geheimnisvolle Schönheit verhielt sich aggressiv, bedrängte ihn. Warum? Er öffnete die zu Fäusten geballten Hände und zuckte mit den Schultern. Ihr Auftreten machte ihn nervös.

»Ich wollte etwas Besseres für sie«, erklärte er. »Sie haben es nicht verdient, ausgebeutet zu werden.«

Die Frau legte den Kopf schief und starrte ihn an, ohne zu blinzeln. »Also sind diese Kinder tatsächlich alle wie Mei? Und jetzt sind sie weg von der Straße. Aber wie lange?«

Levi runzelte die Stirn. »Was meinen Sie damit, wie lange? Für immer, wenn's nach mir geht, und das tut es in dem Fall. Diese Kinder werden *nie wieder* auf der Straße landen. Haben Sie verstanden?«

Abermals wich die Frau einen Schritt zurück. Ihr Gesichtsausdruck wurde etwas milder.

»Wie haben Sie uns gefunden?«, wollte Levi erneut wissen.

Die Asiatin schüttelte den Kopf. »Kann ich Ihnen nicht sagen. Aber Sie können von Glück reden, dass nicht Sie die Kleine entführt haben – sonst wären Sie jetzt in Scheibchen geschnitten.«

In ihrem knurrenden Unterton schwang eine Warnung mit. »Halten Sie sich aus der Gegend fern, in der Sie Mei gefunden haben. Das nächste Mal werd ich Ihnen nicht mehr helfen können.« Damit ging sie um Levi herum in Richtung der Tür.

Levi legte ihr eine Hand auf die Schulter. Sie wirbelte herum und schlug die Hand mit der Faust weg. »Rühren Sie mich nicht an«, warnte sie ihn knurrend. »Keine Sorge – von mir werden die nichts über diesen Ort erfahren. Und Sie werden mich auch nie wiedersehen. Aber wagen Sie es nicht, nach mir zu suchen, sonst kann ich für nichts garantieren.«

Damit öffnete sie den Riegel und verließ das Schulgebäude.

Levi spielte mit dem Gedanken, ihr zu folgen. Und er sorgte sich darüber, ob es hier noch sicher für die Kinder wäre. Allerdings standen ihm keinen echten Alternativen zur Verfügung. Was sollte er tun? Er hatte keinen anderen Ort, an dem er sie unterbringen konnte.

Seine Muskeln schmerzten vor aufgestauter Anspannung. Er musste auf irgendetwas eindreschen – heftig. Als er sich auf einem der Kinderstühle niederließ, fühlte er sich wie gelähmt.

Dann öffnete sich knarrend die Tür. Ein Gesichtchen lugte ins Klassenzimmer. Alicia. Die Kleine gehörte zu den ersten Kindern, die er von der Straße geholt hatte. Sie war den Leuten entkommen, die sie in die Vereinigten Staaten geschmuggelt hatten. Levi hatte sie dabei entdeckt, wie sie in einem Müllcontainer keine zehn Häuserblocks von seinem Apartment in der Park Avenue entfernt gewühlt hatte.

»Hallo, Kleines«, wandte er sich auf Mandarin an sie. »Du kannst ruhig reinkommen.«

Alicia trat mit dem neuen Mädchen im Schlepptau ein. »Mei wollte dir danken«, sagte sie auf Englisch, wesentlich besser und flüssiger, als er es in Erinnerung hatte.

Mei erinnerte kaum noch an das Mädchen, das Levi in Flushing entdeckt hatte. Das schrille Make-up und die unangemessene Kleidung waren verschwunden. Nun trug sie ein schlichtes, dunkles Kleid und eine weiße Gebetsmütze. Sie sah wie alle anderen in der Gemeinschaft aus – abgesehen davon, dass sie Asiatin war. Levi lächelte darüber, wie jung und unschuldig sie wirkte. Er wusste, dass sie innerlich Schäden und Narben davongetragen hatte, hoffte jedoch, sie würde mit der Zeit ihre Vergangenheit hinter sich lassen und in ein neues Leben finden können.

Mit Tränen in den Augen kam sie auf Levi zu. Sie setzte dazu an, etwas auf Kantonesisch zu sagen, fing jedoch bereits nach wenigen Worten zu weinen an.

Levi kniete sich vor ihr hin und schlang die Arme um sie. Mei erwiderte die Umarmung so innig, als wollte sie ihn nie wieder loslassen. Er schloss die Augen und schluckte den Kloß in seinem Hals hinunter. »Sag ihr, dass sie hier in Sicherheit ist.«

Alicia lächelte. »Das weiß sie schon. Miss Lucy hat ihr gesagt, dass keiner der bösen Männer sie hier finden wird.«

Nach wie vor mit Meis Armen um den Hals schaute Levi zu Alicia. »Miss Lucy?«

»Die Frau, die gerade hier war.« Alicia tätschelte Mei den Rücken. »Mei hat gesagt, dass ihr Miss Lucy manchmal Süßigkeiten zugesteckt hat, wenn ... na ja, wenn die bösen Männer nicht hingesehen haben.«

Meis Schluchzen legte sich allmählich, und Levi spürte ihren schaudernden Atem am Hals.

Manchmal hatte Levi nicht übel Lust, herzukommen und nie wieder wegzugehen. Er konnte sich beinah vorstellen, bei den Kindern zu bleiben, fast wie ein richtiger Vater ... nur würde das nicht passieren. Draußen in der wahren Welt konnte er mehr bewirken. Für ihn war dieser Ort wie eine Illusion, eine Flucht vor der Realität. Und er konnte nie wieder den Kopf in den Sand stecken. Levi war damit fertig, vor seinen Problemen davonzulaufen.

Schließlich löste sich Mei von ihm und sagte mit niedergeschlagenen Augen etwas auf Kantonesisch.

Alicia hielt sich die Hand vor den Mund und kicherte. »Mei will wissen, ob sie einen zweiten Keks haben darf.«

Levi brach in Gelächter aus und umarmte beide Mädchen, bevor er sie zur Tür hinausführte. »Gehen wir Oma Yoder suchen und holen uns noch einen Keks.«

***

Seine Mutter hatte nicht gezögert, als er sie ursprünglich gefragt hatte, ob sie bereit wäre, sich um ein Kind zu kümmern, das er von der Straße gerettet hatte. Sie war eine zutiefst religiöse Frau und hielt es aus Überzeugung für ein Gebot Gottes, anderen zu helfen, vor allem Menschen, die weniger Glück hatten als man selbst. Bei den Juden gab es eine Bezeichnung dafür – sie nannten eine solche Tat eine *Mitzwa*. Aber als er seine Mutter mit den Kindern sah, merkte er ihr an, dass sie es nicht bloß tat, weil es das Richtige war: Sie liebte diese Kinder. Und wichtiger noch, die Kinder erwiderten ihre Zuneigung.

Es fühlte sich für Levi ein wenig herzzerreißend an, sie zurückzulassen, aber sie waren dort, wo sie hingehörten. Und seine Zeit beanspruchten andere Dinge. Ihm blieben nur noch zehn Tage der vom Entführer gesetzten Frist. Zehn Tage, um den Entführungsfall aufzuklären, während es ihm gleichzeitig irgendwie gelingen musste, sich O'Connor vom Hals zu halten und nicht im Knast zu landen.

Als er *Gerard's* betrat, stand Denny hinter der Theke und rief ihm zu. »Hey, Levi.«

Es war Mittag, doch obwohl noch nicht viele Gäste in der Kneipe waren, herrschte reges Treiben. Holzarbeiter hatten begonnen, Schränke aufzuhängen, und Steinmetze fertigten eine neue

Arbeitsplatte für den erweiterten Essbereich an. Rosie, die braunhaarige Puerto-Ricanerin, die für Denny arbeitete, wischte gerade den Staub aus der Arbeitszone von der Theke. Wie immer, wenn Levi auftauchte, bedachte sie ihn mit ihrem speziellen frustrierten Blick. Vermutlich, weil ihr dann meistens schlagartig ein Paar Hände weniger zum Bedienen der Gäste zur Verfügung stand.

»Dauert nicht lang«, versprach Levi.

Sie schüttelte den Kopf und verdrehte die Augen. Rosie war Realistin und wusste es besser.

Levi und Denny zogen sich in das geheime Hinterzimmer zurück. Kaum hatten sie die Tür hinter sich geschlossen, verstummte der Lärm aus dem Gastraum wie abgeschnitten.

Denny wischte sich die Hände an der Hose ab. »Ich hab Zeug da, das willst du ganz sicher sehen.«

Im hinteren Teil der Werkstatt, versteckt hinter den Reihen der Metallregale, befand sich ein schlichter Tisch mit mehreren Paketen darauf. Daneben stand eine Schaufensterpuppe, die etwas trug, das wie ein Neoprenanzug aussah.

»Was zum Geier ist das?«, fragte Levi, als er die Schaufensterpuppe betrachtete.

Denny riss ein FedEx-Paket auf und schaute zu dem Neoprenanzug. »Ach, du meinst Henry? Den stell ich dir gleich vor. Aber zuerst will ich dir was zeigen.« Aus dem Päckchen holte er etwas, das wie ein Kunststoffbehälter für Kontaktlinsen aussah.

Er hob das Behältnis hoch, schüttelte es leicht und hörte Wasser darin schwappen. Jawohl, Kontaktlinsenflüssigkeit. »Wie um alles in der Welt kommst du drauf, dass ich Kontaktlinsen brauchen könnte?« Levi hatte nie eine Brille getragen – sein Sehvermögen war überdurchschnittlich gut.

Denny lächelte. »Tu mir den Gefallen. Mach's auf und setz die Linse ins rechte Auge ein. Wenn du so was noch nie gemacht hast, kann ich dir helfen.«

Levi verspürte eine gewisse kribbelnde Vorfreude – fast wie beim Auspacken eines Geschenks. Denny hielt sich gern für eine lebensechte Version von Q, den Technikguru von James Bond. Und wenngleich Levi mit Sicherheit kein James Bond war, zauberte das Elektronikgenie Denny tatsächlich ziemlich Bemerkenswertes, wenn er sich in den Kopf setzte, etwas Neues und Kreatives zu erschaffen.

Levi schraubte den Verschluss auf und betrachtete die Kontaktlinse, die in offenbar gewöhnlicher Linsenflüssigkeit schwamm. »Warum sieht das Ding aus, als wäre es von kleinen Silberstreifen durchzogen?«

»Das sind Glasfaserleitungen. Eigentlich 'n bisschen mehr als das, nämlich gebündelte Anordnungen von Kohlenstoff-Nanoröhren, aber belassen wir's einfach dabei. Vertrau mir, wenn du das Ding eingesetzt hast, siehst du sie nicht mal.«

Levi senkte den Blick auf seine Hände. »Sollte ich mir nicht die Hände waschen oder so?«

»Wirklich?« Denny schaute belustigt drein und griff zu einer Flasche mit Kontaktlinsenlösung. »Zeig mir die rechte Hand.«

Levi streckte die Hand aus. Denny drückte etwas von der Lösung auf Levis Handfläche und verschütte dabei reichlich Flüssigkeit auf den Boden.

Levi rieb die Finger aneinander und war sich alles andere als sicher, dass sie dadurch sauberer als zuvor waren. »Was bewirkt das Ding?«

»Hör auf, dich wie 'n Baby anzustellen, ich hab dich noch nie in die Irre geführt. Jetzt setz die Linse einfach ins rechte Auge ein. Dafür hab ich's vermessen.«

Seufzend legte sich Levi die Kontaktlinse auf die Kuppe des Zeigefingers. Als er sie auf seinen Augapfel zubewegte, fragte er sich, warum irgendjemand Kontaktlinsen haben wollte. Die Vorstellung, sich etwas direkt aufs Auge zu legen, kam ihm verrückt vor. Trotzdem tat er es.

»Nur leicht draufdrücken, dann sollte sie von selbst an deinem Auge haften. Sie richtet sich automatisch aus, wenn du ein paar Mal blinzelst.«

Levi tat, wie ihm geheißen. Die Welt wurde verschwommen, als er die überschüssige Kontaktlinsenlösung wegblinzelte. Aber als er sich das Auge reiben wollte, hielt ihn Denny davon ab.

»Nein – nicht reiben. Hier.« Er reichte Levi ein paar Papiertücher. »Nur die Feuchtigkeit wegtupfen.«

Levi tupfte die Nässe ab, dann sah er sich um. »Okay, und was jetzt? Ich merke keinen Unterschied. Sollte ich?«

Denny zog einen Stift aus der Hemdtasche und reichte ihn Levi. »Wirf 'nen Blick da drauf.«

Levi spürte, wie sich eine kindliche Aufregung in ihm aufbaute. Er wusste, dass es sich um mehr als einen bloßen Stift handeln musste. Denny ließ den Ansatz eines Lächelns erkennen.

Levi betrachtete den »Stift« in seinen Händen aus verschiedenen Winkeln. Als er den Verschluss drehte, kam eine Kugelschreiberspitze zum Vorschein. Es handelte sich um einen dieser eleganten Schreiber mit austauschbarer Miene, schwarz lackiert und mit goldenen Verzierungen. Dicker als ein gewöhnlicher Kugelschreiber, aber davon abgesehen ... nur ein Kuli. Levi verspürte leichte Enttäuschung.

»Drück auf die Metallklammer«, schlug Denny vor.

Levi drückte auf eine Seite der goldenen Klammer. Ein Klicken ertönte. Die obere Hälfte des Stifts klappte auf und offenbarte eine klare Glaslinse. Wie von Zauberhand erschien flackernd ein Bild in Levis rechtem Auge.

»Oh Scheiße.«

Denny lachte.

Das Bild war verwirrend und verschwommen. »Was seh ich

da?«, fragte Levi. »Oh, warte ...« Er zielte mit dem Kugelschreiber. Das vor seinem rechten Auge schwebende Bild folgte der Bewegung des Stifts.

Ein kleiner Schwenk nach rechts, und Levi sah Denny, konzentrierte sich auf das breite, strahlende Lächeln, das einen Kontrast zu seiner dunklen Haut bildete.

Er richtete den Stift nach oben, und das Bild vor seinem Auge zeigte ihm die Deckenplatten. Die dringend abgestaubt werden mussten.

Denny schmunzelte, als Levi den Stift auf verschiedene Ziele ausrichtete. »Wie du siehst, aktiviert man den Videosender, indem man die Klammer gedrückt hält. Wenn du gleichzeitig auf den Verschluss drückst oder dran ziehst, kannst du ...«

»Ha!« Levi lachte, als er das entgegengesetzte Ende der Werkstatt heranzoomte. Das Bild war kristallklar. Beinah so, als blickte er in einen transparenten Sucher. »Das ist spitze.«

»Das ist noch nicht alles. Gib mir fünf Minuten, dann verbinde ich den Stift über Bluetooth mit deinem Handy, und du kannst Videobilder auf das Gerät streamen.«

Levi ließ die Klammer los, und das Bild verschwand. Kopfschüttelnd schmunzelte er. »Denny, du bist immer für 'ne Überraschung gut. Dafür fallen mir alle möglichen Verwendungszwecke ein. Ist das die Sonderanfertigung, die du erwähnt hast?«

»Nein, das ist nur eines der Projekte, an denen ich gearbeitet hab.« Denny deutete auf den Kugelschreiber und reichte Levi die Flasche mit Kontaktlinsenflüssigkeit. »Gib mir dein Handy, dann kopple ich es mit dem Stift. Pack du inzwischen die Kontaktlinse zurück in ihren Behälter.«

Levi ging zu einem Spiegel und überlegte, wie er die Kontaktlinse entfernen könnte, ohne sich das Auge zu ruinieren.

»Einfach mit der Fingerspitze vorn über die Linse streichen«, sagte Denny. »Sobald du die Saugwirkung überwunden hast, löst sie sich.«

Levi hielt sich mit einer Hand das Lid auf, während er mit der anderen linkisch die Kontaktlinse entfernte. Er legte sie zurück in ihr Behältnis. Dann drehte er sich der Schaufensterpuppe zu. »Na schön, ich kann's mir nicht verkneifen, dich noch mal auf diese alberne Schaufensterpuppe anzusprechen ...«

»He! Das ist Henry.«

»Ich vermute mal, Henry gehört zu der Sonderanfertigung, von der du geredet hast – der Tauchanzug?«

»Eigentlich ist es 'n Trockenanzug.«

»Tauchanzug, Trockenanzug, Jacke wie Hose. Was hat's damit auf sich?«

»Ist eigentlich ganz einfach. Mir hat ein zweitklassiger, schmieriger Typ eine recht stattliche Anzahlung für 'ne Sonderanfertigung geleistet und sie dann nicht abgeholt. Ich hab rausgefunden, dass er die nächsten zehn Jahre in Sing Sing absitzt, also bleib ich auf Henry sitzen.« Denny schob Levis Handy über den Tisch zurück. »Also, der Kerl wollte von mir etwas, das 'n Wärmebildsystem überlisten kann. Henry trägt gerade das Ergebnis dieser Anfrage.«

Levi steckte das Handy ein und nahm den Anzug in Augenschein. Am Rücken wies er eine leichte Wölbung auf, die beinah wie ein dünner Rucksack anmutete. »Was ist das da am Rücken? Und würde sich das Material nicht letztlich durch die Körperwärme erwärmen?«

Denny stand schwungvoll von seinem Stuhl auf und betätigte einen Schalter an der Seite des Rucksacks. Von dem Anzug ging ein kaum wahrnehmbares Summen aus. »Das ist 'n dreilagiger Anzug, bei dem ein feinmaschiger Zirkulator jeden Quadratzentimeter bedeckt. Der Anzug besteht aus spezialbehandeltem, wasserfestem Cordura-Gewebe. Reißfest, verdammt widerstandsfähig und bei richtiger Schichtung das perfekte Medium für Umwälzung.«

»Aha.« Levi studierte den Anzug mit neuer Wertschätzung. »Versteh schon. Also ist das Ding am Rücken das Wasserreservoir mit einem Heiz- oder Kühlelement?«

»Genau. Na ja, eigentlich ist es kein Wasser, aber das Konzept hast du erfasst. Und es eignet sich sowohl für kalt als auch für warm. An die zwei Gewebelagen sind zwei separate Thermostate angeschlossen. Die Schicht nahe der Haut hält eine angenehme Temperatur aufrecht, während die Außenschicht auf die für das jeweilige Umfeld gewünschte Temperatur eingestellt werden kann. Im Bereich von minus fünf bis plus 50 Grad Celsius.«

»Wow, unter dem Gefrierpunkt? Wirklich?«

»Ich sag ja, es ist kein Wasser. Wie auch immer. Da der Kerl, der das Teil haben wollte, so bald nicht wiederkommt, du ungefähr die richtige Größe hast und praktisch andauernd in schräge Situationen gerätst ... dachte ich mir, ich könnt's vielleicht dir unterjubeln.«

Levi bedachte seinen Freund mit einem schiefen Blick. »Nur so als gutgemeinter Rat: ›Unterjubeln‹ ist ein Wort, auf das du lieber verzichten sollest, wenn du was verkaufen willst.«

Denny zuckte mit den Schultern. »Und? Interessiert?«

»Ich fürchte, dafür hab ich keine Verwendung. Aber ist schon verdammt cool.«

Denny seufzte. »Na ja. War 'nen Versuch wert. Komm mit.« Er bedeutete Levi, ihm zu folgen. »Ich hab deine neue Baseballmütze so hergerichtet, wie du sie haben wolltest.«

Levis Mütze lag neben Dennys Computer. Von allen Gerätschaften, die sich Denny hatte einfallen lassen, gehörte diese zu Levis Favoriten. Indem die Mütze schmale Lichtstrahlen im Infrarotspektrum aussandte und die Reflexionen überwachte, ließ sie ihn erkennen, wenn ihn jemand anstarrte. Das hatte ihm schon einmal das Leben gerettet.

Denny ergriff die Mütze. »Kein separater Akku mehr nötig. Die

Technik entwickelt sich bei formbaren Lithium-Ionen-Akkus rasant weiter. Die gesamte Versorgung ist im Schirm und im Gerüst der Mütze versteckt. Funktioniert wie vorher und kann drahtlos aufgeladen werden.«

Er zeigte auf winzige, nahezu unsichtbare Löcher entlang des Rands der Mütze. »Das größere Problem hab ich auch behoben. Du hast gesagt, dass dich manche Überwachungskameras mit der Mütze schillernd wie 'nen Weihnachtsbaum erfassen, richtig? Das wird nicht mehr passieren. Ich hab die Wellenlänge des ausgestrahlten Lichts angepasst. Sie liegt außerhalb des Bereichs, in dem Überwachungsgeräte suchen würden.«

Er deutete auf einen dunkleren Fleck unter dem Schirm. »Und das ist 'n Druckschalter. Drückst du einmal drauf, startet er eine Diagnoseroutine, die alle Fühler zum Kribbeln bringt. Drückst du ihn noch mal, schaltet sich die Routine ab.«

»Spitze.« Levi berührte die Innenseite der Mütze und betastete die winzigen Metallfühler, die aus dem Futter ragten.

»Ach ja, noch was zu 'nem ernsteren Thema. Das wirst du sehen wollen.« Denny setzte sich an seinen Computer und rief etwas auf, das wie ein Foto eines anderen Bildschirms aussah.

Levi nahm auf einem Stuhl neben ihm Platz. »Was ist das?«

»Das ist 'ne Kopie des kriminaltechnischen Berichts über den ausgebrannten Suburban. Weißt du noch? Ich hab dir 'ne Nachricht darüber geschickt. Jedenfalls hab ich mir den Bericht durchgelesen und dachte mir, dich könnte interessieren, dass ...«

»Wie zum Teufel hast du ... Egal.« Levi richtete die Aufmerksamkeit auf das qualitativ schlechte Foto eines fremden Computerbildschirms. Das Bild musste von einem der Kontakte stammen, die Denny in Geheimdienstkreisen hatte. Wahrscheinlich ein ehemaliger Kommilitone vom MIT.

Denny vergrößerte das Bild. »Anscheinend wurde der Wagen mit 'nem Brandbeschleuniger übergossen und angezündet. Also alles andere als ein Unfall. Bin mir nicht sicher, warum, aber das FBI wurde dazugeholt und hat ein paar latente Fingerabdrücke gefunden. Ach ja, und sieh dir das an.«

Levis Aufmerksamkeit konzentrierte sich auf den Textabschnitt, den Denny markiert hatte.

IAFIS-Abfrage ergab einen gewissen Giancarlo Fiorucci. Bekannter Kontakt der Verbrecherfamilie Marino aus Virginia. Derzeitiger Wohnsitz: unbekannt.

»Hol mich der Teufel.« Levi erkannte, dass seine Suche eine unerwartete Wendung erfahren hatte. Er rief eine der Kurzwahlnummern auf seinem Handy an und wartete. Das Telefon klingelte einmal ... zweimal ... dann drang ein starkes statisches Rauschen aus dem Lautsprecher. In Dennys Werkstatt war der Empfang fürchterlich.

»Hey, Levi.« Frankies Stimme knisterte über die Leitung. *»Vinnie will mit dir über die Costanza-Sache und darüber reden, wo du gewesen bist.«*

»Perfekt. Bin eben erst zurückgekommen und muss auch mit ihm reden. Wann hat er Zeit?«

»Komm zum Abendessen. Bestimmt weißt du noch, dass morgen Michaels und Vanessas Geburtstag ist. Da schmeißt die Familie 'ne große Feier im Waldorf. Aber heute Abend sind wir unter uns.«

Levi zog sich innerlich alles zusammen, als ihm klar wurde, dass er für Vinnies Kinder nichts besorgt hatte.

»Hey, Frankie. Wie ist unsere Beziehung zur Marino-Familie in Virginia?«

»Die Marinos? Die Typen sind bloß ein Haufen Deppen, die sich mächtig was drauf einbilden, dass sie ein paar Politiker und

Lobbyisten in Washington in der Tasche haben. Wir haben da drüben 'nen Cousin, der ist einer der Capos vom Boss. Warum fragst du?«

»Könnte sein, dass ich dahin Kontakte brauche. Reden wir nach dem Abendessen darüber.«

»Alles klar, Mann. Um fünf ist Vinnies Frau mit den Kindern von der Schule zurück. Falls du morgen nicht zur Party kommst, willst du dir vielleicht für heute Abend was Nettes überlegen, wenn du verstehst, was ich meine. Essen gibt's um sechs.«

»Okay, Frankie. Bis dann.«

Levi legte auf und sah auf die Armbanduhr. Er musste noch etwas für die Kinder besorgen.

»Hey, Denny, nur so aus Neugier, steht in dem Bericht, wer die Spurensicherung vor Ort durchgeführt hat?«

»Moment.« Denny begann, die ihm geschickten Bilder zu durchsuchen. Levi wollte ihm schon sagen, es wäre nicht so wichtig, als Denny lächelte und das auf dem Monitor angezeigte Bild vergrößerte. Ein kleiner Ausschnitt des Berichts füllte den Anzeigebereich aus.

Tatortanalyse durchgeführt von: Nick Anspach.

»Tja, dann ist er der Spur wohl tatsächlich für mich nachgegangen. Schätze, ich schulde dem Mann ein Bier.«

KAPITEL NEUN

Eine Glocke bimmelte, als Levi die Tür zu *Rosen's Sporting Goods* öffnete. An der Ladentheke scannte ein pickelgesichtiger Teenager den Einkauf einer Frau ein, während das Kleinkind der Frau ein Paar Schneestiefel von hinten gegen ihre Beine schwang.

Der Kassierer schaute auf und nickte Levi zu. »Meine Großmutter ist mit irgendjemandem hinten. Ich geb ihr Bescheid, dass Sie hier sind.«

»Danke, Ira.«

»Ira ist der andere. Ich bin Moishe.« Der Teenager verdrehte die Augen, als er den nächsten Artikel scannte.

Levi schmunzelte. Er glaubte nicht, dass er schon je einen der Rosen-Zwillinge auf Anhieb mit dem richtigen Namen angesprochen hatte.

Während er wartete, bildete sich an der Kasse eine Schlange. Die Leute schienen jede erdenkliche Schneeausrüstung zu kaufen. Schneeschuhe, Anoraks, Schneehosen, Skier. Der Wetterbericht hatte vor einem Schneesturm gewarnt. Levi hatte vor, bis dahin in Washington, D.C. zu sein und sich die Katastrophe zu ersparen, in die sich die Straßen von New York City an diesem Wochenende verwandeln würden.

»Moishe!« Von irgendwo hinten dröhnte eine Frauenstimme. Levi konnte nur einen auf und ab wippenden, grauhaarigen Dutt sehen, der sich hinter einem hohen Verkaufsregal näherte.

Auch ein asiatischer Mann kam aus dem Hinterzimmer des Ladens und steuerte schnurstracks auf den Ausgang zu. Er kam Levi nicht bekannt vor, war mit Sicherheit niemand, den er schon in Chinatown gesehen hatte. Aber nach der Kleidung und dem Auftreten zu urteilen, arbeitete der Mann höchstwahrscheinlich in Levis Branche.

Was keine Überraschung darstellte. Esther war nicht, was sie zu sein schien. Unter der großmütterlichen Fassade verbarg sich eine gewitzte Geschäftsfrau, die keine Hemmungen hatte, mit allem zu handeln, was ihr Profit einbrachte – auch mit Dingen, die man nicht unbedingt als legal bezeichnen konnte.

»*Bubbale*, du hättest deinen Bruder von hinten herrufen sollen. Ich mag keine so langen Schlangen.« Esther entschuldigte sich bei den Kunden für die Wartezeit und half ihrem Enkel, die Einkäufe abzuwickeln. Schon bald hatte sich die Schlange aufgelöst, und Esther kam auf Levi zu.

Er hob eine kleine Einkaufstüte an und lächelte. »Ich hab Geschenke dabei.«

Esther bedachte ihn mit einem argwöhnischen Blick, bevor sie in die Tüte spähte. »Oh, du Verführer. Von Entenmann, und diesmal bringst du mir die schwarz-weißen Kekse. Jetzt weiß ich *mit Sicherheit*, dass du was von mir willst.« Sie bedeutete ihm, ihr zu folgen, als sie wieder den Weg zum Hinterzimmer antrat.

»Warten Sie«, sagte Levi. »Etwas, das ich brauche, könnte hier vorn sein. Hoffe ich zumindest.«

Esther blieb stehen und sah ihn mit hochgezogener Augenbraue an. »Ach ja?« Sie kehrte zu ihm zurück, strich sein Jackett glatt und tätschelte seine Brust. »Also, was kann ich für dich tun, Jungchen?«

»Ich brauch auf die Schnelle ein Geburtstagsgeschenk für zwei Neunjährige.«

Esther bedachte ihn mit einem tadelnden Blick. »Du hast den Geburtstag der Zwillinge von Don Bianchi vergessen?«

»Nicht wirklich vergessen, nur ...«

»Pfff, lass die Ausreden.« Sie winkte mit einer Handbewegung ab. »Wie hoch ist das Budget?«

Levi zuckte mit den Schultern. »Keine Ahnung. Ich brauch was Schönes, und ... Haben Sie vielleicht irgendeine Idee?«

»Ich hab eben erst zwei Segway Drifts hereinbekommen, die ich noch nicht in die Regale gestellt hab. Ich denke, die würden großen Anklang finden, falls du sie willst. Helme sind auch dabei.«

»Ich weiß nicht mal, was das ist.«

»Du hast doch schon von 'nem Segway gehört, oder?«

»Sind das nicht diese Roller, auf denen man automatisch das Gleichgewicht hält, wenn man draufsteigt?«

In Esthers rundes, etwas faltiges Gesicht trat ein belustigter Ausdruck. »Jetzt stell dir Rollerskates mit derselben Technologie vor.«

»Wirklich? Klingt irgendwie cool. Und Sie haben zwei davon auf Lager?«

»Hab ich.« Esther schwenkte warnend einen stummeligen Finger vor ihm. »Aber glaub bloß nicht, du könntest mich mit Süßholzraspeln zu einem Sonderpreis bewegen. Die reißen mir die Leute nämlich auch so aus den Regalen.«

»Na schön, ich nehme sie beide.«

Als Esther den Weg zum hinteren Bereich des Ladens antrat, kam Ira herein, Moishes Bruder. »Ira, geh ins Lager und bring den Müll raus. Und wenn du schon dort bist, schnapp dir gleich die Drifts für Mr. Yoder und verpack sie als Geschenke. Sie sind noch im Regal mit den neuen Lieferungen.« Dann bedeutete sie Levi erneut, ihr zu folgen. »Ein Teil deines Zeugs ist zur Abholung bereit.«

»Meines Zeugs?« Levi zermarterte sich das Hirn, als er sich zu erinnern versuchte, was er bestellt haben könnte. Normalerweise bekam man bei Esther sowohl halb- als auch vollautomatische Waffen, Körperpanzerung und sogar Sprengstoffe, die in irgendeinem Militärdepot »abhanden« kamen. Die gesamte Standardausrüstung für seine Branche.

Sie gingen in den hinteren Bereich, vorbei an dem Enkel, der beide Arme mit den zwei Segway-Kartons voll hatte.

Esther führte Levi zu einem Tisch im hinteren Winkel des Lagerraums. Sie ließ sich davor auf einen Stuhl plumpsen und deutete auf einen weiteren neben ihr.

Levi nahm Platz. »Esther, können Sie mein Gedächtnis auffrischen, was ich bestellt hab? Ich kann mich nicht erinnern, dass ich ...«

»*Oh weh*, glaubst du etwa, ich würde mir das ausdenken? Weißt du noch, dass du gesagt hast, ich soll mit Mr. Wu reden, deinem Schneider? Tja, er und ich haben 'ne Vereinbarung ausgehandelt, und da er deine Maße hatte, dachte ich mir, du könntest meine Testperson werden.« Sie beugte sich zur Seite, hob eine lange, flache Schachtel auf und legte sie auf den Tisch. Mit einer schwungvollen Bewegung öffnete sie den Deckel und enthüllte etwas, das wie eine exakte Kopie des Anzugs aussah, den Levi gerade trug.

Verwirrt zog Levi die Schachtel näher und fühlte das Material. Der Stoff erwies sich als etwas dicker, steifer, schwerer. Er würde nicht so fallen wie sein normaler Anzug.

»*Ja nu*, probier ihn an.«

Levi zog sein Jackett aus und schlüpfte in das neue. »Warum ist das Ding so schwer?«

Esther wischte seine Frage weg. Sie stand auf, fuhr mit den

Händen über das Revers, trat einen Schritt zurück und legte den Kopf erst auf die eine, dann auf die andere Seite schief. »Sieht gut aus. Wie fühlt sich's an?«

»Ehrlich?«

»Was ist das denn für 'ne Frage? Natürlich ehrlich!«

»Mein anderer Anzug ist bequemer. Der fühlt sich unnötig schwer und irgendwie steif an.«

»Was denn, erwartest du, dass papierdünner Leinenstoff eine Kugel oder ein Messer aufhalten kann?«

»Oh.« Levis Mund klappte auf.

»Das ist alles, was ich von dir kriege? Ein ›Oh‹? Ist zwar nicht so gut wie die Weste, die ich für dich hab anfertigen lassen, andererseits gibt's auch nichts Besseres als sie. Aber du hast mich damals zum Nachdenken gebracht, und ich wollte mit einigen meiner Quellen was probieren. Du hast da drei Schichten an. Außen hast du die Wolle, die du kennst. Darunter eingewoben ist was Neues – eine Nanofaser, die leichter und stärker als Kevlar ist. Sollte ein Kaliber 45 aus nächster Nähe stoppen. Aber damit du dabei nicht so stark verletzt wirst, hat Mr. Wu ein Innenfutter aus scherverdickendem Fluid eingebaut ...«

»Scherverdickendem Fluid?«

»Ja. Das ist grundsätzlich nicht so neu, nichtnewtonsche Flüssigkeiten sind schon ewig bekannt, aber das Zeug ist wirklich gut. Je höher die Geschwindigkeit, mit der es getroffen wird, desto höher der Widerstand, den es leistet. Deshalb, mein liebes Jungchen, ist der Anzug ein bisschen schwerer. Ich glaube fast, das könnte ich sogar an die Normalos da draußen verkaufen.«

Levi lächelte Esther an. Äußerlich entsprach sie genau dem, was man sich unter einem jüdischen Großmütterchen mit einer Vorliebe für Süßes vorstellen würde. Darunter jedoch verbarg sich eine der sachkundigsten Personen, die er kannte, wenn es um Waffen und Panzerungen ging. Er zuckte mit den Schultern und bewegte die

Arme vor und zurück. »Wissen Sie, da ich jetzt weiß, warum sich das Teil so anfühlt, glaub ich tatsächlich, ich könnte mich daran gewöhnen.«

Esther strahlte ihn an und zeigte auf die Schachtel. »Perfekt. Ich hab zwei Anzüge für dich, dazu noch einen durchgehend schwarzen Overall für Gelegenheiten, bei denen du dich nicht schick kleiden musst. Alles, worum ich dich bitte, ist, die Sachen zu benutzen und mir Bescheid zu geben, wie sie für dich funktionieren.«

»Sie meinen, ich soll Ihr Versuchskaninchen ...«

»Ach, lassen wir die Kaninchen aus dem Spiel. Du bist einfach einer meiner Lieblingsmenschen, und ich möchte, dass du sicher bist, das ist alles. Oh, und falls du angeschossen wirst, will ich unbedingt einen Blick auf den Anzug und alles andere werfen, was du trägst. Rein zu Forschungszwecken, versteht sich.«

Levi schmunzelte, als er das Jackett zusammenlegte und zurück in die Schachtel packte. Dann sah er auf die Armbanduhr und zuckte zusammen. »Ich muss allmählich los.«

Esther beugte sich näher und verfiel in verschwörerischen Flüsterton. »Weißt du, es geht mich nichts an, und es ist auch nicht meine Art, mich in die Politik deiner Branche einzumischen ...«

Damit meinte sie, dass sie keine Konflikte der verschiedenen Zweige des organisierten Verbrechens wollte, weil sie Kunden auf allen Seiten hatte.

»Aber mir liegt nun mal was an dir, mein Jungchen, und deshalb verrate ich dir was. Ich sehe derzeit Dinge, die mich nervös machen. Die japanische Yakuza wird allmählich ziemlich aufgebracht über die Triaden aus Hongkong, die wir hier haben. Und die Triaden-Mitglieder, die auch meine Kunden sind, fragen mich nach den Leuten, denen du nah stehst.«

Mit anderen Worten, nach den Italienern.

»Ich seh noch keine Reaktion von deiner Seite«, fuhr Esther

fort, »aber die Chinesen rüsten auf. Dachte mir, das solltest du wissen. Sei vorsichtig.«

»Oh mein Gott, damit werden sich die Kinder umbringen«, zeterte Phyllis mit ihrer nasalen Stimme.

Vanessa und Michael hatten die Helme auf und unternahmen breit grinsend im Salon von Don Bianchi die ersten Versuche auf ihren neuen Segway Drifts. Sowohl Vinnie als auch seine Frau Phyllis beobachteten sie mit gequälten Mienen, während die Kinder lachten, wankten und allmählich den Bogen mit Levis Geschenken herausbekamen.

Frankie hatte die Arme vor der Brust verschränkt und krümmte sich jedes Mal, wenn die Zwillinge mit den Armen ruderten.

»Und Kinder? Wie gefallen sie euch?«, fragte Levi.

Die Neunjährigen lehnten sich auf ihren neuen Skates vor und hielten direkt auf Levi zu. Sie brausten mitten in ihn hinein, und alle drei landeten lachend auf dem Boden.

»Na schön, das reicht dann jetzt«, rief Vinnie. »Nehmt die Dinger ab und bedankt euch bei Onkel Levi, damit wir essen können. Ich bin am Verhungern.«

Levi hopste auf die Beine und breitete die Arme für eine Umarmung aus. »Keine Bange. Ich beiße nicht. Aber manchmal belle ich.« Er stimmte ein kurzes, hohes Kläffen wie ein Chihuahua an.

Die Kinder verdrehten die Augen, herzten ihn und dankten ihm mehrfach für die Geschenke.

»Kommt jetzt, auf geht's«, ergriff Vinnie das Wort, als das Hausmädchen an der Tür zum Salon erschien und verkündete, das Essen wäre fertig.

Vinnies Apartment nahm das gesamte oberste Stockwerk des Gebäudes in der Park Avenue ein. Levi erstaunte immer noch, wie weit es seine Freunde gebracht hatten. Vor nicht allzu langer Zeit waren sie alle harte junge Kerle auf der Straße gewesen. Zumindest hatte Vinnie immer den harten Kerl gemimt. Levi hatte sich meist eher in Situationen wiedergefunden, in denen er entscheiden musste, ob er seine Freunde verteidigen sollte oder nicht.

Was er immer getan hatte.

Phyllis stupste Levi auf dem Weg ins Esszimmer. »Sag mal, wo ist denn diese feste Freundin, von der ich gehört hab?«

Levi zog die Augenbrauen hoch. Vinnies Frau schien es sich zur persönlichen Lebensaufgabe gemacht zu haben, jemanden für ihn zu finden, während er ihre Vermittlungsversuche immer abwehrte. Das gehörte nicht zu den Dingen, die er andere für sich erledigen lassen wollte.

»Sie lebt in Washington, D. C.«

»Ach, komm schon. Du weißt, was ich meine. Ich will sie kennenlernen und ...«

»Phyllis«, fiel ihr Vinnie ins Wort, »lass den armen Kerl in Ruhe. Hältst du dich für 'ne Heiratsvermittlerin?«

»Ich halt doch nur die Augen für ihn offen«, rechtfertigte sie sich.

Vinnie legte Levi den Arm um die Schultern und zog ihn mit ins Esszimmer.

An dem riesigen Travertin-Tisch fanden mindestens 15 Personen Platz. Insgeheim fragte sich Levi, wie es Vinnie überhaupt gelungen war, das Ungetüm ins Gebäude zu bekommen. Ins Treppenhaus oder in den Aufzug passte es mit Sicherheit nicht. Ein Kran?

Frankie nahm seinen Platz in der Nähe des Kopfs des Tisches ein. Vinnie wies Levi den freien Platz zu seiner Linken zu und fragte: »Wer ist mit dem Tischgebet an der Reihe?«

Die Kinder zeigten aufeinander, und Phyllis schüttelte den Kopf. »Vanessa, du bist dran.«

Das niedliche blonde Mädchen streckte zwar schmollend die Unterlippe vor, neigte aber brav das Haupt. Alle anderen folgten ihrem Beispiel.

Mit klarer Stimme ergriff Vanessa das Wort. »*Benedici Signore noi e il cibo che stiamo per mangiare. Benedici la nostra madre e il nostro padre, e tutta la nostra famiglia.*«

Vinnie nickte anerkennend und verlagerte den Blick auf seinen Sohn. »Und Michael ...«

Der Junge faltete die Hände, neigte erneut den Kopf und räusperte sich. »Herr, segne uns und die Speisen, die wir essen. Segne unsere Mutter, unseren Vater und unsere gesamte Familie.«

Vanessa hob den Kopf, doch Michael fuhr mit seiner eigenen, erweiterten Version des Tischgebets fort.

»Wenn's nicht zu viel Umstände macht, könntest du auch Cassie aus der Schule segnen, meine Lehrerin Mrs. Rodriguez und meine Katze Whiskers. Oh, und bitte auch Maria, Jennifer und Lou aus dem Zeichenunterricht ...«

Während das frühreife Kind weiter Namen und Dinge aufzählte, die in seinem Leben eine Rolle spielten, schaute Levi zu Vinnie und Phyllis. Er spürte den Stolz auf ihre Kinder, den sie empfanden. Der Eindruck vermittelte ihm selbst ein warmes Gefühl, zugleich jedoch regte sich Bedauern tief in seinem Innersten. Eigentlich hatte er immer selbst eine Familie gewollt. Wären die Dinge anders gelaufen und seine Frau nicht gestorben, hätte er inzwischen vielleicht Kinder, die etwas älter als die von Vinnie wären.

Dann jedoch dachte er an die Farm und die lächelnden Gesichter, die er dort zurückgelassen hatte. Prompt stahl sich ein Lächeln in sein eigenes Gesicht.

»Okay, Michael«, bremste Vinnie seinen Sohn schließlich. »Das war sehr schön.«

Levi wandte sich an Vanessa und Michael. »Habt ihr beide wunderbar gemacht.«

Michael lächelte und verkündete stolz: »Ich kann's auch auf Italienisch. Willst du's hören?«

Vinnie schwenkte freundlich verneinend den Finger. »Das kannst du Onkel Levi ein andermal zeigen.« Er wandte sich an Phyllis und klagte: »Ich werd verhungern, wenn wir nicht bald essen.«

Phyllis stand auf und hob den silbernen Deckel von dem großen, silbernen Serviertablett. Dampf kräuselte sich zur Decke, und das Aroma von Tomaten, Basilikum und etwas Gebratenem erfüllte den Raum.

Vinnie beugte sich vor, schnupperte theatralisch und stöhnte. »Auberginen mit Parmesan. Mein Leibgericht.«

Levi unterdrückte ein Lächeln, als er Michaels kindliche Züge beobachtete. Der Junge war eindeutig weniger begeistert.

»Zuerst die Gäste«, sagte Phyllis. Sie streckte die Hand aus, und Levi reichte ihr seinen Teller. Mit einem Spatel hob sie mehrere große Stücke wunderbar gebratener Auberginen darauf. Sie sah ihn an. »Mit Marinara-Soße?«

»Gern, danke.«

Sie schöpfte etwas von der dicken Marinara-Soße darüber, dann servierte sie gebutterte Linguini seitlich der gebratenen Auberginen und gab ihm den Teller zurück.

Levi atmete die herrlichen Gerüche ein. »Phyllis, das sieht fantastisch aus.«

Vinnie beugte sich zu Levi und flüsterte so laut, dass es alle am Tisch hören konnten. »Du glaubst doch nicht etwa, ich hätte sie nur wegen ihres guten Aussehens geheiratet, oder?«

»Vinnie!« Phyllis lächelte ihren Ehemann verlegen an und verlangte seinen Teller. Während sie ihn mit Essen belud, meinte sie zu den Kindern: »Findet ihr nicht, Onkel Levi wäre ein toller Vater?«

Levi starrte Phyllis mit großen Augen an, als die Kinder zustimmend nickten. Woher zum Teufel kam das denn?

Während Phyllis weiter die Teller füllte, lächelte sie jedes Mal, wenn sie ihn ansah.

Der Don lehnte sich erneut zu Levi und flüsterte: »Nach dem Dessert müssen wir beide uns über Kinder unterhalten.«

»Kinder?«

Vinnie zwinkerte und hob einen Finger an die Lippen.

Levi schaute zu Frankie. Der Sicherheitsleiter war plötzlich unheimlich damit beschäftigt, eine Falte in seinem Hemd glatt zu streichen.

Was ging hier vor sich?

Als alle einen vollen Teller hatten, zog Vanessa, die neben Levi saß und Messer und Gabel bereits in den Händen hielt, die Augenbrauen hoch und sah Levi an.

»Was ist?« Allmählich wurde Levi paranoid.

Sie beugte sich zu ihm. »Wir sind höflich und warten, dass du den ersten Bissen nimmst.« Sie senkte die Stimme und flüsterte eindringlich: »Du bist der Gast.«

»Oh, tut mir leid.« Levi lächelte und schob sich einen Bissen der gebratenen Auberginen in den Mund. Das Essen schmeckte köstlich. »Kompliment an die Köchin.« Er nickte Phyllis zu, die erfreut dreinschaute und begann, die Aubergine für Michael aufzuschneiden.

Alle machten sich über ihre Mahlzeit her. Frankie hatte den Mund halb voll Pasta, als er die Kinder ermutigte, von ihrem Tag in der Schule zu erzählen.

Levis Gedanken schweiften ab, als sie darin wetteiferten, wer lauter und schneller reden konnte.

Worauf um alles in der Welt hatten Vinnie und Phyllis angespielt? Und steckte Frankie mit drin? Levi aß schneller, als Frankies Worte in seinem Kopf abliefen.

Vinnie will mit dir über die Costanza-Sache und darüber reden, wo du gewesen bist.

Levi saß Frankie gegenüber auf einem gepolsterten Ohrensessel aus Leder vor dem Kamin im Salon des Dons. In seinen Gedanken zählte ein Countdown herunter. Das Leben eines fünfjährigen Mädchens stand auf dem Spiel. Und wenngleich für alle anderen das Leben weiterging, konnte er das zermürbende Ticken jenes Countdowns nicht abschütteln.

Noch zehn Tage.

»Wie läuft die Sache mit der japanischen Mafia?«, erkundigte sich Frankie. »Kommst du dabei voran?«

Die Frage erinnerte Levi daran, dass Vinnie und die Yakuza irgendeine Geschäftsvereinbarung getroffen hatten, die vermutlich von seinem Erfolg abhing. »Schleppend. Das gehört mit zu den Dingen, die ich mit Vinnie besprechen will, wenn er endlich aus dem Badezimmer kommt.«

Schließlich betrat Vinnie den Salon und ließ sich auf dem dritten um den Kamin angeordneten Sessel nieder. »Levi, tut mir leid wegen Phyllis. Sie ist mir total komisch gekommen, als ich ihr erzählt hab, dass du Kinder von der Straße rettest und bei deiner Mutter parkst.«

Ein Kribbeln durchzuckte Levi, als er seinen Freund mit offenem Mund anglotzte.

»Was denn? Hast du gedacht, ich wüsste nichts davon?« Vinnie schwenkte wegwerfend die Hand. »Levi, das solltest du echt besser wissen. Ich weiß alles, was um mich herum vor sich geht.«

»Und meine Aufgabe ist, dafür zu sorgen, dass er's weiß«, warf Frankie mit einem ironischen Lächeln ein.

Vinnie schüttelte den Kopf in Frankies Richtung. »Echt jetzt, brauchst du für jede Kleinigkeit Anerkennung?«

Die beiden lebenslangen Freunde sahen sich gegenseitig an und verdrehten beide die Augen.

Der Don fuhr fort. »Egal. Ich dachte mir, ist ja deine Sache, und du kannst tun, was du willst. Solange es nicht meinen Angelegenheiten in die Quere kommt. Wenn das passiert, müssen wir reden. Und das tun wir jetzt.«

»Die Costanza-Sache«, sagte Levi. Er verspürte einen Anflug von Schuldgefühlen beim Gedanken, dass ein anderer den Preis für etwas zahlen musste, das Levi verlangt hatte. »Was da passiert ist, tut mir leid. Ich hätte nicht gedacht, dass ...«

»Hör auf«, fiel ihm Vinnie ins Wort. »Ich bin nicht auf eine Entschuldigung aus. Ist passiert.«

»Und wird nicht noch mal vorkommen«, versprach Levi.

»Ich muss nur wissen, worum's dabei geht. Was hast du mit diesen Kindern vor? Hab mir das ein bisschen genauer angesehen. Du gibst ein Vermögen dafür aus, den Kindern offizielle Papiere zu besorgen. Sie ins System einzugliedern. Deine Mutter adoptiert sie. Warum?«

Levi seufzte, als er an die Kinder dachte. Nicht in ihren derzeitigen Umständen, sondern in ihren früheren. Auf den Straßen. In ständiger Gefahr. Unschuldig. Oder zumindest verdienten sie es, unschuldig sein zu dürfen.

»Keine Ahnung, Vinnie. Während meiner Trauerphase nach Marys Tod hab ich die gottverlassensten Gegenden der Welt bereist. Solche Kinder hab ich überall gesehen. Kinder nicht älter als Vanessa, die auf den Straßen für irgendeinen Zuhälter arbeiten müssen. Eltern, die eins oder mehrere ihrer Kinder in die Sklaverei verkaufen, weil sie es sich nicht leisten können, sie durchzubringen. Diese Kinder wurden in Lebensumstände gestoßen, die kein Kind je erleiden sollte. Und ich hab damals nichts dagegen unternommen. Konnte ich nicht. Es waren einfach ... so viele.«

Sein Magen krampfte sich zusammen, als er daran dachte, was für eine Hölle auf Erden das Leben für jene Kinder war.

»Als ich dasselbe in meiner eigenen Stadt gesehen hab, da ... da hatte ich einfach das Gefühl, was tun zu müssen. Die Kinder, für die ich die Verantwortung übernehme, haben entweder gar keine Eltern oder solche, die sie an Abschaum verkauft haben, der sich angeblich um sie kümmert.« Bei dem Gedanken fühlte sich Levis Kehle wie zugeschnürt an.

Vinnie beugte sich näher und legte Levi eine Hand ins Genick, dann zog er ihn zu sich, bis sich ihre Stirnen berührten. »Mein Freund, du bist ein Engel in Teufelsgestalt. Wenn's auf der Welt nur mehr Menschen wie dich gäbe. Kann ich irgendwas für die Kinder tun, die du bei deiner Mutter untergebracht hast? Brauchst du Hilfe? Du weißt schon, finanziell?«

Levi räusperte sich, lächelte und klopfte seinem alten Freund auf die Schulter. »Nein, ich hab's im Griff. Und ich weiß, du hältst mich für verrückt, weil ich das mache. Es ist nur ...«

»He, ich versteh dich. Aber dir muss klar sein, dass es sogar hier bei uns zu viele sind.«

»Du kannst sie nicht alle retten«, fügte Frankie hinzu.

»Aber ich kann's versuchen«, erwiderte Levi lächelnd.

KAPITEL ZEHN

Noch neun Tage.

»Levi.« Madisons Stimme knisterte, als der Zug durch einen Tunnel fuhr. *»Was meinst du, wann du wieder in D. C. sein wirst?«*

Levi schmunzelte, als er aus dem Fenster blickte. »Tatsächlich rolle ich in wenigen Minuten in die Union Station. Was gibt's?«

»Na ja, ich denke, wir müssen reden. Hast du heute Abend Zeit für einen kleinen Happen?«

»Abendessen könnte ich schon einrichten, aber es ist gerade mal elf. Wie wär's stattdessen mit Mittagessen?«

»Nein, ich hab noch Arbeit zu erledigen. Was hältst du davon, wenn wir uns um sechs bei mir treffen und dann planen? Klingt das gut?«

»Klingt toll. Bis dann.«

Sobald die Leitung frei war, vibrierte Levis Handy, und er hielt es sich erneut ans Ohr. »Was vergessen?«

»Nicht wirklich.« O'Connors Schotterstimme dröhnte über die Verbindung. Na toll. *»Sie sollten sich täglich bei mir melden. Wo stecken Sie?«*

»Treffe gerade in der Union Station ein. Ich gehe einer Spur nach, die sich aufgetan hat.«

»Machen Sie Pause. Ich will, dass Sie sich am Friedhof von Arlington mit mir treffen. Special Agent Tran Nguyen wird heute um drei dort beerdigt, und ich finde, Sie sollten ein Gefühl dafür kriegen, warum wichtig ist, was Sie tun.«

Levi war schon einmal in Arlington gewesen. Sein Cousin, ein ehemaliger Army Ranger, der in Afghanistan das Leben gelassen hatte, war dort mit allen militärischen Ehren beigesetzt worden. Erst bei der Zeremonie hatte Levi erfahren, was für ein Teufelskerl sein Cousin gewesen war und was für einen Ruf er sich im Nahen Osten erarbeitet hatte. Ein Silver Star, zwei Bronze Stars und eine ellenlange Liste weiterer Auszeichnungen berechtigten ihn zu einer Bestattung an einem Ort, den viele Vertreter der Streitkräfte als geheiligten Boden betrachteten. Nguyen musste ein ähnlicher Teufelskerl gewesen sein, wenn er dort begraben wurde.

»Ich werd da sein.«

»Gut. Wir treffen uns um halb drei im Besucherzentrum.«

Levi legte in dem Moment auf, als der Zug anhielt. Ihm blieb gerade genug Zeit, um im Hotel einzuchecken, sich umzuziehen und zur Beerdigung zu fahren.

Levi folgte Agent O'Connor zu einer Ansammlung von fast 100 Personen, die sich alle vor einem mit einer Flagge drapierten Sarg eingefunden hatten. Alle hatten die Köpfe aus Respekt vor einem Mann geneigt, der für sein Land alles geopfert hatte.

Ein buddhistischer Mönch in orangefarbener Robe hielt eine Rede in einer fremden Sprache. Vietnamesisch, vermutete Levi. Mehrere Dutzend Soldaten in voller Paradeuniform bildeten ein Außenkontingent.

O'Connor blies einen tiefen Atemzug aus und schüttelte den Kopf. »Tot, weil er der sexuellen Ausbeutung von Kindern den Riegel vorschieben wollte.« Er sah Levi in die Augen. »Ich wollte, dass Sie aus nächster Nähe erleben, wie die Speerspitze dieses Kampfs aussieht.«

Damit wandte er sich ab und ging davon.

Levi hielt sich ein Stück von der Menge entfernt und lehnte sich an den Stamm einer alten Magnolie. O'Connor hätte ihn nicht hierher zitieren müssen, damit er die Sache ernst nahm. Levi führte sein Leben bereits nach dem Motto »das Richtige tun«. Und was Nguyen getan hatte – Kinder zu retten –, war mit Sicherheit richtig gewesen.

Während Levi die Versammelten beobachtete, fiel ihm jemand auf, der ihn direkt ansah. Fast sofort brach der Mann den Blickkontakt ab und schaute stattdessen zum Sarg.

»Woher haben Sie Tran gekannt?«, fragte plötzlich eine Stimme. Ein braunhaariger Mann hatte sich neben Levi gestellt.

Erschrocken wich Levi einen Schritt zurück. Nur selten gelang es jemandem, sich ihm auf Armeslänge zu nähern, ohne dass er es bemerkte. »Ich hab ihn nicht gekannt.«

»Ich hab Sie mit O'Connor kommen gesehen. Arbeiten Sie mit ihm an einem Fall?«

»Könnte man so sagen«, antwortete Levi. Der Mann strahlte ein Soldatenflair aus, obwohl er keine Uniform trug. Er war gebaut wie ein Linebacker und trug einen billigen, aber frisch gebügelten Anzug. Levi streckte die Hand aus. »Ich bin Levi.«

Der Mann ergriff die Hand und schüttelte sie. »Tim.«

»Geh ich recht in der Annahme, dass Sie mit Tran zusammengearbeitet haben?«

»Ja. Wir haben uns seit der Grundausbildung gekannt.«

»Ah, also waren Sie beide bei der Armee?«

»Fühlt sich zwar an, als wär's ewig her, aber ja.« Tim starrte in die Ferne. Frustration stand ihm in die kantigen Züge geschrieben.

Levi folgte dem Blick des Mannes zum Sarg. Für den Bruchteil einer Sekunde hatte er abermals Augenkontakt mit dem Mann, der ihn zuvor angesehen hatte. Diesmal nickte der Unbekannte ihm kaum merklich zu, bevor er sich von der Zeremonie entfernte.

Levis Gedanken kehrten zu dem toten Agenten zurück, und er verriet Trans ehemaligem Kollegen: »Ich bin damit beauftragt herauszufinden, wer ihm das angetan hat. Fällt Ihnen dazu irgendwas ein?«

»Nein«, antwortete Tim niedergeschlagen. »Ich wünschte, ich hätte irgendeine Ahnung. Jedes Mal, wenn wir knapp davor sind, diese Drecksäcke festzunageln, verlassen sie das Land. Sie verlagern ihre Einsatzgebiete. Ihren Warenbestand knallen sie einfach ab und verscharren ihn dann irgendwo. Für die Leute, hinter denen Tran und ich her waren, zählt ein Menschenleben nicht mehr als Nutzvieh. Und Kinder sind leichter zu kontrollieren als Erwachsene.«

Levi konnte sich nicht dazu überwinden, sich auch nur vorzustellen, Kinder zu töten, um Beweise für Untaten verschwinden zu lassen. Was für ein abartiger Denkprozess wäre nötig, um so etwas logisch erscheinen zu lassen?

»Wissen Sie nicht, woher die kommen?«, fragte er.

»Die Zuhälter? Die Sklavenhalter?« Tim presste die Lippen zusammen und warf Levi einen ironischen Blick zu. »Sie sind neu hier, nicht wahr? Natürlich wissen wir's. Sie kommen von überallher. Von südlich der Grenze. Aus Nahost. Aber derzeit werden wir von einer Flut asiatischer Kinder überschwemmt, die ausgebeutet werden.«

»Warum hält man es nicht an der Quelle auf? Warum wird gewartet, bis sie hier sind?«

Tim schnaubte höhnisch. »Oh, wir versuchen ständig, die

Erlaubnis zu kriegen, ihnen auf die Pelle zu rücken, aber uns werden jedes einzelne Mal die Hände gebunden.«

»Vom FBI?«

»Klar, manchmal vom FBI – in der Regel mangels Zuständigkeit. Aber öfter ist es das Ausland, das uns nicht innerhalb seiner Grenzen haben will.«

»Und lassen Sie mich raten: Wenn Sie Ihre Verdächtigen im jeweiligen Land melden, damit die dortigen Behörden sie festnehmen können, tun sie es nicht.«

»Sie tun es nie.« Tims bedrückte Miene wurde düsterer. Er drehte sich Levi zu und sagte: »Ich hoffe, Sie nageln den Täter in diesem Fall an die Wand.«

Sichtlich frustriert und von tiefsitzenden Emotionen gebeutelt wandte sich der ehemalige Soldat ab und ging davon.

Das Geräusch der laufenden Dusche hallte durch Madisons Wohnung, während Levi durch eines der zahlreichen unbeschrifteten Arbeitsbücher auf ihrem Schreibtisch blätterte. Ihre Beziehung bestand seit mittlerweile fast einem Jahr, daher hatte er schon so manches Wochenende in diesem kleinen, spartanisch eingerichteten Apartment verbracht. In der Ein-Zimmer-Wohnung gab es nur ein Sofa, einen alten Röhrenfernseher auf einem klapprigen Ständer, einen Schreibtisch, einen Küchentisch mit zwei Stühlen und ein paar Schlafzimmermöbel. Hinzu kamen Kleidung, Einweggeschirr und was immer Madison im Kühlschrank hatte. Damit erschöpfte sich ihr weltlicher Besitz. Levi hatte in der Vergangenheit darüber gescherzt, worauf sie mit einem triftigen Argument gekontert hatte.

Es gibt ja nur mich und meine Arbeit. Wen soll ich versuchen zu beeindrucken?

Das respektierte er.

Levi hatte sie als Geheimagentin für die CIA kennengelernt – und soweit er wusste, arbeitete sie immer noch dort. Allerdings redete sie nie über ihren Job mit ihm, nicht einmal, um in Erinnerungen an den Auftrag zu schwelgen, bei dem sich ihre Wege gekreuzt hatten. Obwohl Madison ihre Arbeit ausgesprochen ernst nahm, schirmte sie diesen Teil ihres Lebens von ihm ab. Und letztlich lag es daran, dass sich Levi mit leichtem Unbehagen fragte, was genau ihre Beziehung war und wohin sie führen mochte.

Dank Denny wusste er mehr über Madison, als sie ahnte. Er hatte ihre militärischen Entlassungspapiere gesehen und wusste, dass sie bei der Navy eine kompetente Spezialistin für Kampfmittelbeseitigung gewesen war. Sprengstoffexpertin. Daher überraschte ihn nicht, dass er beim Durchblättern der handgeschriebenen Seiten eines ihrer Notizbücher auf von ihr gezeichnete Pläne unkonventioneller Sprengvorrichtungen stieß, sogenannter IEDs. Vermutlich aus irgendeinem Lehrgang über Bombentechnik. Die Quintessenz ihrer Notizen verstand Levi – er hatte sich ausführlich mit einigen der Bücher über Elektronikgrundlagen in seiner Bibliothek befasst. Deshalb konnte er zumindest die von ihr gezeichneten Schaltpläne lesen.

In Filmen sah man immer, wie ein armer, gestresster Bombenexperte schwitzend darüber grübelte, welcher Draht durchgeschnitten werden musste, um eine Bombe in letzter Sekunde zu entschärfen. Fast alles davon war blanker Unsinn. In Wirklichkeit versuchten weder militärische noch zivile Sprengstoffexperten besonders oft, Bomben zu entschärfen. In der Regel war es sicherer, die Bombe zu isolieren und einfach hochgehen zu lassen.

Sehr wohl jedoch kam der Bau einer Bombe einer eigenen Wissenschaft gleich, und Madison kannte sich damit aus. Allein über das Thema instabiler Stromkreise hatte sie volle zehn Seiten verfasst. Während Levi durch die handschriftlichen Notizen und präzisen Schaltpläne blätterte, fragte er sich, ob sie ihm wohl etwas darüber beibringen würde.

»Sind wir neugierig?«

Mit einem verlegenen Lächeln legte Levi das Notizbuch beiseite, drehte sich um und erblickte Madisons skeptische Miene. Sie kam frisch aus der Dusche und hatte eine Augenbraue hochgezogen, als wollte sie sagen: *Was zum Teufel fällt dir ein?*

Er ging zu ihr und drückte ihr einen flüchtigen Kuss auf die Lippen. »Ich weiß, ich weiß. Du kannst es nicht leiden, wenn ich dein Zeug durchsehe. Aber ich hab da am Schreibtisch gesessen und ...«

»Und da konntest du nicht widerstehen.« Sie verdrehte die Augen, wandte ihm den nackten Rücken zu und forderte ihn auf: »Pack mich ein.«

Levi zog den Reißverschluss des schwarzen Cocktailkleids zu und stieß einen anerkennenden Pfiff darüber aus, wie sich das Material an ihre schlanken Kurven schmiegte. »Du hast gesagt, du willst reden.«

»Nicht jetzt. Sehen wir zu, dass wir ins Restaurant kommen.«

»Fährst du oder soll ich?«

»Also, ich fürchte, du wirst mir hinterherfahren müssen.« Sie bedachte ihn mit einem leicht bedauernden Blick und wackelte mit ihrem Handy. »Ich hab Bereitschaftsdienst in einem Fall. Kann also sein, dass ich spontan wegmuss.«

»Na schön. Fahren wir.« Levi bot ihr seinen Arm an, und sie hängte sich bei ihm ein, als sie die Wohnung verließen.

Das Lokal, das Madison für sie ausgesucht hatte, erwies sich als gerammelt voll. Dennoch nahm Levi nur Madisons traurigen, zugleich jedoch entschlossenen Gesichtsausdruck wahr.

»Ich finde, es ist nur fair dir gegenüber ...« Madison verstummte, als ein Kellner mit Steaks und gebratenem Hühnchen beladene Tabletts an den Nachbartisch brachte. Dann holte sie tief Luft und nahm einen neuen Anlauf. »Ich finde, es ist nur fair dir gegenüber, wenn wir uns nicht mehr treffen.«

Sie senkte den Blick auf ihren unangetasteten Cäsar-Salat mit Hühnchen. »Mit den Krämpfen, die ich hatte, wollte mir mein Körper mitteilen, dass er gerade einiges durchmacht. Ich hatte schon davor eine Fehlgeburt, hab es aber wohl nicht bemerkt. Diesmal war es schlimm. Ich werd keine Kinder mehr bekommen können.«

Levis Herz sackte zu den Knien. Er konnte sich nicht einmal ansatzweise vorstellen, was Madison durchmachen musste. Was sie bereits durchgemacht *hatte* – ohne ihn. Überwältigende Schuldgefühle schwappten über ihm zusammen. »Das tut mir so leid. Ich ...«

»Nein, ist wohl am besten so. Ich war mir nie sicher, ob ich Kinder oder auch nur heiraten will.« Sie bedachte ihn mit einem matten Lächeln. »Durch dich hab ich angefangen, intensiver darüber nachzudenken. Aber ich weiß auch, dass du jemanden brauchst, der sein Leben mit dir teilen kann. Zwischen uns beiden bestehen zu viele Geheimnisse. Was ich tue, was du tust ... Es ist dir gegenüber nicht fair. Es ist nicht ... nicht gut für eine Beziehung. Ich denke, meine Fehlgeburt war ein Zeichen ...«

»Maddie, das ist lächerlich. Das ist kein ...«

An der Stelle vibrierte Madisons Handy. Sie schnappte es vom Tisch und hielt es sich ans Ohr. Einige Sekunden vergingen, und sie nickte. »Verstanden. Ich bin in 15 Minuten da.«

Madison erhob sich vom Tisch. »Entschuldige, ich muss weg.« Sie beugte sich vor und küsste ihn auf die Wange, dann marschierte sie aus dem Restaurant, ließ ihn allein zurück.

Levi starrte auf den vollen Teller. Selbst noch so viel Essen könnte das hohle Gefühl nicht ausfüllen, das er in der Magengrube verspürte.

Er winkte den Kellner herüber. »Kann ich die Rechnung haben?«

Der Kellner schüttelte den Kopf. »Nicht nötig, Sir. Die Dame hat die Rechnung bereits beglichen. Soll ich Ihnen das zum Mitnehmen einpacken?«

»Nein.« Levi klatschte einen Zwanziger als Trinkgeld auf den Tisch. »Ich bin hier fertig.«

Damit stand Levi auf und ging zurück zu seinem Auto. Morgen würde ein langer Tag werden.

Es war an der Zeit, sich mit einem der Capos der Verbrecherfamilie Marino zu treffen.

KAPITEL ELF

Noch acht Tage verblieben, und Levis mentaler Countdown tickte lauter denn je zuvor. Er rückte die Baseballmütze zurecht und drückte dabei den versteckten Schalter, um sie auszuschalten. Dann betrat er *Ma Kelly's Bistro*, ein Lokal, das kein Mitglied der New Yorker Mafia, das etwas auf sich hielt, je aufsuchen würde. Es handelte sich um einen ehemaligen irischen Pub, umgebaut zu einem Laden für Gäste, die es nicht interessierte, von welchem Tier das Fleisch stammte, das sie aßen. Eine schmuddelige Kaschemme, in der es nach abgestandenem Bier stank. Wenig überraschend erwies sich der Schuppen als nahezu menschenleer.

Ein großer, fassbrüstiger Mann erhob sich von einem der Tische. Obwohl Levi ihm noch nie begegnet war, wusste er auf Anhieb, dass es sich um seine Kontaktperson handelte. Dino Minelli.

»Mein Cousin Frankie sagt, wir sind alle Freunde«, meinte Dino.

Freundschaft hatte bei der Cosa Nostra eine besondere Bedeutung. Wurde man einem anderen Mitglied der Mafia vorgestellt, hieß es entweder *mein* Freund. Das bedeutete, man hatte Verbindungen, aber niemand würde Geschäftliches vor einem besprechen. Oder es hieß *unser* Freund. Das wiederum bedeutete, man war jemand im inneren Kreis, jemand, der gegenseitigen Respekt genoss und dem man Geschäftliches anvertrauen konnte. Jemand, der den Eid abgelegt hatte.

Levi schüttelte dem großen Kerl die Hand. Der Mann überragte ihn gut und gern um sieben Zentimeter, obwohl er selbst 1,83 Meter war. »Frankie ist 'n guter Mann.« Er deutete auf das schäbige Lokal. »Isst du hier?«

Dino grinste. »Soll das ein Scherz sein?« Er bedeutete Levi, ihm aus dem Restaurant zu folgen. Sie traten den Weg durch eine belebte Straße von Washington, D.C. an. »Ne, ich wollte nur sichergehen, dass niemand sieht, mit wem ich rede, und dass du keine Cops im Schlepptau hast. Ich bin mehr der Typ für Virginia Beach als für Washington selbst.«

Levi rückte die Mütze zurecht und schaltete sie wieder ein. Er spürte das Kribbeln kaum wahrnehmbarer Stromstöße, die von den Metallverstrebungen im Innenfutter der Mütze ausgingen, als sie ihren Selbsttest beim Starten durchlief.

Die beiden Männer plauderten über die Unterschiede zwischen Virginia und New York City und darüber, wie Dino in die Branche geraten war. Er zeigte sich überrascht von Levis Hintergrund.

»Verdammt, ich hab noch nie von jemandem gehört, der Vollmitglied und nicht zumindest teilweise Italiener ist.«

»Gut möglich, dass ich der Einzige bin«, meinte Levi. »Ich kenne Frankie und Don Bianchi schon, seit sie bessere Kinder waren. Und der frühere Boss, der Vater des neuen Dons, hat eine Ausnahme gemacht. Hab gehört, er musste sich an den Ausschuss wenden, um es offiziell durchzusetzen.«

»Verdammt.« Sie überquerten die Straße und betraten den Penrose Park, wo Dino auf eine der Bänke um den Spielplatz zusteuerte. »Du musst ja ziemlichen Eindruck hinterlassen haben, damit sich ein Boss für dich so weit aus dem Fenster gelehnt hat. Bin mir nicht sicher, ob das heutzutage noch irgendein Boss für jemanden tun würde.«

Sie setzten sich auf die Bank und schwiegen eine Weile, ließen die Geräusche des nahen Verkehrs, der Vögel in den Bäumen und den Geruch der wechselnden Jahreszeit auf sich wirken.

Levi spürte ein leichtes Kribbeln von einem der hinteren Metallfühler seiner Mütze. Jemand hinter ihm schaute in seine Richtung. Als er sich jedoch umdrehte, sah er nur den Halbkreis der Bäume, die den Park begrenzten. Dann hörte das elektrische Kribbeln auf.

Er legte die hohle Hand auf die den Bäumen zugewandte Seite und sagte: »Der frühere Don Bianchi war ein anständiger Mensch. Er hat daran geglaubt, loyale Menschen gut zu behandeln.«

Dino nickte. »Hab ich über ihn gehört. Also, Frankie hat gesagt, Gino Fiorucci ist der Mann, mit dem du reden musst. Ich kenn den Kerl nicht persönlich. Er ist ein Externer, bringt gut Kohle, aber darüber hinaus weiß ich nicht wirklich viel über ihn. Ich hab mit seinem Freund geredet. Der sagt, er hat sich auf Schiffe spezialisiert. Hat Kontakte an den Docks, die dafür sorgen, dass Dinge verloren gehen. Du weißt schon, was ich meine.« Der füllige Mafioso drehte sich auf der Bank seitwärts Levi zu. »Was hat er mit dir zu schaffen?«

Kooperation mit Bundesbehörden war keineswegs beispiellos, allerdings kam sie in Mafiakreisen fast immer einem Todesurteil gleich. Das würde Levi irgendwie umschiffen müssen.

»Dino, mein Boss arbeitet gerade an einem Deal mit jemandem. Und sagen wir einfach, jemandes Enkeltochter wurde entführt. Dabei war ein schwarzer Suburban im Spiel. Ich hab die Info bekommen, dass der schwarze Suburban abgefackelt wurde. Einer meiner Leute hat mir einen Bericht beschafft, aus dem hervorgeht, dass an der Lenksäule ein Fingerabdruck gefunden wurde. Und der gehört zu einem gewissen Giancarlo Fiorucci. Deshalb muss ich mit ihm reden. Der Wagen ist mir scheißegal. Mich interessiert nur das Kind.«

»Wie alt?«

»Das Kind? Fünf Jahre.«

Dinos Miene krampfte sich zusammen, als hätte er auf eine Zitrone gebissen. »Meine kleine Donna ist unlängst fünf geworden.« Er schüttelte den Kopf und sah sich im verwaisten Park um. »Ich kann nicht zulassen, dass du ihn aufmischst oder so. Das steht nur uns zu. Ich muss mit dem Boss reden, bevor wir weitermachen können.«

»Es gibt 'ne Lösegeldforderung«, erwiderte Levi. »Uns bleibt nicht mehr viel Zeit.« *Acht Tage.* »Wann kannst du mit deinem Boss reden?«

Dino kramte aus der Anzugtasche einen kleinen Notizblock mit einem kurzen Bleistift in der Spiralbindung hervor. Er kritzelte etwas. »Ich rede heute Nachmittag mit ihm und geb dir Bescheid, was er sagt.« Er riss ein Blatt aus dem Notizblock und reichte es Levi.

Eine Adresse in Washington, D.C. stand darauf.

»Ein Freund von uns hat mir erzählt, dass Gino dort fast täglich zu Mittag isst. Liegt nicht wirklich in meinem Revier, aber da es in der Nähe ist, kannst du ja vielleicht zumindest die Augen offen halten. Denk dran, nicht anfassen. Er steht unter Schutz.«

Levi faltete den Zettel zusammen und verstaute ihn in der Tasche seines Jacketts. »Ich verstehe. Dino, ich weiß das sehr zu schätzen. Und sag deinem Boss, dass ich bloß 'nem Bauchgefühl nachgehe. Nur wenn es um ein Kind und eine Frist geht, kann ich nichts unversucht lassen. Verstehst du, was ich meine?«

Dino nickte, und sie schüttelten sich die Hände. »Ich ruf dich später an.«

Als Dino den Park verließ, liefen ein paar Kinder aus der Gegend an ihm vorbei und begannen, am Klettergerüst zu spielen.

Levi holte sein Smartphone heraus und durchsuchte das Internet nach Fotos von Giancarlo Fiorucci.

Er lächelte, als die Browser-Suche Bilder von Giancarlo »Gino« Fiorucci ausspuckte. Gino besaß einen dunklen, olivfarbenen Teint, schwarzes Haar, buschige Augenbrauen und eine lange Hakennase. Keine Schönheit. Und je länger Levi das Gesicht des Mannes betrachtete, desto mehr verspürte er das Verlangen, ihm wehzutun.

Er sah auf die Armbanduhr. Ihm blieb noch eine Stunde, um zum Restaurant zu fahren.

Mehr als genug Zeit.

***

Es war fast vier Uhr nachmittags. Levi observierte Gino seit vier Stunden. Er hatte ihn in einem Lokal namens *Café Deluxe* entdeckt, etwas außerhalb einer Gegend von D.C., die man Foggy Bottom nannte. Viele Regierungstypen aßen dort. Als Levi eintrat und sich einen Platz an der Theke nahm, saß Gino allein an einem Tisch.

Nach dem Essen schlenderte Gino den Dupont Circle entlang, und ein Mann näherte sich ihm. Der Neuankömmling trug einen Anzug von der Stange, wie er typisch für die Klone im Außenministerium war. Vermutlich ein Lakai der mittleren Ebene.

Rasch holte Levi den Videostift hervor, den er von Denny hatte, und schaltete ihn ein.

Wer Levi beobachtete, würde einen Mann sehen, der ins Leere starrte. Und wer genauer hinschaute, würde bemerken, dass er mit einem Stift in seiner Hand herumspielte.

Levi drehte sich bewusst nach Osten, während er den Stift auf Gino und den Regierungsangestellten richtete. Ein Bild erschien flimmernd vor seinem rechten Auge. Er vergrößerte es, als er sich an einen Laternenmast lehnte. Es fühlte sich noch etwas mulmig an, dass ein zusätzliches Bild überlagerte, was er sah. Ein wenig wie ein Head-up-Display, nur direkt auf dem Auge.

Er begann, aufzuzeichnen.

Die beiden Männer kannten sich eindeutig. Gino holte aus dem Jackett ein in Papier gewickeltes Päckchen der richtigen Größe für ein dickes Bündel Bargeld. Im Gegenzug erhielt er einen großen Umschlag.

Oh, das ist jetzt interessant.

Die zwei Männer schüttelten sich die Hand, dann marschierte Gino in östlicher Richtung davon, während der andere Kerl nach Norden ging, direkt an Levi vorbei.

Levi beendete die Aufnahme. Sein Handy vibrierte, als der Stift das Video darauf übertrug. Wenig später kündigte ein zweites Vibrieren an, dass die Übertragung abgeschlossen war. Levi steckte den Stift weg und überprüfte das stumme Video auf dem Display des Handys. Die Bildqualität erwies sich als hervorragend. Er spulte vor, bis der Unbekannte direkt in seine Richtung sah, und fertigte ein Standbild vom Gesicht des Mannes an.

Levi leitete es an Denny weiter und tippte: *Kannst du ihn mir so schnell wie möglich identifizieren? Wahrscheinlich irgendein Bundesbeamter.*

Denny antwortete prompt: *Empfangen. Bin schon dran.*

O'Connor beobachtete die Überwachungsaufnahmen von Levi Yoder, der durch die Straßen von Washington, D.C. ging. Die Bilder liefen auf dem Display einer kleinen Handkamera ab. Aufgenommen hatte sie ein Kronzeuge mit Verbindungen zur kalabrischen Mafia, die man als 'Ndrangheta kannte. Der drahtige Mann hatte sich in den vergangenen neun Monaten als produktive Quelle verwertbarer Daten erwiesen.

»Wer ist das bei ihm?«, fragte O'Connor.

»Das ist Dino Minelli.« Der Kronzeuge hatte einen starken italienischen Akzent. »Er ist ein Capo der Verbrecherfamilie Marino, die ihren Sitz in Virginia Beach hat.«

»Bisschen außerhalb seines Gebiets, oder?«

»Ja und nein. Den Großteil ihres Geschäfts machen Drogen und die Kontrolle von Gewerkschaften aus, überwiegend in ihrem Gebiet. Aber wie ich höre, expandieren sie gerade ein wenig. Politik ist ein einträgliches Geschäft.«

Der FBI-Agent beobachtete, wie sich Levi mit dem Mafioso neben einem Spielplatz in einem Park auf eine Bank setzte.

Fast sofort drehte er sich um und sah mit einem argwöhnischen Blick in die Kamera, die prompt von der Zielperson wegschwenkte.

»Tja«, meinte der Kronzeuge. »Dieser Yoder scheint Augen im Hinterkopf zu haben. Jedes Mal, wenn ich mich auf ihn konzentriere, wird er nervös und sieht sich nach mir um. Zum Glück bin ich ein flinker Bursche.«

O'Connor sah den drahtigen Mann eindringlich an und hob warnend einen Finger. »Seien Sie vorsichtig bei diesem Yoder. Er ist besonders gefährlich.«

Der Kronzeuge zuckte mit den Schultern. »Was soll ich tun?«

»Ich habe Ihnen ja den Namen des Hotels genannt, in dem er abgestiegen ist. Hängen Sie sich dort wieder an ihn dran. Halten Sie mich einfach auf dem Laufenden darüber, was er macht und wohin er geht.«

»Wird gemacht, Boss.«

Es war später Abend, als sich Levi mit Dino vor einer Bar in der West Great Neck Road in Virginia Beach traf. Dino zeigte auf einen anscheinend brandneuen, schwarzen Cadillac XTS. »Den restlichen Weg fahre ich«, verkündete er.

Levi stieg auf der Beifahrerseite des geräumigen Fahrzeugs ein, und sie fuhren den Shore Drive entlang, auf dem nur wenig Verkehr herrschte. »Also«, begann Levi. »Gibt's irgendwas, das ich über Don Marino wissen sollte?«

Dino klopfte ungeduldig mit den Daumen auf das Lenkrad, während er an einer roten Ampel wartete. »Ne, er ist ziemlich altmodisch. Du musst nur wissen, was dein Rang ist. Respekt zeigen. Das war's auch schon. Als ich mit ihm geredet hab, hat ihm irgendwas nicht gefallen, was er zu hören bekommen hat. Deshalb wollte er ein persönliches Treffen bei ihm zu Hause.«

Wenig später rollte Dino durch ein Sicherheitstor und folgte einer langen, gewundenen Zufahrt zu einem Haus auf einer Klippe mit Blick auf den Strand darunter. Das Gebäude erwies sich als riesig, mindestens 200 Quadratmeter, und es lag auf einem mehrere Hektar großen, hochpreisigen Küstengrundstück. An Geld fehlte es dem Mafiaboss offenbar nicht.

Mehrere Männer in Anzügen erwarteten sie, um sie zur Villa zu begleiten. Levi gab seine Waffen ab und wurde vor dem Betreten des Gebäudes gefilzt.

Zwei der Männer führten Dino und Levi in einen anderen Trakt, vorbei an einem großen Essbereich für locker 30 Personen und einem eleganten Klavierzimmer mit Blick aufs Meer. Schließlich betraten sie eine Bibliothek. Bücher füllten die Regale vom Boden bis zur viereinhalb Meter hohen Decke. Die höheren Fächer erreichte man über eine schienenmontierte Leiter auf Rädern.

Einer der Männer des Mafiabosses klopfte an eine angelehnte, schwere Eichenholztür, die aussah, als gehörte sie in eine mittelalterliche Burg.

Aus dem Raum dahinter drang eine raue Stimme. »Herein.«

Dino trat als Erster ein, gefolgt von Levi. Der Mitarbeiter des Bosses schloss die Tür hinter ihnen.

Don Marino erwies sich als korpulenter Mann, vermutlich Mitte 60. Er war ungefähr so groß wie Levi, brachte aber wohl mindestens 50 Kilo mehr auf die Waage. Überraschenderweise stand es dem Mann gut zu Gesicht. Er hatte dicke Handgelenke und verkörperte ein Musterbeispiel für jemanden, den man zu Recht als grobknochig bezeichnen würde. Solche Gene bräuchte jemand, der professioneller Abwehrspieler in der NFL werden wollte ... oder Knochenbrecher.

Dino zeigte auf Levi. »Boss, das ist Levi Yoder. Er ist unser Freund, von dem ich vorhin erzählt habe.«

Levi nickte dem Boss zu. »Es ist mir eine Ehre, Sie kennenzulernen, Don Marino.«

Der Don deutete auf die vor seinem Schreibtisch aufgestellten Stühle. »Nehmt Platz, alle beide.«

Levi setzte sich auf einen kunstvoll geschnitzten Holzstuhl, der ihn an Möbel wie in einem Museum erinnerte.

»Also«, begann der Don. »Dino hat mir erzählt, Sie glauben, einer unserer externen Leute könnte in die Entführung eines kleinen Mädchens verwickelt sein.«

»Na ja, ich habe Insider-Informationen, dass die Fingerabdrücke des Manns, über den Dino mit Ihnen geredet hat, im ausgebrannten Wrack eines Autos gefunden wurden. Eines Autos, von dem wir ziemlich sicher sind, dass es für die Entführung benutzt wurde.«

Der Boss runzelte die Stirn. »Wessen Wagen ist es? Wissen Sie, ob es unserem Mann gehört hat?«

Levi schwieg einen Moment, als ihm klar wurde, dass er nicht wusste, wem das Fahrzeug gehört hatte. Das würde er bei nächster Gelegenheit beheben müssen. »Nein, Sir. Aber ich denke, das könnte ich herausfinden.«

»Tja, dann scheint es wohl so, als hätten Sie noch nicht alle

Hausaufgaben erledigt. Ohne handfesten, überprüfbaren Grund kann ich Ihnen nicht erlauben, ihn zu befragen.«

Es schien der richtige Zeitpunkt zu sein, etwas auszuspielen, das sich hoffentlich als Trumpf erweisen würde. Er zeigte auf sein Jackett. »Sir, haben Sie was dagegen, wenn ich Ihnen ein kurzes Überwachungsvideo von dem Mann zeige, von dem wir gerade reden? Ich hab es heute aufgenommen. Ich denke, Sie werden es interessant finden.«

Der Boss sah Dino mit schiefgelegtem Kopf an. »Weißt du davon?«

Dino schaute verwirrt drein und schüttelte den Kopf. »Nein, Boss. Von einem Video hab ich nichts gewusst.«

Der Boss lehnte sich vor, stützte die Ellbogen auf den Schreibtisch und runzelte die Stirn. »Mr. Yoder, ich mag es nicht, wenn man meinen Leuten grundlos nachstellt.« Er deutete auf Levis Jackett. »Ich hoffe, es ist wichtig.«

Levis Herz hämmerte ein wenig lauter in der Brust, als er das Handy hervorholte, das Display entsperrte und das Video startete. Während die Bilder abliefen, lieferte er eine Erklärung.

»Ich wollte ein Gefühl dafür bekommen, wo er sich herumtreibt, was er macht, mit wem er sich trifft. Ich hatte auf das Glück gehofft, er würde das Versteck des entführten kleinen Mädchens aufsuchen. Aber er hat Washington nach dem Treffen mit dem Kerl im Video nie verlassen. Wie Sie sehen, händigt er dem Mann etwas aus, das nach einem Bargeldbündel aussieht, und bekommt dafür im Gegenzug einen Umschlag.«

Die Züge des Mafiabosses verfinsterten sich, und sein italienischer Akzent drang deutlicher durch. »Wer ist der andere?«

Zum Glück hatte Denny den Mann identifiziert. Levi wechselte zu einem anderen Bildschirm und rief ein Foto aus einer Personalakte des Außenministeriums auf. »Sein Name ist John Benson. Er arbeitet im Außenministerium im für Menschenhandel zuständigen Büro.«

Der Boss zeigte auf das Telefon. »Darf ich?«

Levi reichte es ihm. Der Mann benutzte die dicken Wurstfinger, um das Bild zu vergrößern. »Der Zusammenfassung können Sie entnehmen, dass er irgendein Manager und zuständig für dringende Visa und Reisepässe für Menschen in Not ist«, kommentierte Levi. »Die Abteilung befasst sich auch stark mit der Überwachung von Zwangsprostitution. Was mich beunruhigt, denn das entführte Mädchen ist gerade alt genug, um von diesen kranken Drecksäcken angelernt zu werden. Und natürlich ist sie auch noch blond, ein zusätzliches Plus für diese Perversen.«

Mit grimmiger Miene reichte der Don das Handy an Levi zurück. Er zeigte mit dem Finger auf ihn. »Solchen Dreck fassen meine Leute nicht an. So was mit Kindern zu machen, ist eine Sünde wider die Natur.« Er lehnte sich auf dem Stuhl zurück und atmete tief durch.

Levi hoffte, er würde nicht hinter dem Rücken dieser Leute handeln müssen. Er würde mit oder ohne Erlaubnis des Dons tun, was getan werden musste. Nur wäre es mit seiner Erlaubnis erheblich weniger gefährlich für Levi.

Don Marino wandte sich an Dino. »Geh und nimm ein paar der Jungs mit. Unterhaltet euch mit unserem Mann. Holt die Wahrheit aus ihm raus. Und wenn er sich versündigt hat, dann sorg dafür, dass er Buße tut.« Er nickte Levi anerkennend zu. »War richtig von Ihnen, damit zu mir zu kommen. Ich habe mit Ihrem Don gesprochen. Er hat mir von Ihnen erzählt. Allmählich fange ich zu glauben an, was er gesagt hat. Ich gebe Ihnen die Erlaubnis, mit unserem Mann zu reden – unter Dinos Aufsicht.«

Levi senkte als Zeichen des Respekts das Haupt. »Danke, Don Marino. Ich finde heraus, was da abläuft.«

Der Don bedeutete beiden zu gehen. Kaum hatten sie das Büro

des Mannes verlassen, klemmte sich Dino ans Telefon, um das Treffen zu arrangieren.

Es würde eine lange Nacht werden.

Levi betrat mit zwei Vollmitgliedern der Familie, die Dino hinzugerufen hatte, eine Bar. Gino saß an einem Tisch, an dem acht Personen Platz gehabt hätten. Aber er war allein und gestikulierte obszön in Richtung des an der Wand montierten Fernsehers.

Die drei setzten sich an den Tisch zu Gino, der sie anherrschte: »Was zum Geier soll das werden? Das ist mein Tisch ... Oh, entschuldige, Tony, hab dich nicht gleich erkannt.« Gino hatte das Augenmerk auf den Mafioso rechts von Levi gerichtet, den er offensichtlich kannte. »Was verschlägt dich denn in diesen Teil der Stadt? Soll ich dir was von der Karte bestellen? Lulu macht hervorragende Piccata.«

Tony schwenkte abweisend die Hand und sagte kein Wort. Ebenso wenig stellte er irgendjemanden vor, und Gino stand es nicht zu, Fragen zu stellen, obwohl er verstohlene Blicke auf Levi und den anderen Mann warf.

Das war der Unterschied zwischen einem vollwertigen Mitglied der Mafia und einem bloßen Verbündeten, einem Mobster. Ein Mobster mochte unter Normalsterblichen, die von seinen Beziehungen zur Mafia wussten, als große Nummer gelten. Vollmitglieder hingegen waren über alles und jeden erhaben. Und ein Mobster konnte einem Vollmitglied nicht mal eine Frage stellen, ohne schwere Vergeltung zu riskieren.

Und wenn Dino anwesend wäre ... Nun, Dino war ein Capo, jemand, der Vollmitglieder beaufsichtigte oder organisierte. Und einem Capo durfte ein Mobster nicht mal in die Augen sehen, ohne mit einem Schlag ins Gesicht rechnen zu müssen.

So funktionierte es in der Mafia. Es gab eine klare Hierarchie, und Levi kannte nichts anderes, seit er 18 Jahre alt war.

Im Fernsehen liefen Nachrichten über die Palästinenser und die Israelis. Gino deutete hin. »Seht ihr die Scheiße? Diese israelischen Mistkerle glauben, das Land würde ihnen gehören. Aber das palästinensische Volk war schon lange vor ihnen dort. Die Israelis müssten mit mehr Raketen zugebombt werden, nicht mit weniger.«

Levi grinste. »Was weißt du denn über die Ecke der Welt?«

Gino wandte sich ihm zu. »Wie meinst du das?«

»Ich meine die Geschichte. Vor 1948, als Israel als Land geboren wurde.« Levi hatte das Privileg genossen, durch beide Teile Jerusalems zu schlendern, sowohl durch den von Palästinensern besetzten als auch den von Israelis besetzten. Er hatte die Überreste des zweiten Tempels besucht, die teilweise auf dessen Ruinen errichtete Moschee. »Wie kommst du darauf, dass die Palästinenser mehr Recht darauf hätten, dort zu sein, als die Juden?«

»Weil sie schon ewig dort gewesen sind, deshalb. Wieso glaubst du was anderes?«

»Wieso ich was anderes glaube? Wie wär's mit dem Heiligen Koran, insbesondere Sure fünf, Verse 20 und 21?«

Gino bedachte Levi mit einem schiefen Blick. »Woher zum Teufel soll ich wissen, was im Koran steht?«

»Na ja, ich dachte mir, wenn du eine so starke Meinung zu dem Thema hast, bist du sicher gut darüber informiert, was im heiligen Buch des palästinensischen Volkes steht.«

»Na schön, Schlaumeier, und was steht drin?«

Vor seinem geistigen Auge sah Levi die arabische Schrift und zitierte beide Verse.

»wa-'idh qāla mūsā li-qawmihī yā-qawmi dhkurū ni'mata llāhi 'alaykum 'idh ja'ala fīkum 'anbiyā'a wa-ja'alakum mulūkan wa-'ātākum mā lam yu'ti 'aḥadan mina l-'ālamīn.

yā-qawmi dkhulū l-ʾarḍa l-muqaddasata llatī kataba llāhu lakum wa-lā tartaddū ʿalā ʾadbārikum fa-tanqalibū khāsirīn.«

Alle drei Männer glotzten Levi mit offenem Mund an.

»Und was zum Henker heißt das?«, fragte Gino schließlich.

»In den beiden Versen geht's um Moses, der zu seinem Volk spricht, den Juden. Er sagt: ›Oh mein Volk, besinnt euch auf Allahs Huld gegen euch, als Er aus eurer Mitte Propheten erweckte und euch zu Königen machte und euch gab, was Er keinem anderen auf der Welt gegeben hat. Oh mein Volk, betretet das heilige Land, das Allah für euch bestimmt hat, und kehret Ihm nicht den Rücken; denn dann werdet ihr als Verlorene umkehren.‹

Und deshalb«, fuhr Levi fort, »würde ich mich nicht wohl dabei fühlen, in der Frage Partei für eine Seite zu ergreifen – obwohl ich den Koran kenne, und obwohl ich weiß, wie kompliziert die Geschichte dieses Landes ist. Die beiden Völker müssen das unter sich ausmachen. Und wir sollten unsere uninformierten Nasen aus Dingen raushalten, die wir unmöglich verstehen können.«

Tony grinste über Ginos verblüfften Gesichtsausdruck. »Gino, gehen wir wohin, wo's privater ist. Wir müssen reden.«

Alles Blut entwich aus Ginos Gesicht, als ihm klar wurde, dass es sich um keinen Freundschaftsbesuch handelte.

KAPITEL ZWÖLF

Im Raum roch es nach Kupfer und Pisse. Beides ging von Gino aus. Der Kupfergeruch stammte von den trocknenden Lachen vergossenen Blutes. Es war auch an die Wände gespritzt. Auf Levis Kleidung. Auf den Boden. So ziemlich überallhin. Levi hatte die Weitsicht besessen, seinen Anzug abzulegen, bevor es begonnen hatte. Er trug stattdessen einen blauen Arztkittel und war sich sicher, dass er aussah, als hätte er gerade ein Schwein geschlachtet.

Jeder von Ginos Fingern war mehrfach gebrochen, sein Gesicht glich einem blutigen Brei, zudem hatten ihm die anderen Mafiosi das linke Ohr sauber abgerissen. Danach hatte Levi übernommen. Er wollte nicht, dass Gino abkratzte, bevor er herausrückte, was Levi brauchte. Aber sogar Levi hatte seine Grenzen. Er war sich ziemlich sicher, dass er bei einem der letzten Schläge einen Wangenknochen brechen gespürt hatte. Danach war der Mann bewusstlos geworden ... schon wieder.

Levi schaute hinüber zu Tony, der etwas abseits stand und das Geschehen beobachtete. »Weck ihn auf.« Mittlerweile war es fast sechs Uhr morgens, und Levis Verstand erinnerte ihn daran, dass nur noch sieben Tage verblieben.

Von einer Halterung hinter Gino hing ein Infusionsschlauch, ein Überbleibsel von der ersten Ohnmacht des Mannes. Einer der Mafiosi hatte dem Mann eine Leitung direkt in die Halsschlagader gelegt. Tony steckte eine Spritze in den Infusionsanschluss, injizierte irgendetwas, und nach wenigen Sekunden öffnete Gino flatternd die Lider. »Bitte bringt mich einfach um. Ich hab keine kleinen Mädchen mit 'nem schwarzen Wagen entführt.«

Die Tür öffnete sich, und Dino kam herein. Der Capo trug noch seinen Anzug. »Heilige Scheiße. Lebt er noch?« Er trat an Levi heran, wobei er der Sauerei auf dem Boden auswich. »Was wissen wir?«

Levi trat Gino hart ins Schienbein. »Fiorucci, erzähl mir noch mal was über die Transaktion, die ich gestern am Union Square bezeugt hab.«

Ginos Kopf baumelte hin und her. Es sah so aus, als versuchte er, ihn zu heben, schaffte es jedoch nicht recht. Gut möglich, dass er bei der letzten Tracht Prügel den einen oder anderen Muskelfaserriss im Hals erlitten hatte.

Tony packte den Kerl an den Haaren und zog den Kopf hoch, damit ihm Dino ins Gesicht sehen konnte.

»Ich ... ich ... Was wollt ihr von mir ...«

»Union Square. Erzähl mir von dem Typen, den du gestern bezahlt hast. Wofür war das Geld?«

Ginos Lider zuckten. Blutbläschen blubberten aus seiner Nase. »Ich hab 50 Riesen für Papiere und ein Ladungsverzeichnis bezahlt.«

»Wofür waren die Papiere?«

»Pässe und Ausweise für die Mädchen.« Gino stöhnte. Sein rechtes Auge fing unkontrolliert zu zucken an. »Sie kommen auf 'nem Frachter in 'nem Dutzend Versandcontainern voll Reis rein.«

»Was hast du mit den Mädchen vor?«

»Verkaufen. Ich hab überall an der Ostküste Käufer, die Schlange stehen. Die Mädchen sind erste Sahne. Was glaubt ihr wohl, wie ich sonst 500 Riesen im Monat ranschaffe?«

Dinos Züge liefen hochrot an. Mit gefährlich leiser Stimme fragte er: »Wie alt sind diese Mädchen?«

Gino setzte ein spöttisches Lächeln auf und wurde klarer. Mit seinem Grinsen offenbarte er vorn zwei fehlende Zähen und mehrere abgebrochene. »Unterschiedlich. Keine älter als zwölf. Ein paar sind gerade richtig. Wahrscheinlich ungefähr so alt wie deine Donna.«

Bevor Levi auch nur reagieren konnte, zog Dino einen Smith & Wesson Revolver und gab drei Schüsse in Ginos Brust ab.

»He!«, stieß Tony hervor und sprang von Ginos erschlaffendem Körper zurück. »Du hättest mich treffen können!«

In Levis Ohren klingelte es schmerzhaft. Er seufzte, als der Geruch von Ausscheidungen die Luft erfüllte. Gino hatte die Kontrolle über seinen Darm verloren, außerdem sammelte sich zusammen mit weiterem Blut auf dem Boden Urin, der vom Stuhl tropfte.

Aus Gino würde er keine weiteren Antworten herausbekommen.

»Hol mich der Teufel.« Dino schüttelte den Kopf und wandte sich an Levi. »Den Flur runter ist 'ne Dusche. Mach dich sauber und zieh dich um. Ich lasse die Jungs hier aufräumen.«

Kaum hatte Levi den Raum verlassen, atmete er tief die frischere Luft ein. Seine Muskeln pochten von der körperlichen Anstrengung, und er roch wie die Folterkammer, die er hinter sich ließ.

Diesen Teil seines Jobs hasste er.

Levi lief in einem leeren Bereich des Parkplatzes seines Hotels auf und ab, während er telefonierte. »Ehrlich, mir bleibt nicht mehr viel Zeit, Denny. Kannst du mir die Ortungsgeräte bis morgen beschaffen? Diesen Regierungstypen traue ich nicht weiter, als ich sie werfen kann. Ich muss in der Lage sein, nachzuverfolgen, wohin sich diese Ratten verziehen, wenn ich die Bombe auf sie abwerfe.«

»*Das kann ich toppen. Ich kann in den Zug steigen und in ein paar Stunden bei dir sein.*«

»Nein, hier sind zu viele Augen auf alles gerichtet. Ich will nicht, dass du das Risiko eingehst. Im Augenblick bin ich nicht mal mehr sicher, wer die Guten und wer die Bösen sind.«

»*Levi, dir ist schon klar, dass manch einer glauben könnte, du gehörst zu den Bösen, oder?*«

»Damit hab ich kein Problem. Wenn's dieses kleine Mädchen rettet, bin ich gern der Albtraum, von dem die Leute mit gedämpfter Stimme erzählen, um unartige Kinder zu erschrecken.«

»*Na schön, mein Freund, ich hab alles eingepackt. Wie's aussieht, liegt dein Hotel an einer frühen Zustellroute von FedEx. Wenn wir Glück haben, ist das Paket gegen acht Uhr morgens bei dir.*«

»Klingt super.« Levi wurde klar, dass er beinah etwas vergessen hätte. »Sag, Denny, kannst du mir schnell den Besitzer des Suburban raussuchen? Du weißt schon, der Wagen mit dem Fingerabdruck.«

»*Sicher. Warte kurz, ich ruf das Foto des Berichts auf.*«

Ein Wagen rollte durch die Gästezufahrt des Hotels und parkte ein paar Dutzend Meter entfernt. Levi ging weiter weg.

»*Sieht so aus, als wär's ein Regierungsfahrzeug gewesen.*«

Levi blieb zwischen einer Buick Limousine und einem Nissan SUV stehen. »Wirklich? Wie zum Teufel kommt der Fingerabdruck eines Mobsters in ein Regierungsfahrzeug? Kannst du irgendwie rausfinden, wer den Wagen angefordert hat?«

»Ich glaub schon, weiß aber nicht, ob ich bis morgen Zugriff auf die Information kriege. Ich setz mich gleich in der Früh mit meinen Jungs in Verbindung.«

»Okay, Denny. Vielen Dank für alles. Wir rechnen ab, wenn der ganze Mist vorbei ist.«

»Alles klar, Mann. Ich geh jetzt mit deinem Zeug los. Kannst morgen früh damit rechnen. Bis dann.«

Damit war die Leitung tot, und Levi sah auf die Armbanduhr. Er wählte eine andere Nummer und hielt sich das Handy erneut ans Ohr.

Es klingelte einmal … zweimal … Zu Beginn des dritten Klingelns wurde abgehoben. *»Hallo?«*

»Yoshi? Sind Sie zufällig in Washington?«

»Oh, hallo, Levi. Äh … ja, bin ich. Was gibt's?«

»Können Sie mich am Union Square in der Nähe des Springbrunnens treffen?«

»Klar, denk schon. Wann?«

»In einer halben Stunde?«

»Ich setz mich sofort ins Auto.«

»Okay, bis dann.«

Levi ging zu seinem Mietwagen und öffnete den Kofferraum. Er enthielt den Einsatzkoffer, den er immer bei sich hatte. Eine von Dennys kleinen Spezialitäten. Levi schlug den Kofferraumdeckel zu und sprang in den Wagen.

Levi schlenderte über den Union Square. Sein Blick schwenkte auf der Suche nach Yoshi hin und her. Gelegentlich spürte er ein Kribbeln seiner Baseballmütze, doch jedes Mal, wenn er sich umdrehte, sah er nichts Offensichtliches oder manchmal höchstens eine Überwachungskamera, die auf ihn geschwenkt war. Dennys Mütze zur

Beobachtungserkennung hatte unvermeidliche Macken, doch er fand es besser, wenn sie zu oft ansprach als zu selten. Die Mütze strahlte konstant Infrarotlicht in alle Richtungen aus. In der Regel registrierte Dennys Konstruktion nichts, wenn das Signal reflektiert wurde. Nur, wenn es sich regelmäßig wiederholte, wurde ein Alarm ausgelöst.

Und das kam nur vor, wenn jemand Levi beobachtete. Dann folgten ihm die Augen des Beobachters, und das unsichtbare Licht wurde konstant reflektiert, wodurch eine der Metallstreben in der Mütze ein leichtes Kribbeln in Levis Kopfhaut jagte. Vermutlich sah er wie ein nervöser Eigenbrötler in einer Menschenmenge aus, doch Levi schätzte die Erfindung sehr.

Eine der Streben kribbelte, und er schaute in die Richtung. Eine blonde Frau sah ihn an. Kaum hatten sie Augenkontakt, senkte sie den Blick und errötete.

»Levi!«

Als er sich umdrehte, sah er Yoshi, der mit besorgter Miene auf ihn zu lief. »Ich bin hergekommen, so schnell ich konnte. Gibt's was Neues über June?«

Levi schüttelte den Kopf. »Tut mir leid, noch nicht. Ich wollte Sie um einen Gefallen bitten, aber dabei nicht belauscht werden.« Er zeigte zum anderen Ende des Platzes, und die beiden setzten sich in Bewegung. »Können Sie Junes Mutter anrufen und für uns ein Treffen mit ihr vereinbaren?«

»Sicher, ich glaub schon. Aber warum? Und was hat es damit auf sich, dass Sie nicht belauscht werden wollen?«

Levi wünschte, er hätte schon früher daran gedacht. »Na ja, ich hab noch mal darüber nachgedacht, was in der Nacht der Entführung passiert ist. Woher wusste der Entführer, dass die Mutter Pizza bestellen würde? Sie haben gesagt, dass sie nicht besonders oft Essen bestellt. Wie konnte der Entführer also wissen, dass er dem

Zusteller auflauern musste und sich so Zutritt in die Anlage verschaffen könnte?«

Yoshis Augen weiteten sich. »Scheiße, ich hab keine Ahnung.«

»Ich will Helen Wilsons Wohnung auf irgendwas Ungewöhnliches durchsuchen.«

»Mal sehen, ob ich das arrangieren kann.« Yoshi holte sein Handy heraus.

Levi legte dem Mann die Hand auf die Schulter. »Was immer Sie sagen, gehen Sie davon aus, dass jemand zuhört. Sie verstehen, was ich meine, oder?«

Yoshi nickte, als er das Telefon ans Ohr hob. Kurz darauf lächelte er. »Hallo, Miss Wilson. Yoshi hier. Ich hab mich gefragt, ob Sie heute Abend zu Hause sind. Ich würde gern kurz die Wohnung überprüfen, und mir wäre recht, wenn Sie dabei anwesend sind.« Er verstummte, bevor er nickte. »Okay, dann sehen wir uns gleich.«

Levi zog eine Augenbraue hoch. »Miss Wilson? Erscheint mir ein bisschen unpersönlich. Ich dachte, Sie beide stehen sich näher.«

Yoshi zuckte mit den Schultern. »Am Telefon spielen wir immer die Rollen des Sicherheitsmitarbeiters und der Mieterin. Nur manchmal, wenn June schon im Bett ist, treffen wir uns bei den Schaukeln auf dem Spielplatz und reden.«

»Reden? Verstehen Sie mich nicht falsch, aber so, wie Sie über sie gesprochen haben, dachte ich, sie beide hätten eine Affäre. Irre ich mich da?«

Yoshis Züge liefen hochrot an. »I-ich hätte gern eine Beziehung, aber es ist noch zu früh. Und zu kompliziert. Ich könnte nie ...«

»Sie müssen mir nichts erklären.« Levi schmunzelte und klopfte dem Mann auf den Rücken. Er fand beinah charmant, wie nervös er wirkte. »Gehen wir erst einen Happen essen und dann zu ›Miss Wilson‹.«

Levi beobachtete, wie Yoshi an Helen einen handgeschriebenen Zettel überreichte, auf dem stand: *Sag nichts. Er will deine Wohnung auf Abhörgeräte überprüfen.* Ihre Augen wurden groß, dann nickte sie, um anzuzeigen, dass sie verstanden hatte.

Yoshi und Levi traten ein. Levi öffnete seinen Koffer und entnahm ihm ein stabförmiges Gerät mit einer kleinen Öse am Ende. Es erkannte nicht nur aktive Abhörgeräte, sondern auch passive, die sich nur durch Bewegung oder Schall einschalteten.

Hotelzimmer hatte Levi damit schon viele Male abgesucht. Eine ganze Wohnung jedoch würde länger dauern. Er entschied, sich methodisch von einem Ende zum anderen vorzuarbeiten.

Den Anfang bildete der Nachttisch neben Helens Bett. Er hob den Hörer des schnurgebundenen Telefons ab und fuhr mit dem Stab darüber. Am Handteil blinkte eine kleine rote LED. Er holte seinen Koffer und entnahm ihm ein mit einem Metallgeflecht ausgekleidetes Behältnis, das sowohl schall- als auch signaldicht war. Als er die Abdeckung der Sprechmuschel des Telefons abschraubte, fiel ein fingernagelgroßes Gerät heraus. Er warf es in das Behältnis und setzte die Suche fort.

Yoshi kritzelte etwas auf einen Zettel, den er Levi zeigte.

War das eine Wanze?

Levi nickte. Einen Moment lang hielten sich Helen und Yoshi an den Händen und starrten sich gegenseitig an.

Levi brauchte fast eine Stunde für das gesamte Apartment. Er sammelte sämtliche elektronischen Überwachungsgeräte ein, die er finden konnte. Sicherheitshalber suchte er dort, wo er Wanzen gefunden hatte, zusätzlich nach Fingerabdrücken. Es gelang ihm, einige sicherzustellen.

Schließlich schloss er den Behälter mit den Wanzen und atmete erleichtert durch. »Die Wohnung war geradezu verseucht. Sämtliche Telefone, oben auf dem Porzellanschrank, unter dem Kaffeetisch, in jedem Badezimmer und in Junes Schlafzimmer. Da wollte Sie jemand unbedingt im Auge behalten.«

»Aber wer?«, fragte Helen mit entsetztem Gesichtsausdruck. »Ich versteh das nicht. Soll ich jemanden anrufen?«

Levi und Yoshi verneinten gleichzeitig.

»Vorläufig wäre es am besten, alles zu belassen, wie es ist«, sagte Levi. Er schüttelte den Behälter mit den Abhörgeräten. »Die lasse ich von jemandem überprüfen. Unternehmen Sie noch nichts. Hatte irgendjemand Zugang zu Ihrer Wohnung?«

Helen zuckte mit den Schultern. »Ja, sicher. Jede Menge Leute. Die Polizei und das FBI sind in jedem Zimmer gewesen.«

»Und vor der Entführung?«, fragte Yoshi.

»Na ja, ich würde sagen, auch damals schon. Wir hatten eine Geburtstagsfeier für June. Und ich hatte Leute von der Arbeit zu Besuch. Ich hab keine Ahnung, von wem die Dinger installiert worden sein könnten oder wie lange sie da waren.«

»Ist schon gut.« Yoshi legte Helen die Hand auf die Schulter, und sie legte ihrerseits die Hand auf seine.

Zu Levi meinte sie: »Haben Sie mit Junes Großvater geredet?«

»Ja.«

»Und?« Erwartungsvoll sah sie ihn an.

»Ich glaube, er würde so gut wie alles tun, um sie zu retten. Er ist untröstlich darüber, was passiert ist.«

Sie bedeutete Levi, näher zu kommen.

Er beugte sich zu ihr, und sie flüsterte: »Der Entführer fordert Lösegeld. Zehn Millionen Dollar.«

Levi nickte. »Was hat das FBI dazu gesagt? Ich vermute, Sie haben keine zehn Millionen Dollar.«

»Die haben gesagt, sie tun alles, was sie können, um June zu finden, und mir wurde empfohlen, nicht zu bezahlen, selbst wenn ich die zehn Millionen hätte – was nicht der Fall ist. Man hat mir erklärt, dass ich sonst jedes Druckmittel verliere.«

»Tja, das ist nicht ganz falsch. Sie haben noch fast sechs Tage, bis das Lösegeld fällig ist ...«

Helen schnappte nach Luft. »Woher wissen Sie das?«

Levi lächelte, als ihn sowohl Helen als auch Yoshi verdutzt anstarrten. »Glauben Sie mir, ich tue auch, was ich kann. Sagen Sie niemandem etwas. Ich versuche gerade, den oder die Täter aufzuscheuchen. Wenn mir das gelingt, besteht vielleicht die Chance, sie vor Ablauf der Frist zu finden.«

Helens Hände fingen zu zittern an, und Yoshi hielt sie fest. »Das ist wirklich schwer ...«

»Tatsächlich«, sagte Levi, »hab ich eine Idee. Vielleicht können wir die Wanzen verwenden. Wenn Sie nichts dagegen haben, würde ich gern eine davon wieder am Porzellanschrank anbringen. Wir können sie gegen den benutzen, der sie installiert hat. Damit er glaubt, wir hätten sie übersehen. Sind Sie damit einverstanden, Helen?«

»Ich ... ich denke schon. Ich muss nur vorsichtig sein.«

»Gut. Und wenn ich Ihnen mal eine Nachricht aufs Handy schicke, möchte ich, dass Sie sich einen Vorwand einfallen lassen, um sie laut vorzulesen.«

Helen schaute zwar verwirrt drein, nickte aber.

Levi legte einen Finger an die Lippen, deutete Stille an. Dann öffnete er den Behälter, entnahm ihm eine Wanze und platzierte sie wieder auf dem Porzellanschrank.

Danach legte er Yoshi die Hand auf die Schulter. »Ich geh jetzt mal. Muss mich um einige Dinge kümmern.«

Levi verließ die Wohnung, recherchierte die nächstgelegene FedEx-Annahmestelle für Expresssendungen und schickte dann eine Nachricht mit einer Reihe von Namen an Denny.

Allmählich fügten sich die Puzzleteile zusammen. In Levis Kopf bildete sich ein Plan.

KAPITEL DREIZEHN

Noch sechs Tage. Je kleiner die Zahl wurde, desto größer wurde Levis Sorge über das bevorstehende Ablaufen der Frist. Die Dominosteine, die er in Position brachte, würden ihn hoffentlich direkt zu June Wilson führen, wenn es ihm gelänge, zu verfolgen, wohin sie fielen.

Dennys Lieferung war pünktlich im Hotel eingetroffen. Den Großteil des Tags hatte Levi damit verbracht, Autos aufzuspüren und mit den Ortungsgeräten von Denny zu versehen. Als Nächstes stand O'Connors Wagen an. Es handelte sich um einen grauen Chevy Impala. Obwohl Levi ihn nur kurz gesehen hatte, war das Bild des Nummernschilds in sein Gedächtnis eingebrannt.

Die Schwierigkeit lag darin, in die Tiefgarage zu gelangen, in der das Fahrzeug parkte. Seine beste Chance sah er in der Zufahrt an der Third Street. Allerdings gab es an dem Eingang Sicherheitspersonal und physische Barrieren gegen ungenehmigten Zutritt.

Levi parkte am Straßenrand, nahm einen der Peilsender in die Hand und ging auf die Kabine des Sicherheitspersonals direkt an der Einfahrt der Garage zu. Er wusste noch nicht genau, was er sagen würde.

Ein Wagen rollte neben ihn. »Hallo, Yoder. Wollen Sie zu mir?«

Levi konnte sein Glück kaum fassen. O'Connor starrte ihn aus seinem grauen Impala durch das heruntergelassene Beifahrerfenster an.

Levi trat ans Fenster, beugte sich hinein und log, dass sich die Balken bogen. »Ich wollte Sie anrufen, bin aber aus irgendeinem Grund nicht durchgekommen.«

Der FBI-Agent bedeutete ihm, einzusteigen. »Reden wir besser nicht auf der Straße.«

Levi stieg ein. Zwischen dem Schließen der Tür und dem Anlegen des Sicherheitsgurts gelang es ihm, den magnetischen Peilsender unter seinem Sitz zu platzieren.

»Also, wie sieht's aus?«, erkundigte sich O'Connor, als er sich in den Verkehr einreihte und um den Block fuhr.

»Ich hab ein Treffen eines meiner Verdächtigen mit jemandem beobachtet, der im Außenministerium arbeitet. Dabei wurden Dokumente und Bargeld ausgetauscht. Aber das ist bisher alles, was ich darüber weiß.«

O'Connor verlangsamte die Fahrt auf Schneckentempo. Die Fahrzeuge hinter ihm hupten. Er drehte sich auf dem Sitz zu Levi herum. »Haben Sie Fotos von dieser Person aus dem Außenministerium?«

»Ja. Ich schicke sie Ihnen heute Abend. Bis dahin muss ich noch ein paar Dingen nachgehen. Dachte mir nur, Sie sollten's wissen.«

Der Wagen beendete die Fahrt um den Block, und O'Connor hielt an, um Levi aussteigen zu lassen.

Bevor Levi die Tür schloss, bückte er sich und sagte: »Und lassen Sie Ihr Handy reparieren. Extra hierher zu kommen, hatte ich heute eigentlich nicht auf der Erledigungsliste.«

»Scheiße«, murmelte Levi, als er zum Eingang des Stützpunkts Quantico des US Marine Corps starrte. Er sah keinen Weg hinein. Levi war dem Mann vom Außenministerium gefolgt und skeptisch geworden, als sich abzeichnete, dass er wohl zum FBI-Labor wollte. Und damit Levi ins FBI-Labor konnte, musste er es durch das Tor schaffen.

Er fuhr zum Haupteingang. Prompt kam ein Marine aus dem Wachhäuschen.

Levi ließ das Fenster runter. »Entschuldigen Sie, Corporal. Ich muss zu jemandem, der im FBI-Labor arbeitet.«

»Verstehe, Sir. Kann ich einen Ausweis und den Namen der Person haben, die für Sie bürgt? Die Person muss Sie angekündigt haben, bevor ich Sie reinlassen kann.«

»Ich muss angekündigt sein?«

»Ja, Sir. So sind die Vorschriften.«

Levi zeigte auf den Platz zum Wenden. »Wenn das so ist, bin ich gleich wieder da. Ich rufe nur schnell an.«

Der Marine deutete nach rechts, und Levi wendete. Er kannte jemanden, der im Labor arbeitete und den er prompt anrief.

Leider landete er in der Mailbox. *»Hier spricht Nick Anspach. Bitte hinterlassen Sie eine Nachricht mit Ihrer Fallnummer und der Telefonnummer, unter der Sie zu erreichen sind, dann melde ich mich so bald wie möglich.«*

»Verdammt.« Levi legte auf und wählte eine andere Nummer. Fast sofort dröhnte O'Connors Stimme aus dem Lautsprecher des Wagens. *»Ja.«*

»Hi, hier Levi Yoder. Was würden Sie dazu sagen, wenn ich der Meinung wäre, ich könnte Ihnen in den nächsten zwei bis drei Tagen Antworten dazu liefern, wer für die Entführung verantwortlich ist?«

In O'Connors Stimme schlich sich ein lebhafter Ton. *»Sie nehmen mich auf den Arm, oder?«*

»Nein. Ich glaub, ich hab eine handfeste Spur. Aber ich brauche einen Gefallen. Sonst könnte sie sich in Luft auflösen.«

»Was für einen Gefallen?«

»Sie müssen beim Tor am Stützpunkt Quantico anrufen, damit ich reingelassen werde. Ich schwöre Ihnen, es wird niemand verletzt und nichts beschädigt. Ich will mich nur schnell umsehen und bin in ungefähr einer halben Stunde wieder weg. Völlig harmlos. Aber es könnte ein Durchbruch bei meinen Ermittlungen sein.«

Fünf Sekunden lang herrschte Stille in der Leitung, bevor O'Connor antwortete. *»Na schön. Ich rufe sofort an. Könnte aber fünf bis zehn Minuten dauern, bis die Meldung am Tor ankommt. Bauen Sie bloß keinen Scheiß. Sonst sorge ich dafür, dass Sie sich wünschen, nie geboren worden zu sein.«*

»Danke, O'Connor. Ich schulde Ihnen was.«

Levi nickte dem Marine zu, als er ihn durchwinkte. Langsam trat er aufs Gas und folgte der Beschilderung. Sie führte ihn zu einem der Parkplätze neben dem großen, dreigeschossigen Gebäude, das die Labors des FBI für modernste kriminaltechnische Analysen beherbergte.

Er sah sich um, hielt Ausschau nach dem Cadillac CTS, dem Dienstwagen des korrupten Beamten aus dem Außenministerium. Schien ein ziemlich nobles Fahrzeug für eine kleine Nummer bei der Behörde zu sein, aber Levi hatte schon Verrückteres erlebt. Auf dem Parkplatz standen Hunderte Autos. Langsam fuhr er eine Reihe nach der anderen ab. Dann bremste er jäh ab, als er einen schwarzen Buick LaCrosse passierte.

Das Nummernschild entsprach einem der Kennzeichen, die Denny ihm geschickt hatte. Anspach.

Levi setzte in eine freie Parklücke zurück, schnappte sich einen der Peilsender aus dem Versandpaket, stieg aus und marschierte in Richtung des Buick los. Als er das Fahrzeug erreichte, kniete er sich hin und tat so, als schnürte er sich den Schuh zu. Beim Aufstehen brachte er den magnetischen Peilsender unter dem Fond des Wagens an.

Levi wusste, dass Anspach wahrscheinlich mit nichts etwas zu tun hatte. Aber für alle Fälle hatte er Denny die Namen sämtlicher Personen geschickt, die in irgendeiner Weise mit dem Fall in Verbindung standen. Die Leute, die für die die Tatortanalyse verantwortlich zeichneten. Die Leute, die man geschickt hatte, um die Wohnung zu untersuchen. Alle, die auch nur im Entferntesten mit June oder Helen Wilson zu tun hatten. Sogar bei der Kindertagesstätte war Levi gewesen, um die Autos der Direktorin und der Lehrerin mit Peilsendern zu versehen.

Er stieg wieder in seinen eigenen Wagen und fuhr weiter den Parkplatz ab, suchte nach dem Cadillac. Dann sichtete er Anspach, der einen Weg quer durch die grüne Landschaft um das Laborgebäude entlangging.

Als der Kriminaltechniker in seinen Wagen stieg und davonfuhr, zog Levi den Kopf ein, um nicht bemerkt zu werden.

Levi suchte den gesamten Parkplatz ab, ohne den roten Cadillac zu finden. Erst auf einem zweiten Parkplatz wurde er fündig und brachte einen Peilsender an seinem Zielobjekt an.

Wenig später winkte er dem Marine an der Zufahrt zu, als er den Stützpunkt Quantico wieder verließ.

Sein Handy vibrierte. Er drückte eine Taste am Lenkrad. Dinos Stimme drang aus den Lautsprechern.

»Hi. Ich hab, wonach du gesucht hast.«

Levi hatte Dino gebeten, den Umschlag aufzutreiben, den der

Mitarbeiter des Außenministeriums dem mittlerweile toten Gino zugesteckt hatte.

»Tu mir 'nen Gefallen und bewahr das Ding gut auf. Ich könnte es schon bald brauchen.«

»Klar, kein Problem. Der Boss ist echt zufrieden mit deiner Arbeit. Wir sollten reden.«

»Machen wir, vielleicht schon bald. Wenn ich die Kleine gefunden hab.«

»Tu das. Und denk dran, wenn du was brauchst, können ich und ein paar Jungs dir mit ein bisschen Nachdruck aushelfen.«

»Danke, ist gut zu wissen. Bis dann.«

»Ciao.«

Als Levi in nördlicher Richtung auf die I-95 auffuhr, wählte er Yoshis Nummer.

»Hallo?«

»Yoshi, wo sind Sie?«

»Unterwegs nach Old Alexandria, um für meinen Bruder jemanden zu treffen.«

»Ist das dringend, oder können Sie etwas Zeit abzweigen? Ich würd mich gern kurz unterhalten, aber nicht am Telefon.« Levi trat aufs Gaspedal und reihte den Mietwagen vorsichtig in den Verkehr nach Norden ein.

»Glaube nicht, dass es so dringend ist. Hab bloß eine E-Mail von Ryuki gekriegt, in der er mich bittet, mich um vier mit jemanden an der Ecke Prince und Strand zu treffen.«

Levi hatte sich Straßenpläne von Washington, D.C. angesehen und rief sich die Kreuzung ins Gedächtnis, die ihm Google Maps vor Monaten gezeigt hatte. »Ganz in der Nähe von dort ist ein Restaurant namens *Chadwick's*, und direkt gegenüber gibt's einen Parkplatz. Treffen wir uns dort. Sollte nicht lange dauern.«

»Okay. Ich stecke hier ein wenig im Stau, also werden Sie wahrscheinlich vor mir dort sein.«

»Ich bin in 20 Minuten da.«

Levi legte auf und knirschte frustriert mit den Zähnen. Yoshi wusste vielleicht mehr, als er glaubte – wenn Levi nur schon früher daran gedacht hätte, ihn zu fragen.

Er blickte in den Innenspiegel, sah weit und breit keine Polizei und drückte auf die Tube.

***

Levi und Yoshi gingen die Strand Street entlang. Irgendwo aus der Ferne drangen die Klänge von Dudelsäcken zu ihnen.

»Was hat's mit den Dudelsäcken auf sich?«

»Weiß nicht genau«, antwortete Yoshi. »Auf dem Weg hierher musste ich irgendeiner merkwürdigen schottischen Parade ausweichen. Um die 100 Kerle, alle mit Kilt und Dudelsack. Anscheinend irgendeine Weihnachtstradition. Aber egal – Sie wollten reden.«

»War außer im Zusammenhang mit der Entführung jemand vom FBI bei Helen? Soweit ich weiß, haben Sie ja im Blick, wer kommt und geht.«

Yoshi zuckte mit den Schultern. »Sicher, jede Menge. Ich weiß noch, dass sie eine Party für June veranstaltet und viele ihrer Kollegen dazu eingeladen hatte. Die meisten mit Kindern in Junes Alter, ein paar aber auch ohne Kinder.« Er presste die Lippen zusammen. »Eigentlich kann ich mich nicht genau erinnern, wer die Leute waren. Die meisten hab ich nicht gekannt. Und es war vor Monaten. Was es davon an Aufzeichnungen gegeben hat, ist inzwischen längst überschrieben.«

Der Lärm der Dudelsäcke war stetig lauter geworden. Als sie in die Prince Street bogen, wurde er beinah ohrenbetäubend.

Levi spürte, wie einer der Metallfortsätze seiner Mütze kribbelte – diesmal konstant, nicht flüchtig. Er spähte die Prince Street in die entsprechende Richtung entlang und versuchte, den Verursacher ausfindig zu machen.

Unmittelbar rechts der Kreuzung der South Union Street stand ein altes, viergeschossiges Gebäude. Etwas an einem Fenster im vierten Stock reflektierte funkelnd das Licht.

Levi sichtete einen Mündungsblitz und hechtete zu Yoshi. Dann spürte er einen sengenden Schmerz im Arm. Er packte Yoshi am Hemdkragen und am Gürtel und hievte ihn hinter die Ecke eines Fahrradladens, wo er ausgestreckt auf dem Boden landete. Levi spürte einen weiteren Treffer im Rücken.

Mit einem gequälten Stöhnen stolperte er, fiel auf ein Knie und nahm einen heftigen Einschlag links der Brust wahr.

Und während all dem setzte die Weihnachtsparade der Dudelsackspieler ihren Marsch an ihnen vorbei fort.

KAPITEL VIERZEHN

Levi stieß Yoshi beinah um, als er in Sicherheit flüchtete.

»Levi! Was zum Teufel soll das?«, brüllte Yoshi, als er sich Dreck aus dem Gesicht wischte.

Levi zuckte zusammen, als er die eigene Schulter abtastete und überprüfte, ob etwas gebrochen war. Sein Arm pochte vor Schmerzen, als er einen Finger in das Loch in seinem Anzug schob. Etwas rutschte durch den Ärmel des Jacketts nach unten, und ein Projektil fiel auf den Bürgersteig.

»Heilige Scheiße.« Yoshi rappelte sich auf die Beine und schaute von der Kugel zu Levi auf. »Sie sind angeschossen worden?«

Levi bewegte den Arm hin und her. Fühlte sich nicht gebrochen an, allerdings kribbelten die Finger der rechten Hand. Vermutlich durch die Erschütterung von den Treffern.

Irgendwo in der Ferne heulte eine Sirene. Rauchgeruch breitete sich durch die Luft aus. Levi spähte um die Ecke des Fahrradladens und sah Flammen, die vom Dach des Gebäudes züngelten, in dem er das Mündungsfeuer gesehen hatte.

»Levi? Sie haben da ein Einschussloch am Rücken. Ich rufe ...«

»Mir geht's gut.« Levi drehte sich Yoshi zu und schüttelte den Kopf. »Ich trage Körperpanzerung.«

»Trotzdem muss es ... Ich meine, Ihr Arm kann doch nicht gepanzert sein, oder? Ich kapier das nicht. Wie können Sie überhaupt noch aufrecht stehen?«

Levi ignorierte die Frage. Er beobachtete, wie die Menschenmenge vom Brand zurückwich, als Feuerwehrautos am Schauplatz eintrafen. Wer immer geschossen hatte, musste das Feuer als Ablenkung gelegt haben und war vermutlich bereits aus der Gegend geflüchtet. Plötzlich wirbelte er zu Yoshi herum. »Woher wissen Sie, dass Ihr Bruder Sie hierher geschickt hat?«, fragte er. »Haben Sie mit ihm telefoniert?«

Yoshi schüttelte den Kopf. »Nein, er sitzt gerade im Flugzeug nach Tokio.«

»Wie kann er Ihnen dann eine E-Mail geschickt haben?«

Mit zweifelndem Blick erwiderte Yoshi: »Keine Ahnung. Ich hab selbst schon WLAN im Flugzeug benutzt, also dachte ich ... Worauf wollen Sie hinaus? Glauben Sie, das war eine Falle? Von jemandem, der Ryukis E-Mail-Adresse gefälscht hat?«

Levi hob das Projektil vom Boden auf und ließ es auf der Handfläche hüpfen. Jedenfalls konnte nicht *er* das beabsichtigte Ziel gewesen sein – der Schütze konnte nicht wissen, dass Levi hier aufkreuzen würde. Somit musste es sich so gut wie sicher um einen Hinterhalt für Yoshi gehandelt haben. Aber warum?

Er hob den Arm, um seine Mütze zurechtzurücken. Durch den Arm pulsierten im Takt seines Herzschlags dumpfe Schmerzen. Dann schob er Yoshi in die Richtung des Parkplatzes zurück, von dem sie gekommen waren. »Ja, genau das glaube ich. Man hat Sie in die Falle gelockt. Nur hab ich nicht den leisesten Schimmer, warum.«

Levi zuckte zusammen, als er seine Weste auszog. Eines der noch im Futter verfangenen Projektile fiel klirrend auf den Waschtisch im Badezimmer. Levi betrachtete das Geschoss im Licht und sichtete die sägezahnförmigen Schleifspuren an der geplätteten Patrone.

Er ließ die Sekunden des Ereignisses im Kopf ablaufen. Trotz des Lärms der nur sechs Meter entfernten Dudelsackparade hätte er damit gerechnet, den Knall des Schusses zu hören. Sogar mit Schalldämpfer hätte das Abfeuern des Geschosses ein Geräusch verursacht.

Es sei denn, es hatte sich um Unterschallmunition gehandelt.

Ein Unterschallgeschoss wäre immer noch tödlich genug gewesen, aber mit einem Schalldämpfer und der Dudelsackparade hätte niemand auch nur das Geringste gehört.

Wahrscheinlich hatte man Yoshi aus dem Grund zu genau dieser Zeit an genau diesen Ort bestellt.

Brillant.

Levi drehte die Überreste des Projektils in den Händen. Er war so gut wie sicher, dass es von Hand abgefeilt worden war, um maximalen Schaden anzurichten. Da der Schuss aus etwa 150 Metern Entfernung abgegeben wurde, musste der Drall des Laufs speziell angepasst worden sein, um das Unterschallgeschoss zu stabilisieren.

Levi zog das T-Shirt aus und sah, dass sich sein rechter Arm von der Schulter fast bis zum Ellbogen dunkelblau verfärbt hatte. Aber das Kribbeln in den Fingern hatte nachgelassen. Er war dankbar, dass die Kugel nicht mehr Schaden angerichtet hatte. »Esther, ich steh tief in Ihrer Schuld für den Anzug. Bin Ihnen echt dankbar.«

Er drehte sich mit dem Rücken zum Spiegel und erblickte einen leichten Bluterguss von den Treffern am Oberkörper. Einen spürte er auch, wenn er tief einatmete – wahrscheinlich eine geprellte Rippe –, den anderen hingegen gar nicht. Nicht zum ersten Mal hatte ihm Körperpanzerung von Esther die Haut gerettet.

Sein Telefon klingelte auf dem Nachttisch. Er lief hin, ging ran und hielt sich das Handy ans Ohr. »Was gibt's?«

»*Levi*«, drang Dennys Stimme knisternd über die schlechte Verbindung. *»Ich hab Neuigkeiten über deine Wanzen. Sind alle von der Regierung.«*

»Welcher Regierung? Unserer?«

»Ja. Und ich hatte Glück. Eine davon war aus einer Charge von Geräten, die ich aus 'nem anderen Grund aufspüren musste. Zumindest eines dieser fiesen Dinger ist vom FBI eingekauft worden. Wahrscheinlich ist's bei den anderen genauso, aber das kann ich noch nicht bestätigen. Nur so, wie sie aussehen, würde ich auf eine Wahrscheinlichkeit von 99 Prozent tippen.«

Helen Wilson arbeitete beim FBI. Warum sollte die Behörde die Wohnung einer eigenen Mitarbeiterin verwanzen?

»Denny, danke für die Info ...«

»Warte, ich hab noch mehr. Die Abdrücke, die du mir aus der Wohnung der Mutter geschickt hast: Einer davon hat was ergeben – der, den du mit ›Kaffeetisch‹ beschriftet hast. Gehört jemandem vom FBI, einem Kerl namens Nicholas Anspach.«

Levi wäre das Telefon beinah aus der Hand gefallen. Was um alles in der Welt hatte Anspach mit Helen Wilson zu tun?

Seine Gedanken kehrten blitzartig zurück zu dem Tag, an dem er den Kriminaltechniker kennengelernt hatte. Das platinblonde Haar, die Brandnarben im Gesicht, die fehlenden Teile am kleinen Finger und am Ringfinger. Sein geistiges Auge sah die Fotos an der Wand im Büro des Mannes durch – Fotos von Partys und Menschen. Er konzentrierte sich auf die Einzelheiten, obwohl er die Bilder nur das eine Mal gesehen hatte.

Ja. Auf einem der Fotos war definitiv Helen Wilson. Nein, auf mehr als einem.

»Heilige Scheiße!«

»Levi? Alles in Ordnung?«

»Denny, wie schnell kannst du mir alles rausfinden, was es über Nick Anspach zu wissen gibt?«

»Ich kann nicht direkt auf deren Personalakten zugreifen. Dafür hab ich Kontakte. Lass mich ein paar Leute anrufen. Ist schon spät, wahrscheinlich erreiche ich vor morgen früh niemanden, aber ich werd mal sehen, was ich machen kann.«

»Tu alles, was du kannst. Wenn Geld hilft, lass ich mir dazu was einfallen. Irgendwie komm ich dafür auf.«

»Ich werd tun, was ich kann. Aber eigentlich hatte ich dir noch mehr zu erzählen. Falls du's noch hören willst.«

»Klar. Schieß los.«

»Ich hab dir eine App aufs Handy geschickt. Damit kriegst du eine Kartenansicht davon, wo deine ganzen Peilsender sind. Ich seh mir die App gerade an. Leider haben die Geräte kein vernünftiges Beschriftungssystem. Wenn du die App aufrufst, siehst du nur Punkte mit zugeordneten Nummern. Die Nummern geben die Reihenfolge an, in der die Sender online gegangen sind.«

»Was bestimmt, wann die Dinger online gehen?«

»Sobald der Magnet an etwas angebracht wird, geht der Sender online. Die Beschriftung entspricht also der Reihenfolge, in der du sie an den Autos platziert hast. Das erste Gerät ist am ersten Wagen, das zweite am zweiten und so weiter.«

Levi ging in Gedanken die Autos durch, denen er Peilsender untergejubelt hatte. »13. Anspachs Auto ist Nummer 13.«

Er schaltete das Handy auf Lautsprecher, sichtete auf dem Startbildschirm die neue App und tippte darauf.

Es dauerte einige Sekunden, bis sie startete, dann einige weitere, um eine Karte der Umgebung aufzubauen. Schließlich erschienen die Punkte auf dem Bildschirm, jeder mit einer winzigen Zahl daneben. Zwei bewegten sich, der Rest stand still. Nummer 13 befand sich etwas außerhalb von Arlington, Virginia.

»Okay, ich seh ihn. Gibt's auch eine Möglichkeit, zu überprüfen, wo die Autos gewesen sind?«

»Sicher. Siehst du die Sanduhr unten rechts auf der Anzeige? Halt einfach den Finger drauf und zieh die Sanduhr nach links. Dadurch kannst du in der Zeit so weit zurückgehen, bis das erste Auto online gegangen ist.«

Levi versuchte es, und die Punkte bewegten sich herum. Oben an der Karte erschien eine Uhr, die anzeigte, wie weit er zurückging. Er zog Nummer 13 von Arlington bis zurück nach Quantico, dann ließ er den Verlauf von dort weg abspielen.

»Das ist vorerst alles, was ich hab. Jetzt werd ich mal sehen, was ich tun kann, um Infos über diesen Typen zu finden. Wenn er beim Militär war, kenn ich an der Westküste jemanden, der vielleicht Unterlagen für mich ausgraben kann.«

»Ihm fehlen Teile der rechten Hand, und er hat eine mächtige Narbe im Gesicht, die aussieht, als könnte sie von einer Phosphorverbrennung stammen. Vielleicht Kampfmittelbeseitiger beim Militär oder ehemaliger Bulle, wahrscheinlich Bombentechniker.«

»Ich melde mich, sobald ich was habe.« Damit legte Denny auf.

Levi beobachtete weiter den Verlauf der Anzeige der Ortungs-App.

Anspachs Wagen fuhr auf der I-95 in nördlicher Richtung. Levis Gesicht wurde warm vor Zorn, als er sah, dass er die Ausfahrt 177 nach Alexandria nahm. Und kurz nach vier Uhr nachmittags rollte Anspach auf der US 1 Richtung Norden.

»Er war der Schütze«, murmelte Levi. »Darauf würd ich alles wetten.«

Aber wo war die Verbindung zu Yoshi? Warum sollte er ihn in eine Falle locken?

Levi scrollte weiter zur aktuellen Zeit. Der Wagen fuhr nach

Arlington und blieb stehen. Er vergrößerte die Karte so weit, wie es die App zuließ.

Der Wagen parkte ausgerechnet vor einer Safeway-Filiale. Wahrscheinlich kaufte sich der Kerl nach seinem Mordversuch ein Steak zum Abendessen.

Vermutlich hält er es für mehr als einen Versuch, dachte Levi. *Er hat mich stolpern gesehen. So, wie die Projektile verformt waren, wären sie tödlich gewesen, vor allem dort, wo er mich getroffen hat.*

Anspach hält mich für tot.

Levi schickte eine kurze Nachricht an Dino.

Sein Magen knurrte ungeduldig. Es war fast Mitternacht, und er konnte sich nicht erinnern, wann er zuletzt gegessen hatte. Levi spielte mit dem Gedanken, den Zimmerservice anzurufen, entschied sich jedoch dagegen. Schlaf brauchte er dringender. Also legte er sich ins Bett und versuchte, sowohl seinen Hunger als auch seinen Drang zu ignorieren, irreparable Schäden an Anspach zu verursachen.

Beides würde warten müssen.

Levis innerer Wecker erinnerte ihn daran, dass ihm nur noch fünf Tage blieben, als er die Augen schloss. Er war überzeugt davon, dass ihm der nächste Tag etliche Antworten bescheren würde.

Ketten rasselten an der Tür am oberen Ende der Leiter. June rührte sich in der Dunkelheit und wimmerte, als ein Teil der Weste an ihrem Genick rieb. Das tat genauso weh wie damals, als sie einen Sonnenbrand hatte.

Das Knarren der Tür und das Poltern der schweren Schritte die

Sprossen herunter kündigten die Ankunft des Roboters an. Oder des Mannes, der wie ein Roboter klang.

June war sich ziemlich sicher, dass es keine Robotermenschen gab. Obwohl sie mal einen in einer alten Fernsehserie gesehen hatte, die Mama einen Klassiker nannte, was immer das bedeuten mochte. Etwas namens *Verschollen zwischen fremden Welten*. June glaubte nicht, dass Robby, der Roboter, die Leiter herunterklettern könnte. Seine Füße waren zu groß.

»Ich habe dein Essen und deine Milch dabei.« Der Roboter sprach mit der üblichen metallischen Stimme.

»Danke, Mr. Roboter. Kann ich jetzt bald meine Mama sehen?« June kämpfte mit Tränen. Dabei hatte sie sich fest vorgenommen, nicht mehr zu weinen.

»Bald.«

Sie hörte, wie er in der Dunkelheit hantierte, sehen konnte sie jedoch nur das winzige rote Licht an der Weste.

»Mr. Roboter, können Sie machen, dass die Weste aufhört, in meinem Genick zu reiben? Das tut richtig doll weh. Ich kann nicht schlafen, wenn's wehtut.«

»Halt still.« June spürte ein leichtes Ziehen hinten an der Weste und eine Hand, die auf ihre Wange drückte. Die Hand eines Mannes, keines Roboters. Aber sie roch komisch – wie Mama, wenn sie Schießübungen gemacht hatte. Genauso roch sie.

Der Robotermann ließ sie los und sagte: *»Ich bin gleich wieder da.«*

Sprossen knarrten, die Tür öffnete und schloss sich. Fast sofort öffnete sie sich erneut.

Polter ... polter ... polter ... Die schweren Schritte des Robotermanns näherten sich.

Eine Hand drückte auf Junes Hinterkopf. *»Senk das Kinn auf die Brust.«*

Sie tat, was er verlangte, und spürte etwas Kaltes im Nacken.

»Nicht bewegen.«

Das Schnappen eines Tackers ertönte unmittelbar hinter ihrem Kopf und erschreckte sie.

»Ich komme später wieder und bringe dir mehr zu essen und zu trinken.«

Polternde Füße auf der Leiter. Die Tür öffnete und schloss sich. Ketten rasselten. Dann ging das Licht wieder an.

June hob den Kopf. Wo zuvor die Weste an ihrem Genick gerieben hatte, spürte sie etwas, das sich wie ein Gummikissen anfühlte. Er musste es an der Weste befestigt haben.

»Danke, Mr. Robotermann.«

June kroch zu dem Karton, den er gebracht hatte. Neben den üblichen Uncrustables und Milch enthielt er diesmal auch eine Banane und einen Apfel. Damit wäre Mama sicher einverstanden.

Während June die Banane schälte und einen Bissen davon nahm, wünschte sie, ihre Mutter könnte sehen, wie tapfer sie war.

KAPITEL FÜNFZEHN

Während draußen vor Levis Hotelzimmer die Sonne über den Horizont lugte, führte er eine schnelle Abfolge von Tritten und Schlägen durch. Schweiß lief ihm übers Gesicht, als er in Kampfpose blitzschnelle Hiebe auf ein unsichtbares Ziel abfeuerte, bevor er für einen Beinfeger tief in die Hocke ging. Sein rechter Arm schmerzte von dem Workout, doch er wusste, es wäre noch schlimmer, wenn er die in Mitleidenschaft gezogenen Muskeln nicht dehnte und bewegte. Durch den verletzten Bereich musste Blut zirkulieren, und die Schmerzen, die er spürte, erinnerten ihn an sein Ziel.

Noch fünf Tage. Aber Levi war sich ziemlich sicher, dass es keine Rolle spielen würde.

Nach dem Training duschte er und zog sich an. Statt des üblichen Anzugs trug er den dunklen Arbeitsanzug, den er von Esther bekommen hatte. Heute würde einer jener Tage werden.

Als er sein Handy überprüfte, fand er mehrere ungeöffnete Nachrichten von Dino vor. Er hoffte, es würden Antworten auf seine Mitteilungen der vergangenen Nacht sein. Als er sie durchsah, nickte er zufrieden über die Bilder, die Dino ihm geschickt hatte. Es war klar, dass sie aus dem Umschlag stammten, den Benson an Gino übergeben hatte.

Eines zeigte einen Ausdruck eines Ladeverzeichnisses eines Schiffes mit einer sogenannten »Lieferung« sowie eine Reihe von Arbeitsvisa für eine Gruppe von Mädchen, die angeblich 18 waren. Ihre Fotos jedoch erzählten eine andere Geschichte. Die meisten sahen zu jung aus, um ein Auto zu lenken. Einige waren eindeutig vorpubertär.

Das Ladeverzeichnis stellte den Schlüssel zu der illegalen Lieferung dar. Es enthielt die Identifikationsnummern der Versandcontainer, den offiziell angegebenen Inhalt und eine Aufstellung darüber, welche Mädchen sich in welchem Container befanden. Die Dokumente gaben Namen und Daten für jedes Mädchen an, doch ihre Gültigkeit fand Levi höchst suspekt. Den Unterlagen zufolge stammten sie aus Großbritannien und Irland, allerdings besaßen sie alle einen dunkelbraunen Teint und ein äußerst nordafrikanisches Aussehen. Vermutlich Flüchtlinge aus Libyen oder Ägypten.

Levi schüttelte angewidert den Kopf und zog die Fotos auf die »Säuberungs«-App, die er von Denny bekommen hatte. Von dem Technikgenie hatte er unter anderem erfahren, dass digitale Fotos manchmal so genannte EXIF-Daten enthielten – im Bild verborgene Informationen. Wer wusste, wie es ging, konnte dadurch einiges über ein Foto erfahren, beispielsweise, wo es erstellt wurde.

Levi hatte nicht vor, Dinos Aufenthaltsort zu verraten, falls ihm der Mafioso versehentlich Bilder mit diesen verborgenen vertraulichen Informationen geschickt hatte. Levi wusste nicht, was man daraus vielleicht noch ablesen könnte – das gehörte nicht zu seinen Fachgebieten. Er wusste nur, es wäre für alle Beteiligten sicherer, wenn er jedes Foto, das er verschickte, zuerst durch Dennys Säuberungs-App jagte.

Danach gab er eine kurze Nachricht ein, in der er als Quelle der

Bilder John Benson in Washington, D.C. nannte, tippte O'Connors E-Mail-Adresse und anschließend auf Senden.

Sein Telefon vibrierte. Eine Nachricht von Denny wurde angezeigt. Es handelte sich um eine gescannte Kopie der militärischen Entlassungspapiere von Nicholas Anspach.

»Gerade rechtzeitig.«

Levi überflog das Formular: Eingerückt in Fort Benning, Qualifikation für die Special Forces in Fort Bragg, danach sieben Jahre als Waffenspezialist bei den Special Forces.

Anspach war kein bloßer Mitläufer. Und er wurde ehrenhaft entlassen. Ein Grund wurde nicht genannt.

Eine weitere Nachricht von Denny trudelte ein, diesmal mit der Personalakte des FBI. Anspach wohnte in Arlington, was Levi aufgrund der Anzeige der Ortungs-App bereits vermutet hatte. Er hatte einen Bachelor-Abschluss in Informatik und einen Master-Abschluss in Elektro- und Computertechnik, beide von der Georgia Tech. Der Mann war 38 und arbeitete seit acht Jahren beim FBI.

Levi rief die Ortungs-App auf. Die meisten Punkte bewegten sich wie erwartet, wahrscheinlich zur Arbeit.

Er vergrößerte auf Nummer 13, Anspach. Sein Wagen befand sich in Quantico und rührte sich nicht. Anscheinend ein Frühaufsteher wie die meisten Menschen, die beim Militär waren. Levi wechselte zu Nummer 14, dem Kerl, den er gerade ans Messer geliefert hatte. Sein Punkt traf eben beim Außenministerium ein.

Levi schnappte sich die Schlüssel vom Nachttisch und ging zur Tür hinaus. Noch hatte sich O'Connor nicht bei ihm gemeldet, doch er vermutete, das würde er. Und Levi wollte sich irgendwo mitten im Geschehen befinden, wenn es so weit wäre.

Levi saß in seinem Mietwagen, einem Ford Taurus mit V6-Motor. Eigentlich wollte er etwas mit ein bisschen mehr Power, doch zu dem Zeitpunkt war der Wagen das Beste, was auf Lager war. Er wartete darauf, dass sich jemand in Bewegung setzte. Es würde O'Connor oder Benson sein, vielleicht sogar Anspach. Dieser Tag würde eine Wende herbeiführen, er konnte es fühlen.

Er befand sich in der PMI-Parkgarage, keine anderthalb Kilometer vom Gebäude des Außenministeriums entfernt und gerade mal etwas mehr als drei Kilometer von der FBI-Außenstelle, wo sich O'Connors Auto derzeit aufhielt.

Levi nutzte die Gelegenheit, um sich die Bewegungen der letzten 18 Stunden aller von ihm beobachteten Fahrzeuge anzusehen. Wo auch immer die Kleine versteckt sein mochte, gelegentlich musste Essen zu ihr gebracht werden. Er fing mit der Direktorin der Vorschule an, gefolgt von der Lehrerin. Nacheinander betrachtete er die zurückgelegten Strecken aller Peilsender.

Ihm fiel nichts Ungewöhnliches auf, bis er zu Anspach gelangte. Der Mann war nach seinem Halt beim Supermarkt noch ziemlich viel herumgefahren – nach Norden auf der New Hampshire Avenue ein gutes Stück aus Arlington hinaus in eine Gegend, die ländlich aussah, über 30 Kilometer von seiner Wohnadresse entfernt.

Levi vergrößerte die Ansicht. Die eingebaute Google Maps-Funktion zeigte ihm, dass es sich bei der New Hampshire Avenue um eine zweispurige Straße handelte. Laut der Ortungs-App hatte er sich ein gutes Stück davon entfernt. Im vergrößerten Satellitenbild des Gebiets konnte man nur Bäume erkennen. Keine offensichtlichen Häuser oder sonst etwas.

Sein Herzschlag beschleunigte sich. Er verließ die Verlaufsansicht und kehrte zur aktuellen Anzeige zurück.

O'Connors Auto war in Bewegung.

»Oh Kacke!« Levi setzte aus der Parklücke zurück, legte den Gang ein und trat das Gaspedal durch.

Auch Bensons Wagen war unterwegs.

Levi verließ das Parkhaus. Der Motor des Taurus heulte auf, als er die Virginia Avenue hinunter beschleunigte, bevor er scharf nach rechts auf die Twenty-First Street bog. Der App zufolge befand sich seine Zielperson irgendwo direkt vor ihm. Er ließ den Blick über die Straße wandern, als er sich der Constitution Avenue näherte, und hielt Ausschau nach Bensons rotem Cadillac.

Ein weiterer Blick auf die App offenbarte, dass O'Connor im Tiefflug unterwegs sein musste. Sein Punkt raste die Constitution Avenue aus östlicher Richtung heran, schneller, als es angesichts des Verkehrs möglich sein sollte.

Hatte der FBI-Agent sein Blaulicht ausgepackt? Das würde es vielleicht erklären.

Weiter vorn sichtete Levi einen roten Wagen. Und tatsächlich, es war Bensons Cadillac, der nach rechts auf die Constitution bog.

Zähneknirschend hupte Levi und drängte sich durch den spätmorgendlichen Verkehr in der Bundeshauptstadt. Es kam einem Wunder gleich, dass er die Polizei noch nicht wegen rücksichtslosen Fahrens auf den Fersen hatte.

Als er am Lincoln Memorial Circle nach rechts bog, wurde ihm klar, dass Benson unterwegs aus der Stadt war und bereits auf der Arlington Memorial Bridge über den Potomac sein musste.

Levi schlängelte sich durch den Verkehr, bearbeitete das Gaspedal hart. Der V6 des Wagens brüllte protestierend, aber der Abstand verringerte sich ... bis der stärkere Motor des Cadillac das Auto an einer Kolonne vorbeirasen ließ.

Ein Meer von Bremsleuchten flammte vor Levi auf. Er umklammerte das Lenkrad fester und scherte auf den Gehweg der Brücke aus. Menschen hasteten aus dem Weg, als er die langsameren Autos passierte, auf die Fahrbahn zurücklenkte und hinter Benson her beschleunigte.

Weiter vorn sichtete er noch mehr rote Leuchten – abbremsende

Fahrzeuge. Ein Unfall. Eine Corvette war auf dem nassen Asphalt ins Schleudern geraten und verkehrt herum zum Stehen gekommen.

Die Welt schien sich zu verlangsamen, als Levi beobachtete, wie Bensons Cadillac auf die Corvette zuraste – und ungebremst hinein.

Aber durch die niedrige Karosserie des Sportwagens wurde es kein Crash, die Corvette wirkte vielmehr wie eine Startrampe. Bensons schwerer Wagen fuhr darüber hinweg, neigte sich nach oben und hob ab. Der frontlastige Cadillac stürzte fast sofort ab, krachte in die Betonleitplanke der Brücke, überschlug sich durch den eigenen Schwung und verschwand über die Seite der Arlington Memorial Bridge.

Levi trat heftig auf die Bremse.

Von hinten nahm er Blaulichter und Sirenen wahr. Fassungslos starrte Levi an die Stelle, an der das Auto von der Brücke gestürzt war. Innerhalb weniger Herzschläge trudelten mehrere ungekennzeichnete Wagen am Ort des Geschehens ein. Zu schnell für Einsatzfahrzeuge.

Mehrere FBI-Windjacken zeichneten sich unter den Personen ab, die aus den Autos sprangen.

Als Levi das Lenkrad scharf nach links drehte, um sich in die Kolonne einzureihen, die sich am Unfall vorbeibewegte, klingelte sein Handy – eine Nummer aus Washington, D.C., die er nicht erkannte. Er ging ran. »Ja?«

»*Lazarus Yoder, vermute ich. Richtig?*«

»Wer ist da?«

»*Wir sind uns schon mal begegnet. Bei der Beerdigung eines bestimmten FBI-Agenten.*«

Levi runzelte die Stirn, als er am Unfallort vorbeifuhr und allmählich beschleunigte. Der Einzige, den er dort kennengelernt hatte, war ein Mann namens Tim, und das war nicht seine Stimme.

»*Ich habe Sie beobachtet. Ich denke, wir sollten uns treffen. Könnte für uns beide vorteilhaft sein.*«

»Woher haben Sie meine Nummer?«

»Sie haben gerade einen bedauerlichen Unfall passiert. Fahren Sie auf dem George Washington Memorial Parkway weiter nach Norden. Ich warte im Original Headquarters Building in Langley auf Sie. Ich schicke Ihnen die Adresse. Ach ja, Sie müssen durch einen Metalldetektor. Um unnötigen Ärger zu vermeiden, sollten Sie problematische Gegenstände im Auto lassen. Kommen Sie einfach zum Haupteingang. Ich kündige Sie dort mit Ihrem Namen an, dann bringt Sie jemand zu mir.«

Damit war die Leitung tot.

Am Ende der Brücke boten ihm Schilder an, auf der I-66 zu bleiben und nach Westen zu fahren oder die Abzweigung auf den George Washington Memorial Parkway zu nehmen.

Einen Moment lang zögerte er und fragte sich, wer zum Teufel wissen konnte, wo er sich aufhielt.

Dann bog er nach rechts auf den Parkway.

Als Levi die gekühlte Eingangshalle des Old Headquarters Building betrat, wie es CIA-Mitarbeiter nannten, erregte sofort das riesige CIA-Logo auf dem Boden seine Aufmerksamkeit. Der weiße Schild und der Adlerkopf hoben sich deutlich vom schwarz-grau-marmorierten Granit ab. Er ging durch ein Drehkreuz und näherte sich einer der Empfangsdamen, einer Frau mittleren Alters, die ein Headset trug.

Sie schaute zu Levi auf. »Kann ich Ihnen helfen, Sir?«

»Ja. Mein Name ist Levi Yoder und ...«

»Ja, Sir, Sie werden erwartet. Kann ich bitte einen Ausweis sehen?«

Levi holte die Brieftasche hervor und reichte ihr seinen Führerschein.

Sie hielt den Ausweis in einen Schlitz neben ihrem Terminal. Sofort wurde sein Führerschein hineingezogen. Aus dem Gerät drang Licht, dann wurde das Dokument wieder ausgespuckt. In die Wangen der Frau trat eine leichte Röte, als sie ihm den Führerschein zurückgab. Sie reichte ihm außerdem einen Besucherausweis und deutete zu einer Reihe von Stühlen auf der gegenüberliegenden Seite der Eingangshalle. »Es kommt gleich jemand, der Sie begleitet, Mr. Yoder.«

Er wusste nicht recht, weshalb er hergekommen war, aber ihn hatte nervös gemacht, wie der Mann am Telefon geredet hatte. Wie konnte der Kerl haargenau wissen, wo er sich in dem Moment befunden hatte?

Ich habe Sie beobachtet.

Darauf war Levi nicht gefasst gewesen.

Fast fünf Minuten saß er wartend in der Eingangshalle, bevor er sein Handy hervorholte. Vermutlich hatte er einen Fehler begangen, indem er hergekommen war. Es gab einen Ort, an dem er dringender sein musste. Hierher hatte ihn blanke Neugier geführt. Er simste Yoshi: *Treffen Sie sich mit mir um drei.* Am Vortag nach den Schüssen war Levi besorgt darüber gewesen, dass Yoshis Kommunikation überwacht werden könnte, deshalb hatten sie sich eine Lösung überlegt.

Eine Frauenstimme drang durch die Eingangshalle. »Mr. Yoder?«

Levi stand auf und ging auf eine attraktive Brünette zu. Sie trug bescheidene Business-Kleidung, besaß jedoch eine Model-Figur, die sich darunter schwer verbergen ließ. Er verspürte einen Anflug von Schuldgefühlen, weil er eine Frau so beäugte. Dann jedoch fiel ihm ein: Er war wieder Single. Das war er jahrelang gewesen, dann eine Weile nicht, doch Madison hatte sich recht deutlich ausgedrückt, und er war nicht der Typ, mit dem man mehrfach Schluss machen musste.

Er schüttelte der Frau die Hand, und sie bedeutete ihm, ihr zu folgen.

»Wen treffe ich hier eigentlich?«, erkundigte er sich. »Das wurde mir nicht wirklich mitgeteilt, Miss ...«

»Kubs. Mindy Kubs. Direktor Masons Assistentin. Die Vorstellung überlasse ich ihm. So ist es ihm lieber.«

Levi ging durch zwei Metalldetektoren, ließ sich von jemandem mit einem Tuch die Hände abwischen – vermutlich auf der Suche nach Sprengstoffrückständen – und wartete geduldig, während ihn ein anderer Sicherheitsmitarbeiter von Kopf bis Fuß mit einem Handscanner abtastete.

Nach der Sicherheitskontrolle führte ihn Mindy einen Gang hinab, bei dem es sich um den Hauptkorridor des Gebäudes zu handeln schien. Schließlich bog sie nach rechts und noch einige weitere Male ab, ehe sie vor einer großen Tür mit Holzmaserung stehen blieb. Sie zog ihren Ausweis durch die Zugangskontrolle, und die beiden betraten einen langen, holzgetäfelten Korridor.

Etwa 15 Meter den Flur hinunter öffnete sich an der Seite eine Tür, und ein gut gekleideter Mann trat heraus.

Levi erkannte ihn auf Anhieb – der Mann von der Beerdigung. Derjenige, der ihn von der anderen Seite der Trauergemeinde angestarrt hatte.

Er war klein – kaum mehr als ungefähr 1,70 Meter. Nach den feinen Fältchen um die Augen und auf der Stirn zu urteilen, musste er über 50 sein. Hellbraunes Haar mit etwas zurückweichendem Haaransatz, dazu sehr helle, beinah silbrig wirkende Augen.

Der Mann lächelte, als er Levi die Hand schüttelte. »Bevorzugen Sie Lazarus oder Levi?«

»Nur meine Mutter nennt mich Lazarus.«

»Also gut, dann Levi. Ich bin Doug Mason, und ich entschuldige mich für die Nacht-und-Nebel-Aktion. Aber Sie stecken mitten in etwas, an dessen Lösung wir beide interessiert sind, wie ich denke.«

Levi legte den Kopf leicht schief und musterte den Mann. Mason besaß eine starke Ausstrahlung. Levi nahm keinerlei Feindseligkeit wahr, nur ein Gefühl von Selbstsicherheit, das der Mann vermittelte. Was Levi noch nervöser werden ließ. Es fühlte sich an, als hätte Doug Mason alle Trümpfe in der Hand, wüsste alles und täte Levi irgendeinen Gefallen. Und was ihn störte, war: Er wusste nicht, ob das zutraf oder nicht.

»Und was genau wäre diese Sache, die gelöst werden muss?«, fragte Levi.

»Stehen wir lieber nicht im Flur herum.« Mason trat durch die Tür in einen Konferenzraum. Levi folgte ihm. Mindy war bereits unauffällig wieder den Gang hinunter verschwunden.

Levi hielt inne, als er sich in dem Raum umsah. Fotos waren an die Wand geheftet, weitere lagen auf dem langen Besprechungstisch ausgebreitet. Fotos von Leuten, die Levi kannte.

Fotos von Kindern – *seinen* Kindern – beim Spielen auf der Farm seiner Eltern.

Ein Foto seiner Mutter.

Ein Foto von Levi auf einer Parkbank mit Dino.

Ein Foto vor dem Helmsley Arms, wo Levi und zahlreiche Leute aus dem inneren Kreis der Familie Bianchi wohnten.

Ein Foto von Levi auf der Straße in Chinatown.

Er beim Einsteigen in einen Privatjet am Flughafen LaGuardia.

Er in Handschellen im Verhörraum des FBI.

Zorn stieg in Levi hoch.

Mason ergriff eine Fernbedienung und schaltete einen Bildschirm an der Wand ein. Der Monitor zeigte eine aktive Videoübertragung eines Lenkrads.

Levis Mund klappte auf. Das Lenkrad eines Ford Taurus. Das Lenkrad von Levis Mietwagen.

Er konnte nicht fassen, was für ein Idiot er war. Irgendwie war es diesem Kerl gelungen, jemanden in sein Auto einbrechen und es verwanzen zu lassen, ohne dass es Levi bemerkt hatte. Natürlich. Sein Auto parkte unter freiem Himmel.

Mit angespannter Kiefermuskulatur konzentrierte er sich auf den Mann, der ihn hergeholt hatte. Er wusste, dass man ihn nicht verhaften würde – sonst würde er sich nicht allein mit diesem Mason in diesem Raum aufhalten.

»Was wollen Sie?«, fragte er.

Mason ergriff eines der Fotos vom Tisch. Es zeigte Mei. »Wir waren besorgt darüber, was Sie vorhaben. Mit all den Kindern.« Der Mann ging zu etwas, das wie ein hoher, transparenter Mülleimer mit einem weißen Deckel mit einem Schlitz darin aussah. Er führte das Foto dem Schlitz zu.

Das Geräusch eines Aktenvernichters brummte durch den Raum. Winzige Schnipsel des Fotos rieselten in den Auffangbehälter darunter.

Mason griff sich weitere Bilder und vernichtete auch sie, während er fortfuhr. »Levi, ich vertrete eine Organisation, die sich damit befasst, Dinge zu erledigen, ohne sich groß um taktische Aspekte zu scheren. Wir halten uns nicht unbedingt an dieselben Regeln wie die mit uns verwandten Behörden.«

»Ich verstehe nicht«, gestand Levi. »Offensichtlich sind Sie in einem Trakt der CIA untergebracht. Also gelten für Sie dieselben Regeln und ...«

»Na, na, na.« Mason schwenkte verneinend einen Finger. »Glauben Sie nicht, dass wir uns hier treffen, hätte irgendetwas mit meiner Behörde zu tun. Wären Sie gekommen, wenn ich gesagt hätte, wir treffen uns bei Ihrem Stammlokal *Denny's*? Ich glaube nicht.«

Levi sah auf die Armbanduhr. Ungeduld breitete sich in ihm aus. »Wo wir schon dabei sind, *warum* haben Sie mich hergebeten?«

Mason setzte sich an den Tisch und bedeutete Levi, ebenfalls Platz zu nehmen. »Ich bin der Leiter einer kleinen Organisation. Jedes Mitglied bringt etwas ein, was man sonst nirgends finden kann.«

»Und was?«

»In Ihrem Fall einen Engel in Teufelsgestalt.«

Schlagartig sträubten sich Levi die Nackenhaare. Diese Formulierung hatte er schon einmal gehört.

Mein Freund, du bist ein Engel in Teufelsgestalt.

Vinnie hatte dieselben Worte zu ihm gesagt. Auf einmal hatte Levi gar keine Ahnung mehr, womit er es zu tun hatte.

»Was hat das zu bedeuten?«, verlangte er zu erfahren.

Mason schnippte sich ein unsichtbares Staubkörnchen vom Revers seines Tausend-Dollar-Anzugs. »Es kommt sehr selten vor, dass man jemanden findet, der bereit ist, schreckliche Dinge zu tun, in Wirklichkeit aber ein ehrenwerter Mensch ist. Der Dinge aus den richtigen Gründen tut, und wenn sie noch so grauenhaft sind.«

Levi schüttelte den Kopf. »Das fällt mir schwer zu glauben.«

»Nun, es ist schon mehr als das. Sicher, wir könnten vielleicht einen Tankwart in Des Moines mit ähnlichen Eigenschaften finden, nur würde der vermutlich schnell im Gefängnis landen. Ihm würde die Cleverness von der Straße fehlen. Ein Lügendetektor würde ihn zu Fall bringen.« Mason setzte ein wissendes Lächeln auf. »Er hätte nicht die nötigen Fähigkeiten, um in dieser Branche zu überleben. Er wäre auch nicht in der Lage, strategisch zu denken. Meine Organisation gibt sich nicht mit Durchschnittstypen ab. Wir suchen nach einem sehr speziellen Menschenschlag.

Ich könnte zum Beispiel ein Dutzend Gesetze aufzählen, gegen die Sie bei der Entführung dieser Kinder verstoßen haben – Beschaffung illegaler Dokumente, Fälschung von Bundesaufzeichnungen, Behinderung polizeilicher Ermittlungen, Körperverletzung.

Die Liste lässt sich noch ellenlang fortsetzen. Aber unter dem Strich überwiegt das Gute, das Sie für diese Kinder getan haben, bei Weitem Ihre Vergehen. Und so, wie Sie es angestellt haben, wird nie jemand etwas davon mitbekommen.

Ich weiß auch, dass Sie damit beschäftigt sind, Shinzo Tanakas Enkeltochter zu retten. Und dass Sie nicht dafür bezahlt werden.«

Levi fehlten die Worte. Er konnte nicht fassen, dass dieser durchschnittlich wirkende Bundesagent von seiner Vereinbarung mit Tanaka wusste. Wie konnte das sein? Steckte Vinnie etwa mit diesem Kerl unter einer Decke? Ein Mafiaboss einer der New Yorker Familien mit Verbindungen zu den Bundesbehörden? Unmöglich.

»Wie können Sie das alles wissen?«

Mason trommelte mit den Fingern auf dem Besprechungstisch. Ein listiges Grinsen trat in seine Züge. »Ich weiß mehr, als Sie ahnen. Aber ich habe eine Frage. Warum tun Sie es?«

Levi schüttelte den Kopf. »Sie ist ein fünfjähriges Kind. Und Sie haben noch nicht meine Frage beantwortet. Warum haben Sie mich hergebeten?«

»Nun, ich dachte, das wäre ziemlich offensichtlich.« Mason lächelte. »Ich möchte Sie rekrutieren.«

Levi schnaubte. »Ich als Bundesagent?«

»Nein, kein Bundesagent. Die Leute, die für mich arbeiten ... Lassen Sie mich das korrigieren. Sagen wir lieber, wir arbeiten zusammen. Jedenfalls haben meine Leute keinen Ausweis. Und Sie wären kein Teil des Systems. Das System ist kompromittiert, wie Sie selbst nur zu gut wissen. Zu viele Finger, die in zu viele Töpfe greifen.

Stellen Sie sich uns als Gleichgesinnte vor. Sie und ich, wir wollen dasselbe. Und meine Organisation kann dabei helfen, Dinge zu finanzieren und zu ermöglichen, die für Sie allein vielleicht schwer zu bewältigen wären. Im Gegenzug würden wir Sie gelegentlich um einen Gefallen ersuchen. Im Verlauf der Zeit könnten wir einen Teil Ihrer Energie vielleicht in bestimmte Richtungen lenken.«

Diese Masche kannte Levi. Die Mafiabosse zogen sie ständig ab. Ein jetzt angenommener Gefallen bedeutete einen später eingeforderten Gefallen, und mit der Zeit stand man in der Pflicht und verlor seine Unabhängigkeit. Auf keinen Fall.

»Es kommt nicht infrage, dass ...«

»Bevor Sie etwas sagen, möchte ich Ihnen jemanden vorstellen. Tatsächlich sind Sie sich bereits begegnet.« Mason zog einen Stift aus der vorderen Tasche und sprach hinein. »Kommen Sie rein. Er ist hier.«

Levis Herz begann zu rasen, als ihn tausend Gedanken auf einmal bestürmten. Würde gleich Vinnie durch die Tür kommen? Unmöglich! Madison vielleicht?

Als sich die Tür öffnete, war es weder der eine noch die andere. Herein kam eine statuenhafte Asiatin mit langem schwarzem Haar.

Levis Mund klappte ebenso auf wie ihrer.

Mason trat zwischen die beiden und lächelte. »Lucy, ich glaube, Sie sind Levi bereits begegnet. Er ist Problemlöser der Familie Bianchi, außerdem mehrsprachig und von einem der besten Kampfkünstler ausgebildet, die je auf der Erde gewandelt sind. Levi, das ist Lucy. Sie ist die Witwe des Gründers einer der größten Triaden Hongkongs, ebenfalls Kampfsportlerin, und sie hat einen IQ jenseits der messbaren Grenzen.«

Levi streckte die Hand aus, doch sie wich mit einem angewiderten Blick zurück. »Ich hab Ihnen schon mal gesagt, Sie sollen mich nicht anfassen.« Sie warf Mason einen finsteren Blick zu. »Doug, Sie wissen, dass ich's nicht leiden kann, angefasst zu werden.«

Mason forderte Levi mit einer Geste und einem entschuldigenden Gesichtsausdruck auf, ein Stück zurückzutreten. »Tut mir leid, ich dachte, Sie beide hätten auf einem besseren Fuß mitein-ander angefangen.«

Levi musterte die Frau verwirrt. *Das ist dieselbe Frau, die mich mitten auf der Straße geküsst hat.*

Ohne den mürrischen Blick von Mason zu lösen, zeigte sie auf Levi. »Er hat mich an der Schulter gepackt.«

»He«, rechtfertigte sich Levi, »ganz so ist es nicht gewesen ...«

Sie schwenkte den finsteren Blick auf ihn, und er rechnete beinah damit, ihre Augen würden Laserstrahlen abfeuern.

»Na schön, vielleicht doch, und ich entschuldige mich dafür. Aber ich bitte Sie, ich hatte die Befürchtung, Sie könnten alles gefährden, woran mir etwas liegt. Denken Sie mal darüber nach: Wenn Sie einen Unbekannten zu Hause bei Ihrer Mutter und bei Ihren Kindern anträfen, wären Sie auch nicht besonders erfreut.«

Ihr Gesichtsausdruck wurde milder, als sie zwischen Mason und Levi hin und her schaute. Dann schniefte sie laut. »Entschuldigung angenommen.« Sie zog sich einen Stuhl heraus, setzte sich und schlug die langen Beine übereinander. An Mason gewandt fragte sie: »Warum sind wir hier, Doug?«

Mason zog eine Reihe von Fotos aus der Innentasche seines Jacketts und warf sie auf den Tisch. »Bitte sehr.«

Levi nahm Platz, achtete darauf, einen Stuhl zwischen sich und der temperamentvollen Frau zu belassen, und spähte auf die Fotos.

Es handelte sich um dieselben Bilder, die Levi an O'Connor geschickt hatte. Ob O'Connor sie an Mason weitergeleitet hatte? Oder hatte Mason so tiefen Zugriff ins System, dass er sie aus O'Connors Posteingang geholt hatte?

»Wie es aussieht, hat Levi eine der Ratten im Außenministerium enttarnt«, sagte Mason. »Dieser Mann hat einige der Menschen-händler bei ihrer Arbeit unterstützt.«

Lucy zog die Fotos näher zu sich heran und runzelte die Stirn. »Das entspricht ziemlich dem, was ich erwartet habe. Tatsächlich ist das ein kleinerer Betrieb als das, was dem Vernehmen nach über die kanadische Grenze und an der Westküste hereinkommt. Könnte aber auch sein, dass nur die Lieferung kleiner als sonst ist. Ich vermute, Sie haben die Käufer bereits ausfindig gemacht, richtig?«

»Ja. Und mit Levis Hilfe sind wir auf ein Rattennest von geplanten Lieferungen in den nächsten zwei Wochen gestoßen.«

Levi fühlte sich verwirrter denn je zuvor. »Wie genau hab ich dabei geholfen, irgendwas aufzudecken?«

Mason richtete die Aufmerksamkeit auf ihn, und Levi spürte auch Lucys Blick. In ihrem lag kaum verhohlene Belustigung. »Wissen Sie noch, dass ich gesagt habe, ich beobachte Sie? Tja, das war nicht gelogen. Ich wusste zwar von Benson, aber nichts von seinen Kontakten an der Ostküste. Als Sie herausgefunden haben, dass Giancarlo Fiorucci der Mittelsmann für eine Reihe von Käufern war, musste ich nur noch zwei und zwei zusammenzählen.« Mason zog eine Augenbraue hoch und fügte in verschwörerischem Ton hinzu: »Wissen Sie, dieser Fiorucci ... Ich versuche, ihn aufzuspüren, aber aus irgendeinem Grund ist er verschwunden. Interessant, finden Sie nicht auch?«

Gino war vermutlich zu Dünger zerhackt und über einen stattlichen Teil des Atlantiks verstreut. Aber selbst, wenn Levi es mit Sicherheit wüsste, was er nicht tat, würde er nie darüber reden. »Zu dem Kerl fällt mir wirklich nichts ein.«

Lucy legte die Hand über den Mund und lachte, als sie auf Levi zeigte. »Als ich Sie zum ersten Mal gesehen habe, dachte ich wirklich, Sie wären ein verpeilter Tourist. Das ist einfach zu komisch.« Sie wandte sich an Mason und deutete mit dem Daumen auf Levi. »Ich wette um ein gepflegtes Steak, dass er ihn umgebracht und irgendwo verscharrt hat, wo ihn nie jemand finden wird.«

Levi sah auf die Armbanduhr. »Ich weiß, das wollen Sie nicht hören, aber können wir das alles auf ein andermal verschieben? Ich ...«

»Sie müssen ein kleines Mädchen retten«, fiel ihm Mason ins Wort.

»Also, ich weiß nicht, ob ... Na schön, ja, ich schätze, das versuche ich.« Er ließ den Blick zwischen den beiden merkwürdigen Charakteren im Raum hin und her wandern. »Können wir dieses Gespräch zu einem anderen Zeitpunkt fortsetzen?«

Mason erhob den Finger in Levis Richtung. »Ihnen muss nur klar sein, was ich Sie gleich fragen werde, dreht sich nicht nur um *ein* kleines Kind. Wir reden hier von *Hunderten* Jungen und Mädchen. Unschuldige, deren Versklavung unser Land zulässt. Und ich brauche Sie beide, um dagegen anzugehen. Soweit ich das beurteilen kann, verfügen Sie beide über genau die richtigen Fähigkeiten und Beziehungen, die wir brauchen, um diesem Menschenhandel einen Dämpfer zu verpassen. Gehen Sie und kümmern Sie sich um das Tanaka-Mädchen, aber kann ich auf Ihre Hilfe zählen?«

»Sie wissen, dass ich dabei bin«, erwiderte Lucy, ohne zu zögern.

Levi hätte nicht für möglich gehalten, dass sein Leben noch komplizierter werden könnte, als es bereits war. »Hunderte Kinder werden ins Land geschafft und versklavt? Prostituiert?«

»Und Schlimmeres«, sagten Lucy und Mason gleichzeitig.

Mit einem tiefen Seufzen schüttelte Levi den Kopf. »Ich kann nicht fassen, dass ich das sage: Nach schön, ich versuche zu helfen. *Nachdem* ich das Tanaka-Mädchen gefunden habe.«

KAPITEL SECHZEHN

Bevor Levi die rätselhafte Lucy und Mason verlassen hatte, ließ er sich noch dazu überreden, sich vor ein Gerät zu stellen, das einen 360-Grad-Scan seines Kopfs anfertigte und Lichter in seine Augen blitzte. Mason hatte gemeint, der Scan würde künftig als sein Ausweis dienen – was immer das bedeuten mochte.

Mittlerweile rollte Levi auf den Parkplatz, wo er sich zuletzt mit Yoshi getroffen hatte. Der ehemalige FBI-Agent sprang aus seinem Wagen und setzte sich in Levis Richtung in Bewegung. Levi jedoch parkte ein und bedeutete Yoshi, umzukehren. »Wir nehmen nicht mein Auto.«

»Okay. Aber warum nicht? Was ist los?«, fragte Yoshi.

Levi hatte nicht das nötige Werkzeug dabei, um zu entfernen, was immer Mason ihm untergejubelt hatte, ohne dass der Mietwagen danach aussehen würde, als hätte sich eine Meute Straßenkatzen darin ausgetobt. Also hob er einen Finger an die Lippen und deutete Stille an.

Er öffnete den Kofferraum und verstaute seine Ausrüstung in einem Rucksack. Dann suchte er mit seinem tragbaren Wanzenscanner den Innenraum von Yoshis Wagen ab, das Fahrgestell und den Kofferraum. Nichts. Schließlich stiegen Yoshi und er in Yoshis Auto.

Levi drehte sich seinem Begleiter zu und nannte ihm die Kreuzung, die er ins Navi eingeben sollte. »Wir haben etwa eine Stunde Fahrt nach Norden vor uns, nehmen die US 1, und wenn wir dort sind, navigieren wir nach Gefühl.«

»In Ordnung.« Yoshi setzte mit dem Wagen aus der Parklücke zurück und fuhr los. »Klären Sie mich auf, was eigentlich los ist?«

Levi verarbeitete noch, was er in den vergangenen 24 Stunden erfahren hatte, und wollte nicht zugeben, dass er überwiegend instinktgesteuert handelte. »Ich will Ihnen noch keine allzu großen Hoffnungen machen, aber ich habe eine Spur, bei der die Chance, unsere kleine Prinzessin zu finden, fifty-fifty sein könnte.«

Yoshi verstärkte den Griff um das Lenkrad und trat etwas mehr aufs Gas. »Nicht Ihr Ernst, oder?«

Levi fielen die subtilen Anzeichen von Emotionen in Yoshis Gesicht auf. Er blinzelte schnell, seine Atmung ging tiefer als normal, seine Züge waren leicht gerötet. Gut.

»Über so was mach ich keine Scherze, Yoshi. Ich überwache jemanden und hab gesehen, dass er spätabends in 'ne ländliche Gegend gefahren und kurz darauf umgekehrt ist.« Er zeigte zu einer Ausfahrt. »Wissen Sie was? Ignorieren wir Ihr Navi. Nehmen Sie die I-29 nach Norden und dann die Ausfahrt für die New Hampshire Avenue. Der folgen wir fast bis zum Ende.«

Yoshi hielt sich an Levis Beschreibung, und sie fuhren lange schweigend dahin.

Schließlich deutete Levi nach rechts. »Georgia Avenue. Fahren Sie hier ab.«

»Wie behalten Sie das alles im Kopf?«, fragte Yoshi.

Levi hatte nicht vor, ihn über sein nahezu perfektes Gedächtnis zu informieren, weil er keine rationale Erklärung dafür hatte. »Ich hab mir die Karten für die Fahrt eingeprägt.« Was zumindest ein Teil der Wahrheit war. »An der Straße da nach rechts.«

Dichte Wälder erschienen zu beiden Seiten der Fahrbahn, und vor ihnen tauchte ein Sackgassenschild auf. Es fühlte sich um einige Grad kälter an. Befanden sie sich etwa auf einer anderen Meereshöhe? Vereinzelt lag Schnee. Dann endete der Asphalt abrupt, und es verblieb nur ein Feldweg, umgeben von Bäumen.

Levi blickte auf sein Handy. Kein Empfang. Seltsamerweise schien das GPS-System trotzdem zu funktionieren. Er rief den Verlauf von Anspachs Peilsender auf, als sie dem Feldweg folgten. Als sie sich genau dort befanden, wo der Kriminaltechniker angehalten hatte, hob er die Hand.

»Halten Sie an und schalten Sie den Motor aus. Gehen wir zu Fuß weiter.« Levi stieg aus Yoshis Auto und sah sich um. »Unser Verdächtiger hat genau hier angehalten. Scheint mir ein guter Ort zu sein, um etwas zu verstecken.«

»Zum Beispiel ein kleines Mädchen«, meinte Yoshi mit grimmigem Gesichtsausdruck.

Levi zeigte auf den Rand der Wälder, wo ein Jagdweg von der unbefestigten Straße abzweigte. »Mal sehen, was wir finden.« Er sah Yoshi an. »Sind Sie bewaffnet?«

Yoshi hob Jacke und Hemd an. Darunter zeichnete sich ein Innenholster am Hosenbund ab, aus dem der Griff einer .45er ragte.

»Gut«, befand Levi. »Volle Konzentration. Ich hab keine Ahnung, was da hinten ist. Könnten Bären, Rehe oder böse Jungs sein. Seien Sie auf alles gefasst.«

Levi hatte fast zwei Jahre lang gelernt, wie man Wildfährten folgte, und wusste, auf welche Zeichen es zu achten galt. Zertretene Grashalme, geknickte oder abgebrochene Zweige, sogar der Geruch in der Luft – alles Hinweise.

Aber Yoshis Schritte hinter ihm erinnerten an einen Hammer, der auf einen Amboss eindrischt.

»Schhh.« Levi gab Yoshi das Zeichen zum Stehenbleiben, dann konzentrierte er sich, entsandte die Sinne. Beinah konnte er die Welt atmen hören.

Er hörte Eichhörnchen hoch oben in einem Baum im Nordosten. Als er tief einatmete, wittert er etwas in der Luft ... den Moschusgeruch eines Schwarzbären. Der Wind drehte leicht aus Osten, und der Geruch wurde stärker. Als Levi die Augen schloss, nahm er ihn noch deutlicher wahr. Er hörte ein leises Brummen ... und das Geräusch tiefer Atmung. Der Bär hielt Winterschlaf.

Levi drehte sich Yoshi zu, zeigte nach links und flüsterte: »Bär.« Dann deutete er auf Yoshis Füße. »Leise.«

Yoshis Augen weiteten sich. Seine Schritte erwiesen sich als deutlich leiser, als sie den Weg fortsetzten.

Nachdem sie dem Weg 15 Minuten gefolgt waren, sichtete Levi eine Lichtung etwa 20 Meter entfernt. Er zog seine Glock, bei der er immer eine Patrone im Lager ließ, und hörte, wie Yoshi seinem Beispiel folgte. Zusammen verließen sie den Pfad und bewegten sich auf die Lichtung zu.

In der Mitte stand eine einsame Hütte. Vom Dach verliefen Kabel zu einem nahen Baum. Von seinem Blickwinkel aus konnte Levi nicht erkennen, woran sie befestigt waren. Es schien sich um eine Art Plattform zu handeln, allerdings zu schwach, um eine Person zu tragen.

Yoshi zeigte zu dem Baum und flüsterte: »Solarzellen. Von da oben bezieht die Hütte ihren Strom.«

Levi hob die Hand an die Stirn, um die Augen abzuschirmen. Die Sonne funkelte auf einem schwarzen, quadratischen Muster, was Yoshis Einschätzung bestätigte. Er hievte den Rucksack auf den Schultern höher und flüsterte: »Bleiben Sie hier. Ich seh mir das mal an.«

Levi zog einen Laserpointer aus dem Rucksack, schaltete den grünen Strahl ein und schwenkte ihn über den Weg. Es war ein alter

Trick, den ihm vor Jahren sein Cousin beigebracht hatte, nachdem er Ranger bei der Armee geworden war. Der Strahl des Lasers würde hell aufflackern, wenn er einen Stolperdraht kreuzte. Es wäre nicht das erste Mal, dass ihn dieser Kniff vor einer tödlichen Falle bewahrt hatte. Diesmal jedoch fand er nichts.

Als er sich der Veranda der Hütte näherte, stellte er fest, dass sich der Schnee ungleichmäßig über die Holzbretter verteilte. Levi richtete den Laser auf den leicht erhöhten Abschnitt vor der Tür, wich von der Veranda zurück und bewegte die Schultern, um die Anspannung zu lösen, die sich darin aufbaute. Er nahm den Rucksack ab, kramte einen Metalldetektor hervor und fuhr dessen Teleskoparm bis zum Anschlag aus. Als er ihn einschaltete, blinkte eine rote LED einmal, zweimal, dreimal. Dann war das Gerät bereit.

Levi hievte den Rucksack wieder auf die Schultern und schaute zurück zu Yoshi. Der Mann war mit gezogener Pistole in die Hocke gegangen. Sein Blick wanderte von dem Weg, über den sie gekommen waren, zur Hütte und zurück. Genau, wie es Levi getan hätte, um Wache zu halten.

Levi rückte wieder näher zur Veranda und schwenkte dabei das runde Kopfteil des Metalldetektors hin und her. Als er das unebene Brett erreichte, das seine Aufmerksamkeit erregt hatte, blinkte die rote LED.

Ein Kribbeln raste Levi über den Rücken.

Leise kehrte er zu Yoshi zurück.

»Sieht so aus, als wäre die Eingangstür mit einer Falle versehen.«

»Scheiße«, fluchte Yoshi. »Was haben Sie jetzt vor?«

Levi holte tief Luft. »Ich trage mich mit dem Gedanken, was echt Dummes zu tun.«

»Und was?«

»Bleiben Sie hier.« Levi entsperrte sein Handy und reichte es

Yoshi. »Falls was passiert, rufen Sie Ihren Bruder mit meinem Handy an. Ich glaube, Ihres wird von Junes Entführern überwacht.«

Levi bedeutete Yoshi erneut, zurückzubleiben, während er wieder zur Hütte ging. Er schwenkte den Metalldetektor unablässig hin und her, während er das gesamte Umfeld der Hütte abschritt. Sie besaß keine Fenster, und er entdeckte nirgendwo sonst auf dem Boden Unregelmäßigkeiten. Die Eingangstür war der einzige Weg hinein.

Mit angespanntem Körper stieg Levi auf die Veranda und mied das verdächtige Brett. Er kniete sich vor die Tür und untersuchte das Schloss. Sah recht einfach aus – ein typisches Zylinderschloss. Er legte den Metalldetektor beiseite, holte seine Dietriche hervor und wählte aus, was er brauchte.

Levi schob einen Drehmomentschlüssel in den Schlitz und sondierte und tastete mit dem Dietrich herum. Während er ein wenig Druck auf die Zuhaltung ausübte, schabte er über die Stifte, die nacheinander mit einem Klicken einrasteten. Danach ließ sich das Schloss drehen.

Langsam schob Levi die Tür auf.

Nichts geschah.

Aus der Hütte hörte er das Brummen eines Kompressors, außerdem spürte er von drinnen leichte Wärme. Es wurde mit irgendeinem Ofen und Luftumwälzung geheizt.

Er hob den Metalldetektor wieder auf und fuhr damit über das verdächtige Brett. Das Gerät bestätigte erneut, dass sich darunter etwas Metallisches verbarg. Levi schob die Tür mit dem Detektor weiter auf.

Als sich im Eingangsbereich kein offensichtliches Metall offenbarte, trat Levi ein.

Was er vorfand, überraschte ihn.

Er hatte mit einer überwiegend kahlen Hütte gerechnet, vielleicht mit einer Pritsche und hoffentlich mit einem kleinen

Mädchen. Stattdessen erblickte er eine Art Werkstatt. Der Raum maß kaum viereinhalb mal viereinhalb Meter. Am gegenüberliegenden Ende standen zwei Werkbänke mit Werkzeug für Elektronikbastler: Strommessgeräte, Batterien, Epoxidtuben, Steckbretter zum Verdrahten von Schaltungen, verschiedenste Kabel mit Krokodilklemmen ... und zwei in olivfarbene Folie eingewickelte Blöcke. Auf der Folie stand: *Sprengladung M112 mit Taggant (1 1/4 lbs C4)*.

Militärische Sprengstoffe.

Levi hatte das Versteck eines Sprengstoffexperten entdeckt.

Mit einer teilweise abblätternden roten Schablone war ein Gerät aus grauem Kunststoff als *Stimmenverzerrer* beschriftet worden. Levi hob es auf, drückte die Taste daran und sprach hinein. Seine herausdringende Stimme klang wie die eines Roboters.

Genau wie die Roboterstimme in der Tonaufzeichnung der Lösegeldforderung.

Kribbelnde Erregung durchströmte ihn.

Er schwenkte seine Taschenlampe über die Wände, fand einen Lichtschalter und betätigte ihn. Nichts geschah, aber irgendwo hörte er, wie sich jemand bewegte. Mit angehaltenem Atem lauschte er.

Er hörte ein Wimmern.

»June Wilson!« Levi richtete die Stimme an die Wände. Er war sich nicht sicher, woher das Geräusch kam. »Kannst du mich hören?«

Einige Sekunden lang fühlte sich die darauffolgende Stille bedrückend an. Dann antwortete eine leise, gedämpfte Stimme. *»Ich höre Sie!«*

»Wie heißt deine Mutter?«

»Helen! Bitte helfen Sie mir!«

Jeder Quadratzentimeter von Levis Haut prickelte bei der Erkenntnis, dass er sich am richtigen Ort befand. Er hatte sie tatsächlich gefunden!

Levi beruhigte seine Atmung und lauschte erneut. Das Mädchen weinte. Und das Geräusch stammte von irgendwo unter ihm.

Als er den Strahl der Taschenlampe über den Boden schwenkte, sichtete er die Umrisse einer Falltür unter einer der Werkbänke.

»Ich bin gleich bei dir!«, rief er.

Von einem der Geräte auf der Werkbank ging ein Piepton aus.

»Bitte schalten Sie das Licht wieder ein. Ich hab Angst.«

Levi stellte den Lichtschalter zurück in die ursprüngliche Position und entfernte sich langsam rückwärts aus der Hütte. Er winkte Yoshi zu sich.

»Sie ist es«, sagte Levi. »Sie ist hier.«

Obwohl Yoshi Tränen in die Augen traten, hätte sein Lächeln kaum breiter sein können.

»Kommen Sie mit rein, damit sie ein bekanntes Gesicht sieht, dem sie vertraut.« Er zeigte auf das verdächtige Brett. »Passen Sie nur auf das Brett links vor der Tür auf. Würde mich nicht überraschen, wenn dieser Kerl 'ne Art Landmine für unerwartete Besucher gelegt hat.«

Die Werkbank hielt die Falltür geschlossen. Levi schob sie vorsichtig zur Seite. Die Werkbank verursachte ein fürchterliches metallisches Klirren, als sie über den Boden der Hütte schrammte. Er öffnete die Falltür – und erblickte die Gesuchte. Am Fuß einer schrägstehenden Leiter sah das tränenverschmierte Gesicht eines kleinen blonden Mädchens zu ihm hoch.

June.

Sie begann, die Leiter hochzuklettern. Das Gerät auf der Werkbank piepte schneller.

Dann fiel Levi auf, was sie trug.

»Warte!«, rief er. »Geh wieder runter. Ich komm und helf dir.«

Levi hatte Westen wie die von June bei seiner Reise durch die nördliche Kaschmir-Region Indiens und in Afghanistan gesehen.

Und er hatte erlebt, was sie beim Träger und Menschen im Umfeld bewirkten.

Er kletterte die Leiter hinunter. Yoshi folgte ihm.

»Yoyo!« June sprang in Yoshis Arme und fing hemmungslos zu schluchzen an.

Yoshi hielt sie innig fest. »Jetzt wird alles gut. Wir haben dich gefunden. Niemand wird dir wieder wehtun.«

Levi gab Yoshi ein Zeichen, um seine Aufmerksamkeit zu erlangen, dann bildeten seine Lippen das Wort *Sprengstoffweste*.

Yoshi erbleichte. Er nickte mit grimmiger Miene. Als June das Gesicht an seinem Hals vergrub, flüsterte er: »Können Sie das Ding entschärfen?«

Levi zögerte kurz, bevor er langsam nickte, um Yoshi zu beruhigen. Er wusste, dass Yoshi keine Erfahrung im Umgang mit Sprengstoff besaß – Denny hatte ihm die Personalakte des ehemaligen FBI-Agenten besorgt. Allerdings hatte Levi auch nicht viel mehr Ahnung. Er hatte zwar über das Thema gelesen und gehörte vermutlich zu nur einer Handvoll Menschen, die noch lebten und je eine 50 Jahre alte Atombombe entschärft hatten. Allerdings war ihm das unter Madisons Anleitung gelungen. Aber eine Sprengstoffweste? Damit hatte er sich noch nie auch nur theoretisch befasst.

Yoshi flüsterte: »Schatz, ich stell dich jetzt auf den Boden, damit sich Mr. Yoder ansehen kann, was du da trägst, in Ordnung?«

»Nein.« June schüttelte den Kopf und begann erneut zu schluchzen. »Yoyo, es tut so, so weh.«

»Was tut weh?«, fragte Levi.

Sie zeigte auf ihren Hals und schniefte laut. »Der Robotermann hat mir ein Kissen gemacht, aber es ist runtergefallen, als ich geschlafen hab.«

Levi sah auf den Boden und erblickte ein zusammengerolltes, mit schwarzem Isolierband umwickeltes Bündel aus Schaumgummi. Oben an der Weste hatten sich ein paar Fetzen zerrissener Schaumgummi verfangen.

Von der Weste ging ein ähnlicher Piepton wie von dem Gerät oben aus. Und die Frequenz steigerte sich.

June ergriff mit zitternder Stimme das Wort. »Das Geräusch hat angefangen, als ich die Leiter raufklettern wollte. Ich hab dem Robotermann versprochen, dass ich nicht zur Leiter gehen würde. Aber als die Tür aufgegangen ist, hab ich's vergessen.«

Levi schaute zurück zur Leiter und fragte sich, ob sie einen Näherungssensor ausgelöst hatte. Stellten die Pieptöne einen Countdown dar?

Ein Schweißtropfen lief ihm das Genick hinab, als Yoshi das Mädchen auf den Boden stellte und der Kleinen versicherte, dass alles gut werden würde.

Levi hob ihr schulterlanges Haar hoch und sah gerötete Haut und Blutblasen, die sich durch das Scheuern der Weste gebildet hatten. Natürlich hatte sie Schmerzen. »Also gut, Liebes. Lass mich dich umdrehen, damit ich sehen kann, was du da anhast.«

June machte mit, als er sie drehte und die Weste aus jedem Winkel betrachtete. Sie war so gebaut, dass man sie nicht entfernt konnte, ohne die Klemmen zu lösen, und die Verbindungen sahen wie verdrahtete Kontakte aus. Eine klassische Konstruktion, die er in einigen von Madisons Skizzen gesehen hatte.

»June, stell dich mal mit weit gespreizten Füßen hin. Ich will mir die Weste von unten ansehen. Ich muss herausfinden, welche Stelle ich benutzen kann, um dich herauszuholen.«

Sie kam seiner Aufforderung nach. Mit der Taschenlampe folgte Levi den beiden um ihre Beine geschlungenen Riemen. Er tastete das Material mit den Fingern ab und fühlte Drähte, die entlang der Riemen verliefen. Er folgte ihnen weiter zum Hauptteil der Weste. Darunter erspähte er eine kastenartige Erhebung.

Er holte ein Klappmesser hervor. »Keine Angst, June, ich will mir mit dem Messer nur genauer ansehen, was du da hast.«

Die Kleine nickte und setzte ein tapferes Gesicht auf, obwohl ihr Kinn bebte.

Mit möglichst geringem Druck schnitt Levi einen Schlitz in den äußeren Stoff, leuchtete mit der Taschenlampe in das Loch und erblickte ein Kunststoffgehäuse mit Drähten, die sich in verschiedene Richtungen davon weg erstreckten. Solides Epoxid versiegelte die Vorrichtung so, dass es nahezu unmöglich erschien, sie zu manipulieren. Wahrscheinlich enthielt sie mehr als genug C4, um June und jeden im Umkreis von drei Metern restlos zu zerfetzen.

Es gab eigentlich nur eine Möglichkeit.

Levi nahm das Gesicht der Kleinen in die Hände und sah ihr in die Augen. »Ich verspreche dir, dass wir dich zu deiner Mama bringen. Aber zuerst musst du für mich tapfer sein. Yoyo und ich gehen kurz nach oben, und er muss zurück zu unserem Auto, damit er deine Mama anrufen kann. Ich komme gleich wieder runter und helfe dir aus dem Ding raus. Okay?«

June schaute zu Yoshi auf.

Er legte ihr die Hand auf den Kopf und nickte zuversichtlich.

Sie drehte sich wieder Levi zu. »Okay. Ich kann tapfer sein. Bin ich schon gewesen.«

Levi lächelte. »Bleib einfach hier. Rühr dich nicht.«

Yoshi gab dem Mädchen einen Kuss auf die Wange und flüsterte: »Es wird alles gut.«

Als sie die Werkstatt erreichten, piepte das Gerät auf der Werkbank schneller als zuvor. Levi hielt Ausschau nach einer Fernbedienung oder irgendeinem Werkzeug zum Deaktivieren der verfluchten Weste. Er entdeckte nichts.

»Wie ist der Plan?«, fragte Yoshi.

Levi deutete zur Tür. »Denken Sie an die Falle. Gehen Sie irgendwohin zurück, wo Sie Empfang haben, und rufen Sie

O'Connor an. Rufen Sie die Polizei an. Jeden, der Ihnen einfällt.« Er streckte die Hand aus. »Geben Sie mir mein Handy.«

Yoshi reichte es ihm, und Levi verschickte eine Reihe kurzer Nachrichten. Dann gab er Yoshi das Gerät zurück.

»Behalten Sie das Telefon einfach bei sich. Sobald es Empfang bekommt, sollten meine Nachrichten automatisch durchgehen. Bis Sie wieder hier sind, werden wir auf die eine oder andere Weise fertig sein.«

»Äh, Levi?« Yoshis Besorgnis ließ sich nicht übersehen. »Meinen Sie nicht, wir sollten auf die Bombenexperten warten?«

Levi runzelte die Stirn. »Ich will ehrlich sein: Ich bin mir nicht sicher. Dieses Piepen könnte alles Mögliche bedeuten. Aber wenn ich sicherstellen wollte, dass mein Entführungsopfer nicht entwischt, würde ich die Weste mit einem Näherungssensor koppeln. Und wenn sie dem Ausgang zu nah kommt oder sich zu weit davon entfernt ...« Den Rest ließ er unausgesprochen.

Yoshi nickte mit verkniffener Miene. »Ich bin so schnell wie möglich wieder da.«

<hr>

Levi richtete sich auf dem Boden des versteckten Kellers einen Arbeitsbereich ein. Er legte sich die Gegenstände von den Werkbänken oben zurecht und ein Verlängerungskabel, das er gefunden hatte und das zu den Solarzellen verlief.

Er setzte sich mit untergeschlagenen Beinen vor June und bedachte sie mit einem zuversichtlichen Lächeln. »Also, ich werd dir erklären, was ich mache. So lernst du vielleicht was Cooles. In Ordnung?«

June nickte und betrachtete neugierig, was er von oben mitgebracht hatte.

Levi stellte fest, dass er schwitzte, als die Pieptöne der Weste praktisch zu einem durchgehenden Ton verschmolzen. Er hatte keine Ahnung, was das bedeutete – ob ihm Sekunden oder Minuten blieben oder ob die Töne völlig harmlos waren.

Levi wischte sich den Schweiß von der Stirn und griff sich sein Messer. »Also, das Ziel ist, dich wohlbehalten aus dem Ding rauszukriegen, in das dich der böse Mann gesteckt hat. Zuerst werf ich einen Blick in den Riemen an deiner linken Schulter.«

June schaute nach rechts.

»Links von dir aus, Liebes.« Vorsichtig schlitzte Levi das Segeltuchmaterial an beiden Seiten auf. Zum Vorschein kamen ein roter und ein schwarzer Draht. »Okay, ich sehe zwei Drähte. Weißt du, was ein Ring ist?«

»Ein Ring?«, fragte June nach. »Ich glaub schon. So was wie ein Kreis, oder?«

»Genau. Die Drähte in dem Riemen bilden einen großen Kreis. Gehen wir einen Schritt weiter und nennen wir den Kreis einen Schaltkreis. Im Moment fließt durch diesen Schaltkreis Strom ...«

»Wie bei einem Fernseher?«

»Ganz genau, wie bei einem Fernseher. Aber wenn ich den Draht durchschneide, fällt der Schaltkreis zusammen. Dann ist er kein Kreis mehr.«

»Wie wenn man den Fernseher aussteckt«, meinte June. Neugier verdrängte die Angst in ihrer Stimme.

»Richtig. Wenn der Schaltkreis zusammenbricht, wäre das so, wie wenn man einen Fernseher aussteckt. Und wir wollen nicht, dass der Fernseher ausgeht. Der Strom kommt aus dem kleinen Kästchen an deiner Brust. Und weil ich in das Kästchen nicht reinschauen kann, muss ich ein spezielles Werkzeug benutzen, um zu sehen, wie viel Strom durch die Drähte fließt. Dafür brauch ich deine Hilfe.«

Sie nickte.

Levi schaltete das Multimeter ein, um den Strom zu messen. Er schloss ein Ende des Fühlers an das Multimeter an und befestigte das Ende mit der Krokodilklemme am schwarzen Draht.

»Okay, sieht aus, als würden 700 Mikroampere durch diesen Draht fließen. Kannst du dir die Zahl für mich merken?«

»700.«

»Spitze.«

Die Kleine beobachtete ihn aufmerksam, was Levi unendlich viel besser fand, als wenn sie sich vor Angst wände, während er arbeitete.

Er schaltete die Einstellung am Messgerät um und las eine Spannung von 1,4 Volt ab. Dann verlagerte er die Krokodilklemme auf den anderen Draht und überprüfte den Strom. Levi erhielt die gleichen Werte wie zuvor.

»Also, jetzt werd ich diesen Draht nehmen und ihn an dieses Ding anschließen, das man Netzgerät nennt. Weißt du noch die Zahl, die du dir merken solltest?«

»700«, antwortete June selbstsicher.

Levi passte das Netzgerät an den durch die Drähte fließenden Strom an. Dann schloss er vier Fühler daran an. »Ich nehme jetzt diese Drähte und befestige sie an den Drähten deiner Weste. Dieser Kasten hier sorgt dafür, dass der Schaltkreis intakt bleibt und nicht zusammenbricht.«

»Das versteh ich nicht.«

Das Piepen klang mittlerweile fast wie ein leicht schwingender, durchgehender Ton.

Levi klemmte zwei stromführende Patchkabel an die Drähte der Weste. »Stell dir vor, die Drähte sind eine große Schleife. Dieser Kasten hält jetzt Händchen mit den Drähten in deiner Weste. Ich werd die Drähte zwischen den Stellen durchschneiden, wo sie Händchen mit dem Kasten halten. Obwohl die Drähte in der Weste dann nicht mehr verbunden sind, ist der Kreis nicht unterbrochen, weil dieses Netzgerät immer noch Händchen mit den Enden der Drähte deiner Weste hält. Hast du das verstanden?«

»Ich glaub schon. Aber dann ist es kein Kreis mehr. Es hat dann eine merkwürdige Form, oder?«

Levi ergriff einen Seitenschneider. »Da hast du recht. Es hat eine merkwürdige Form. Also gut, los geht's.«

Er setzte den Seitenschneider zwischen den Patchkabeln an, durchtrennte die Drähte, und ...

Nichts.

Kein großer Knall.

Levi nahm sein Messer und schnitt durch den Rest der Riemen aus Segeltuch. »Okay, jetzt ganz vorsichtig. Das Netzgerät muss weiter Händchen mit den Drähten halten.« Er zog June näher und befreite behutsam erst eine Schulter aus der Weste, dann die andere. Nach wenigen Sekunden packte er die Kleine um die Taille und hob sie das restliche Stück heraus.

Dann umklammerte er sie fest, kletterte einhändig die Leiter hinauf, wich auf dem Weg nach draußen dem verminten Brett am Eingang aus und sprang von der Veranda.

Ein dumpfer Knall erschütterte den Boden hinter ihnen. Die Augen des Mädchens wurden groß, und Levis Herz drohte, den Brustkorb zu sprengen.

Nachdem er tief Luft geholt hatte, entfernte er sich mit dem Mädchen in den Armen langsam von der Hütte. Rauchgeruch stieg ihm in die Nase.

Yoshi kam auf die Lichtung gelaufen und lächelte, als er June erblickte. Sie befreite sich aus Levis Armen und sprang in die von Yoshi. Irgendwo in der Ferne hörte Levi das Geheul von Sirenen.

»Die Einsatzkräfte sind unterwegs«, sagte Yoshi. »Die örtliche Polizei, dicht gefolgt vom FBI aus Washington.«

Flammen züngelten durch die Tür der Hütte heraus.

Levi nahm sein Telefon von Yoshi zurück. »Kann ich mir Ihr Auto leihen? Ich muss was erledigen.«

Yoshi warf Levi die Schlüssel zu. »Sicher. Ich fahre bei den Leuten vom FBI mit.«

Levi streichelte über Junes an Yoshis Hals vergrabenen Kopf. »June war sehr tapfer.« Damit wandte er sich ab und rannte zum Auto.

Er hatte eine Verabredung mit Junes Entführer, die er nicht verpassen durfte.

KAPITEL SIEBZEHN

Levi schüttelte Dino die Hand, während einer seiner Männer mit einer schäbigen Karre auf einen verlassenen Feldweg zurücksetzte, der die New Hampshire Road kreuzte. Bei dem Wagen handelte es sich um einen alten Cadillac Fleetwood Brougham, eines der großen Straßenschiffe der 1970er Jahre.

»Ist der Motor in Ordnung?«, fragte Levi. »Das Letzte, was ich brauchen kann, ist ein Motorschaden, wenn ich das Gaspedal durchtrete.«

Dino bedachte ihn mit einem schiefen Lächeln. »Oh, der Motor hält durch. Ein Mechaniker war einem meiner Jungs noch was schuldig, und der Wagen war sein Baby. Hat 'nen mächtigen V8 drin, der schnurrt wie 'n Kätzchen.« Er schmunzelte. »Eigentlich schade drum.«

Levi brachte eine Nackenstütze um seinen Hals an, und einer von Dinos Männern reichte ihm einen Motorradhelm. Er warf einen Blick auf die App. Es war fast so weit. »Uns bleiben weniger als fünf Minuten, Leute. Wer hält Ausschau?«

»Ich«, meldete sich ein hart wirkender, dunkelhaariger Mann zu

Wort und winkte. »Ich weiß Bescheid. Schwarzer Buick LaCrosse, neueres Baujahr, richtig?«

»Genau. Gib Laut, sobald du in Position bist.«

»Geht klar.« Lenny wandte sich ab und lief außer Sicht. Sein Beobachtungsposten lag einen knappen halben Kilometer die Straße hinunter.

Dino rief den Rest der Männer und zeigte auf den großen Cadillac Escalade, mit dem er gekommen war. »Los, Jungs, einsteigen. In ein paar Minuten wird's ernst.«

Levi schlug mit Dino ein. »Ich steh tief in deiner und Don Marinos Schuld.«

»Ne, Mann. Der Boss wollte das erledigt haben. Und was mich angeht, ich brauch nur dran zu denken, was ich tun würde, wenn das jemand mit meiner Donna gemacht hätte. Vergiss es. Wir tun das, weil's das Richtige ist.«

Bald befand sich Levi mit dem schnurrenden Motor des Straßenschiffs allein auf dem Feldweg. Er stieg ein, setzte den Helm auf und befestigte den Kinnriemen. Dann war er bereit.

Sein Telefon klingelte. Er schaltete auf Lautsprecher.

»Hi, Lenny hier. Bin in Position.«

»Gut. Wie's aussieht, ist er noch ungefähr eine Minute entfernt. Halt die Augen offen und gib Bescheid, sobald du ihn siehst und vor allem exakt dann, wenn er an deiner Position vorbeifährt.«

»Verstanden.«

Levi blickte erneut auf die App. Anspach musste mit rund 100 Sachen über die zweispurige Straße brettern. Levi lächelte. Helen hatte offenbar Anspachs Aufmerksamkeit erregt, als sie die Nachricht laut vorlas, die Levi ihr geschickt hatte.

Helen, ich habe Informationen, die uns zu June führen werden. Sie wird in einer Hütte 30 Kilometer nördlich von Arlington festgehal-

ten. Ich bin unterwegs und treffe am späten Nachmittag ein. Bis heute Abend sollte alles vorbei sein.

Anspach hatte vermutlich vor, irgendetwas mit dem Kind anzustellen. Und Levi wollte sich gar nicht ausmalen, was.

Aber was es auch gewesen wäre, der Drecksack würde keine Chance dafür bekommen.

Levi ließ den Motor aufheulen, legte den Sitzgurt an und wappnete sich. Er blickte auf das Telefon in der Halterung. »Siehst du schon was, Lenny?«

»Nein, die Straße ist – Halt, doch, jetzt seh ich ein Auto. Schwarz. Und es kommt hierher gerast.«

Langsam rollte Levi an. Er hoffte, das riesige Ungetüm, in dem er saß, würde mit seinem Heckantrieb nicht ausbrechen, wenn er Gas gab.

»Okay, er ist gerade an mir vorbei. Es ist unser Mann.«

Levi rammte das Gaspedal auf die Bodenplatte. Die Hinterräder drehten im Kies und Erdreich durch, doch der Wagen schlingerte nur leicht, bevor die Reifen Halt fanden.

Levi zählte im Kopf herunter.

15 Sekunden für einen knappen halben Kilometer bei einer Geschwindigkeit von rund 100 Stundenkilometern.

Bei vier Sekunden verstärkte Levi den Griff ums Lenkrad und hielt kerzengeraden Kurs.

Bei acht Sekunden verschwammen die Bäume zu beiden Seiten, als er auf die Straße zuraste.

Bei zwölf Sekunden sichtete Levi die Kreuzung – und den schwarzen Wagen. Die Welt schien sich zu verlangsamen, als er Anspach sah, beide Hände am Lenkrad, die Augen auf die Straße vor ihm gerichtet.

Mit einer leichten Drehung des Lenkrads raste der Cadillac, der etwa eine Tonne mehr wog als sein Ziel, auf die Seite des schwarzen Buick LaCrosse zu und traf sie mittig.

Glas explodierte um Levi herum, als sein Körper gegen den Sicherheitsgurt geschleudert wurde.

Das Lenkrad knirschte, und das Kreischen von verbogenem Metall ertönte ringsum, als der Buick außer Sicht katapultiert wurde.

Levi trat heftig auf die Bremse, die wie durch ein Wunder noch funktionierte. Dann war es vorbei.

In seinen Ohren klingelte es. Er hörte eine Stimme rufen und das Knistern seines abgestorbenen Motors. Der Gestank von verbranntem Gummi brachte ihn zur Besinnung.

Das gesamte Armaturenbrett war in sich zusammengeknickt, doch darunter drang eine Stimme hervor.

»Levi? Levi!« Es war Lenny. Levis Handy musste sich irgendwo im Fußraum befinden.

»Ja, ich bin da!«, brüllte Levi. »Ich versuch gerade, mich aus dem Chaos zu befreien.«

»Heilige Scheiße, Mann. Das hab ich bis hier drüben gehört. Du bist ein verdammter Irrer!«

Levi konnte nicht wirklich widersprechen, als er versuchte, den Sitzgurt zu öffnen.

»Ich ruf Dino an und sag ihm, er soll dich rausholen. Für die Zielperson lass ich den anderen Wagen kommen.«

Endlich gelang es Levi, den Sicherheitsgurt zu lösen. Er tastete unter dem ruinierten Armaturenbrett herum und fand sein Handy. Wie durch ein Wunder war das Display heil geblieben.

Vergeblich versuchte Levi, die Tür am Griff zu öffnen; sie hatte sich durch die Kollision verkeilt.

Er wischte die Glasperlen aus dem Fensterrahmen und kroch hinaus, ganz im Stil von *Ein Duke kommt selten allein*. Er nahm den Helm und die Nackenstütze ab und streckte sich. Zu seiner Verblüffung fühlte er sich gut. Abgesehen von einem schmerzhaften Bluterguss, den der Sicherheitsgurt mit ziemlicher Sicherheit hinterlassen hatte, schien er nichts abbekommen zu haben.

Dinos Escalade traf ein, als Levi den Schaden am Buick begutachtete. Der Wagen war ein Wrack. Er war auf die Seite gekippt, und die Airbags hatten angesprochen. Sie versperrten Levi die Sicht auf Anspach.

Einer von Dinos Männern sprang in den Graben, kletterte auf den Wagen und spähte durch das fahrerseitige Fenster hinein. »Scheiße, der Kerl lebt noch.«

Lenny traf mit einem Abschleppwagen ein und begann, den Buick an der großen Winde zu befestigen.

Dinos Aufmerksamkeit schwenkte auf Levi. »Blutest du überhaupt, du verrückter Mistkerl?«

Levi schmunzelte und untersuchte sich noch einmal. »Abgesehen von ein paar Splittern Sekuritglas im Haar und in der Hose fehlt mir nichts.«

»Gut, dann schaffen wir dich mal von hier weg und zurück zu deinem Auto.« Dino öffnete die Beifahrertür des Escalade, und Levi stieg ein. »Um deinen Freund kümmern sich die Jungs.«

Levi lehnte sich auf dem Ledersitz zurück und lächelte. Er hatte es geschafft. Und je nachdem, was als Nächstes geschah, könnte er tatsächlich für eine Weile fertig mit Washington, D.C. sein.

»Was soll das heißen, June und Helen sind in Schutzhaft?«, fragte Levi. Ein FBI-Agent fuhr davon und ließ Yoshi und ihn allein auf demselben Parkplatz zurück, auf dem sie sich zuvor getroffen hatten.

Yoshi zuckte mit den Schultern. »Keine Ahnung. Mehr hat O'Connor nicht gesagt – nur, dass Helen und June in einem sicheren Versteck untergebracht werden, bis alles aufgeklärt ist. Ich weiß bloß, dass O'Connor unbedingt mit Ihnen reden will.«

»Wissen Sie, wo dieses sichere Versteck ist?«

»Keinen Schimmer. Ich hatte nicht mal die Gelegenheit, mit Helen zu reden.«

Levi blickte auf seine Ortungs-App. Er hatte auch Helens Auto überwacht, nur für alle Fälle. »Laut der Anzeige hier ist ihr Wagen noch bei der Wohnanlage.«

»Ich hab bei ihr zu Hause angerufen, am Handy, überall. Konnte sie nicht erreichen. Aber das deckt sich mit dem, was O'Connor gesagt hat. Wenn jemand in Schutzhaft genommen wird, dürfen keine Gegenstände mitgenommen werden, durch die man aufgespürt werden könnte. Dazu gehören Handys, Autos und sonstige Elektronik jeder Art.«

»Na ja, ich schätze, das wird nur vorübergehend sein.« Levi seufzte. »Ihr Bruder und Mr. Tanaka werden darüber allerdings nicht besonders glücklich sein.«

Yoshi nickte und schaute ziemlich unbehaglich drein. »Wahrscheinlich sollte ich das Ihnen gegenüber nicht zugeben, aber ich bin ein wenig besorgt, dass Tanaka versuchen könnte, June zu entführen, da wir jetzt – oder zumindest bald – wissen, wo sie ist.«

Levi überlegte, was Tanaka in dieser Situation tun könnte. Der Mann war in diesem Land nicht willkommen. Allerdings war für Levi offensichtlich, dass der Yakuza-Boss June als seine einzige Erbin betrachtete und bereit sein würde, für sein eigen Fleisch und Blut Himmel und Hölle in Bewegung zu setzen. Vielleicht sogar, sie für ihre eigene sogenannte Sicherheit zu entführen.

»Keine Ahnung, Yoshi. Ich kann mich nicht in den Mann versetzen. Ich weiß nur, dass er die Kleine liebt und sie in Sicherheit haben will. Er hat mich gebeten, ihn direkt anzurufen, wenn ich Neuigkeiten habe, also werd ich das wohl tun müssen. Wir reden danach weiter und warten ab, was passiert.«

Sie schüttelten sich die Hände, dann zog Yoshi ihn unverhofft in eine Umarmung. »Danke für alles. Ohne Sie wäre June wahrscheinlich immer noch in den Händen des Entführers. Oder tot.«

Levi klopfte Yoshi auf den Rücken und lächelte. »Wissen Sie, in der Regel glätten sich solche familiären Wogen von selbst. Das Schlimmste ist für June und Helen jedenfalls ausgestanden, und das ist das Wichtigste.«

Yoshi schenkte ihm ein mattes Lächeln. »Ich weiß. Und danke noch mal.«

Levi konnte mit dem Mann fühlen. In seinem Kopf musste einiges an Widersprüchlichem aufeinanderprallen. Levi hingegen hatte nur eins im Sinn: sein Gespräch mit dem Oberhaupt des Tanaka-Syndikats.

Levi schlenderte mit dem Handy am Ohr das kalte Ufer des Potomac entlang. Die Auslandsverbindung war schlecht. Ein unregelmäßiges Knacken und vereinzelte Rückkoppelungen gestalteten es schwierig, etwas zu verstehen.

Levi wiederholte sich auf Japanisch. »Ja, Tanaka-sama, ich habe Ihre Enkelin gefunden. Sie ist am Leben und wohlauf.«

Obwohl sich Tanaka auf der anderen Seite der Erdkugel befand, hörte Levi, wie er tief einatmete und die Luft langsam ausblies. *»Danke, Levi. Ich war auf das Schlimmste gefasst. Jetzt würde ich gern mit meiner Enkelin reden.«*

Levi zuckte zusammen. Er wusste, dass seine Erklärung nicht gut ankommen würde. »Leider hat das FBI sowohl June als auch ihre Mutter in Schutzhaft genommen. Sie werden versteckt.«

»Aber warum? Das verstehe ich nicht. Haben Sie nicht gerade gesagt, Sie hätten sie gefunden? Warum haben Sie zugelassen, dass sie wieder mitgenommen wird?«

»Es tut mir leid, aber das ist kompliziert. Ich hatte dabei nichts mitzureden. Aber es ist nur vorübergehend. Das FBI ist noch dabei, die Teile zusammenzufügen. Aus deren Sicht ist Junes Entführer flüchtig. Deshalb glaube ich, man will Ihre Enkelin und die Mutter vor weiterer Gefahr schützen.«

Tanakas Stimme nahm einen bedrohlichen Klang an. *»Und der Entführer? Was ist aus ihm geworden?«*

»Er wird nie wieder jemanden belästigen. Das kann ich Ihnen versprechen.«

»Gut. Sehr gut. Es tut mir leid, dass ich so aufgebracht bin. Das hat nichts mit Ihnen zu tun. Ich möchte Sie bitten, die Situation im Auge zu behalten. Ich lasse Ryuki Ihren Don Bianchi anrufen und Vorkehrungen treffen. Sobald June frei ist, will ich darüber informiert werden.«

»Ich werde tun, was ich kann.«

Damit war die Leitung tot. Levi fand, das Gespräch hätte auch wesentlich schlechter verlaufen können. Er kannte den berüchtigten Yakuza-Boss nicht wirklich. Und wenn es um Gefahr für Angehörige ging, ließ sich schwer abschätzen, wie sich so jemand verhalten würde. Levis Erfahrung nach wurde jedenfalls fast nie rational reagiert.

Er sah auf die Armbanduhr und vermutete, dass Denny um die Zeit in der Kneipe sein würde. Levi rief ihn an und lauschte, wie es mehrmals klingelte, bevor er auf der Mailbox landete. Es war ein Freitagabend – Denny hatte vermutlich alle Hände voll zu tun.

Fast unmittelbar danach klingelte sein Handy, und er hob es wieder ans Ohr. »Schätze, bei dir herrscht gerade Hochbetrieb, was?«

Die Stimme, die antwortete, gehörte nicht Denny, sondern Doug Mason. *»Nicht wirklich. Ich befasse mich nur gerade damit, wohin Nicholas Anspach verschwunden ist. Mit Ihrer Rettung in dem Entführungsfall haben Sie in ein ganz schönes Wespennest gesto-*

chen. Die FBI-Leute sind völlig aus dem Häuschen und suchen nach Ihnen. Vielleicht sollten Sie ihnen einen Knochen hinwerfen. Aber eigentlich wollte ich Ihnen mitteilen, dass Anspachs Wagen gerade bei Potomac Metals in Springfield zu einem handlichen Würfel gepresst wird. Sie werden Fragen beantworten müssen, bis Sie alt und grau werden.«

Levi starrte auf das Handy. Er konnte sich nicht erklären, woher Mason diese Information haben konnte. Nicht mal Levi selbst wusste, was Dino mit Anspachs Wagen gemacht hatte.

»Bestimmt fragen Sie sich, worauf ich damit hinauswill. Lassen Sie es mich ganz einfach ausdrücken. Ich kläre die Sache mit dem FBI für Sie. Alles, was ich dafür will, ist, dass Sie für mich kurz nach Seattle fliegen.«

»Seattle? Wofür?«

»Machen Sie sich keine Sorgen um Mutter und Tochter Wilson. Denen passiert nichts.«

»Wissen Sie, wo sie sind?«

»Das tut nichts zur Sache. Konzentration. Seattle.«

»Warum wollen Sie mich in Seattle haben?«

»Erinnern Sie sich an die Kinder, von denen ich gesprochen habe? Lassen Sie mich Ihnen helfen, bevor jemanden der Hafer sticht und Sie auf die Liste der meistgesuchten Personen Amerikas gesetzt werden. Betrachten Sie es so: Sie bekommen, was Sie wollen, indem Sie mir bei unserem Problem mit dem Kindersklaven-handel helfen. Wir haben eine Spur zu einer Übergabe an der West-küste. Aber die Übergabe ist nicht das eigentliche Thema. Wir müssen erfahren, wer die Kinder bestellt hat, und wer dafür verant-wortlich ist, sie ins Land zu schmuggeln.«

»Ich wüsste nicht mal, wo ich dabei anfangen soll.«

»Lucy erwartet Sie am Terminal in Seattle. Sie hat die letzten zwei Jahre damit verbracht, sich auf diesen Einsatz vorzubereiten.«

»Und von mir erwarten Sie, nach ein paar Minuten am Telefon

mit Ihnen loszulegen?« In Levis Kopf lief die Unterhaltung ab, die er eben erst mit Tanaka geführt hatte. »Ich habe hier Verpflichtungen, um die ich mich kümmern muss.«

»Zunächst mal würde ich Sie nicht hinschicken, wenn ich nicht überzeugt davon wäre, dass Sie der Aufgabe gewachsen sind. Vergessen Sie nicht, ich beobachte Sie schon eine ganze Weile. Und was Ihre sogenannten Verpflichtungen angeht, behalte ich das Wilson-Mädchen für Sie im Auge. Ihr passiert nichts. Davon abgesehen sollte es nicht lange dauern.«

»Das ist verrückt, und das wissen Sie auch. Ich hab kaum eine Ahnung, wer oder was Sie sind, und Sie erwarten von mir, einfach auf Ihr Wort hin ein Flugticket zu kaufen und auf mich zukommen zu lassen, was immer passiert?«

»Ah, gutes Argument. Ich habe Sie schon so lange auf dem Schirm, ich vergesse manchmal, dass Sie noch keine Mission für mich übernommen haben. Es läuft wie folgt: Wir haben fast acht Uhr abends. Am Flughafen Dulles wird ein Ticket bei American Airlines für einen Flug um fünf Uhr früh hinterlegt. Bis dahin habe ich die Wogen bei den Leuten geglättet, die nach Ihnen suchen. Lucy ist bereits in der Luft und trifft sich an der Gepäckausgabe in Seattle mit Ihnen. Um den Rest kümmere ich mich. So einfach ist das.«

Levi atmete die salzige Luft ein und schwenkte den Blick das Ufer entlang. »Sie sagen, das FBI sucht nach mir? Warum hat mich O'Connor nicht angerufen?«

»Die Daten auf seinem Handy wurden versehentlich gelöscht, genau wie Ihre Aufzeichnungen von Rechnern mit Geheimmaterial.«

»Also haben Sie mich praktisch unsichtbar gemacht?«

»Nicht wirklich. Aufzeichnungen von einem Computer zu löschen, ist recht einfach. Aber die Menschen haben Erinnerungen. Man weiß trotzdem, dass es Sie gibt. Ich muss ein paar Anrufe erle-

digen. Oh, und fahren Sie nicht zurück in Ihr Hotel. Es wird obser-viert. Ich vermute, Sie haben dort nichts mehr, was Sie brauchen, oder?«

Levi lief auf und ab. »Nein, habe ich nie. Ist alles im Kofferraum.«

»Gut. Ich habe ein Zimmer in Flughafennähe für Sie gebucht. Die Daten schicke ich Ihnen. Es ist im Voraus bezahlt, und man wird keinen Ausweis von Ihnen verlangen.«

Levi blieb stehen und starrte ins Leere, bevor er mit den Schultern zuckte. »Na schön, Mason. Ich bin mir noch nicht sicher, was ich von all dem halten soll, aber ich spiele mit. Wenn es klappt, könnte es sein, dass ich Sie um ein paar Gefallen bitte.«

»Natürlich werden Sie das. Sie müssen nicht darum bitten. Ich arbeite daran und sehe zu, was ich tun kann.«

Damit war die Leitung tot, und Levi fragte sich, ob Mason Gedanken lesen konnte, verrückt war oder irgendetwas dazwischen.

Levi zwängte sich durch das Gedränge am Flughafen SeaTac und folgte der Beschilderung zur Gepäckausgabe. Er brauchte fast zehn Minuten, um sich durch die Menschenmassen zu kämpfen. Erst da wurde ihm bewusst, dass es das Wochenende vor Thanksgiving war. Eine Zeit, in der viel gereist wurde und die er lieber zu Hause verbracht hätte.

Schließlich erreichte er das Ende des Hauptterminals und passierte einen einsamen Sicherheitsmitarbeiter im Gang, der darauf achtete, dass niemand eine unzulässige Richtung einzuschlagen versuchte.

Der Gepäckausgabebereich strotzte vor Menschen. Als Levi sich fragte, wie er Lucy hier je finden sollte, teilte sich die Menge unverhofft. Keine sechs Meter entfernt stand die große Asiatin, der er mittlerweile in mehreren verschiedenen Bundesstaaten begegnet war.

Als sie sich ihm näherte, schnappte er den Duft von Jasmin auf. Er streckte ihr die Hand zum Schütteln hin, was sie verweigerte. »Ich werd nicht gern angefasst. Nichts für ungut. Haben Sie Gepäck?«

»Moment«, sagte Levi. »Dass Sie nicht angefasst werden wollen, stört mich nicht, das vereinfacht die Dinge. Aber bilde ich mir das ein, oder haben Sie mich damals in New York geküsst und am Arm gepackt?«

Verlegenheit blitzte kurz in Lucys Zügen auf, wurde jedoch sogleich von einer hochgezogenen Augenbraue und einem Stirnrunzeln verdrängt. »Sie scheinen sich an den Zwischenfall wesentlich besser zu erinnern als ich. Wie gesagt, ich werde nicht gern angefasst.«

»Aber wenn Sie andere anfassen, ist das in Ordnung?«

Sie ging über die Frage hinweg. »Haben Sie Gepäck, auf das Sie warten?«

Levi nahm den schwarzen Segeltuchrucksack von der Schulter und hielt ihn am Träger hoch. »Alles, was ich habe, ist da drin.«

»Dann folgen Sie mir.«

Sie führte ihn durch einen verglasten Tunnel zur Bahnstation. Lucy kaufte zwei Fahrkarten. Wenige Minuten später standen sie in einem überfüllten Zug Richtung Norden.

Levi hielt sich an einer der Halteschlaufen fest, die von Metallstangen an der Decke hingen. Ihm fiel auf, dass Lucy entschieden unbehaglich im dichten Gedränge der Leute im Wagen wirkte. Wenigstens schien sich ihre Berührungsabneigung nicht speziell gegen ihn zu richten.

Jedenfalls merkte er ihr an, dass sie sich aufrichtig unwohl fühlte. Also versuchte er, sie von dem unvermeidlichen unerwünschten Körperkontakt abzulenken, vor dem in einem so vollgestopften Zug niemand verschont blieb. »Wohin fahren wir?«

»International District. Chinatown. Mein Wagen ist dort, und ich zeige Ihnen das Büro.«

»Das Büro?«

Lucy schenkte ihm ein schiefes Grinsen. »Sie werden schon sehen. Doug hat gesagt, dort würde etwas auf Sie warten.«

Levis Interesse erwachte.

Eine Stimme aus den Lautsprechern kündigte Othello Station, Columbia City und dann Mount Baker an. Bei jedem Halt wurde es weniger voll, und Lucy wirkte entspannter.

Schließlich wurde der Zug erneut langsamer, und Lucy zeigte auf die Tür. *»International District, Chinatown«*, wurde durchgesagt. Als sich die Türen öffneten, folgte Levi seiner neuen Partnerin hinaus und durch ein Gewerbegebiet mit modernen Gebäuden.

Sie befanden sich im Zentrum von Seattle, einer Stadt, die Levi abgesehen vom Flughafen bisher noch nicht kannte. Die Gerüche und Eindrücke unterschieden sich völlig von New York. Alles sah neu und sauber aus.

Sie passierten einen Laden namens *Uwajimaya*, vor dem ein älterer Asiate Nüsse röstete. Das Geschäft sah wie ein japanischer Supermarkt aus. Dann jedoch betraten sie Chinatown, und dort wurde es etwas schmuddeliger, wodurch es mehr an Levis Heimat erinnerte.

Die Gebäude waren älter, die Straßen schmaler. Die Schilder wiesen alles sowohl in Englisch als auch in Chinesisch auf, obwohl Levi, soweit er es auf einen Blick beurteilen konnte, den einzigen Nicht-Asiaten weit und breit verkörperte. Dennoch eine angenehme Gegend. Überwiegend sah man ältere Menschen oder Menschen mittleren Alters, entweder mit Einkäufen oder unterwegs zu sonstigen Besorgungen.

»Und Sie sagen, hier gibt's ein Büro?«, frage Levi in Mandarin, dem einzigen chinesischen Dialekt, den er beherrschte.

Lucy warf ihm einen Seitenblick zu, während sie durch das alte Viertel gingen. Mit belustigtem Gesichtsausdruck erwiderte sie in schnellem Mandarin: »Ich bin beeindruckt. Im Gegensatz zu Mason, der alles über jeden zu wissen scheint, muss ich mich fragen, warum Sie Mandarin beherrschen. Und warum sprechen Sie es mit einem deutschen Akzent?«

»Tja, genauso gut könnte ich fragen, warum Sie einen leichten russischen Akzent haben, wenn Sie Englisch sprechen.«

»Sie zuerst.«

Levi schmunzelte. »Also, ich bin ein Amischer – oder zumindest bin ich so aufgewachsen. Und meine erste Sprache war Pennsylvania-Deutsch, das Deutsch recht ähnlich ist.«

»Aha. Ich hab noch nie von jemandem unsresgleichen mit einem amischen Hintergrund gehört. Sind die Amischen nicht alle Pazifisten oder so?«

Levi schüttelte den Kopf. »Was ich bin, würde meine Gemeinschaft nicht gutheißen. Was ist mit Ihnen? Es *ist* doch ein russischer Akzent, oder?«

Sie überquerten die Weller Street und bogen in eine sehr schmale Seitengasse namens Canton Alley.

»Der Akzent stammt wohl aus der Zeit, nachdem ich zu meinem Ehemann gebracht wurde. Er hat eine russische Lehrerin für mich engagiert. Sie hat mir Englisch und Japanisch beigebracht.«

»Eine Lehrerin? Du meine Güte, wie jung waren Sie denn?«

»Meine Eltern waren bettelarme Bauern in Guangzhou. Dann sind Baukräne angerollt. Eine Menge landwirtschaftliche Fläche wurde für die Stadt geopfert. Meine Eltern hatten nicht mehr genug Geld, um uns alle zu ernähren. Deshalb war ich zehn, als mich mein Ehemann gekauft hat.«

Levi wollte etwas dazu sagen, doch sie winkte ab.

»Es war eine gute Vereinbarung. Meine Eltern konnten es sich danach leisten, meine Geschwister durchzufüttern, und ich hatte ein gutes Leben. Vor allem, als wir nach Hongkong gezogen sind. Ein Leben voll Privilegien. Mit Lehrern und einer Ausbildung. Damals war mir nicht klar, wie nützlich das noch sein würde, als mein Ehemann von einem Rivalen ermordet wurde.«

Lucy blieb vor einem fünfgeschossigen Ziegelsteinbau stehen, der verlassen und verwahrlost wirkte. Müll übersäte die Gasse auf einer Seite. Im gesamten Bereich herrschte leichter Uringeruch vor. Es sah aus wie an etlichen anderen Orten, die Levi aus seiner Zeit in Asien kannte. Lucy flüsterte: »Sehen Sie die drei Markierungen an den Ziegeln?«

Levi folgte der Richtung ihres Fingers. Drei kleine Vertiefungen prangten auf Augenhöhe im verwitterten Mauerwerk. Zwei der Vertiefungen wiesen einen glasigen Glanz auf.

»Das ist der Eingang zum Büro. Schauen Sie mit beiden Augen in die Objektive.«

Levi hielt das Gesicht an die Mauer, beinah so, als wollte er die Ziegel küssen. Als er sich auf etwa fünf Zentimeter genähert hatte, sah er hinter den klaren, münzgroßen Objektiven etwas flackern. Ein metallisches Klicken folgte.

Lucy drückte gegen die Ziegel, und ein Abschnitt der Mauer schwang auf Angeln geräuschlos nach innen auf. Kaum waren sie eingetreten, schloss sich die Mauer hinter ihnen.

Levi befand sich am Ende eines langen, hell erleuchteten, weißen Gangs. Ein bewaffneter Wachmann stand am anderen Ende hinter einer kugelsicher aussehenden Glaswand mit einem Schlitz für seine MP5 Maschinenpistole.

»Kommen Sie mit.« Lucy marschierte einfach an dem Wachmann vorbei, der eine versteinerte Miene zwischen Bedrohlichkeit und Gleichgültigkeit zur Schau stellte.

Schließlich standen sie Seite an Seite vor einer leeren Wand und wurden von einer Reihe Lichtern von den Schultern bis zur Stirn und wieder zurück abgetastet. Mit einem leisen, metallischen Klicken und einem Surren senkte sich die Wand, bis sie bündig mit dem Boden war. Dahinter kam ein weiterer kurzer Gang zum Vorschein. Dieser Korridor führte zu einem schlichten Raum mit einem Tisch und einer Reihe von Spinden wie in einem Fitnessstudio.

Lucy deutete auf die Spinde. »Einer davon ist für Sie.«

»Was ist das hier?«, fragte Levi.

Lucy setzte sich an den Tisch und streckte die Arme in einer trägen, verführerischen Pose über den Kopf. »Ist irgendwie schwer zu erklären. Wir sind Teil eines Gebildes, das keinen Namen hat. Aber in den letzten Jahren habe ich festgestellt, dass Dougs Möglichkeiten schlichtweg verblüffend sind. Tatsächlich bin ich außer Ihnen noch nie jemandem begegnet, der für ihn arbeitet. Aber« – sie zeigte erneut auf die Spinde – »wie es scheint, hat er mehr Leute als uns zwei. Gestern mitgerechnet hab ich Mason nur ein paar Mal persönlich getroffen. Wenn er mir etwas zukommen lassen muss, schickt er mir normalerweise eine Nachricht. Dann gehe ich zum örtlichen Büro, wo mich etwas in meinem Spind erwartet.«

»Also gibt's auch in New York solche Spinde?«

Lucy schlug die Beine übereinander, und Levi hatte Mühe, den Blick auf ihr Gesicht gerichtet zu lassen. »Bisher weiß ich nur von Büros in Washington, D. C., New York und hier in Seattle. Vielleicht sind das die einzigen Übergabestellen, die's gibt, vielleicht hat er überall welche. Ich weiß es schlichtweg nicht.« Wieder zeigte sie auf die Spinde. »Wie dem auch sein mag, sehen wir zu, dass wir weiterkommen. Wir sind nur hier, um abzuholen, was immer er für Sie hinterlegt hat.«

Levi drehte sich den Spinden zu. Jeder wies ein digitales Namensschild auf. Alle bis auf zwei zeigten nur eine Reihe von X:

eines mit Lucys Namen, eines mit seinem. Als er sich seinem Spind näherte, leuchtete zu beiden Seiten des Namensschilds ein Licht auf. Mit einem metallischen Laut öffnete sich die Tür.

Auf der Ablage oben fand er ein Nachtsichtfernglas, eine Glock 19 mit einem Holster für den Hosenbund, zwei Magazine zu je 15 Patronen, mehre Schachteln Munition Kaliber 9 mm, einen Umschlag und Bargeld.

Levi fuhr mit dem Daumen über den Rand des Geldbündels, bevor er es hochhielt. »Ist das normal?«

»2.500 Dollar, jedes Mal.«

Noch etwas befand sich im Spind. Im Bereich unter der Ablage entdeckte Levi einen großen Gitarrenkoffer. »Eine Gitarre?«, fragte er.

»Das bezweifle ich. Machen Sie auf und sehen Sie nach.«

Levi holte den Koffer aus dem Spind, klappte den Deckel auf und lächelte.

Ein Gewehr – und nicht bloß irgendeines. Der Lauf war 50 Zentimeter lang. Daran befestigt waren vorne ein schweres Zweibein, eine Mündungsbremse, ein langer Schalldämpfer und ein Leupold Zielfernrohr der Spitzenklasse. Eine Haftnotiz auf dem Lauf besagte, dass die Waffe auf 100 Meter justiert war.

Levi betätigte den Repetiermechanismus des Gewehrs. »Haben Sie das gehört?«

»Was gehört?«

»Genau. Der Mechanismus bewegt sich butterweich.« Er bedachte Lucy mit einem schiefen Lächeln. »Das ist ein erstklassiges Scharfschützengewehr.« Er überprüfte die Munitionsschachteln und bemerkte die handschriftlich notierten Merkmale. »Das ist ein Kaliber .308, und Mason hat uns Unterschallmunition gegeben.«

Lucy kam herüber und nickte anerkennend, als sie mit dem Finger zart über den Lauf der Waffe strich. »Das wird nützlich sein. Da sich ein Teil der Reise im Wald abspielen wird, müssen wir vielleicht irgendwas erschießen – einen Bären, Elch oder vielleicht Bigfoot.«

Levi bewunderte die Waffe noch einmal, bevor er sie zurück in den Koffer packte. »Na ja, bei Bigfoot bin ich mir nicht sicher, aber dieses Gewehr ist jedenfalls ein Schmuckstück.«

»Gewieft, es in einem umgebauten Gitarrenkoffer zu verpacken«, fand Lucy. »Auf den Straßen von Seattle, sogar in Chinatown, würde es ganz schön Aufsehen erregen, damit über der Schulter rumzulaufen – oder auch nur mit einem normalen Gewehrkoffer.«

Levi wandte die Aufmerksamkeit dem Umschlag zu. Er enthielt nur ein Blatt Papier, eine Fotokopie eines Vorfallberichts. Levi überflog ihn.

Ungefähr 100 Überwachungsfotos einer als Helen Wilson identifizierten Frau wurden am Wohnsitz von Nicholas Anspach im Nachttisch des Schlafzimmers gefunden. Die Aufnahmen wurden vermutlich mit einem starken Teleobjektiv aus einer Höhe von ungefähr viereinhalb Metern geschossen.

Außerdem wurde ein Gewehr des Typs Bushmaster .223 in der Garage von Anspach gefunden. Es verfügt über einen 40 Zentimeter langen Lauf mit einer Dralllänge von 1:9. Außerdem wurden mehrere Schachteln mit Unterschallmunition Kaliber .223 sichergestellt. In einer davon fehlen zehn Patronen. Das Magazin der Waffe fasst sieben Patronen.

Auf dem Dachboden wurde ein Karton mit Abdrücken von Fingern in Ballistik-Gel gefunden. Die Fingerabdrücke wurden in die IAFIS-Datenbank eingegeben. Für die meisten wurde kein Treffer erzielt, ein Abdruck jedoch ergab eine Identifikation: Giancarlo Fiorucci.

· · ·

Levi knirschte mit den Zähnen. Plötzlich ergab es Sinn, warum Gino ihn angesehen hatte, als wäre er verrückt, weil er ihn wegen des schwarzen Wagens unter Druck gesetzt hatte. Vieles ergab nun einen Sinn.

Er schloss die Augen und ließ in Gedanken Anspachs Worte ablaufen, als Levi den schwarzen SUV erwähnt hatte.

Levi, ich bin mit dem Fall überhaupt nicht vertraut. Aber wenn Sie diese Aufnahmen haben – wir haben hier Leute, die spezialisiert auf die Optimierung von Videobildern sind. Man weiß ja nie, vielleicht können wir ein Nummernschild lesbar machen.

Der Mistkerl musste kalte Füße bekommen und sein eigenes Auto vernichtet haben, bevor er die Schuld auf einen willkürlichen Kerl geschoben hatte, der zufällig ein Mobster war. Gab eine gute Geschichte ab. Aber die Fotos von Helen bei ihm zu Hause und in seinem Büro erzählten etwas anderes. Er war von der Rothaarigen besessen.

Levi blätterte in dem Bericht um und las weiter.

Ungefähr 1.350 Gramm C4 wurden in einer Werkzeugkiste in Anspachs Garage sichergestellt. Eine bestätigende Analyse der Zusammensetzung steht noch aus. Vorläufige Ergebnisse weisen jedoch darauf hin, dass es sich um den beim Bombenanschlag auf Wei/Nguyen verwendeten Sprengstoff handelt.

Levi zog das Handy aus der Tasche und wählte eine Nummer. Dino meldete sich fast sofort. *»Hi, was gibt's?«*

»Wie geht's unserem Freund?«

»Er ist bereit, wann immer du ihn brauchst.«

»Gut. Ich bin bald da.«

»Alles klar.«

Levi legte auf und lächelte.

»Das ist ein Lächeln der Art, die mir verrät, dass jemand draufgehen wird«, merkte Lucy nüchtern an.

Levi drehte sich ihr zu. »Was steht als Nächstes an?«

Lucy hob den Gitarrenkoffer am Griff auf. »Wir brechen zum Frost Creek auf. Ungefähr drei Stunden mit dem Auto. Dann steht uns ein Querfeldeinmarsch bevor.«

Levi konnte sich nicht erinnern, den Namen auf irgendeiner Karte dieser Gegend gesehen zu haben. »Und in die Einzelheiten weihen Sie mich auf dem Weg dorthin ein?«

Lucy schwenkte wegwerfend die Hand. »Kommen Sie, lassen Sie uns gehen. Ich will vor Einbruch der Dunkelheit dort sein.«

Levi folgte Lucy zum Ausgang. Unterwegs fragte er: »Wo genau liegt der Frost Creek?«

»An der Grenze zwischen den USA und Kanada. Mitten im Nirgendwo, das kann ich Ihnen sagen. Der perfekte Ort für eine erste Sondierung durch die Schmuggler. Das wird 'ne lange Nacht.«

KAPITEL ACHTZEHN

Levi beobachtete, wie die Umgebung vorbeiraste, während Lucy auf der I-5 nach Norden fuhr. Nach fast einer Stunde des Schweigens war mehr als offensichtlich, dass die Frau kein redseliger Typ war. Aber als sie die Ausfahrt 236 nahmen und in nördlicher Richtung weiterfuhren, hielt er es nicht länger aus.

»Wie um alles in der Welt haben Sie und Mason sich kennengelernt?«, fragte er.

»Ich gewinne.«

Er löste den Blick vom Fenster. »Was soll das heißen, Sie gewinnen?«

Lucy reagierte mit einer abfälligen Geste der rechten Hand. »Ist bloß ein Spiel von früher, als ich ein Kind war. Wollte nur sehen, wer das Schweigen als Erster bricht. Sie wollen wissen, wie mich Mason in unsere Sache reingezogen hat?«

»So nennen Sie das? ›Unsere Sache‹?«

La cosa nostra – oder LCN, auch bekannt als die Mafia – bedeutete wörtlich übersetzt »unsere Sache«.

Lucy schenkte Levi ein verhaltenes Lächeln, als wüsste sie, was ihm durch den Kopf ging. »Nein, so heißt es nicht. Es hat keinen richtigen Namen. Zumindest keinen, den mir Mason je verraten hat. Und was macht es für einen Unterschied, wie man's nennt? Ist ja nicht so, als hätten wir irgendwelche Arbeitsverträge unterzeichnet. Der einzige Unterschied zu unseren gewöhnlichen Leben ist, dass Mason für uns Fäden ziehen kann, Infos Gott weiß woher bekommt und bei den Bundesbehörden oder beim Militär Dinge veranlassen kann, die für uns verdammt schwierig wären.«

»Also, ich weiß, dass mich Mason bei der Beerdigung eines ehemaligen Soldaten gesehen hat. Zumindest hab ich ihn da zum ersten Mal bemerkt. Und schließlich hat er mich aus heiterem Himmel angerufen. Was ist mit Ihnen? Wie sind Sie reingezogen worden?«

Lucy presste einige Sekunden lang die Lippen fest zusammen, bevor sie antwortete. »Das reicht zurück bis zur Ermordung meines Ehemanns. Ich bin noch an dem Tag aus Hongkong geflohen, an dem's passiert ist, und Mason war da, als ich in Los Angeles gelandet bin. Zu dem Zeitpunkt habe ich ihn nur als einen der Kunden gekannt, an den ich nicht geliefert hatte.«

»Was hätten Sie denn liefern sollen?«

Sie bog nach rechts auf die Bow Hill Road, eine einsame Straße mit einer Fahrspur in jede Richtung, die durch dicht bewaldetes Gebiet führte. »Darüber hab ich noch nie wirklich geredet.« Sie sah ihn an. »Das verlässt nicht diesen Wagen?«

Levi nickte. »Niemals.« Er mochte im Leben schon viel getan haben, wofür er vermutlich die Hölle verdiente. Aber wenn man sich auf etwas verlassen konnte, dann darauf, dass er seine Versprechen hielt.

»Tja, ich schätze, bevor ich auf die ausgefallene Lieferung komme, muss ich Sie wohl darüber aufklären, wie die Dinge damals gelaufen sind. Mein Ehemann hatte beim Aufbau des Betriebs die Finger in vielem drin. Und Sie können mir glauben, er hat den

Betrieb mit eiserner Faust geführt. Es gab eine streng hierarchische Struktur wie bei einem normalen Unternehmen. Nur hat sich unser Unternehmen mit allen möglichen illegalen Dingen beschäftigt. Glücksspiel, Drogen, Prostitution, nichts war tabu.

Als ich in seinen Haushalt gekommen bin, war ich mir erst nicht sicher, ob ich eine Ehefrau oder verkauft werden sollte. Aber mein Mann hat schnell herausgefunden, dass ich die geradezu unheimliche Fähigkeit habe, mir Dinge zu merken. Fakten, Zahlen, Namen, fast alles. Mein Verstand ist wie ein Stahltresor. Ich vergesse nie etwas.«

Konnte sie wirklich so wie er ein eidetisches Gedächtnis besitzen? Wie standen die Chancen dafür? Er konzentrierte sich auf die Frau, die keinen halben Meter entfernt saß, und wurde zunehmend neugieriger. Durch ihr Auftreten und ihre Lebenserfahrung fiel ihm schwer zu glauben, dass sie unter 30 sein könnte, obwohl sie durchaus danach aussah. Sie besaß eine reife Schönheit, zugleich jedoch etwas Altersloses. Ebenso gut konnte sie bereits über 40 sein. Es ließ sich schlichtweg nicht abschätzen.

»Na jedenfalls, ich war noch ein Teenager, als mein Mann angefangen hat, mich ins Geschäft einzubeziehen. Er hat mir Aufgaben übertragen, die ich alle sehr ernst genommen habe. Ich hab geholfen, wo ich konnte, und bin letztlich zu seiner Stellvertreterin aufgestiegen. Er hat niemandem mehr vertraut als mir. Und ganz ehrlich, ich hab wesentlich dazu beigetragen, den Betrieb zu einem milliardenschweren Unternehmen auszubauen. Wir haben uns über den Rest von Asien ausgebreitet und die Fühler in die USA ausgestreckt.

An der Stelle hab ich mit dem Versuch begonnen, das Geschäft von den meiner Meinung nach schmutzigeren Dingen weg zu manövrieren. Von Dingen, die in meinen Augen unter der Würde meines Ehemanns waren.«

»Zum Beispiel?«, fragte Levi.

»Handel mit Kindern.« Lucys Miene verfinsterte sich, als sie auf die WA-9 Richtung Norden bog. »Das war ein kleiner, aber schnell wachsender Teil unseres Geschäfts. Die Käufer überall in Kanada und den USA sind Schlange gestanden, auch der Nahe Osten war ein wachsender Markt. Aber es war falsch.«

Sie atmete tief und schaudernd durch. Ihre Augen wurden glasig vor Tränen, die sie nicht vergoss. Tränen, die Levi bei einer so beherrschten, nüchternen Person wie ihr nie erwartet hätte.

»Es war mein Werk. Ich habe meinen Mann überredet, sich daraus zurückzuziehen und den Transport von allen unter 15 abzublasen. Aber weil ich meinen Mann dazu umstimmen konnte, etwas Nachteiliges für unsere Geschäftsinteressen zu tun, wurde er von einem seiner Untergebenen in einen Hinterhalt gelockt und umgebracht.«

Levi zählte zwei und zwei zusammen. »Also sind Sie in die USA geflüchtet und bei der Ankunft von Mason in Empfang genommen worden. War er einer der Käufer, denen Sie abgesagt hatten?«

Lucy nickte. »Zu dem Zeitpunkt wusste ich seinen Namen nicht, aber er wusste irgendwoher, was ich getan hatte. Außerdem wusste er, dass mein Mann gestorben war und warum.«

»Und wie *konnte* er das wissen?«

»Keine Ahnung, war aber so. Er hat überall Augen.«

»Und verdienen Sie sich so Ihren Lebensunterhalt? Mit Missionen für Mason?«

Lucy nahm den Fuß vom Gas und sah Levi belustigt an. »Wie um alles in der Welt kommen Sie darauf? Mein Mann und ich hatten überall auf der Welt eine Menge Vermögenswerte gebunkert, die man leicht zu Geld machen kann. Glauben Sie ernsthaft, die hätte ich den Geiern überlassen, die ihn ermordet haben?«

Unwillkürlich verspürte Levi eine gewisse Bewunderung für diese unabhängige Frau. »Wohl nicht. Nur versteh ich dann nicht, warum Sie trotzdem für Mason arbeiten. Wieso liegen Sie nicht irgendwo am Strand und lassen es sich gutgehen?«

Lucy bog nach rechts auf den Mount Baker Highway. »Das ist eigentlich ganz einfach. Wäre ich bloß abgetaucht, hätten die Aasgeier nach Durchsicht des Vermögens meines Mannes – richtigerweise – vermutet, ich hätte mir eine Menge davon gesichert und würde mich damit verstecken. Dann müsste ich für den Rest meines Lebens auf der Hut vor ihnen sein. Stattdessen hab ich mich für die Rolle entschieden, die Frauen in meiner Gesellschaft seit Jahrhunderten spielen: die hilflose Witwe, die mit gerade genug entkommen ist, um sich über Wasser zu halten. Immerhin haben sie sich ja wirklich einen gewaltigen Batzen des Reichtums meines Mannes zurückgeholt.«

Levi dachte an ihre Wohnung in New York zurück. Es musste ein kleines Vermögen gekostet haben, ein so prunkvoll ausgestattetes Apartment in einem so alten Gebäude einzurichten. »Aber wenn die sich das Geld Ihres Mannes zurückgeholt haben, wie kommen Sie dann über die Runden?«

»Ich bin keine Idiotin. Ich habe mehr als genug für mehrere Leben beiseitegeschafft. Nur protze ich damit nicht. Ich stelle mich dumm, aber nicht so dumm, dass ich nutzlos wäre. Ich bin immer noch im Geschäft und hab dem aktuellen Boss geholfen, seine Macht zu festigen. Hab mich bei ihm angebiedert, damit er mir vertraut. Mein Rang ist jetzt zwar viel niedriger als früher, aber das ist völlig in Ordnung. Auf die Weise bleib ich dran am Geschehen.

So hab ich auch erfahren, dass der Geldhahn durch den Handel mit Kindern wieder aufgedreht worden ist. Und ja, das habe ich Mason gesteckt. Ich helfe ihm, die Lücken in den Informationen zu füllen, die er von seinen anderen Quellen bekommt. Aber ich habe Pläne für den Betrieb meines Mannes.«

»Wollen Sie ihn wieder übernehmen?«

Sie schüttelte den Kopf. »Ich will ihn dem Erdboden gleichmachen.«

Levi starrte in die sich verdichtenden Schatten des Walds, der sie umgab. Obwohl es erst fünf Uhr nachmittags war, wurde es schnell dunkel, als Lucy den Wagen am Ende eines Feldwegs anhielt. Sein Telefon vibrierte. Er blickte auf das Display. Eine Nachricht von Mason.

Spionagesatelliten bestätigen, dass ein großer Lastwagen in der Anlage drei Kilometer nördlich des Abfangpunkts eingetroffen ist.

Rechnen Sie heute Nacht mit Sondierung. Eigentlicher Deal morgen Nacht.

Seien Sie vorsichtig.

»Nachricht verstanden?«, fragte Lucy.

»Ja.« Levi stieg aus, schlang sich seinen Rucksack auf den Rücken, das Gewehr über die Schulter und folgte Lucy, als sie in nordöstlicher Richtung einen Wildpfad entlang aufbrach.

Nach etwa 50 Metern blieb sie stehen und riss einige schneebedeckte Föhrenzweige beiseite. Ein Quad kam darunter zum Vorschein. »Sie fahren, ich sitze hinter Ihnen.«

»Sollten nicht lieber Sie fahren?«, fragte Levi. »Ich hab keine Ahnung, wo dieser Abfangpunkt ist. Sie haben nur was vom Frost Creek gesagt, das hilft nicht.«

»Tut mir leid, aber Sie müssen vorn sein. Ich kann's nicht haben, dass Sie mich anfassen.« Lucy holte ihr Handy heraus und zeigte ihm ein digitales Bild davon, wo sie sich befanden und wohin sie wollten. Sie deutete auf eine Linie, die durch etwas verlief, das nach einem Bach aussah. »Wir gehen davon aus, dass sie direkt von der kanadischen Grenze kommen. Das ist nur ein paar Kilometer Luftlinie von hier. Sollten wir in ungefähr einer Stunde schaffen.«

»Wenn's nur ein paar Kilometer sind, können wir auch zu Fuß marschieren, damit sind wir besser bedient.«

»Nein. Ich brauche das Quad morgen, wenn ich die Grenze überquere.«

Levi betrachtete das geländetaugliche Fahrzeug und stellte fest, dass es keine Auspuffanlage hatte. »Ist es elektrisch?«

»Ja. Die ganze Operation hängt davon ab, dass wir keine Aufmerksamkeit erregen.«

Levi hievte sich das Gewehr höher auf die Schulter und lächelte. »Deshalb also der super-leichtgängige Repetiermechanismus und die Unterschallmunition.« Es lief auf etwas hinaus, was der russische KGB als »schmutzige Operation« bezeichnet hätte. Jemand würde sterben. Entscheidend war, dafür zu sorgen, dass es nicht Lucy oder er sein würde.

»Wie auch immer.« Lucy fuhr fort. »Den Frost Creek entlang verläuft ein einfacher Wanderweg. Wir vermuten, dass sie dem folgen werden. Wie Doug gesimst hat, werden sie ihn heute Abend auskundschaften, um sicherzustellen, dass sie auf nichts Unerwartetes treffen. Und morgen werden sie die Kinder herüberschmuggeln.«

Levi trat etwas von dem Unterholz vor dem Quad weg, bevor er aufstieg. Lucy ließ sich hinter ihm auf dem Sitz nieder und schlang die Arme um seinen Bauch. Er drückte den Starterknopf, und das Fahrzeug sprang geräuschlos an. Levi hörte nur die Atmung seiner Partnerin, als sie sich an ihn lehnte. Er drehte den Gasgriff und fuhr in Richtung ihres Ziels los.

Levi schwenkte den Blick über die Lichtung. Vom Frost Creek stieg leichter Nebel auf und verlieh dem Wald eine gespenstische Atmosphäre. Er beobachtete, wie sich Lucy etwas ins Ohr steckte. Dann reichte sie ihm denselben Gegenstand, der beinah wie geschwärzte Knetmasse aussah.

»Einfach leicht ins Ohr drücken. Härtet in einer Minute.«

Levi drückte die weiche Vorrichtung in sein Ohr und hörte auf Anhieb ein statisches Knistern.

Lucy richtete ein kleines, stabförmiges Gerät auf sein Ohr, und die Interferenzen verstummten schlagartig. Sie reichte Levi ein Kehlkopfmikrofon, das er um den Hals anbrachte und zurechtrückte.

Lucy wich ein paar Schritte zurück und hielt sich die Hand vor den Mund. »*Test, Test, eins ... zwei ... drei.*«

»Höre Sie klar und deutlich.«

»*Umgekehrt genauso, habe deutlichen Empfang.*«

Lucy kehrte zu Levi zurück, kniete sich hin und benutzte einen Stock, um während der nächsten fünf Minuten den Plan für die Nacht auf den Boden zu zeichnen.

Levi hatte die Kälte nicht berücksichtigt. Der dunkle Arbeitsanzug hatte ihn einigermaßen warmgehalten, solange die Temperatur über dem Gefrierpunkt gelegen hatte, doch mittlerweile ging es auf Mitternacht zu, und es wurde zunehmend kälter. Die Temperaturen mussten mit Sicherheit auf unter null gesunken sein.

Lucys Stimme drang aus seinem Ohrstöpsel. Sie klang atemlos. »*Levi, ich bin ungefähr zwei Kilometer nördlich der Grenze und hab gerade einen SUV auf dem Weg nach Süden gesehen. Sind wahrscheinlich unsere Zielpersonen. Halten Sie die Augen offen.*«

Mit dem Kehlkopfmikrofon nach wie vor am Hals flüsterte Levi: »Verstanden. Ich sehe Scheinwerfer.«

Er befand sich im Wald, nur ungefähr sechs Meter von der Grenze zu Kanada entfernt, einer Lichtung, von der er weiter zwischen die Bäume zurückwich. Er ging hinter einer dicken Kiefer in Position, spähte durch das am Gewehr montierte Zielfernrohr und vergrößerte die Ansicht auf das nahende Fahrzeug. Der Vollmond tünchte die schneebedeckte Landschaft in einen unheimlichen, silbrigen Schein.

Ringsum von Wald umgeben konzentrierte Levi die geschärften Sinne, um einen Hinweis auf seine Beute aufzuschnappen. Obwohl sich die Neuankömmlinge etwa 100 Meter entfernt befanden, hörte er deutlich, wie die Türen des SUV geöffnet und geschlossen wurden.

Es handelte sich um vier Männer. Levi konnte sich zwar nicht völlig sicher sein, aber nach der relativ geringen Körpergröße, dem dunklen Haar und dem ebenfalls etwas dunkleren Teint zu urteilen, hielt er sie für Asiaten. Was natürlich zu erwarten gewesen war.

Der Vorderste hielt etwas in der Hand, das kurz sein Gesicht erhellte, vielleicht ein Handy.

Eindeutig asiatisch.

Die anderen drei hatten Gewehre über den Schultern, als wären sie eine Jagdgesellschaft.

Der Anführer deutete in Richtung des Baches namens Frost Creek. Die Gruppe betrat den Wald und folgte dem noch nicht gefrorenen Wasserlauf.

Levi verharrte regungslos, als die Männer sein Sichtfeld querten. Alle trugen auch Handfeuerwaffen. An den Gürteln von zwei der Männer hingen Ferngläser.

Einer hob sein Fernglas an die Augen und schwenkte den Blick durch den Wald. Levi blieb hinter der Kiefer versteckt, doch ihm kam der Gedanke, dass der Mann dieses Fernglas nicht benutzen würde, wenn es nicht mit Nachtsicht oder Wärmebildtechnik ausgestattet wäre. Vermutlich mit Letzterem.

Ein Schuss ertönte. Trotz der Entfernung hörte Levi deutlich, wie ein Körper zu Boden fiel.

Dann folgte ein Husten.

Es klang beinah wie eine Katze, die ein Haarknäuel hochwürgte. Das hatte Levi schon öfter gehört.

Ein Reh war getroffen worden, wahrscheinlich in die Lunge.

Die Männer gingen auf das Tier zu. Nachdem sie sich vergewissert hatten, dass es keine Bedrohung darstellte, setzten sie den Weg den Bach entlang fort.

»Levi, ich bin vor der Lagerhalle. Mit dem FLIR sehe ich einen Haufen Körper, die zusammen in einem Frachtcontainer kauern. Ich würde zwischen 50 und 100 Kinder schätzen.«

Das FLIR war ein Wärmebildsystem, das Levi in der Vergangenheit schon bei der Suche nach Menschen im Wald benutzt hatte. Ein menschlicher Körper zeichnete sich damit wie ein Leuchtfeuer in der Dunkelheit ab. Anscheinend hatte Lucy eine Version, mit der sie in einen Versandcontainer aus Metall sehen konnte.

Levi schlich auf das Geräusch des röchelnden Rehs zu. Gleichzeitig ließ er den Blick auf die vier Männer gerichtet, die sich den Wasserlauf entlang nach Süden entfernten.

»Unsere Zielpersonen hier scheinen ziemlich paranoid zu sein. Suchen den Wald nach Wärmesignaturen ab. Einer hat eben auf ein Reh geschossen. Sie bewegen sich gerade weiter nach Süden.«

»Passen Sie auf, dass Sie nicht entdeckt werden.«

Levi zog ein rasierklingenscharfes Messer aus einer Scheide an seinem Gürtel, bückte sich und erlöste das Reh von seinem Elend. »Machen Sie sich um mich keine Sorgen. Wenn die Jungs hier paranoid sind, dann sind es auch die bei Ihnen.«

»Nicht so sehr. Die haben hier ringsum Lagerfeuer angezündet.

Wahrscheinlich, damit sich die Wachposten wärmen können. So oder so, sie sind praktisch nachtblind.«

Levi schüttelte den Kopf über solche Idiotie. Er war zwar nie beim Militär gewesen, aber durch die Jahre, die er bei lebenslangen Fährtenlesern, Jägern und Überlebenskünstlern gewesen war, hatte er gelernt, anders über die Natur zu denken als die meisten Menschen. Raubtier gegen Beute. Wäre er besorgt darüber, dass sich jemand oder etwas an ihn anpirschen könnte, würde er auf keinen Fall ein Lagerfeuer anmachen. Dadurch würde er zugleich nachtblind und seine Position verraten.

»Okay, passen Sie einfach auf sich auf. Wir treffen uns wie geplant in drei Stunden beim Auto.«

Levi kauerte am Waldrand, den Blick auf den Mietwagen gerichtet, mit dem sie angekommen waren. Irgendwo zu seiner Linken hörte er das Knirschen von Schnee und flüsterte: »Nähern Sie sich da?«

»Sie haben gute Ohren.«

Keine Minute später tauchte Lucy aus dem Wald auf wie ein Schatten vor dem gesprenkelten Hintergrund des schneebedeckten Geländes. Levi ließ sich von dem Aussichtspunkt fallen, den er sich zwischen zwei ineinander verflochtenen Bäumen gebastelt hatte.

Lucy schnappte nach Luft, und er hörte ihre Stimme sowohl direkt im Ohr als auch über die Lichtung. »Heilige Scheiße, wo zum Teufel kommen Sie denn her?«

Levi deutete zum Auto. »Reden wir im Wagen, ich frier mir hier draußen die Kronjuwelen ab.«

Nach etwa 30 Minuten fuhren sie endlich wieder auf Asphalt und traten den Rückweg nach Seattle an.

»Haben Sie alles, was Sie für heute Nacht brauchen?«, fragte Levi.

»Ich muss gleich Doug anrufen. Unter Umständen muss ich mir ein paar spezielle Dinge ins Büro liefern lassen.«

»Was wissen Sie über diese Kinder? Ihre Situation ...« Levi zögerte. »Ich weiß über die Sache mit dem Menschenhandel eigentlich nur, was ich von den Mädchen höre, die ich rausgeholt habe.«

Lucys Gesichtsausdruck verfinsterte sich, während sie weiter auf die Straße starrte. Es dauerte eine halbe Minute, bis sie antwortete. »Ich bin sicher, das Wesentliche wissen Sie. Diese Kinder sind Waisen oder wurden ausgesetzt, entführt, verkauft. Es spielt eigentlich keine Rolle, wie sie in diese Situation geraten sind. Schlimm ist der Albtraum, der ihnen blüht, wenn niemand eingreift.«

Bilder von Mei tauchten vor Levis geistigem Auge auf. So jung und so unpassend aufreizend herausgeputzt. Er konnte sich nicht überwinden, sich im Detail auszumalen, was sie vielleicht schon durchgemacht hatte. Lucy zeichnete das Bild für ihn mit einem erschütternden Anstrich von Realität.

»Wenn die Kinder wirklich Glück haben, bringt man sie in illegale Arbeitslager«, schilderte die Frau. »Man bringt ihnen Nähen bei, Landwirtschaft, was immer gefragt ist. Mir liegen vor allem die Unglücklicheren am Herzen. Die Hübscheren, insbesondere die Mädchen, sterben entweder schnell oder durchleben eine Hölle, die den Verstand übersteigt.

Stellen Sie sich vor, Sie sind 13 und werden fünf Jahre lang jeden Tag dreißigmal vergewaltigt. Für ein solches Ausmaß an Missbrauch ist der Körper nicht vorgesehen. Die meisten werden nicht mal 13. Manche entkommen und versuchen, in ihr verlorenes Leben zurückzufinden. Das schaffen sie so gut wie nie. Andere sind von ihren Qualen derart gezeichnet, dass sie den Verstand verlieren.

Sie vegetieren den Rest ihres Lebens gebrochen dahin. Wieder andere sind nach unzähligen Abtreibungen unfruchtbar oder fangen sich unheilbare Krankheiten ein. Dann verschwinden sie einfach.«

Levi ballte vor Zorn die Hände zu Fäusten, während er lauschte, wie Lucy nüchtern beschrieb, was mit den Opfern des Menschenhandels geschah. »Mit ›verschwinden‹ meinen Sie, dass Sie umgebracht und irgendwo begraben werden, richtig?«

Lucy zuckte mit den Schultern. »Umgebracht ja. Begraben? Damit würde ein gewisses Maß an Würde einhergehen. Ist in der Regel nicht drin. Seien wir ehrlich: Ihre Leute entsorgen Leichen wahrscheinlich auf ähnliche Weise. In Säure aufgelöst, zu Asche verbrannt, zerstückelt und im Meer als Fischfutter verteilt – es gibt jede Menge Möglichkeiten, Beweise loszuwerden.«

Levi deutete mit dem Daumen zurück in die Richtung, aus der sie kamen. »Tja, dann wollen wir mal sehen, was wir für die Wenigen tun können, von denen wir wissen.«

»Dafür machen wir das alles.«

Levi ging durch, was sie gerade beschrieben hatte. Er wusste so wenig über dieses Thema. Bisher hatte er nur oberflächlich durch die Handvoll der von ihm geretteten Kinder davon gewusst. Einzelheiten hatte er nie erfahren. Ein Teil von ihm wollte gar nicht wissen, dass Menschen zu solchen Abscheulichkeiten imstande waren.

Die Mafia und sogar die Familie Bianchi taten vieles, das Levi selbst nie tun würde, trotzdem bewahrten sie sich eine gewisse Ehre. Eine Ehre, die sogar die Skrupellosesten unter ihnen respektierten. Familien und insbesondere Kinder galten als tabu.

Schwer vorstellbar, dass die ganze Sache für ihn erst vor kurzem mit der Entführung der Enkelin eines japanischen Mafiabosses begonnen hatte.

Er sah auf die Armbanduhr. Es war fast vier Uhr morgens. In etwa zwölf Stunden nach der Ankunft in Seattle würden sie schon wieder aufbrechen. »Meinen Sie, Mason kann heute etwas in Ihrem Spind deponieren lassen?«

Lucy bog auf den Mount Baker Highway. »Keine Ahnung, wie er's macht, aber er ist ziemlich schnell.«

Levi wählte Dennys Nummer.

»Hi, Levi. Ich bin grad dabei, für heute Schluss zu machen. Was gibt's?« Denny hielt sich fast immer in der Kneipe auf und bastelte nach Sperrstunde in seiner Werkstatt an etwas. Allerdings war es in New York drei Stunden später, deshalb hatte Levi Glück gehabt, ihn noch zu erreichen.

»Dieser Taucheranzug, den du mir gezeigt hast. Ist der noch da?«

»Du meinst den Trockenanzug? Ja, den hab ich noch. Interessiert dran?«

»Ich denk schon. Aber ich brauche ihn sofort.«

»Verstehe. Wenn du ›sofort‹ sagst, kommst du ihn wohl abholen, richtig?«

»Das ist der Haken. Ich bin in Seattle. Irgendeine Chance, ihn noch heute zu mir zu schaffen – je früher, desto besser?«

»Verdammt, Mann. Warte, lass mich an den Computer gehen und nachsehen.« Levi hörte, wie auf einer Tastatur getippt wurde. *»Okay, wenn du's ernst meinst, kann ich sofort rüber zum LaGuardia düsen und das Teil bei Delta aufgeben. Wenn ich um acht dort bin, landet es kurz vor fünf am Nachmittag deiner Zeit in Seattle. Schneller geht's nicht, soweit ich das hier sehe. Haut das hin?«*

Levi wandte sich an Lucy und legte die Hand über das Mikrofon. »Sie kennen den Verkehr hier in der Gegend besser als ich. Wenn für mich um fünf am Nachmittag etwas am Frachtterminal von Delta eintrifft, bleibt uns dann noch genug Zeit?«

Lucy legte kurz die Stirn in Falten, dann nickte sie. »Das sollten wir schaffen.«

»Okay, Denny. Ich steh tief in deiner Schuld. Schick ihn her. Ich hol ihn in Seattle ab.«

»Wird gemacht, mein Freund. Okay, genug gelabert. War's das? Ich muss mit dem Ding los, wenn ich's rechtzeitig schaffen will.«

»Ja, das war's. Danke.«

Als Levi auflegte, fragte Lucy: »Wozu um alles in der Welt brauchen Sie einen Taucheranzug?«

Levi lehnte sich zurück und lächelte. »Ich will lieber unsichtbar sein, wenn's an der Zeit ist, die Bösen abzuknallen.«

KAPITEL NEUNZEHN

Lucy stemmte sich in sitzende Haltung hoch. Ihr Herz raste, als sie die allzu vertrauten Erinnerungen daran verdrängte, erstickt zu werden. Sie zwang sich, die Atmung zu verlangsamen, dann schaltete sie den Wecker aus, der sonst gleich losgehen würde. Zeit, sich vorzubereiten.

Sie warf die Decke zurück, tappte hinüber zur Schlafzimmertür und öffnete sie langsam. Levi lag mit geschlossenen Augen auf dem Sofa im Wohnzimmer. Ein unverkrampfter Ausdruck hatte die Anspannung abgelöst, die sich sonst immer um seinen Mund und auf der zerfurchten Stirn abzeichnete.

Er war ein beunruhigend gutaussehender Mann mit dunkelbraunem Haar und kantigen Zügen, die man sich gut auf dem Cover einer Zeitschrift vorstellen konnte. Im Augenblick jedoch schlief er und sah dabei so anders aus ... so unschuldig. Sie stellte sich den Jungen im Mann vor. Den Jungen, über den als Kind seine Mutter gewacht hatte.

Dieser Mann war wesentlich mehr, als er zu sein schien.

Levi rührte sich und schlug die Augen auf. Er drehte sich in ihre

Richtung und winkte ihr zu. Dann streckte er sich und gähnte ausgiebig. Als er sich aufsetzte, musterte er sie anerkennend und lächelte. »Stehen Sie immer nackt vor Fremden herum? Und da das allmählich zur Gewohnheit wird, was hältst du davon, wenn wir uns duzen? Fände ich vor dem Hintergrund passender.«

Lucy blickte an sich hinab und zuckte mit den Schultern. Nach allem, was sie im Leben durchgemacht hatte, verschwendete sie keine großen Gedanken an Nacktheit. Und ob sie sich duzten oder nicht, war ihr egal. Sie schnaubte unverbindlich und ging zurück ins Schlafzimmer, um sich anzuziehen.

Dabei hinterfragte Lucy unwillkürlich, was sie gerade getan hatte. Vermittelte sie Levi einen falschen Eindruck? Sich jemandem nackt zu zeigen, mochte für sie nichts bedeuten, für ihn jedoch vielleicht schon. Wahrscheinlich sogar, zumal er es eigens erwähnt und sogar das Du-Wort daran geknüpft hatte.

Und sie war bereits zweimal nackt vor ihm gestanden. Soeben zum dritten Mal. Vor ihm hatte sie seit dem Tod ihres Ehemanns niemand mehr nackt gesehen. Was zum Teufel stimmte nicht mit ihr?

Lucy runzelte die Stirn. Sie wusste, dass vieles mit ihr nicht stimmte. Dinge, die niemand verstehen oder akzeptieren könnte.

»Hey, Lucy«, rief Levi aus dem Wohnzimmer. »Was hat's mit diesem Apartment auf sich? Sieht wie 'ne exakte Kopie deiner Wohnung in New York aus.«

Lucy schlang sich einen Träger mit Wurfmessern über die Schulter, zog eine Kevlar-Weste an und ging ins Wohnzimmer. »Tatsächlich ist es eine Kopie meiner Penthouse-Suite von damals in Hongkong. Ist schwer zu erklären, aber ich kann nur in einer vertrauten Umgebung schlafen.«

Levi schnürte gerade seine Schuhe zu und schaute auf. Beim Blick seiner stahlblauen Augen fühlte sie sich plötzlich gehemmt.

Als könnte er Dinge in ihr sehen, die niemand erfahren sollte. Er nickte. »Ich weiß, was du meinst.«

Konnte er unmöglich.

Levis Telefon klingelte. Er hielt es sich ans Ohr. »Ja, Levi Yoder hier ... Okay, ich werd da sein.« Er steckte das Handy zurück in die Tasche. »Meine Lieferung ist pünktlich.«

Lucy nickte. »Okay, ein bisschen Zeit haben wir noch. Wir könnten in Chinatown einen Happen essen. Dann können wir auch gleich im Büro vorbeischauen, bevor wir am Flughafen dein Zeug abholen. Und danach geht's ans Eingemachte.«

Levi stand schwungvoll auf und fragte in fast perfektem Mandarin: »Authentisches chinesisches Essen?«

»Authentisch genug für ein Weißbrot«, gab sie lächelnd zurück.

Levi hielt die Tür des Restaurants für Lucy auf. Als sie an ihm vorbeiging, spürte sie die Berührung seiner Hand im Kreuz. Sie beschleunigte, um sich davon zu befreien, und bemühte sich, ihre Abscheu nicht zu zeigen.

»Oh, entschuldige«, flüsterte Levi. »Ich hab nicht mitgedacht.«

Lucy winkte ab. Sie wusste, wie irrational ihre Reaktion war. Er hatte es nicht böse gemeint, sondern wollte nur nett sein.

Eine ältere Kellnerin mit einem breiten Lächeln voll vergilbten Zähne kam auf sie zu. Sie arbeitete schon im *Shanghai Garden*, seit Lucy das Lokal für sich entdeckt hatte.

»Zwei Personen zum Essen?«, fragte die Kellnerin in gebrochenem Englisch.

»Ja. Zwei Personen zum Essen, danke«, antwortete Levi in Mandarin.

Die Augen der Frau weiteten sich. Es musste völlig neu für die ältere Chinesin sein, dass ein attraktiver Amerikaner in ihrer Muttersprache mit ihr redete.

Sie führte Lucy und ihn zu einem Tisch abseits der anderen Gäste. Gleich darauf kam sie zurück und servierte ihnen Wasser und heißen Tee.

Levi zeigte auf die Speisekarte. »Hier steht, dass Sie scharfe, geschabte Rindersehne haben. Ist das ein kaltes Gericht?«

Die Kellnerin nickte und antwortete enthusiastisch auf Chinesisch. »Ja. Wir kochen sie sehr lange. Wenn sie gar ist, lassen wir sie abkühlen und schaben sie so dünn, dass man hindurchsehen kann. Ist sehr gut für die Gelenke und für die Haut.«

»Also, wenn ich mir ansehe, wie schön Ihre Haut ist, müssen Sie wohl sehr oft davon naschen«, meinte Levi mit einem Lächeln. Die Kellnerin lachte verlegen. »Ich denke, von dem Zauber könnte ich auch was gebrauchen.« Er tätschelte seine stoppelige Wange. »Ich nehme die geschabte Rindersehne. Und…« Er schaute zu Lucy. »Magst du Essiggurken?«

Sie nickte. Lucy lächelte, während sie beobachtete, wie dieser Mafioso die Kellnerin verzauberte und auch Lucy selbst unwissentlich unter die Haut ging. Wenn Levi wollte, hatte er genau die richtigen Worte auf Lager, um die Aufmerksamkeit einer Frau zu erregen. Wäre die Kellnerin ein paar Jahrzehnte jünger, würde sie ihm wahrscheinlich anbieten, die Nacht bei ihr zu verbringen.

»Außerdem«, fuhr Levi fort, »einmal die scharfen Gurken und die hausgemachte Nudelsuppe für mich.«

Die Kellnerin drehte sich Lucy zu.

»Ich nehme das Gemüse mit hausgemachten Chow mein-Gerstengrasnudeln.«

Die alte Frau zeigte auf die Teekanne. »Noch etwas anderes zu trinken?«

Beide schüttelten den Kopf, und die Kellnerin wieselte davon.

Fast so schnell, wie die Kellnerin verschwunden war, kehrte sie mit einer silbrigen Schale zurück, die Essiggurken, rote Paprika und eine Schicht gelatineartiger Rindersehnen enthielt. Lucy hatte die Konsistenz der Rindersehnen nie behagt, aber Levi hatte damit anscheinend kein Problem. Fasziniert beobachtete sie, wie er gekonnt die Essstäbchen benutzte, um sich die dünn aufgeschnittene Vorspeise in den Mund zu schaufeln.

Sie griff sich eine Gurke und knabberte daran. Im Gegensatz zu den typischen New Yorker Essiggurken hinterließen diese ein würziges Kribbeln auf der Zunge. Man schmeckte den Ingwer, in den sie eingelegt wurden.

Levi beugte sich leicht vor und flüsterte: »Ich will wirklich nicht penetrant sein. Bestimmt gibt's einen triftigen Grund, der mich wahrscheinlich nichts angeht. Ich will es nur verstehen. Mit Angst vor Keimen dürfte es nichts zu tun haben. Du scheinst ja kein Problem damit zu haben, Dinge anzufassen, die ich davor berührt habe. Es geht nur darum, wenn dich jemand direkt berührt, stimmt's?«

Lucy musterte Levis Züge. Etwas an seinem Gesichtsausdruck ging ihr tief unter die Haut. Er wollte sich nicht über sie lustig machen wie schon so viele Menschen in ihrem Leben, die ihr Problem mitbekommen hatten. Stattdessen schien er es aufrichtig verstehen zu wollen. Sie wünschte nur, sie hätte eine Erklärung, die irgendeinen Sinn ergab.

Lucy blies die Luft aus und zwang sich, eine neutrale Miene aufzusetzen. »Das trifft es so ziemlich. Ich weiß noch, dass meine Mutter mal zu jemandem gesagt hat, ich wäre schon als Baby so gewesen. Ich hab es immer gehasst, wenn man mich angefasst hat.«

Levi schaute nachdenklich drein, während er von einer Gurke abbiss. »Das muss besonders hart gewesen sein, als du verheiratet worden bist.«

Lucy dachte zurück an glücklichere Zeiten, als ihr Ehemann noch gelebt hatte. Trotz der ungewöhnlichen Umstände ihres Arrangements war es wirklich eine gute Zeit in ihrem Leben gewesen. »Er hat von Anfang an davon gewusst. Ich hab dafür gesorgt, dass es zu seiner Zufriedenheit funktioniert hat. Er hatte nie Grund zur Klage.«

Levi lief vor Verlegenheit dunkelrot an, und Lucy konnte ein Lachen kaum unterdrücken.

Wenig später traf die Kellnerin mit ihren Gerichten ein. Während Levi aß, fragte sich Lucy, wer dieser Mann wirklich sein mochte, mit dem sie eine Mahlzeit teilte.

***

Die kalte Brise, die durch den Wald wehte, gestaltete es für Levi nicht gerade leichter, Dennys Trockenanzug anzuziehen. Der Mond schien mit silbrigem Licht herab, zudem besaß Levi eine außergewöhnliche Nachtsicht. Trotzdem blieb Lucys Gestalt vor seinem Blick verborgen. Sie trug von Kopf bis Fuß ein äußerst dunkles Tarnmuster, das sich hervorragend in den gesprenkelten Hintergrund des Walds fügte.

Levi war noch nicht ganz so bereit für die nächtliche Mission. Er spürte, wie sich Lucys Blick in ihn bohrte, als er nur in Unterwäsche dastand und versuchte, sich in den dickwandigen Trockenanzug zu zwängen. Das Innenfutter drohte, ihm jedes Härchen auszureißen, als es über seine Haut schabte.

»Ein Königreich für Talkumpuder.«

Lucy schaute belustigt drein. »Brauchst du Hilfe?«

»Nein«, gab er kurz angebunden zurück. Indem er den Rücken gegen einen Baumstamm presste, gelang es ihm, die untere Körperhälfte in den schweren Anzug zu quetschen. Nachdem er endlich eine Schulter drinnen hatte, fädelte er den zweiten Arm durch den anderen Ärmel. Dann sah man nur noch sein Gesicht, und auch das würde verschwinden, sobald er die Maske mit dem Kreislaufatemgerät herunterzöge.

»Glaubst du wirklich, dass die Aufmachung hilft?«, fragte Lucy. »Ich hoffe, sie schränkt deine Bewegungsfreiheit nicht ein.«

Levi stellte den Thermostat des Anzugs so ein, dass er sich automatisch an die Außentemperatur anglich. »Ich hab mir das Ding nur schicken lassen, weil ich zumindest die Chance haben will, nicht mit einer Wärmebildoptik entdeckt zu werden. Wenn ich mich schnell bewegen muss, geht dafür wahrscheinlich was anderes schief.«

Lucy schlang sich den dunklen Rucksack auf die Schultern und klappte sich das Nachtsichtmonokular über das linke Auge. »Na schön, ich geh über die Grenze und kundschafte den Stand der Dinge dort aus. Ich gebe dir Bescheid, was ich dort sehe, aber ich geh davon aus, dass die Leute denselben Weg wie gestern nehmen, wenn sie die Kinder nach Süden treiben.«

Levi deutete zum Quad, das sich unter einer Schicht aus Zweigen und Schnee verbarg. »Nimmst du nicht das Quad?«

»Nein. Der Wald grenzt direkt an ihre Anlage und ist zu dicht, um mit dem Ding darin zu manövrieren. Ohne bin ich besser dran.«

Besorgt trat Levi einen Schritt zu ihr. »Nichts für ungut, aber ich glaub wirklich, du ...«

»Hör mir zu.« Lucy näherte sich ihm, bis sie sich nur noch Zentimeter voneinander entfernt befanden. »Ich stell deine Fähigkeiten nicht in Frage. Also zweifle du auch nicht an meinen.«

Beim aggressiven Ton in ihrer Stimme zuckte Levi zusammen. Aber sie hatte recht: Er musste sachlich bleiben. Er konnte sich nicht den Kopf darüber zerbrechen, was sie tun würde, ohne die eigene Effektivität zu gefährden.

Als er sich gerade entschuldigen wollte, tätschelte sie ihm die Wange und lächelte. »Geh und tu, was du zu tun hast.« Damit wandte sie sich ab und lief nach Norden in Richtung der kanadischen Grenze los.

Levi kauerte auf einer niedrigen, schneebedeckten Anhöhe mit freier Sicht auf den gewundenen Frost Creek. Er befand sich ungefähr 70 Meter von dort entfernt, wo seine Zielpersonen sein würden.

Ihn überraschte, wie gut er durch die flüssigkeitsgefütterte Gesichtsmaske von Dennys Anzug sehen konnte, und wenn er durch das hochwertige Zielfernrohr des Gewehrs blickte, verschwand die Nacht beinah. Er verlagerte das Ziel auf ein faustgroßes Grasbüschel am Ufer des Gewässers. Levi konzentrierte sich und drückte den Abzug.

Das Grasbüschel neigte sich, als das Projektil mit fast 300 Metern pro Sekunde zielgenau am Ufer einschlug.

Levi lächelte. Nicht so sehr, weil er getroffen hatte – mit einem so fein justierten Gewehr hätte das jeder Trottel hinbekommen –, sondern weil die Waffe dabei kaum ein Geräusch verursacht hatte.

»*Levi.*« Lucys Stimme drang klar und deutlich aus seinem Ohrstöpsel.

»Höre dich. Schieß los.«

»*Eine Kolonne kommt direkt auf dich zu. Ich zähle 68 Kinder. Sie sind alle an den Hand- und Fußgelenken aneinandergebunden und gehen in zwei Reihen. Zwei Männer sind an der Spitze, zwei Männer hinten und zwei an den Seiten. Alle mit Gewehren bewaffnet.*«

Levi atmete tief ein und blies die Luft langsam aus. Das würde eine Herausforderung werden. Wie sollte er alle sechs ausschalten, bevor sie ihn orteten?

Er lud die nächste Patrone ins Lager. »Wie lange noch, bis sie die Grenze überqueren?«

»Sie sind etwa zwei Kilometer entfernt. Ihrer Geschwindigkeit nach würde ich sagen, ungefähr 20 Minuten. Kommst du damit klar?«

Levi ging in Gedanken durch, was er bei Wanderungen im Outback mit einem Aborigine-Trapper gelernt hatte. Er lächelte, als er feststellte, dass er alles dabeihatte, was er brauchte. »Keine Sorge«, sagte er. »Ich hab schon ein paar Ideen für den Umgang mit unseren Gästen. Was ist mit dir? Alles erledigt auf deiner Seite?«

»Noch nicht ganz, aber ich werd wahrscheinlich vor dir fertig sein.«

»Na schön, meine Liebe, dann halt die Augen weiter offen.«

»Ich seh dich auf der anderen Seite.«

Lucy konzentrierte sich auf die »Anlage« – die eigentlich nur aus einem etwa 15 x 15 Meter großen Betongebäude bestand, umgeben von einem mit Stacheldraht gekrönten Maschendrahtzaun. Ein Lichtmast neben dem Gebäude erhellte das gesamte Areal.

Sie holte ein schweres Fernglas aus dem Rucksack. Offensichtlich wurde das Gerät für das Militär entwickelt und noch nicht offiziell eingesetzt. Dem Etikett zufolge benutzte es Infrarot-Bildsensoren, was immer das bedeuten mochte.

Sie drückte die Einschalttaste. Das Gerät erwachte summend zum Leben und ermöglichte es ihr, ins Gebäude zu blicken. Lucy lächelte. Was immer dieses Ding sein mochte, es konnte tatsächlich die Mauern des Gebäudes durchdringen.

Sie sichtete zwei Körperwärmesignaturen im selben Abschnitt innen und einen schillernden Wachmann, der außen um die Anlage patrouillierte.

Lucy verstaute das Fernglas und zog eine Pistole Kaliber .22 aus dem Holster an ihrem Hosenbund. Sie schraubte einen langen

Schalldämpfer auf die Waffe und ging am Waldrand in die Hocke, knapp außerhalb des Sichtfelds des alleine patrouillierenden Wachmanns.

Tief geduckt beobachtete Lucy, wie der Mann von der südöstlichen Ecke der Anlage zur südwestlichen ging. Vor sich um einen Riemen trug er eine Waffe. Größe und Form ließen eine Maschinenpistole mit verlängertem Kolben erahnen. Das Letzte, was sie gebrauchen konnte, war ein Feuergefecht mit einer solchen Bleispritze.

Geduldig wartete sie, bis der Mann keine 30 Meter vor ihr vorbeigegangen war. Er bewegte sich langsam, schwenkte den Blick hin und her, hielt Ausschau nach irgendetwas Ungewöhnlichem.

Lucy verlagerte ihrerseits den Blick zum oberen Ende des Lichtmasts neben dem Gebäude.

Die Lampe warf genug Licht auf das Areal, um alles innerhalb der Grundstücksgrenze zu erhellen.

Sie spähte noch einmal zum Wachmann, als er die südwestliche Ecke erreichte und die Aufmerksamkeit nach Norden richtete. Dann lud sie die Pistole durch, zielte auf die Lampe und gab zwei schnelle Schüsse ab.

Der Natriumdampf-Hochdruckstrahler zerbarst, das Gelände versank schlagartig in Dunkelheit.

Lucy klappte ihr Nachtsichtmonokular herunter und rückte vom Waldrand vor. Das Gerät zeigte ihr die Welt grünstichig und schwarz.

Der Wachmann drehte sich in ihre Richtung und fluchte, als er über einen Stein stolperte. Er war vollkommen nachtblind.

Zwei schnelle Schüsse aus ihrer Pistole, und er war erledigt.

Die Waffe nach wie vor auf den Mann gerichtet zog Lucy einen Drahtschneider aus ihrem Rucksack und schnitt eine Öffnung in den Maschendrahtzaun. Dann ging sie zu dem gefallenen Wachmann, setzte die Mündung des Schalldämpfers an seine Stirn und drückte den Abzug. Ein leises *Fupp* und ein Rinnsal Blut aus der Nase bestätigten, dass er nicht wieder aufstehen würde.

Lucy lächelte, als sie dem Toten die Waffe abnahm, die sich als Heckler & Koch MP5 Maschinenpistole entpuppte. Sie überprüfte das Magazin. Voll. Die Waffe hatte einen vierstufigen Wahlschalter, den sie auf Dreiersalven einstellte, bevor sie sich die Maschinenpistole über die Schulter schlang.

Auf dem Weg zum Eingang des Gebäudes murmelte sie ein Gebet.

Es war so weit.

KAPITEL ZWANZIG

Levi spähte durch das Zielfernrohr des Gewehrs und sah den Beginn der unregelmäßigen Linie der Kinder. Genau, wie Lucy es beschrieben hatte. Zwei Männer führten die stolpernden Kinder an und befanden sich etwa sechs Meter vor ihnen. In die Gürtel hatten sie sich aktivierte Leuchtstäbe gesteckt, vermutlich, damit ihre Ware ihnen in der Dunkelheit leichter folgen konnte.

Levi vergrößerte die Ansicht auf die Kolonne der Kinder. Sie kämpften, die Augen so weit aufgerissen, wie es ging. Alle konzentrierten sich auf den Vordermann. Auf einigen Wangen sah Levi das Glitzern von Tränen. Aus den meisten Gesichtern sprach nackte Angst. Er wandte den Blick von ihnen ab.

Wolken zogen auf. Das helle Mondlicht von vorhin verkam zu einem trüben Schimmer, der kaum bis zu den Ufern des Frost Creek reichte. Die zwei Männer vor den Kindern trugen offenbar Nachtsichtgeräte. Levi hingegen brauchte keine technischen Hilfsmittel.

Seine Sicht hatte sich vollständig an die Dunkelheit angepasst. Er konnte schon immer selbst bei schlechtesten Lichtverhältnissen wesentlich besser sehen als die meisten Menschen. So gut, dass ihm das gedämpfte Mondlicht reichte, um alles zu erkennen: die Männer auf dem Weg nach Süden und den Tross der verzweifelten Kinder, so lang, dass Levi das Ende noch nicht ausmachen konnte. Aber er konzentrierte sich vorerst ohnehin auf die beiden Männer an der Spitze der Kolonne.

Die Chancen, dass es ihm gelingen könnte, sechs bewaffnete Aufpasser auszuschalten, ohne die Kinder oder sich selbst in Gefahr zu bringen, gingen gegen null. Aber zumindest war er vorbereitet. Er hatte einen Plan.

Und die beiden Männer an der Spitze würden ihm gleich als unfreiwillige Ablenkung dienen.

Levi hatte auf beiden Ufern des Bachs eine Überraschung platziert: flache Gruben, bedeckt mit Stöcken, Schnee und verstreuten Kiefernnadeln.

Der erste Mann trat mit einem knirschenden Laut auf die schneebedeckten Stöcke, brach fast einen Meter tief ein und schrie auf.

Levi schwenkte das Gewehr auf den Partner des Mannes, dem es knapp gelungen war, der Fallgrube auszuweichen. Levi zielte und feuerte.

Geräuschlos traf das Projektil sein Ziel – ein Kopfschuss. Der zweite Aufpasser brach zu einem schlaffen Haufen zusammen.

Levi lud eine weitere Patrone ins Lager.

Vorne an der Linie brach Chaos aus, als der erste Aufpasser einen Schmerzensschrei ausstieß, der durch Mark und Bein ging. Mit größter Wahrscheinlichkeit hatte ihn mindestens einer der umgekehrt in die Grube gerammten Speere gepfählt.

Die vordersten Kinder wichen zurück, als die anderen Aufpasser mit den Gewehren im Anschlag vorwärtsstürmten.

Levi nahm sorgsam den Mann auf der anderen Seite der Kinder

ins Visier. Er hielt den Atem an und spürte den langsamen Rhythmus seines Herzschlags, als er sich auf sein Ziel konzentrierte. Levi berücksichtigte Geschossabfall und Horizontalbewegung, als er leichten Druck auf den Abzug ausübte, den Moment zwischen zwei Herzschlägen abwartete und schließlich feuerte.

Das Geschoss raste mit einer Geschwindigkeit von fast 300 Metern pro Sekunde auf das Ziel zu. Als es einschlug, war die Wirkung, als hätte jemand die Fäden einer Marionette gekappt. Der Mann fiel mit dem Gesicht voraus, die Arme und Beine von sich gespreizt.

Lautlos lud Levi die nächste Patrone ins Lager und lächelte über die Aufmerksamkeit, die sich auf die Front der Kolonne richtete. Auch die beiden Wachmänner von hinten eilten mittlerweile in Sicht.

Er schwenkte die Mündung auf den verbliebenen Aufpasser aus dem Mittelteil der Gruppe. Kurz bevor der Mann seinen schreienden Partner erreichen und erneut Alarm geben konnte, entfesselte Levi den nächsten Schuss.

Auch dieser Mann fiel mit dem Gesicht nach vorn, sechs Meter von seinem in der Grube gepfählten Kollegen entfernt.

Plötzlich spritzte Rinde in der Nähe von Levis Kopf auf, und er huschte hinter den Stamm der Kiefer, in der er kauerte.

Wie können die ...

Und dann begriff er. Seine Waffe, insbesondere der Schalldämpfer, hatte durch die von ihm abgegebenen Schüsse enorme Hitze aufgebaut. Wenn diese Typen eine Wärmebildausrüstung hatten, würden sie das Gewehr wahrnehmen wie eine lichterloh brennende Fackel.

Levi warf die Waffe sechs Meter nach rechts und hechtete auf den Boden.

Er hörte mehrere Schüsse, als er sich von dem erhitzten Scharfschützengewehr entfernte. Unterwegs zog er zwei ausbalancierte, rasiermesserscharfe Bo-Shuriken, spezielle Wurfpfeile. Als er durch den Wald eilte, achtete er weder auf das Weinen der Kinder noch auf die Schreie des gepfählten Schleppers. Stattdessen konzentrierte er sich auf die beiden Männer, denen er sich näherte.

Beide trugen Kopfbedeckungen mit Monokularen.

Als sich Levi anpirschte, gab einer der beiden einen Schuss auf das zurückgelassene Gewehr ab.

Ein metallischer Schwirrlaut hallte durch den Wald, als Levi den ersten Wurfpfeil schleuderte.

Er schlug in das weiche Gewebe unter dem Kinn des Mannes ein. Bevor der Getroffene auch nur ein ersticktes Gurgeln von sich geben konnte, ließ Levi das nächste Geschoss folgen.

Allerdings prallte es von der Waffe des zweiten Schleppers ab, als dieser in seine Richtung herumwirbelte.

Ein Schuss ertönte, als Levi dem Mann die Beine unter dem Körper wegfegte, bevor er ihm mit den versteiften Fingern gegen den Hals schlug.

Er entriss ihm die Waffe, dann ließ er einen verheerenden Tritt seitlich gegen den Kopf folgen. Levi hörte das Knacken eines Wirbels, als das Genick des Mannes brach.

Er hob das erbeutete AK-47 an, zog den Ladehebel zurück und ließ ihn los, zielte und jagte eine Kugel in den Kopf des anderen Schleppers. Sicherheitshalber.

Schließlich hastete er zum Tross der Kinder und sagte auf Mandarin: »Habt keine Angst. Ich bin hier, um euch zu helfen.«

Mehrere der Kinder starrten ihn mit weit aufgerissenen Augen an und wichen zurück. Verständlich, so wie er aus den Schatten aufgetaucht war und ihre Aufpasser getötet hatte. Immerhin steckte er von Kopf bis Fuß in einem schwarzen, thermisch isolierten Trockenanzug und hielt eine automatische Waffe. Für sie mutete er wahrscheinlich wie ein Schreckgespenst aus einem Albtraum an.

Er löste die Gesichtsmaske, klappte sie nach oben und wiederholte die Botschaft.

Eines der Kinder sagte etwas in einem anderen chinesischen Dialekt. Prompt fingen die Kinder in Hörweite zu weinen an und zeigten ihm die Daumen hoch.

Levi streckte die Hand nach einem Mädchen aus, das unmöglich älter als zwölf sein konnte. Er ergriff ihr Kinn, schenkte der Kleinen das herzlichste Lächeln, das er zustande brachte, und sagte: »Es wird alles gut. Ich bin gleich zurück.« Er schaute zu dem immer noch schreienden Mann in der Grube, bevor er hinzufügte: »Ich muss etwas zu Ende bringen.«

Lucy spähte durch das Fernglas und stellte fest, dass sich die Wärmesignaturen mittlerweile in zwei verschiedenen Bereichen des Gebäudes befanden. Das war in Ordnung. Wichtig war vor allem, dass ihr Treiben draußen keine der beiden Personen veranlasst hatte, zur Tür zu hetzen.

Sie ging um das Gebäude herum, sichtete den Stromzähler und eilte hin. Ihre schulische Ausbildung hatte im Alter von zehn Jahren geendet, als sie zu ihrem Ehemann gezogen war. Das hatte sie jedoch nicht davon abgehalten, weiter zu lernen – und zu ihren Interessensgebieten gehörte Elektrik. Auf das Thema war sie gekommen, als sich ein Ochse ihres Vaters an einem Transformator gerieben hatte und einen Stromschlag bekam.

Das hatte ihr Angst gemacht – und sie hasste es, sich vor etwas zu fürchten.

Also hatte sie im Verlauf der Jahre getüftelt und gelernt. Und sie wusste, was sie nun als Nächstes tun würde.

Kanada unterhielt ein Stromnetz derselben Art wie die USA, und dass sie den Zähler gefunden hatte, vereinfachte die Sache erheblich. Sie musste sich mit keinem Transformator auseinandersetzen, und sie wusste, dass die Versorgung des Gebäudes über diesen einen Zähler lief.

Lucy holte aus dem Rucksack einen umgebauten Trafo, den sie aus einer Mikrowelle ausgebaut hatte. Normalerweise gab er nur ungefähr ein Ampere ab. Allerdings hatte sie ihn zerlegt, die Spule behalten und einige der metallischen Nebenwiderstände aus dem Transformatorkern entfernt. Dadurch gab er nun über 800 Ampere aus. Mehr als genug für ihre Zwecke.

Sie platzierte das Gerät unten im Stromzähler und wickelte zwei Silberdrähte um das dicke Kabel, wo die Zuleitung des Versorgungsunternehmens in die Verkabelung des Gebäudes mündete. Nur allzu oft wurde bei solchen Anschlüssen Kupfer verwendet. Wegen der Oxidation eine schlechte Wahl. Dadurch erhöhte sich der Widerstand an den Anschlussstellen. Darauf baute sie. Lucy stellte die Regler an der Zeitschaltuhr auf zwei Minuten ein, bevor sie zum Eingang des Gebäudes eilte.

An der Tür ging sie in die Hocke, drehte den Knauf und wartete.

Sie hatte alles vorausgeplant. Lucy wusste, was gleich passieren würde. Sobald die Zeitschaltuhr ansprach, würde die in ihre Vorrichtung eingebaute Versorgung den umgebauten Transformator speisen, und durch die Metallleitungen würde Strom fließen. Das leicht oxidierte Metall am Anschluss des Versorgungsunternehmens würde als Widerstand fungieren und sich bis zum Schmelzpunkt erhitzen.

Lucy tippte mit dem Finger auf ihr Knie und zählte die Zeit herunter.

Fünf ... vier ... drei ... zwei ... eins ... jetzt.

Sie stellte sich vor, wie das Kabel zu qualmen anfing. Ein roter Schimmer würde von der Hitze darin ausgehen. Dann hörte sie es plötzlich.

Elektrische Funken spritzten von der Lampe, die sie zerschossen hatte, und im Gebäude brüllte jemand.

Lucy ging hinein.

Die Beleuchtung war ausgegangen. Es gab keine Fenster oder sonstigen Lichtquellen, aber ihr Nachtsichtgerät warf einen breiten, unsichtbaren Infrarotstrahl. Mit dem linken Auge sah sie die Umgebung grünstichig dargestellt.

»Ich seh nicht das Geringste!«, rief ein Mann auf Kantonesisch. Er befand sich links vor Lucy.

Eine weitere Stimme, die einer Frau gehörte, hallte von irgendwo rechts durch die Finsternis. »Rühr dich nicht – sonst machst du noch was kaputt. Ich suche die Taschenlampe. Sie ist hier irgendwo.«

Lucy schlang sich die MP5 wieder über die Schulter, zog die mit einem Schalldämpfer bestückte .22er und steuerte den Gang hinunter auf die Frauenstimme zu. Sie passierte mehrere offene Türen, die in kleine Büros führten.

Dann hörte sie von weiter vorn das Geräusch der sich öffnenden Schublade eines Aktenschranks. Sie folgte den Lauten und betrat ein Büro.

Eine altbackene Asiatin starrte blind in ihre Richtung. »Gao Jie?« Ihre Augen leuchteten durch das reflektierte Infrarotlicht beinah wie die einer Katze.

Wortlos zielte Lucy und gab zwei Schüsse ab.

Die Frau packte den Aktenschrank, als sie rückwärtsfiel. Der Metallschrank kippte auf sie und verursachte dabei gewaltigen Krach.

»Chen Bao! Alles in Ordnung?«

Lucy steckte die .22er in die Trageschlaufe ihres Rucksacks, brachte die MP5 wieder in Anschlag und trat hinaus in den Gang. Ein Mann kam stolpernd um eine Ecke, ertastete sich blind den Weg.

Er hatte keine Ahnung, was ihn erwartete.

Lucy drückte den Abzug.

Drei Schüsse, abgefeuert in weniger als einer Drittelsekunde. Alle drei direkte Treffer in die Körpermitte.

Der Mann wankte, murmelte etwas Unverständliches und brach auf die Knie zusammen. Blut quoll über seine Lippen.

Ohne die geringsten Skrupel gab Lucy eine weitere Dreiersalve ab. Der Mann fiel nach hinten, das Gesicht eine unkenntliche Masse.

Lucy wandte sich vom Korridor ab und kehrte ins Büro zu der toten Frau zurück, um die Akten des Betriebs durchzusehen.

»Lucy, hörst du mich?« Levis Stimme ertönte in ihrem Ohr.

»Ja. Der Umschlagsposten ist gesichert. Wie läuft's bei dir?«

»Sechs Mann ausgeschaltet. Die Kinder sind zu Tode verängstigt, aber sie sind alle unversehrt. Wird nicht jemand nach ihnen suchen, wenn sie nicht in den nächsten Stunden dort auftauchen, wohin sie geliefert werden sollten?«

»Doch. Ich bin mir ziemlich sicher, dass an der Übergabestelle jemand wartet. Deshalb müssen wir die Kinder wegschaffen.« Lucy grunzte, als sie den Aktenschrank von der Leiche der Frau hob. Sie wollte ihn gerade durchsuchen, als sie sich stattdessen dem von Akten übersäten Schreibtisch zuwandte. »Pass auf, uns bleibt nicht viel Zeit. Die Unterstützung, die uns Doug bereitstellen kann, hat ihre Grenzen. Geh mit ihnen zu unserem Wagen.«

»Verstanden.«

Sie hörte, wie Levi Anweisungen auf Mandarin erteilte. Höchstwahrscheinlich würden ihn zumindest einige der Kinder verstehen.

Lucy öffnete einen der Aktenordner auf dem Schreibtisch. Er enthielt Informationen über die Kinder: Kontaktnamen, Telefonnummern, Alter, Größe, Status der Jungfräulichkeit und mehr. Sie holte ihr Handy heraus und schoss Fotos. Eine ganze Menge.

»Lucy, wir sind jetzt unterwegs zum Auto. In ungefähr einer

halben Stunde sind wir dort. Und was dann? Offensichtlich können wir nicht alle in dem Wagen unterbringen. Wenn jemand kommt, um nach den Kindern zu suchen, werden wir nicht wirklich verbergen können, wohin wir gegangen sind.«

Lucy schickte den ersten Schwung Fotos an Dougs E-Mail-Adresse, dann simste sie ihm GPS-Koordinaten.

»Levi, wir haben hier 'nen Volltreffer gelandet. Ich hab Herkunftsdaten, Namen der Beschaffer, der Käufer, der Kinder, Preise, einfach alles.« Ihr Handy vibrierte mit einer SMS von Doug. »Und ich hab eben eine Info von Doug bekommen. Keine Ahnung, wie er's angestellt hat, aber er lässt in dem Moment zwei Chinooks vom Militärstützpunkt Lewis-McChord in der Nähe von Tacoma abheben. Er sagt, sie sind in etwa 40 Minuten hier.«

»Wo hier? Bei deinem Wagen?«

»Die Koordinaten hab ich ihm geschickt.«

»Das glaub ich erst, wenn ich's sehe. Aber egal, ich sorg dafür, dass die Kinder in die Hubschrauber steigen, dann warte ich beim Auto auf dich.«

Unverhofft verspürte Lucy in sich eine Wärme, die sie an etwas erinnerte, das sie vor langer Zeit verloren hatte. »Nein, flieg mit den Kindern. Die Jungs vom Militär werden dich zumindest so lange brauchen, bis ein Dolmetscher da ist. Bis ihr landet, bin ich mit dem Wagen unterwegs zurück nach Süden.«

»Lucy, bitte sei auf dem Rückweg vorsichtig. Und geh nicht am Bachufer entlang. Dort sind frisch ausgehobene, mit Spießen gespickte Gruben. Eine ist besetzt, von der anderen hab ich das Tarngestrüpp entfernt, aber es ist dunkel, und man weiß ja nie ...«

»Mir passiert nichts. Wir sind soweit fertig. Vielleicht begegnen wir uns bei einer anderen Gelegenheit wieder. Mach's gut, Levi.« Damit entfernte Lucy den Ohrstöpsel und riss sich das Kehlkopfmikrofon vom Hals.

Da sie wusste, dass bald Leute eintreffen würden, rannte sie aus dem Büro, sprang über den toten Menschenhändler im Gang hinweg und konzentrierte sich darauf, es in einem Stück zurück nach Hause zu schaffen.

Einer der Triaden standen ausgesprochen unschöne Zeiten bevor.

KAPITEL EINUNDZWANZIG

Levi lief in seinem Apartment in New York City auf und ab, wählte eine Nummer und drückte die Daumen. Das musste funktionieren.

»Hallo, Levi. Ich wollte Sie gerade anrufen.« Mason klang, als befände er sich nebenan.

»Ich hab getan, was Sie verlangt haben. Ich hab Lucy bei der Sache mit den Kindern geholfen. Soweit ich weiß, haben Sie bekommen, was Sie wollten. Erinnern Sie sich daran, dass wir im Gegenzug über einen Gefallen gesprochen haben?«

»Nein«, antwortete Mason mit einem belustigten Unterton in der Stimme. *»Frischen Sie mein Gedächtnis auf.«*

Levi runzelte die Stirn und verstärkte den Griff um sein Handy. »Ich hab zu Ihnen gesagt, dass ich Sie vielleicht um ein paar Gefallen bitten muss, wenn alles klappt. Sie haben darauf erwidert, und ich zitiere: ›Sie müssen nicht darum bitten. Ich arbeite daran und sehe zu, was ich tun kann.‹ Erinnern Sie sich jetzt?« Er bemühte sich, den Zorn aus seiner Stimme zu verbannen. Levi konnte es nicht leiden, wenn Menschen ein Versprechen nicht einhielten.

»Ich meine, mich an etwas in der Art zu erinnern. Ich werde liefern. Aber ich brauche noch eine Kleinigkeit von Ihnen.«

Levi war nicht sicher, ob er sich davon abhalten könnte, Mason in seine Einzelteile zu zerlegen, wenn er denn Mann in Reichweite hätte. »Was?«, presste er knurrend hervor.

»In der Gegend, in der Sie Lucy zum ersten Mal begegnet sind, kommt es bald zu einer ziemlich großangelegten Razzia. Leider ist sie irgendwie auf der Watchlist des FBI gelandet, und ich brauche ungefähr einen Tag, um das zu klären. Zu lange. Das Feuerwerk wird schon davor hochgehen.«

Levis Zorn floss aus ihm ab, wurde abgelöst von Besorgnis. »Was soll ich tun?«

»Wenn ich Lucy zum Terminal Flushing – Main Street schicke, meinen Sie, dass Sie unsere gemeinsame Freundin dann von der Straße schaffen können, ohne beschattet zu werden? Wenn sie ins System gelangt, wird es kompliziert.«

»Flushing – Main Street. Ja, ich denke, ich kann ein Chaos arrangieren, um Verfolger abzuschütteln. Wann?«

»Holen Sie Lucy in zwei Stunden ab.«

Levi zögerte, als er an all die Leute dachte, die er anrufen musste. Er würde künstliche Verkehrsstaus arrangieren müssen, Blockaden gegen Autos der Polizei oder Bundesbehörden ... die Sache würde definitiv einiges an Koordination erfordern. »Na schön, tun wir's. Und danach rechnen wir ab?«

»Sie tun das für mich, und ich sorge dafür, dass Sie bekommen, was Sie brauchen.«

»In Ordnung.«

Mason legte auf, und Levi verbrachte die nächsten zwei Stunden am Telefon mit einem Dutzend Mitgliedern des Bianchi-Netzwerks.

Am späten Abend stand Levi vor dem Helmsley Arms und wartete, bis er den Wagen endlich sichtete. Er spürte, wie die Anspannung aus seinem Körper abfloss und blies den unbewusst angehaltenen Atem aus, als eine Limousine vor das Haus in der Park Avenue rollte. Ohne auf den Fahrer zu warten, öffnete sich die Tür hinten, und Lucy stieg aus. Als sie zu ihm aufschaute, wurden ihre Augen groß. »Du?«

»Ja, ich«, bestätigte Levi lächelnd.

»Mir war nicht klar, dass du involviert sein würdest.« Sie legte den Kopf schief, und eine untypische Emotion zeigte sich durch einen Riss in ihrer neutralen Fassade: Die Frau wirkte beinah erfreut.

Dann kam sie zu ihm und flüsterte: »Denk dran, nicht anfassen.« Und damit hängte sie sich bei ihm ein.

Die beiden Muskelprotze an der Tür des Gebäudes, das für die Nacht Lucys Unterschlupf werden sollte, lächelten sie beide an, als sie zu den Aufzügen gingen.

Als sich die Fahrstuhltüren schlossen, ließ Lucy ihn los, trat einen Schritt zurück und musterte Levi von Kopf bis Fuß. »Du hast dich ganz schön herausgeputzt. Ist das erste Mal, dass ich dich in 'nem Anzug sehe.«

Levi zuckte mit den Schultern. »Normalerweise entspricht eher das meiner Alltagskleidung.« Die Fahrstuhltüren öffneten sich, und Levi begleitete Lucy zu seinem Apartment. »Du hast mich bisher fast ausschließlich im Einsatzmodus gesehen. Da sehe ich anders aus als normal.«

Lucy zog die Augenbrauen hoch. »Ich finde allmählich, dass du in keiner Hinsicht sonderlich normal bist. Hab gesehen, was du an dem Bach zurückgelassen hast. Gute Arbeit mit den sechs Drecksäcken. Aber verursachst du immer so eine Schweinerei und erwartest dann, dass andere wie ich hinter dir aufräumen?«

Levi warf ihr einen verwirrten Blick zu, als er mit dem Finger über das biometrische Schloss seines Apartments fuhr.

Sie lächelte und schüttelte den Kopf. »Andererseits bist du vielleicht doch ein gewöhnlicher Kerl und überlässt immer anderen das Aufräumen. Das war eindeutig die Vorgehensweise meines Ehemanns.«

Er verdrehte die Augen, lächelte aber über ihre Sticheleien.

Mit einer schwungvollen Geste öffnete er die Tür und sagte: »Urteile selbst.«

Lucy betrat die Wohnung, sah sich um und nickte anerkennend.

Alles befand sich an seinem Platz. Und wenngleich Levi von Natur aus ein ordnungsliebender Mensch war, hatte er nicht vor zu erwähnen, dass täglich ein Hausmädchen zum Staubwischen und Staubsaugen vorbeikam.

»Wahrscheinlich hast du ein Hausmädchen.« Mit einer wegwerfenden Geste ließ sich Lucy auf einen Ledersessel plumpsen.

»Hungrig? Durstig?«

Lucy schüttelte den Kopf. »Ich hab schon gegessen.« Sie sah sich in der Wohnung um. »Wo übernachte ich?«

Levi zeigte zu einer angelehnten Tür am anderen Ende des Wohnzimmers. »Ich habe ein Gästezimmer. Ist schon alles vorbereitet. Es hat ein eigenes Badezimmer mit frischen Handtüchern.« Levi holte eine Süßigkeit aus einer Kristallschüssel auf dem Kaffeetisch. »Ich kann dir sogar was Süßes aufs Kopfkissen legen.«

»Nicht nötig.« Lucy zuckte mit den Schultern und seufzte. »Ich werd wohl ohnehin nicht viel schlafen.« Sie deutete zu den Fenstern. »Mir wird durch den Kopf gehen, was da draußen passiert.«

Levi nahm ihr gegenüber auf dem anderen Sessel Platz und fragte: »Willst du reden?«

Erneut zuckte sie mit den Schultern. »Was gibt's schon groß zu sagen? Ich habe genug Beweise geliefert, um den Großteil der Geschäfte meines Ehemanns in den Staaten auszulöschen. Und mit den Beweisen, die ich Doug übergeben habe, werden es auch die Leute in Hongkong wahrscheinlich nicht schaffen, ungeschoren davonzukommen.«

»War das nicht von Anfang an dein Plan?«

»Doch, war es.« Lucy schürzte die Lippen. Ihre Miene wirkte beunruhigt. »Ist es immer noch. Aber du musst dir vor Augen halten, dass ich seit meinem elften Lebensjahr nichts anderes als das gekannt hab.« Als sie Levi über den Kaffeetisch hinweg ansah, glitzerten unvergossene Tränen in ihren Augen. »Ich muss mich davon ablenken. Wie bist *du* auf diesen Weg geraten? Wo genau ist der amische Junge falsch abgebogen?«

Levi lehnte sich zurück, streifte die Schuhe ab und begann, davon zu erzählen, wie er das erste Mal in die Stadt gekommen war.

Levi redete fast eine Stunde lang ununterbrochen. Über die ersten Jahre. Über Vinnies Vater, den früheren Boss, der sämtliche Regeln gebrochen und sich für ihn eingesetzt hatte, um ihn in den inneren Kreis der Familie zu holen. Er sprach über seine Ehe, den Tod seiner Frau, seinen Krebs und die unverhoffte Genesung. Auch von seiner Wanderschaft durch die Welt und seiner Rückkehr zur Familie erzählte er.

Lucy stellte aufmerksame Fragen und schien aufrichtig interessiert an jeder Einzelheit zu sein. Ihr fiel es sogar auf, wenn er ihrer Meinung nach etwas auslieβ. Was er auch tat, einige Kleinigkeiten – Dinge, von denen er sich geschworen hatte, nie wieder über sie zu reden. Und sie ritt nicht darauf herum.

Als Levi gegen Mitternacht laut gähnte, stand Lucy auf und meinte: »Geh ins Bett. Ich leg mich hin und sehe noch fern oder so.«

Levi erhob sich und zeigte in Richtung der Küche. »Falls du

Hunger oder Durst hast, da drin gibt's etwas dagegen. Fühl dich einfach wie zu Hause. Sorgen musst du dir jedenfalls keine machen. In dieses Gebäude kommt niemand rein.«

Levi setzte sich auf, überwältigt von einer unverhofften Panikattacke. Im Apartment herrschte Totenstille. Nur sein Herzschlag dröhnte wie ein hämmernder Trommelschlag durch seinen Kopf. Ein eiskalter Schauder lief ihm über den Rücken.

Irgendetwas stimmte nicht.

Er schnappte sich die .45er vom Nachttisch und tapste langsam in Richtung Wohnzimmer, die Sinne in höchster Alarmbereitschaft.

Dann hörte er es.

Vorsichtig näherte er sich dem Gästezimmer. Die Tür war leicht angelehnt. Mit dem Zeigefinger über dem Abdruck verstärkte er den Griff um die Waffe. Behutsam öffnete er die Tür und trat ein.

Auf dem Boden lag ein Haufen zerknitterter Kleidung.

Seine Anspannung verflüchtigte sich, als er Lucy schlafend im Bett sichtete, eingerollt in Embryonalhaltung – und wieder mal nackt. Das Geräusch, das ihn geweckt hatte, war ihr Schnarchen.

Langsam wich er aus dem Zimmer zurück und schloss die Tür hinter sich.

Es war vier Uhr morgens – und es hatte keinen Sinn, sich wieder schlafen zu legen. Er brauchte eine Dusche.

Am besten eiskalt.

Levi stand mit Ryuki und Yoshi auf dem Rollfeld und wartete auf die Ankunft von Shinzo Tanakas Flugzeug.

Ryuki legte einen Arm um Levis Schulter und drückte sie. »Unglaublich, dass Sie das ermöglicht haben.«

Levi nickte, erwiderte jedoch nichts. Er konnte dem Mann nicht sagen, dass in Wirklichkeit ein Mann, der für einen geheimen Teil der US-Regierung arbeitete, die nötigen Fäden gezogen hatte, um die Visabeschränkung für den Boss des Tanaka-Syndikats aufzuheben.

»Und?«, fragte Yoshi. »Kommen Helen und June heute wirklich aus der Schutzhaft?«

Levi nickte. »Ja. Meine Kontaktperson hat mir mitgeteilt, dass gerade ein privates Treffen für die Entlassung arrangiert wird. Ich glaube, sie haben beide bereits mit Mr. Tanaka gesprochen, während er noch in der Luft war.«

»Mr. Tanaka spricht Englisch?« Yoshi wirkte überrascht.

Ryuki zuckte mit den Schultern. »Ich habe ihn nie eine andere Sprache sprechen gehört, und ich kenne ihn seit über 20 Jahren.«

In dem Moment bog eine ungekennzeichnete Gulfstream in ihre Richtung. Die zwei mächtigen Triebwerke brummten laut, als die Maschine langsam dahinrollte. Schließlich blieb das Flugzeug stehen. Der Triebwerkslärm verstummte rasch, und die Tür öffnete sich. Eine Treppe wurde ausgeklappt. Zoll- und Einwanderungsbeamte bestiegen das Flugzeug zur Überprüfung.

Wenig später kamen die Beamten wieder heraus. Levi lächelte, als er sah, wie Shinzo Tanaka am Ausgang der Maschine erschien – ein legaler Besucher in einem Land, das ihm die Einreise fast drei Jahrzehnte lang verwehrt hatte.

Die Fahrt vom Flughafen Dulles zur Turnhalle der Schule, wo das erste Treffen stattfinden sollte, dauerte fast eine Stunde. Levi hatte dafür einen neutralen Ort arrangiert, der zugleich allen ein wenig

Privatsphäre bot. Die beiden Männer, die mit Tanaka angekommen waren, saßen in der Limousine vorne, während sich Levi, Yoshi und Ryuki hinten bei Tanaka befanden.

Tanaka lächelte ironisch, als er aus dem Fenster des Fahrzeugs blickte. »Ich kann immer noch nicht recht glauben, dass ich hier bin. Levi, das ist mir sehr wichtig.«

Levi hörte die Emotion, die in den Worten des Mannes mitschwangen. Er konnte sich nicht ansatzweise vorstellen, wie es sein musste, zum ersten Mal überhaupt seine einzige lebende Erbin zu treffen. So etwas würde wohl jedem unter die Haut gehen. »Ich bin froh, dass alles geklappt hat.«

Tanaka nickte und schaute aus dem Fenster.

Yoshi wirkte angespannt. Wohl nervös, weil er dem Yakuza-Boss wahrscheinlich noch nie zuvor persönlich begegnet war. Ryuki starrte stoisch auf die eigenen Knie. In Summe ergab sich eine merkwürdige, betretene Stille, die Levi Unbehagen verursachte. Lag es an der üblichen japanischen Gelassenheit oder an etwas anderem? Italiener konnten es sich nicht verkneifen, Geschichten zu erzählen oder Witze zu reißen, wenn es nichts zu tun gab. Die Stille und die gedrückte Stimmung machten Levi nervös.

»Tanaka-sama«, sagte er in sorgfältig bemessenem Japanisch. »Ich habe gehört, Sie haben schon mit June gesprochen. Stimmt das?«

»*Hai*. Aber für einen alten Mann wie mich ist es nicht einfach, eine neue Sprache zu lernen. Ich kenne bisher nur wenige Worte.« Tanakas Lächeln wurde breiter, als die Limousine auf einen großen Parkplatz bog.

Sie hatten ihr Ziel erreicht.

Levi stieg aus, öffnete die Tür für Tanaka und führte die Truppe dann zur Turnhalle. Mehrere FBI-Agenten warteten am Eingang des Gebäudes. Vermutlich waren sie zuständig für die Schutzhaft der Wilsons gewesen.

Einer der Bundesbeamten hob die Hand. »Mr. Yoder?«

»Ja, das bin ich.«

»Okay, Mr. Shinzo Tanaka und Sie werden hineinbegleitet. Sonst ist niemand zugelassen.«

Levi gab die Worte auf Japanisch an Tanaka weiter. Der Verbrecherboss nickte und bedeutete den anderen, zurückzubleiben.

Der Agent öffnete die Tür. Tanaka und Levi gingen hinein.

Levi folgte dem Japaner in eine hell erleuchtete Turnhalle. Er hörte das Geräusch eines hüpfenden Basketballs. Dem älteren Mann neben ihm rutschte ein leises Kichern heraus.

Tanaka hatte gerade zum ersten Mal seine Enkeltochter persönlich gesehen.

Helen winkte ihnen entgegen. Ihr rotes Haar hob sich wie ein Leuchtfeuer von ihrer eintönigen Aufmachung ab. Sie legte die Hand auf Junes Schulter und zeigte zu Levi und Tanaka.

Die Züge des kleinen Mädchens erstrahlten förmlich. June rannte ihnen entgegen und rief: »*Sofu! Sofu!*« Das japanische Wort für Großvater. Stürmisch warf sie sich Tanaka entgegen. Er hob sie hoch und umarmte sie innig.

Die beiden zu sehen, weckte auch in Levi Emotionen, vor allem, als er Tränen im Gesicht des alten Mannes erblickte.

June schob die Unterlippe vor und wischte seine Tränen weg. »*Sofu*, nicht weinen. Es ist alles gut. Jetzt sehe ich dich endlich.«

Helen ging zu den beiden, verneigte sich leicht und sagte in nicht allzu grauenhaftem Japanisch: »Es freut mich, dich kennenzulernen. June hat sehr liebevoll von dir gesprochen.«

Tanaka streckte den Arm aus, und die drei drückten sich. Tanaka sagte in nicht allzu grauenhaftem Englisch: »Es tut mir leid, dass ich so lange gebraucht habe, um herzukommen.«

Levi spürte, wie ihm jemand auf die Schulter tippte. Als er sich umdrehte, überraschte ihn nicht wirklich, Doug Mason vor sich zu sehen, selbstgefällig wie eine Katze, die gerade einen Kanarienvogel verspeist hat.

»Wirklich?«, fragte Levi. »Jetzt tauchen Sie auf?«

Mason legte den Zeigefinger an die Lippen und flüsterte: »Ich habe zwei Dinge für Sie. Erstens das hier.« Er reichte Levi ein Blatt Papier. Es handelte sich um die Kopie eines geheimen FBI-Berichts über die Anspach-Ermittlungen.

Nicholas Anspach, Aufenthaltsort unbekannt.

Anspachs Wohnsitz ist seit dem ersten Bericht über Gesetzwidrigkeiten versiegelt. Eine zweite Beweismittelerhebung hat wenig Neues ergeben, mit einer Ausnahme: Hinter einer versteckten Wand im Schlafzimmerschrank wurden alte Zeitungsausschnitte über die Ermordung eines Georgetown-Studenten namens Jun Tanaka gefunden.

Schlagartig sträubten sich Levi die Nackenhaare. Helens Worte, die sie vor einer gefühlten Ewigkeit zu ihm gesagt hatte, liefen in seinem Kopf ab.

Junes Vater ist vor ihrer Geburt gestorben. Er war Doktorand in Georgetown und wurde auf dem Weg zu seinem Wagen aus einem fahrenden Auto heraus erschossen.

Levi blinzelte, als ihm klar wurde, was das alles bedeutete.

Er schaute hinüber zu Helen und Tanaka. Beide bemühten sich redlich, sich miteinander zu verständigen. Und obwohl beide die jeweils andere Muttersprache nur spärlich beherrschten, gelang es ihnen irgendwie. June lehnte den Kopf an die Schulter ihres Großvaters und schlang die Arme um seinen Hals.

Levi wandte sich wieder dem Ausdruck zu.

Anspach war der Täter gewesen. Der eifersüchtige Drecksack

hatte Junes Vater getötet und versucht, auch Yoshi auszuschalten – wahrscheinlich, weil er von der Beziehung zwischen ihm und Helen erfahren hatte. All die Fotos in Anspachs Haus ...

Er flüsterte Mason zu: »Bin gleich wieder da.«

Levi ging zum hinteren Ende der Turnhalle und wählte Dinos Nummer. Der Mafioso ging beim ersten Klingeln ran. *»Ja, was gibt's?«*

»Ist unser Freund noch da?«

»Oh ja. Und wie. Aus irgendeinem Grund ist er unglücklich, der undankbare Arsch.«

»Falls du mir einen großen Gefallen tun könntest: Erinnerst du dich an die Pläne, die wir für ihn besprochen haben?«

»Ja.«

»Bringen wir das Paket auf den Weg.«

»Kein Problem. Kannst es als erledigt betrachten. Wann soll das Paket ankommen?«

Tanaka hatte nur ein Visum für sieben Tage.

»Sagen wir in zwei Wochen.«

»Wird gemacht.«

»Danke. Ich melde mich wieder.«

Levi verspürte einen Anflug von Befriedigung, als er zu den Wilsons und Tanaka zurückging. Er flüsterte Tanaka auf Japanisch ins Ohr. »Können wir kurz unter vier Augen reden? Ich muss Ihnen drei Dinge mitteilen. Der erste Punkt wird Sie mit Sicherheit aufregen, aber ich denke, der zweite kann das aufwiegen. Und beim letzten bin ich mir nicht sicher, ob es gut oder schlecht ist, aber ich fühle mich verpflichtet, es Ihnen zu sagen.«

Tanakas Gesichtsausdruck wurde ernst, als er nickte. Zu Helen sagte er in stockendem Englisch: »Entschuldige mich kurz.«

June war an der Schulter ihres Großvaters eingeschlafen, also hielt er sie weiter fest, als ihn Levi von den anderen wegführte.

»Was ist?«, fragte Tanaka.

Levi erzählte dem Yakuza-Boss, was er gerade über Anspach erfahren hatte, über Juns Ermordung, die Fotos von Helen und seine Theorie, warum der Mann das kleine Mädchen entführt hatte: ein kranker Versuch Anspachs, Helens Gunst zu erringen, indem er die Kleine »gerettet« hätte.

Tanaka lief puterrot an, behielt sich jedoch unter Kontrolle. »Und das Zweite?«

Levi grinste. »Wissen Sie noch? Ich habe Ihnen gesagt, dass der Entführer Ihrer Enkelin nie wieder jemanden belästigen würde, und das stimmt. Allerdings habe ich dabei nicht erwähnt, dass er von einigen meiner Freunde für mich festgehalten wird. Ich habe gerade veranlasst, dass er in zwei Wochen an Bord eines Frachtschiffs in Tokio eintrifft. Die Einzelheiten gebe ich Ihnen noch. Sie können mit ihm machen, was immer Sie wollen.«

Ein eisiges Lächeln breitete sich in den Zügen des anderen Mannes aus, der anerkennend nickte. »Sehr gut. Danke für das Geschenk. Ich stehe erneut in Ihrer Schuld. Und das Dritte?«

Levi rümpfte die Nase und zögerte. »Das ist kompliziert. Lassen Sie mich Ihnen zuerst erklären, dass beide Beteiligten unschuldig sind und sich nichts Unangemessenes abgespielt hat. Aber ... ich merke, dass Yoshi, Ryukis Bruder, in Helen verliebt ist. Und ich bin mir ziemlich sicher, dass es auf Gegenseitigkeit beruht.«

Tanaka zeigte keine Reaktion. »Woher wissen Sie das?«

Levi zuckte mit den Schultern. »Überwiegend merke ich es an Kleinigkeiten. Und Yoshi war bereit, sich für June zu opfern. Er war bei mir, als ich sie befreit habe. Als sie ihn gesehen hat, ist sie sofort zu ihm gerannt. Jedenfalls hatte ich das Gefühl, Sie sollten es erfahren. Und Sie sollten auch wissen, dass Yoshi niemals Unehre über seinen Bruder bringen würde, indem er sich auf eine Beziehung ohne Zustimmung oder Segen einlässt. Allerdings würde er aus Angst vor einer Ablehnung auch nie um diesen Segen bitten.«

June rührte sich an der Schulter des Verbrecherbosses. »*Sofu*, bitte lass mich runter.«

Tanaka stellte die Kleine auf den Boden. Sie rannte zurück zu ihrem Basketball und fing an, damit zu dribbeln.

Der Japaner klopfte Levi auf die Schulter. »Danke für die Information. Kann Yoshi hereingeholt werden?«

Levi lächelte. »Ich bin sicher, das lässt sich machen.«

Er redete mit Mason. Wenig später betrat Yoshi die Turnhalle und sah unheimlich nervös aus.

»Yoyo!«, rief June begeistert. Sie stürmte auf Yoshi zu und warf die Arme um seine Taille.

Levi fiel auf, dass Tanaka die Interaktion zwischen den beiden intensiv beobachtete.

Als sich die Kleine wieder dem Spiel mit ihrem Ball zuwandte, trat Yoshi auf Tanaka zu und verbeugte sich tief. »Sie wollten mich sprechen?«

Tanaka schlang dem beunruhigten Mann einen Arm um die Schultern. »Sag mir, was du von meiner Enkelin und ihrer Mutter hältst.«

Plötzlich glich Yoshi einem Reh im grellen Scheinwerferlicht eines Lkw, die Augen weit aufgerissen. Er hatte sichtlich keine Ahnung, wie er reagieren sollte.

Levi murmelte auf Englisch: »Sagen Sie einfach die Wahrheit.«

Yoshi blinzelte heftig und sah aus, als würde er am liebsten im Erdboden versinken. Nach mehreren Sekunden des Schweigens flüsterte er kaum hörbar auf Japanisch: »Ich liebe sie beide sehr.«

»Und du passt mittlerweile seit Jahren auf die beiden auf, ist das wahr?«

Yoshi nickte mit Nachdruck.

»Muss schwierig sein, denn soweit ich weiß, wohnt ihr an unterschiedlichen Orten. Kann nicht einfach sein, sowohl June als auch Helen im Auge zu behalten.«

»Na ja, nein, ist es nicht, aber ich bemühe mich, beides hinzubekommen. Ich arbeite nachts bei einem Sicherheitsunternehmen, um auf sie aufzupassen, und tagsüber ehrenamtlich in Junes Schule, um in ihrer Nähe zu sein. Und dazwischen fahre ich zum Schlafen nach Hause.«

Levi lauschte mit gespitzten Ohren, was der Yakuza-Boss Yoshi zuflüsterte: »Hast du schon mal überlegt, ob es nicht einfacher wäre, am selben Ort zu wohnen?«

Yoshi nickte. »Hab ich auch versucht. Aber die Wohnanlage hat eine Richtlinie dagegen, dass Bewohner zugleich für die Sicherheit zuständig sind. Eine lächerliche Regel, aber ...«

Tanaka lachte. »Nein, das habe ich nicht gemeint. Du liebst sie beide, und June scheint dich sehr zu mögen. Ihre Mutter auch?«

»Ob sie ... mich sehr mag?« Yoshi wirkte sofort wieder nervös. »Ich denke schon, aber ich würde nie ...«

»Na schön, lass uns das klären.« Tanaka gab Helen ein Zeichen. Sie kam herüber.

»Ja?«

Tanaka sah Levi an und bedeutete ihm, ebenfalls näher zu kommen. »Dolmetschen Sie für mich.« Dann drehte er sich Helen zu. »Ich weiß, dass Yoshi verliebt in dich ist. Ich bin damit einverstanden, aber nur, wenn du es auch bist.«

Helen schaute zwischen Levi und Tanaka hin und her, während Levi übersetzte. Ihre Augen weiteten sich, als die Botschaft klar wurde. Überrascht sah sie Yoshi an.

»Also«, meinte Tanaka schließlich. »Wie sehen deine Gefühle aus?«

Helen lief rot an. Eine Phase, die Yoshi längst mehrfach hinter sich hatte. »Mir liegt viel an ihm.«

»Wärst du auch bereit, zu heiraten und meiner Enkelin ein stabiles Zuhause zu bieten?«, fragte Tanaka unverblümt.

Yoshi sah aus, als könnte er vor Sauerstoffmangel in Ohnmacht fallen.

Levi flüsterte Tanaka zu: »So wird das hier nicht gehandhabt, wenn ...«

Ein strenger Blick des Verbrecherbosses ließ Levi abrupt verstummen. Stattdessen übersetzte er für Helen.

Ihr Mund klappte auf. Tränen glitzerten in ihren Augen. »Wenn er dazu bereit ist, bin ich es auch.«

Tanaka schien ihre Antwort zu verstehen, denn er drehte sich zu Yoshi um und zog eine Braue hoch.

Yoshi räusperte sich und sah Helen in die Augen. Auf Englisch sagte er: »Ich wäre überglücklich, dich zur Frau zu nehmen.«

»Und ich sage Ja zu deinem Antrag«, antwortete Helen strahlend.

Tanaka zog einen Schlüsselbund aus der Tasche und hielt ihn Yoshi hin. »Das ist mein Hochzeitsgeschenk.«

Alle starrten auf die Schlüssel, wussten nicht recht, was sie davon halten sollten.

Der mächtige Japaner erklärte es. »Ich unterhalte schon lange ein Haus in dieser Gegend. Eigentlich sollte es ein Geschenk zum College-Abschluss für meinen Sohn werden. Stattdessen habe ich entschieden, ein Hochzeitsgeschenk daraus zu machen.«

Levi übersetzte. Helen umarmte den älteren Mann innig und dankte ihm auf Japanisch.

Tanaka tippte auf seine Armbanduhr. »Ich habe dieses Jahr noch sechs Tage in den USA übrig. In der Zeit möchte ich gern der Hochzeit meiner Schwiegertochter beiwohnen. Es kann sogar eine Hochzeit im amerikanischen Stil sein, wenn ihr darauf besteht.«

Helen und Yoshi sahen sich gegenseitig an, dann begannen sie zu lachen.

June rannte zu den beiden und fragte neugierig: »Was ist so lustig?«

Helen kniete sich vor June und fragte: »Was würdest du davon halten, wenn Mami und Yoyo heiraten?«

June hüpfte aufgeregt auf und ab. »Kann ich beim Heiraten helfen?«

»Wie wär's, wenn du das Blumenmädchen wirst?«, schlug Yoshi vor.

Levi entfernte sich von der Familienszene. Er sah schon, dass sich die Dinge beim Tanaka-Wilson-Watanabe-Clan gut entwickelten.

KAPITEL ZWEIUNDZWANZIG

Als Levi die Turnhalle verließ, erwartete ihn Doug Mason. Der Mann forderte ihn mit einer Geste auf, ein Stück mit ihm zu gehen. »Was gibt's?«

»Haben Sie etwas von Lucy gehört?«, fragte Doug.

Levi schüttelte den Kopf. »Hätte ich sollen? Sie ist vor vier Tagen von mir zu Hause weg, nachdem Ihre Leute den Großteil von Flushing auseinandergenommen haben – was übrigens aus irgendeinem Grund nie in den Nachrichten war. Seither hab ich nichts von ihr gehört. Warum?«

Mason runzelte die Stirn. »Ihr Telefon ist offline, seit Sie Ihre Wohnung verlassen hat. Und sie hat auch nichts gesagt, bevor sie gegangen ist? Wohin sie wollte?«

Als Levi den Geheimagenten – oder was immer er sein mochte – betrachtete, konnte er wenig Mitgefühl für seine Notlage aufbringen. »Steckt sie in Schwierigkeiten?«

»Nein. Ich habe sämtliche Aufzeichnungen über sie vollständig beseitigt. Ihre Weste ist blütenweiß.«

»Und die Triade? Was ist aus der geworden?«

Mason grinste. »Wir haben fast 200 Möchtegern-Käufer und 50 Menschenhändler verhaftet, außerdem sind wir hinter weiteren 100 Verdächtigen her, alle im Inland. Die Behörden in Hongkong haben knapp 1.000 direkte Mitglieder des Syndikats aus dem Verkehr gezogen, unter anderem die oberste Führungsriege der Organisation.«

»Sie haben der Schlange den Kopf abgeschlagen. Glückwunsch.«

Der Bundesagent nickte und seufzte. »Es ist ein Anfang. Aber sobald ein Menschenhändlerring gesprengt wird, scheinen zwei aus dem Boden zu sprießen. Es ist ein Problem, das nie endet.«

»Gibt's sonst noch etwas?«

»Anspach. Wir können ihn nach wie vor nicht finden. Sie haben nicht zufällig ...«

»Ich habe keine Ahnung.«

Mason starrte ihn an. »Ganz sicher?«

Levi blieb stehen und sah dem Mann unverwandt in die Augen. »Würde ich Sie belügen?«

Mason gab einen zynischen Laut von sich und brummte. »Wahrscheinlich haben Sie ihn durch den Fleischwolf gedreht und als Bolognese-Soße serviert.«

Levi zog die Augenbrauen hoch. »Wissen Sie, das ist eigentlich gar keine üble Idee.«

Obwohl der Taxifahrer den Verkehr in den Straßen Manhattans wüst verfluchte, lächelte Levi zufrieden. Nichts würde ihm die gute Laune verderben. Er war fertig mit Washington, D.C. Kein Gepäck, keine Pseudo-Freundin, keine Verpflichtungen, nichts.

Das Taxi rollte an der East 86th Street vorbei und vor das vertraute Gebäude mit den Marmorsäulen zu beiden Seiten des

Eingangs. Levi hatte sich immer noch nicht ganz daran gewöhnt, eine Adresse in der Park Avenue zu haben, auch wenn das Gebäude der Mafia gehörte. Die Worte »The Helmsley Arms«, die in Blattgold über den drei Meter hohen Türen prangten, zeugten von Vinnies Stil, und irgendwie funktionierte alles.

Es war ein Zuhause.

Als Levi aus dem Wagen stieg, umfing ihn die kühle, feuchte Luft der Stadt. Die gedämpften Gerüche, die Feuchtigkeit, die Wolkendecke – es würde in der Nacht schneien.

Die Türen öffneten sich, als sich Levi dem Eingang näherte. Frankie trat heraus und empfing ihn mit einem Lächeln. »Er ist wieder da!«

Levi bedachte ihn mit einem fragenden Blick, als sie sich umarmten und das Gebäude betraten. »Wo sollte ich denn sonst sein?«

Frankie schlang den Arm um Levis Schultern, als er ihn zu den Aufzügen begleitete. Kaum hatten sich die Fahrstuhltüren hinter ihnen geschlossen, meinte Frankie in unbeschwertem Ton: »Vinnie dachte, nachdem du dem Yakuza-Boss seine Enkelin zurückgeholt hast, würde er vielleicht versuchen, dich wegzulocken. Du weißt schon, um für ihn zu arbeiten. Er hat halb mit einem Brief von ihm in der Post gerechnet.«

Levi drehte sich dem Sicherheitsleiter der Familie Bianchi zu, als Frankie den Knopf für die oberste Etage drückte. In ihrer Branche scherzte man nicht darüber, die Zugehörigkeit zu wechseln. Das galt als sicherer Weg, sich eine Kugel einzufangen.

»Darüber macht man nicht mal Scherze«, sagte er.

Sein Freund lachte und klopfte ihm auf die Schulter. »Er hat's nicht bös gemeint. Wirst du gleich sehen.«

Plötzlich sprang Levis Warnradar massiv an.

Sie verließen den Aufzug und gingen einen kurzen Flur entlang.

Zwei weitere Mafiosi sprangen von ihren Stühlen auf und öffneten eine Doppeltür zu Don Bianchis Salon.

Als Frankie und Levi eintraten, hämmerte Levis Herz laut. Seine Sinne kribbelten. Beinah vermeinte er, das Knistern der Elektrizität in jeder Faser seiner Muskeln zu hören.

Der Raum hatte sich nicht verändert, seit er zuletzt hier gewesen war. Dieselben zwei Kamine, beide angezündet. Vinnies großer Schreibtisch, die Bar, die Sessel, die geschnitzte Holzvertäfelung, die Nachbildung der *Venus de Milo*.

Es war niemand anwesend.

Levi bemühte sich, ruhig zu atmen, und rechnete halb mit dem Schlimmsten, als sich die Tür am gegenüberliegenden Ende des Raums öffnete.

Don Vincenzo Bianchi, Oberhaupt der Mafiafamilie Bianchi und Levis lebenslanger Freund, kam herein. Ihre Blicke begegneten sich, und Vinnies Lächeln verriet Levi alles, was er wissen musste.

Der Mann war nervös.

»Levi!« Vinnie durchquerte den Salon mit schnellen Schritten. Sie umarmten sich und küssten sich gegenseitig auf die Wangen. Wie üblich – und vor allem, wenn er nervös war – schenkte sich der Don einen Amaretto Sour ein. »Kann ich dir ein Selters anbeiten?«

»Nein, danke, ich möchte nichts.«

Frankie ging hinter Vinnies Schreibtisch und kehrte mit einer großen, teuer aussehenden Reisetruhe zurück. Levis Anspannung schlug in Richtung Verwirrung um.

»Weißt du was, Vinnie? Vielleicht nehm ich doch ein Glas Selters.« Levi ging zur Bar hinüber, wo Vinnie eine CO_2-Patrone in einen großen Metallkanister einlegte. Wenig später saßen die drei Männer mit ihren Getränken um eines der Feuer.

Levi wartete geduldig. Er wusste, dass er aus einem bestimmten Grund hierhergebracht worden war. Vereinzelt warf er Blicke zu der

Reisetruhe, die auf Rollen zwischen Vinnie und Frankie stand. Sie wies keinerlei Kennzeichnung auf.

»Ich weiß, dass du deinen Vertrag mit dem Tanaka-Syndikat erfüllt hast.« Vinnie nippte an seinem bernsteingelben Drink und deutete dann damit auf Levi. »Man war ausgesprochen zufrieden mit dir.«

»Um ehrlich zu sein, war mir nicht klar, dass wir einen echten Vertrag hatten. Immerhin hab ich Watanabe nur versprochen, dass ich mein Bestes tun würde, um die Enkelin seines Bosses zu finden.«

Frankie schlug die Beine auseinander, beugte sich vor und stellte seinen Drink auf der Armlehne des Ohrensessels aus Leder ab. »Glaub mir, Vinnie hat einen super Deal ausgehandelt. Zu unserem Glück hast du's durchgezogen.«

Levi zeigte auf die Truhe. »Ist das ein Teil des Deals?«

Vinnie schüttelte den Kopf und räusperte sich. »Ich hatte heute Morgen einen Anruf von diesem Watanabe. Sein Boss war an der Strippe, er hat für ihn gedolmetscht. So, wie der Mann von dir gesprochen hat, hätte man meinen können, er redet über seinen leiblichen Sohn. Levi, keine Ahnung, ob er 'ne Schraube locker hatte oder so, jedenfalls war es mehr als merkwürdig. Er hat mich gebeten, ihm einen Gefallen zu gewähren. Für dich.«

Verwirrt zeigte Levi auf sich. »Einen Gefallen für mich?«

»Du wirst es kaum glauben: Er wollte wissen, wie viel es kostet, dich aus unserem Arrangement herauszukaufen und dir die Freiheit zu ermöglichen.«

Levi verstand nicht. Tanaka und er hatten sich kaum richtig kennengelernt, trotzdem wollte ihn der alte Mann aus dem Geschäft haben. Außer Gefahr. *Warum?*

Und plötzlich ergab es einen Sinn.

Zu Levis Überraschung breitete sich ein warmes Gefühl in seiner Brust aus. Er drängte es zurück und holte tief Luft.

»Levi ...« Vinnie sprach leise und klang auf einmal heiser. »Es spielt keine Rolle, was du machst. Wenn du dich schneidest, blute ich. Mir fiele im Traum nicht ein, dich von irgendwas abzuhalten. Als du nach Marys Tod gegangen bist, hab ich keine Fragen gestellt. Ich hab dich verstanden.

Als du zurückgekommen bist – auch keine Fragen.

Und wenn du jetzt gehen willst, versteh ich das, und es wird wieder keine Fragen geben.«

Levi holte erneut tief Luft und blies sie aus. Er schüttelte den Kopf und wollte gerade etwas sagen, als Vinnie ein Zeichen in Frankies Richtung gab.

Frankie stand auf und rollte die schwere Truhe zu Levi.

»Mach sie auf, Levi«, sagte Vinnie. »Was immer da drin ist, es gehört dir. Ein Geschenk von Tanaka, eine Art Bonus.«

Frankie schnaubte, als Levi die Metallschnallen der Truhe öffnete. »Tja, das Ding haben heute Morgen vier der größten asiatischen Muskelprotze hergeschleppt, die ich je außerhalb eines Zoos gesehen hab.«

Levi ließ die letzte Schnalle aufschnappen und klappte den Deckel hoch – dann fiel ihm die Kinnlade runter. Die Truhe enthielt ein Vermögen in Dollar, Yen und Euro. Zig Kilo Bargeld. »Das nenn ich mal 'nen Bonus.« Eine Überschlagsrechnung im Kopf ergab, dass es sich leicht um mehrere Millionen Dollar handelte. Vielleicht 10? 20?

Frankie stieß einen Pfiff aus. »Mann, so was sieht man nicht alle Tage.«

Auf dem riesigen Geldhaufen lag eine schwarz lackierte Geschenkkassette aus Holz, ungefähr einen halben Meter lang, mit einem glänzenden goldenen Verschluss. Levi hob sie auf und öffnete sie.

Die Kassette enthielt eine mit einem roten Seidenband

verschnürte Schriftrolle. Darunter befand sich ein länglicher, in ein grünes Tuch gewickelter Gegenstand.

Levi löste das Band und breitete die Schriftrolle aus.

Sie enthielt eine mit Tinte verfasste Botschaft auf Japanisch, präzise gezeichnet, aber ohne künstlerisches Flair. Nicht Ryukis Handschrift. Die von Tanaka?

Levi,

mein Flugzeug hat gerade US-Gebiet erreicht. In wenigen Stunden sehen wir uns wieder. Ich vermag nicht ansatzweise meine Dankbarkeit für alles auszudrücken, was Sie für mich und meine Enkelin getan haben, die mir teurer als alles ist, was ich besitze.

Ich habe mit Ihrem Don Bianchi gesprochen und dabei erkannt, dass Sie und er nicht wirklich kohai *und* senpai *sind, Untergebener und Vorgesetzter. Zumindest sieht es sein Herz nicht so. Er betrachtet sie als lieben Bruder, auch wenn er es vielleicht nicht ausspricht. Ryuki hat gedolmetscht, aber ich konnte seine Stimme, seine Emotionen hören und die Bedeutung seiner Worte fühlen.*

Levi spähte zu Vinnie und achtete darauf, gleichmäßig weiterzuatmen. Er konzentrierte sich wieder auf das Papier in seiner Hand.

Wie Sie vermutlich gerade sehen, habe ich Ihnen die Mittel für einen Neuanfang bereitgestellt. Ich kann Ihnen nur wünschen, was ich meinem Sohn ermöglichen wollte: die Grundlage für ein gesundes, glückliches und langes Leben.

Ich wünsche mir aufrichtig, dass Sie einen anderen Weg als den in Betracht ziehen, den wir beide gewählt haben. Damit können Sie es, hoffe ich. Aber auch, wenn Sie in dieser Branche bleiben, sollen Sie wissen, dass Sie in mir einen Verbündeten und Freund haben. Dasselbe gilt für jene, die mir gegenüber loyal sind.

Ich wünsche Ihnen nur das Beste.

Außerdem habe ich etwas hinzugefügt, von dem ich denke, dass allein Sie es zu schätzen wissen. Es war der kostbarste Besitz meines Sohns, bevor er nach Amerika ging, ungefähr zu der Zeit, als Sie ihn gekannt haben. Benutzen Sie es nach Ihrem Ehrempfinden.

Shinzo Tanaka

Neugier durchströmte Levi, als er das grüne Tuch behutsam auswickelte. Er schnappte nach Luft, als ein funkelnder Dolch zum Vorschein kam – ein *Tanto*.

Niemand sonst existierte auf der Welt in jenem Moment, als Levis Herz raste und seine Erinnerung ein Dutzend Jahre in die Vergangenheit schwenkte. Damals hatte er von Meister Oyama, seinem Kampfkunstlehrer, ein genau solches Geschenk erhalten.

Balance, Gewicht und natürlich das Zeichen des Herstellers – Juns Messer erwies sich als beinah exaktes Ebenbild.

Levis eigener *Tanto* war ihm vor über einem Jahr gestohlen worden. Er schaute zu Frankie und Vinnie auf, die ihn schweigend beobachteten. Levi führte den Dolch an seine Lippen, küsste ihn, legte ihn zurück in die Kassette und schloss lächelnd den Deckel. »Also, das war definitiv unerwartet.« Er platzierte die Kassette wieder auf dem Geld. »Irgendeine Schätzung, wie viel da drin ist?«

»Plus minus 30 Millionen«, antwortete Frankie.

»Also, was meinst du?«, fragte Vinnie. »Hebst du ab nach

Hawaii, kaufst dir dort eine schicke Hütte und vergnügst dich für den Rest deines Lebens mit Hula-Mädchen am Strand?«

Levi stand auf und verdrehte die Augen. »Ich hab zu Hause bei meiner Mutter genug Mädchen, die eine Ausbildung, Kleidung, Bücher und mit der Zeit noch allen möglichen sonstigen Kram brauchen.« Er ging um die Truhe herum und herzte den Don. »Ich hebe nirgendwohin ab.«

Vinnie umarmte ihn innig und flüsterte: »Du bist immer mein Bruder gewesen, vergiss das nie. Ich würde für dich sterben, Levi.«

»Kann ich nur zurückgeben.« Levi löste sich von ihm und sah Vinnie in die Augen. Sie glänzten feucht und erwiesen sich als leicht gerötet, höchstwahrscheinlich vor Emotionen. »Weißt du noch, dass du mich mal 'nen Engel in Teufelsgestalt genannt hast?«

Der Don wischte sich über die Augen. »Kann sein, vielleicht.« Er tätschelte Levis Brust und schmunzelte. »Passt jedenfalls für dich wie die Faust aufs Auge.« Dann wandte er sich an Frankie und zeigte auf die Truhe. »Rede mit den Rosenbergs. Sie müssen das Geld so ins System schleusen, dass Levi nichts davon an die Behörden abtreten muss.«

Während Vinnie und Frankie fachsimpelten, ließ Levi in Gedanken Revue passieren, wie Vinnie auf die Erwähnung jener Floskel reagiert hatte.

Mason konnte doch unmöglich rein zufällig auf dieselben Worte gekommen sein, oder? Andererseits konnte sich Levi nicht vorstellen, dass Vinnie irgendetwas mit Mason oder sonstigen Agenten zu tun haben könnte. Vinnie hatte nie etwas anderes als tiefreichende Verachtung für jegliche Behörden übriggehabt.

Levi blickte auf das Bargeld hinab. Allmählich dämmerte ihm, was eine so schwindelerregende Summe in Wirklichkeit für ihn bedeutete. Ihn hatte immer nagend beunruhigt, wie er seine Mutter und die Kinder versorgen sollte, vor allem, falls ihm etwas zustieße.

Aber damit könnte er es so einrichten, dass es ihnen nie an etwas fehlen würde, ganz gleich, was aus ihm wurde.

Er schloss die Augen, atmete tief durch und lächelte.

Da er im Augenblick keine komplizierte Beziehung hatte, ihm keine Bundesagenten im Nacken saßen und gerade niemand etwas von ihm erwartete, nahm das Leben endlich wieder einen gewissen Anschein von Normalität an.

Levi schlief tief und fest, als das Telefon klingelte. Benommen setzte er sich auf, hob das Handteil aus der Halterung und meldete sich. »Ja?«

»Tut mir leid, Levi. Hier ist Tony vom Eingang. Wir haben hier 'ne Lady namens Lucy. Sie sagt, sie kennt dich und es ist wichtig, aber sie hat ziemlich deutlich gemacht, dass sie sich nicht von uns filzen lässt.«

Levi rieb sich den Schlaf aus den Augen und stellte fest, dass es drei Uhr morgens war. Er schmunzelte. »Asiatin, richtig? Unheimlich heiß, aber wenn Blicke töten könnten, wärt ihr schon alle im Jenseits, stimmt's?«

»Mehr als heiß, und ja. Stimmt haargenau.«

»Okay, schick sie rauf. Ich rede mit ihr.«

»Geht klar.«

Wackelig rappelte sich Levi aus dem Bett. Als er die Tür erreichte, hörte er bereits das erste Klopfen.

Er öffnete, und da stand sie, betörend und statuenhaft wie immer. Ein paar Schneeflocken funkelten in ihrem pechschwarzen Haar.

Sie trat einen Schritt auf ihn zu. »Denk dran, nicht anfassen.«

Dann schlang sie ihren Arm um seinen Nacken, zog ihn für einen Kuss zu sich und schmiegte sich an ihn.

Bevor er wusste, wie ihm geschah, ging sie an ihm vorbei und nahm auf demselben Ledersessel wie bei ihrem letzten Besuch Platz.

Völlig verwirrt sah Levi sie an. »Was ...«

»Ich wollte sicherstellen, dass ich deine volle Aufmerksamkeit habe.« Ihr leicht russischer Akzent kam deutlicher zur Geltung. »Ich habe einen Vorschlag für dich.«

»Ach ja?« Levi stand am Couchtisch. »Etwas, wofür ich mich lieber setzen sollte?«

Lucy lächelte – ein bei ihr ungewöhnlicher Gesichtsausdruck. Sie wirkte freudig erregt über etwas. »Ja, wahrscheinlich solltest du lieber sitzen.«

Levi nahm Platz. Unwillkürlich durchlebte er in Gedanken, was sich soeben an seiner Eingangstür abgespielt hatte.

»Na schön, was gibt's?«

Lucy lehnte sich vor. Ihr Lächeln wurde breiter. »Ich denke, du und ich müssen unser eigenes Unternehmen gründen.«

»Wie soll ich dich zu Vernunft verführen, wenn du nie was anderes als Selters trinkst?«

Levi trank einen weiteren Schluck Wasser und starrte über den Tisch eine attraktive Asiatin Mitte 30 an. Sie saßen in *Gerard's*, seiner Lieblingskneipe im New Yorker Stadtteil Little Italy. An der Theke plauderten Gäste gesellig miteinander, aus der Küche wehte der Geruch von Knoblauch und Marinara herüber.

»Nur weil du meinst, recht zu haben, bin ich noch lange nicht einverstanden«, gab er zurück. »Ich bin nicht der Engel, für den du mich hältst.«

Lucy Chen hatte einen Scotch mit Soda. Sie lehnte sich vor und schüttelte den Kopf. »Ich hab dich nie als Engel bezeichnet«, gab sie mit ihrem leicht russischen Akzent zurück. »Ich kenne dich einfach. Du bist bereit zu tun, was immer nötig ist, um eine Aufgabe zu erledigen. Du bist bloß wählerisch, wenn's darum geht, welche Aufträge du annimmst. Zu wählerisch.« Diskret deutete sie auf zwei kräftige Männer, die sich über riesige Portionen Pasta hermachten. »Du bist loyal zu deiner Familie, das versteh ich. Das bewundere ich. Aber ich will, dass du und ich bei der Sache zusammenarbeiten. Wenn wir kooperieren, können wir auf dieser beschissenen Welt so viel Gutes bewirken. Ich brauch dabei einen Partner.«

Diese Debatte zog sich seit mittlerweile über einen Monat hin. Lucy wollte, dass Levi in ihr »Unternehmen« einstieg, doch er hatte andere Verpflichtungen. Abgesehen davon wusste er immer noch nicht, was er von ihr halten sollte. Das Schwelen hinter diesen dunkelbraunen Augen war ... intensiv. Tatsächlich wirkte alles an ihr auf höchste Stufe geregelt. Als Witwe eines chinesischen Triaden-Bosses verkörperte sie den Inbegriff des Klischees einer Drachenlady. Und durch eine seltsame Wendung des Schicksals war Levi mit ihr verstrickt.

Er vertraute ihr. Zumindest bis zu einem gewissen Grad. Immerhin wusste sie mehr über ihn als die meisten Menschen. Abgesehen von seinem Bekanntenkreis bei der Mafia wusste kaum jemand, dass er ein Vollmitglied der Verbrecherfamilie Bianchi war.

Denny, der Besitzer der Kneipe, kam herüber und ging in die Hocke, damit er sich auf Augenhöhe mit ihnen befand. »Kann ich euch was zu essen bringen? Die Mädels in der Küche arbeiten mit Ginos Rezepten.« Er deutete mit dem Daumen auf die beiden schlingenden Vollstrecker der Mafia. »Ist ziemlich gut, wenn ich mir das Eigenlob gestatten darf.«

Levi lächelte wehmütig, als ihm klar wurde, wie sehr sich *Gerard's* im vergangenen Jahr verändert hatte. Aus der einst kleinen, gemütlichen Kneipe an der Ecke, die nur Getränke ausgeschenkt hatte, war ein Mafia-Treffpunkt mit vollwertiger Speisekarte geworden. Ihm war das Lokal als ruhiger Ort lieber gewesen. Denny war nämlich nicht nur der Besitzer – der schlanke, in Brooklyn geborene und aufgewachsene Schwarze war zugleich Levis Hauptbeschaffungsquelle für vertrauliche Informationen. Außerdem ein Tüftler, ein Genie in Sachen Elektronik und jemand, der sich über so gut wie alles auf dem Laufenden hielt.

Lucy schüttelte den Kopf. »Levi und ich gehen noch aus, also sollten wir uns besser nicht den Appetit verderben.«

Levi hatte schwer zu tun, um sich eine skeptische Miene zu verkneifen.

Die Klingel an der Eingangstür bimmelte. Mit einem Lächeln wandte sich Denny ab, um seinen neuesten Gast zu begrüßen.

Lucy lächelte ebenfalls, als sie Levi anstarrte – und ihn beschlich das Gefühl, sie könnte seine Gedanken lesen. Sie beugte sich vor und flüsterte: »Du weißt verdammt gut, dass uns jeder, der weiß, dass ich bei dir wohne, für ein Paar hält. Und wenn rauskommt, dass wir das nicht sind, kommen unangenehme Fragen, die ich mir lieber ersparen möchte.«

Levi lehnte sich zurück und nickte. Natürlich hatte sie recht, was ihn unheimlich ärgerte. Sie lebte seit sechs Wochen bei ihm – seit das FBI die örtliche Chinesenmafia hochgenommen hatte, mit der sie in Verbindung stand. Gleichzeitig war eine der großen Triaden Hongkongs zerschlagen worden – die Organisation, deren Oberhaupt Lucys verstorbener Ehemann gewesen war. Levi war nicht sicher, wie sehr sie an diesem Akt der Rache mitgewirkt hatte. Etwas jedoch wusste er zweifelsfrei: Sie stand auf der Abschussliste, und er hatte ihr an Schutz geboten, was er konnte, bis sich die Lage beruhigte.

Denny kam mit einem merkwürdigen Ausdruck im Gesicht zu ihnen zurück. Er beugte sich herab und deutete mit dem Daumen zur Tür. »Levi, die Frau sagt, sie sucht nach dir. Aber ich hab den deutlichen Eindruck, sie weiß nicht wirklich, wer du bist. Soll ich sie wegschicken?«

Levi drehte sich auf dem Stuhl um. An der Tür stand eine Frau über 50 ganz in Schwarz. Sie rang die Hände und wirkte, als fühlte sie sich überhaupt nicht wohl. Er winkte ihr zu, erlangte ihre Aufmerksamkeit und lud sie mit einer Geste zum freien Platz an seinem Tisch ein.

Denny zuckte mit den Schultern und kehrte zur Theke zurück.

Das Unbehagen der Frau ließ sich nicht übersehen, als sie sich den Weg zwischen den Tischen und Gästen hindurch bahnte und dabei versuchte, nichts und niemanden zu berühren. Schließlich zog sie den ihr angebotenen Stuhl heraus, nahm Platz und erklärte: »Man hat mir gesagt, ich soll hierherkommen und Mr. Yoder würde mir bei meinem Problem helfen.« Sie sah Levi an. »Sind Sie das?«

Levi streckte die Hand aus. »Ich bin Levi Yoder. Und Sie sind?«

Die Frau betrachtete seine ausgestreckte Hand und schüttelte leicht den Kopf. »Ich bin Rivka Cohen.«

Lucy ergriff ihre Hand und fragte: *»At hassidi?«*

Als die Frau nickte und Lucy die Hand schüttelte, begriff Levi. Er sprach weder Hebräisch noch Jiddisch und war etwas überrascht, dass Lucy es konnte. Dennoch bekam er genug mit, um zu merken, dass sich diese Frau Cohen völlig fehl am Platz fühlte. Als Chassiden bezeichnete man Anhänger einer ultra-orthodoxen jüdischen Bewegung. Kein Menschenschlag, der Levis Weg oft kreuzte, doch es gab sie zu Hauf in Crown Heights, nur 20 Minuten entfernt. Und es erklärte, warum sie ihm die Hand nicht schütteln wollte, nur die von Lucy.

Weil er ein Mann war.

Levi lächelte und bemühte sich, dafür zu sorgen, dass sich diese Frau, ein einziges Nervenbündel, ein wenig wohler fühlte. »Tut mir leid, ich würde Sie ja auf ein Getränk einladen, weiß aber, dass Sie ablehnen würden. Also, wie kann ich Ihnen helfen?«

Die Augen der Frau wurden glasig, als könnte sie jeden Moment zu weinen anfangen. »Mein Onkel Menachem, er ist Juwelier in einem Geschäft in der Franklin Avenue. Er hat gesagt, Sie haben einmal etwas bei ihm gekauft und ihm ein Versprechen hinterlassen. Erinnern Sie sich daran?«

Levi atmete tief durch, als seine Gedanken viele Jahre zurück in die Vergangenheit rasten – zu einer Zeit, in der er nach einem Verlobungsring für seine inzwischen verstorbene Frau gesucht hatte. »Menachem Shemtov?«, fragte er. »Der Menachem, der in einem Juweliergeschäft zwischen Franklin Avenue und Park Place gearbeitet hat?«

Die Frau nickte.

»Mein Gott, das war vor einer Ewigkeit. Ihr Onkel hat diesem *Goi* bei einem Kauf einen großen Gefallen getan. Überrascht mich, dass er sich an mich erinnert. Ich hab ihm versprochen, den Gefallen eines Tages zu erwidern. Was kann ich für Sie tun?«

Rivka rang mit gequältem Gesichtsausdruck die Hände. »Mein Mann ist vor vier Monaten gestorben. Die Polizei behauptet, es war Selbstmord. Aber ich weiß, dass er sich nie selbst das Leben genommen hätte.« Sie nahm allen Mut zusammen, obwohl sich die ersten Tränen lösten und über ihre Wangen kullerten. »Die sagen, er hätte eine Affäre gehabt, aber ich weiß, auch das ist unmöglich. Ich habe Beweise dafür. Können Sie mir helfen, seinen Namen reinzuwaschen? Das ist sehr wichtig für mich, unsere Kinder, unsere Familie. Viel Geld habe ich zwar nicht, aber ich denke, ich kann helfen, die Spesen zu decken.«

Levi versuchte, sich nicht im Gesicht anmerken zu lassen, was ihm durch den Kopf ging. Das fiel nicht unter die Dinge, mit denen er sich in der Regel befasste. Und was sie beschrieb, klang nach einem logischen Szenario. Ein religiöser Mann, der Sex mit einer willkürlichen – oder vielleicht auch nicht so willkürlichen – Frau hatte, sich schuldig fühlte und sich deshalb umbrachte. Ein Fall, der nach Enttäuschung schrie.

»Was meinen Sie damit, dass Sie Beweise haben?«, hakte Lucy nach.

Rivka schaute zwischen ihr und Levi hin und her.

Lucy schwenkte wegwerfend die Hand in Levis Richtung und erklärte: »Ist schon gut, wir arbeiten zusammen.«

Levi wollte gerade protestieren, als sich Rivka ihm zudrehte und fragte: »Haben Sie etwas dagegen, wenn ich nur mit ihr rede? Das wäre viel einfacher für mich.«

Er öffnete den Mund, dann schloss er ihn wieder.

Lucy winkte ihn zu einem anderen Tisch. »Lass uns Frauen ein bisschen Freiraum.«

Etwas verärgert griff sich Levi sein Glas Selters und setzte sich an einen anderen Tisch. Während er an seinem Wasser nippte, spitzte er die überdurchschnittlich guten Ohren und konzentrierte sich darauf, was besprochen wurde. Leider herrschte im Lokal zu viel Hintergrundlärm, der überwiegend von einer lauten Gruppe an einem nahen Tisch ausging, wo ausgelassen gelacht wurde. Er verstand kein Wort.

Nach einigen Minuten einer leisen Unterhaltung zwischen den zwei Frauen ergriff Lucy die Hände dieser Rivka und bedachte sie mit einem mitfühlenden Blick. Die Jüdin holte einen Umschlag hervor und schob ihn der Asiatin zu.

Levi zog die Augenbrauen hoch, als Lucy hineinspähte, nickte und den Umschlag in ihrer Jackentasche verschwinden ließ.

In was zum Geier reitet sie uns gerade rein?

Rivka stand auf, küsste Lucy auf beide Wangen und verließ *Gerard's* ohne einen weiteren Blick zu Levi.

Lucy trank ihren Scotch mit Soda aus, bevor sie herüberkam und Levi einen Kuss auf die Wange drückte. »Alles erledigt.«

Levi stand auf. »Was ist erledigt? Was hast du zugesagt?«

Lucy tat die Frage mit einer abfälligen Geste ab, dann winkte sie Denny zu und setzte sich in Richtung der Tür in Bewegung.

Levi folgte ihr. »Lucy. Ernsthaft. Was hast du der Frau zugesagt?«

Sie hielt die Tür für ihn auf und lächelte. »Ich glaub ihre Geschichte und hab ihr gesagt, dass wir ihr helfen.«

»Wir?«

Lucy hängte sich bei ihm ein, als sie die Kneipe verließen. »Zerbrich dir nicht den Kopf. Wir reden beim Essen darüber.«

***

Levi hatte auf der Arbeitsplatte in der Küche eine Panierstation eingerichtet. Dort bestäubte er die aufgeschnittenen, geschälten Auberginen mit Mehl, tunkte sie in Ei und wälzte sie anschließend in gewürzten Bröseln. Er schaute zu Lucy, die frische Roma-Tomaten für den Salat in Scheiben schnitt. Levi hatte versprochen, für ihre Sicherheit zu sorgen, aber die einzigen sicheren Orte waren sein Wohngebäude und *Denny's*. Statt fein auszugehen, kochten der amische Problemlöser und die chinesische Drachenlady daher in einem von der Mafia geschützten Apartment – schon wieder.

»Erzählst du mir jetzt, was es mit dieser Cohen auf sich hat? Warum hast du ihr Geld genommen und zugestimmt, ihr zu helfen? Bei der Geschichte gibt's nichts zu gewinnen.«

Lucy sah ihm in die Augen, während sie die Tomaten auf einem Servierteller anordnete und begann, frischen Mozzarella aufzuschneiden. »Warum hältst du ihren Fall für eine so verlorene Sache?«

Levi schüttelte den Kopf, als er die panierten Auberginenscheiben vorsichtig ins heiße Öl legte. »Ist mir egal, ob der Mann religiös war – wenn sich die Lust einschleicht, kann er der Versuchung genauso erlegen sein wie jeder. Ich wette, er hat's mit einer Frau getrieben, mit der er zusammengearbeitet hat. Wahrscheinlich nicht mal Jüdin. Danach hatte er unheimliche Schuldgefühle und hat sich selbst um die Ecke gebracht. Passiert ständig. Ist mir schleierhaft, warum du das nicht so siehst. Männer können nun mal so sein. Ich muss es schließlich wissen.«

»Sag die Wahrheit«, konterte Lucy. Sie hatte den Käse auf die Tomaten gelegt und schnitt mittlerweile rote Zwiebeln in dünne

Scheiben. »Ich wette, du hast im Leben noch nie jemanden betrogen.«

Levi ging in Gedanken die wenigen Male in seinem Leben durch, die er etwas mit einer Frau hatte, mit der er nicht verheiratet war. Er schürzte die Lippen und bedachte Lucy mit einem mürrischen Ausdruck.

»Siehst du?« Sie lachte. »Wusste ich's doch. Hast du nie, oder?«

Levi holte die goldbraunen Auberginenscheiben aus dem Öl und legte neue hinein. »Nein, aber um mich geht's hier auch nicht. Wenn die Cops glauben, er hatte eine Affäre, dann gibt's bestimmt einen Grund dafür.«

»Da hast du recht, aber um Sex kann's nicht gegangen sein.«

»Wieso nicht?«

»Rivka und ihr Mann haben sieben Kinder. Mehr sind es nur deshalb nicht, weil ihr Mann durch seine Diabetes schließlich keinen mehr hochbekommen hat. Rivka hat gesagt, sie haben's sogar mit Viagra versucht. Hat nicht funktioniert.« Lucy verteilte die Zwiebeln auf die Tomate und den Mozzarella. »Sie sagt, sie hat medizinische Unterlagen, die es beweisen.«

Levi runzelte die Stirn, als er die letzte Aubergine aus dem Öl fischte und die Herdplatte ausschaltete. »Und das hat die Polizei nicht berücksichtigt? Was ist mit der Frau, mit der er angeblich eine Affäre hatte? Hat man von ihr eine Aussage eingeholt?«

Lucy zuckte mit den Schultern, als sie gehacktes Basilikum über das frisch zubereitete Essen streute und sich eine Flasche Balsamico-Essig griff. »Wie gesagt, es gibt noch viele offene Fragen. Sie hat uns für morgen zum Abendessen eingeladen. Rivka hat angekündigt, dass sie uns Kopien von allem gibt, was sie hat, uns sein Heimbüro ansehen lässt und jede unserer Fragen beantwortet.«

Mit einem Schnauben ergriff Levi den Teller mit gebratenen Auberginen und einen Topf frisch zubereiteter Marinara, dann trug er beides ins Esszimmer. »Dass es verdächtig klingt, heißt noch lange nicht, dass wir dabei helfen können. Hab ich dabei gar nichts mitzureden?«

Lucy stellte ihren Teller auf den Tisch und begann, Portionen des Caprese-Salats anzurichten. »Sicher doch. Nur hast du gerade selbst festgestellt, dass bei der Sache eine Menge Fragen offen sind. Was damit zu tun haben könnte, dass ein Mord vertuscht werden soll. Außerdem hat es sich so angehört, als würdest du der Familie einen Gefallen schulden. Du bist nicht der Typ, der ein Versprechen bricht. Muss ich dich also wirklich fragen, ob du dabei bist?«

Levi lud zwei Stück perfekt gebratene Auberginen auf ihren Teller und löffelte etwas Marinara darauf. Als er sich selbst bediente, warf er Lucy einen finsteren Blick zu. Sie gehörte zu den frustrierendsten Menschen, die er je kennengelernt hatte. »Wäre schon nett«, meinte er.

Sie schenkte sich selbst ein Glas Mondavi White Zinfandel und ihm ein Glas Perrier ein. »Und? Bist du dabei? Oder soll ich allein hingehen?«

Sie stießen miteinander an. »Wann sollen *wir* denn dort sein?«, fragte er.

Lucy lächelte, und Levi vergaß für einen Moment, dass er es mit einer ehemaligen Verbrecherin zu tun hatte, die ein neues Kapitel in ihrem Leben aufzuschlagen versuchte. Stattdessen sah er nur eine attraktive Frau, intelligent, selbstsicher und überaus eigensinnig. Er konnte nie erraten, was als Nächstes aus ihrem Mund kommen würde. Das war anstrengend.

»Vor Sonnenuntergang. Ich würde sagen, wir sollten gegen halb sechs dort sein.«

Levi probierte von dem Salat. Es fehlte eine Prise Salz.

Lucy kostete ihren eigenen Salat und schaute skeptisch drein. »Ich hab das Salz vergessen.« Sie stieß sich vom Tisch ab, holte aus der Küche den Salzstreuer und fügte sowohl seiner als auch ihrer

Portion eine Prise hinzu. »Probier ihn jetzt, sollte besser sein. Ach ja, und du musst dich für den Besuch in Schale schmeißen.«

Kopfschüttelnd bemühte er sich, ein Lächeln zurückzudrängen. »Ja, Ma'am.« Er betrachtete das enganliegende, weiß geblümte Kleid, das sie trug. Es schmiegte sich an ihre schlanken Kurven und schien nicht unbedingt angemessen für ein Essen im Haus streng religiöser Menschen zu sein. »Und was wirst du anziehen?«

»Wir gehen morgen früh shoppen. Ich weiß genau das richtige Outfit. Hab es bei Bergdorf gesehen.«

Paulie öffnete die Hintertür auf der Beifahrerseite des Lincoln Town Car. Levi und Lucy stiegen aus.

Levi schüttelte dem Mafioso die Hand, einem riesigen, über zwei Meter großen Kerl mit der Statur eines Bodybuilders. Neben ihm stand sein Kollege Tom, der auf dem Beifahrersitz gesessen hatte.

»Dauert wahrscheinlich ein paar Stunden«, sagte Levi. »Ihr könnt inzwischen essen gehen oder so. Ich ruf euch an, wenn wir fertig sind.«

Lächelnd schüttelte Paulie den Kopf. »Läuft nicht.« Er zeigte auf eine freie Parklücke am Lincoln Place. »Wir parken da drüben und behalten die Umgebung im Auge. Anordnung vom Don.«

»Okay, ich verstehe. Dann ruf ich an, kurz bevor wir fertig werden.« Levi wusste, dass es keinen Sinn hätte, zu widersprechen. Vinnie wusste als Oberhaupt der Familie Bianchi natürlich über Lucys Lage Bescheid und ergriff jede erdenkliche Vorsichtsmaßnahme.

Levi schaute zu Lucy und ließ zum ersten Mal die Einzelheiten ihrer Aufmachung auf sich wirken. Sie hatte ihm erklärt, dass es sich um ein Kay Unger Mikado-Kleid handelte, was ihm nichts sagte, aber das figurbetonte Kleid mutete für sein Empfinden asiatisch an. Es war ein dunkles, schimmerndes Modell mit bunter Paillettenstickerei, die ihn an ihre Drachentätowierung erinnerte. An der Seite wies es einen langen Schlitz auf, der ihren athletischen Körperbau erahnen ließ.

»Mit dem Outfit wirst du die Rabbis reihenweise umkippen lassen«, meinte er.

»Wenn sie wirklich gottesfürchtige Männer sind, werden sie nicht drauf achten. Außerdem hatte ich das gute Stück schon ewig im Blick, und es war endlich im Angebot. Bin froh, dass es dir gefällt.« Lucy hängte sich bei ihm ein und zwinkerte. »Gehen wir. Ich will Rivka bei den Vorbereitungen fürs Essen helfen, wenn sie mich lässt.«

Von Paulie und Tom beobachtet stiegen sie die Stufen zur Tür des Stadthauses hinauf.

Levi drückte den Klingelknopf. Kurz darauf vernahm er das Geräusch von Schritten. Als sich die Tür öffnete, begrüßte sie ein älterer Mann mit üppigem weißem Vollbart und neugierigem Gesichtsausdruck. »Du meine Güte, Mr. Yoder, Sie sind überhaupt nicht gealtert, obwohl es 20 Jahre her sein muss. Gott hat Sie wahrlich gesegnet. Erinnern Sie sich an mich?«

Levi lächelte, als er an die jüngere Version des Mannes vor ihm zurückdachte. »Menachem, bitte nennen Sie mich Levi. Und natürlich erinnere ich mich an Sie.«

Sie umarmten sich und küssten sich auf die Wangen. Levi deutete auf Lucy. »Das ist meine Geschäftspartnerin Lucy.«

Menachem lächelte sie an und verneigte sich vor ihr, bevor er beiseite ging, damit sie eintreten konnten. »Freut mich, Sie kennenzulernen.«

»Lucy! Mr. Yoder!« Rivkas Stimme hallte durch den Flur, als sie mit einem Lächeln im Gesicht zur Tür geeilt kam. »*Gut Shabbes*

Ihnen beiden. Es freut mich sehr, dass Sie gekommen sind, noch dazu gerade rechtzeitig.«

Im Nu war Rivka mit Lucy in der Küche verschwunden. Menachem nahm Levi ins Wohnzimmer mit, wo sich fast ein Dutzend Männer versammelt hatten.

Menachem räusperte sich und wandte sich an sie. »Das ist Levi Yoder. Er ist der Gast, von dem ich vorhin gesprochen habe.«

Die Männer stellten sich vor, danach nahm Levi auf einem der Holzstühle Platz.

Die Männer trugen traditionelle, schwarze jüdische Gewänder. Unter den förmlichen Jacken lugten Fransen ihrer Gebetsschals hervor. Alle hatten eine Kopfbedeckung auf, die man *Kippa* nannte, wie Levi wusste.

Er fasste sich ans Haupt und fragte: »Soll ich auch eine *Kippa* tragen?«

Die meisten Augen wurden groß, aber der Älteste der Gruppe schmunzelte und meinte: »Wenn es Sie nicht stört, eine *Jarmulke* zu tragen, wäre das eine sehr nette Geste.« Er zog aus der Tasche eine handgroße, runde Kopfbedeckung mit eingenähten hebräischen Buchstaben und reichte sie Levi.

»Ich bin vielleicht ein *Goi*, aber ich lebe schon lang genug in New York, um zu wissen, dass es einige Traditionen gibt, die man respektieren sollte.« Levi setzte die Gebetskappe auf. Die Stimmung wurde lockerer, und die Männer fingen an, sich über ihren Tag zu unterhalten.

Plötzlich rannte eine gefühlt endlose Kolonne von Kindern durch den Raum. Ein etwas älteres Kind hetzte hinterher und rief: »Putzt euch für den Schabbat heraus, wir haben nur noch 15 Minuten!«

Menachem zog den Stuhl neben den von Levi, klopfte ihm auf den Rücken und flüsterte: »Wir unterhalten uns nach dem Essen weiter.«

Das Esszimmer war nicht groß genug für alle, daher erstreckten sich die Tische auf der einen Seite in die Küche hinein, auf der anderen in ein weiteres Zimmer. Levi platzierte man neben Zalman, den Ältesten der Familie Cohen, der ihm die *Kippa* gereicht hatte und den Vorsitz einnahm. Lucy saß am anderen Ende, aber noch im Esszimmer. Lächelnd plauderte sie mit den anderen Frauen, von denen viele dabei halfen, die fast zwei Dutzend versammelten Kinder zu bändigen.

Als sich Zalman erhob, wurde es in allen drei Räumen schnell still. »Wir haben heute Gäste, die vielleicht nicht um die Bedeutung dieses Tages wissen, daher ist es eine *Mitzwa*, ein Segen für uns alle, ihnen zumindest verstehen zu helfen, was wir warum tun.

Heute Abend beginnt der Schabbat, der siebte Tag der Woche. Die gleich folgenden Gebete schildern, wie der Allmächtige am siebten Tag ruhte und ihn heiligte. Danach haben wir eine Segnung beim Wein und eine Segnung als Dank an den Herrn, dass er uns diesen Tag der Ruhe geschenkt hat.«

Zalman erhob ein Glas, das beinah vor Wein überquoll, und richtete den Blick auf die Flammen der auf dem Tisch flackernden Sabbatkerzen. Rivka hatte sie zuvor angezündet. Mit tiefer Stimme begann er, Gebete aufzusagen.

»Yom Ha-shi-shi. Va-y'chu-lu Ha-sha-ma-yim v'ha-a-retz, v'chawl^ts'va-am.

Va-y'chal e-lo-him ba-yom ha-sh'vi-i, m'lach-to a-sher a-sa
Va-yish-bot ba-yom ha-sh'vi-i, mi-kawl^m'lach-to a-sher a-sa.

Va-y'va-rech e-lo-him et yom ha-sh'vi-i, va-y'ka-deish o-to ki vo sha-vat mi-kawl^m'lach-to a-sher ba-ra e-lo-him la-a-sot.«

Der Mann neben Levi zeigte ihm ein englisch verfasstes Gebetsbuch und die Übersetzung der Worte, die Zalman sprach.

Der sechste Tag. So wurden vollendet Himmel und Erde mit ihrem ganzen Heer. Und so vollendete Gott am siebenten Tage seine Werke, die er machte, und ruhte am siebenten Tage von allen seinen Werken, die er gemacht hatte. Und Gott segnete den siebenten Tag und heiligte ihn, weil er an ihm ruhte von allen seinen Werken, die Gott geschaffen und gemacht hatte.

Während Zalmans Gebet durch die Wohnung hallte, betrachtete Levi die um den Tisch Versammelten. Ihre Lippen murmelten die Worte mit, die Häupter leicht geneigt.

Danach wurde über dem Wein gebetet und schließlich über dem Brot. Und letztlich war es Zeit zum Essen.

Levi schaute zu Lucy. Ihre Blicke begegneten sich. Sie lächelte und zwinkerte ihm zu.

Das Beisammensein vermittelte eine erbauliche Atmosphäre. In mancherlei Hinsicht erinnerte es Levi an seine amische Erziehung. Er hatte seine Gemeinschaft zwar im Alter von 18 Jahren verlassen und es nie wirklich bereut, aber er hatte auch die formale Religion nie unverhohlen als Glaubensgrundlage abgelehnt. Diese Leute glaubten genau wie seine eigene Familie an das, was sie praktizierten. Das konnte er nachvollziehen, auch wenn er selbst nichts damit am Hut hatte.

Menachem reichte ihm ein Stück des geflochtenen Challa-Brots, das traditionell zum Sabbat gehörte. »Ich frage mich«, sagte er, »ob Sie gefillten Fisch mögen.«

Levi zuckte mit den Schultern. »Ich weiß nicht, was gefillt bedeutet, aber Fisch mag ich. Eigentlich probiere ich alles, was Sie mir vorsetzen.«

Zalman beugte sich mit einem amüsierten Gesichtsausdruck zu

ihm. »Ist in Ordnung, wenn Sie ihn nicht mögen. Ich bin auch kein Fan davon.«

Damit entfachte er eine hitzige Debatte über gefillten Fisch, die zu anderen unterhaltsamen, fast zwei Stunden andauernden Diskussionen führte.

———

Nach dem Abendessen führte Rivka sowohl Levi als auch Lucy die schmale Treppe hinauf zu einer geschlossenen Tür. Menachem begleitete sie. Rivka holte einen Schlüssel aus einer versteckten Tasche ihres Kleids und schloss auf. »Das ist Mendels Arbeitszimmer. Seit dem Einbruch wurde nichts angerührt. Bitte, nur zu.«

Lichter gingen automatisch an, als sie den Raum betraten. Levi hatte im Verlauf seines Besuchs bereits erfahren, dass es sich dabei um eine Eigenart mancher orthodox-jüdischen Haushalte handelte.

Er folgte Menachem und Lucy in ein beengtes Arbeitszimmer mit einem großen Schreibtisch. Hier wurde tatsächlich gearbeitet, das ließ sich nicht übersehen. An zwei der Wände quollen Regale vor Büchern über. Nichts Ausgefallenes, nur haufenweise Bücher über verschiedene Themen, darunter eine Encyclopedia Britannica aus dem Jahr 1969, die ein ganzes Regal einnahm. Viele der Bücher hatten hebräische Buchstaben auf den Rücken.

Levi wandte sich an Rivka. »Können Sie ganz von vorn beginnen? Was genau hat Ihr Ehemann gemacht?«

Sie schloss die Tür des Arbeitszimmers. »Er war Verbraucherreporter. Das war seine Leidenschaft.« Sie lächelte und wirkte wesentlich ruhiger als zuletzt in der Kneipe. »So haben wir uns vor vielen Jahren kennengelernt.«

»Über welche Dinge hat er berichtet? Und wo? Für Fernsehsender, Zeitungen?«

»Größtenteils Zeitungen, aber manchmal wurde er auch vom

Fernsehen interviewt. Am Anfang hatte er eine Kolumne in den Lokalzeitungen.« Sie errötete und schürzte die Lippen. »Wahrscheinlich finden Sie das albern, aber damals hat er koschere Restaurants untersucht und sämtliche Verstöße oder fragwürdige Verhaltensweisen gemeldet, um andere zu warnen. Das hat ihn schließlich dazu geführt, über internationale Lebensmittelimporte und -exporte zu berichten, und dann hat ihn der *Intelligencer* engagiert.«

Der *Intelligencer* war eine riesige Zeitung mit Millionen Lesern täglich. »Hat er dort zuletzt gearbeitet?«, fragte Levi.

»Ja. Und er wurde aufgebracht über Dinge bei der Arbeit. Ich vermute, das ist für Sie interessant. Einen Teil davon hat er mir erzählt. In den letzten Jahren ist ihm aufgefallen, dass aus seiner Arbeit beispielsweise immer wieder Namen entfernt wurden, oder seine Artikel wurden überhaupt nicht gebracht, obwohl der örtliche Redakteur sie abgesegnet hatte.«

»Ist das nicht ziemlich normal?«, fragte Lucy. »Soweit ich weiß, werden immer mehr Artikel geschrieben, als aus Platzgründen gedruckt werden können, oder?«

Rivka nickte. »Stimmt. Aber Mendel hatte das schon seit über 20 Jahren gemacht. Ich meine ... so lange schon.« Sie seufzte. »Und obwohl es seine Aufgabe war, die Menschen vor Problemen zu warnen, hat er den Zielpersonen seiner Artikel immer einen Vertrauensvorschuss eingeräumt. Es hätte ihn beruflich ruiniert, wenn er etwas Unzutreffendes oder Irreführendes geschrieben hätte.

Aber er hat mir etwas anvertraut, das er noch nicht in Druck geben wollte. Tatsächlich war er sich nicht sicher, ob er es je würde drucken lassen. Er war überzeugt davon, dass die Zeitung, für die er gearbeitet hat, ihre Leser bewusst täuschen wollte. Um deren Meinung zu formen, wenn man so will.«

Levi runzelte die Stirn. »Das versteh ich nicht. Ist das nicht die

Aufgabe einer Zeitung? Ich lese ständig Haarsträubendes in Zeitungen.«

»Im redaktionellen Teil, ja. Mein Ehemann hat in einem Bereich gearbeitet, der in der Branche als *Hard News* bezeichnet wird. Dabei haben Meinungen nichts verloren, nur Fakten. Aber Mendel war überzeugt davon, dass die Geschäftsleitung der Zeitung kein Interesse daran hatte, ihren Millionen Lesern die Wahrheit zu sagen.«

»Okay«, sagte Levi. »Ich kann verstehen, dass Ihr Mann darüber aufgebracht war. Aber glauben Sie wirklich, das ist ein ausreichender Grund dafür, dass er ermordet wurde?«

Menachem räusperte sich. »Mein Schwager war ein äußerst rechtschaffener Mann. Er hat es als seine Berufung angesehen, den Menschen die Wahrheit zu überbringen. Was die Zeitung getan hat, war in seinen Augen eine Sünde, das müssen Sie wissen. Auch ich habe im letzten Jahr von ihm viel zu dem Thema zu hören bekommen. Er hat deutlich zum Ausdruck gebracht, dass die Zeitung zwar nicht unverhohlen lügt, aber die öffentliche Meinung formt, indem bestimmte Dinge nie gedruckt werden. Eine Unterlassungssünde.«

Lucy nickte verständnisvoll. »Schätze, das ist ungefähr so, wie wenn man über 'nen Polizisten redet, der auf der Straße einen Teenager erschossen hat, und wenn man dabei die Tatsache verschweigt, dass der Teenager mit einer Waffe auf ihn gezielt hat.«

»Ganz genau«, bestätigte Rivka. »Jedenfalls war Mendel in den Tagen vor seinem Tod besonders aufgebracht. Er wollte nicht darüber reden, nicht mal mit mir. Und dann ... dann war er tot.«

»Und Sie glauben, er wurde ermordet, weil ...«

Rivka ergriff vom Schreibtisch einen Aktenordner und reichte ihn Levi. »Das ist der Bericht des Gerichtsmediziners. Darin heißt es, es wurde vergiftet, obwohl die Todesursache offiziell als unbekannt gilt.« Schaudernd holte sie tief Luft. »Aber später wurde die

Todesart in Selbstmord geändert, und zwar aufgrund der Aussage von jemandem, der lügt.«

Levi dachte daran zurück, was ihm Lucy über eine angebliche Affäre erzählt hatte. Darauf wollte er vorerst nicht herumreiten. Er blätterte durch den Ordner, der unter anderem einen Polizeibericht mit einigen geschwärzten Namen enthielt.

»Sie haben einen Einbruch erwähnt«, sagte Levi. »Erzählen Sie mir davon.«

Rivka verbarg das Gesicht in den Händen und begann zu schluchzen. Menachem tätschelte ihre Schulter, Lucy rückte näher zu ihr und reichte ihr ein Taschentuch aus einer nahen Box.

Ihr Onkel antwortete für sie. »Es ist während Mendels Beerdigung passiert. Jemand ist eingebrochen und hat dieses Büro durchwühlt, aber sonst nichts im Haus angefasst. Wer immer der Täter war, muss gewusst haben, dass wir bei der Beerdigung waren.«

Levi dachte an die silberne Menora und all die anderen Wertgegenstände, die er unten gesehen hatte. »Was war hier drin und so wertvoll, dass der Rest des Hauses ignoriert wurde?«

»Wissen wir nicht.« Rivka wischte sich das Gesicht ab, wirkte zugleich aufgelöst und verlegen. »Der Täter hatte sämtliche Bücher aus den Regalen geholt und seine Schubladen geleert. Das Einzige, was fehlt, ist seine Arbeit.«

»War sie auf seinem Laptop?«

»Nein, in einem spiralgebundenen Notizbuch. Mendel hat Dinge lieber handschriftlich festgehalten. Ich weiß, dass es wie immer auf seinem Schreibtisch gelegen hat. Danach war es weg.«

Levi betrachtete das Büro. Irgendetwas an der Sache stimmte eindeutig nicht. Was konnte in den Notizen eines Reporters so wichtig gewesen sein, dass jemand eigens eingebrochen war, um sie zu stehlen?

Levi trat zum Mahagonischreibtisch und zog eine der Schubladen auf. Sie enthielt leere Aktenordner. Das Notizbuch hatte also unübersehbar auf dem Schreibtisch gelegen, trotzdem schien sich der Eindringling die Mühe gemacht zu haben, auch die Schubladen und Regale zu durchwühlen.

»Wissen Sie, was er in diesen Schubladen aufbewahrt hat?«, fragte er.

»Nicht genau«, antwortete Rivka. »Beim Aufräumen haben wir alles zurückgelegt, wo wir dachten, dass es hingehört.«

Levi wechselte einen Blick mit Lucy. So gut wie sicher ging ihnen dasselbe durch den Kopf. Nicht nur ein Notizbuch fehlte.

Auf dem Schreibtisch lag ein Buch in hebräischer Schrift. Levi blätterte durch die Seiten voll für ihn unverständlichen Zeichen und hielt inne, als er eine gelbe Haftnotiz entdeckte. Mehrere Namen standen darauf, und ein Pfeil zeigte auf einen Abschnitt des hebräischen Texts im Buch.

Er drehte es zu Menachem und Rivka herum. »Was steht in dem Abschnitt, auf den der Pfeil zeigt?«

Menachem beugte sich vor und kniff die Augen hinter der dicken Brille zusammen. »Ah, dieses Kapitel der Bibel entspricht dem, was Sie die Sprüche nennen. Hier steht: ›Ein falscher Zeuge bleibt nicht ungestraft; und wer frech Lügen redet, wird umkommen.‹«

Rivka lächelte. »Das sieht Mendel ähnlich. Er hat gern Passagen herausgesucht, die eine Bedeutung für ihn hatten.«

Levi trommelte mit den Fingern auf die Tischplatte. Er war sich nicht sicher, was er von all dem halten sollte. Aber er könnte zumindest herausfinden, von wem die Zeugenaussage stammte, um der Wahrheit auf den Grund zu gehen.

Als er die Haftnotiz aus dem Buch entfernte, bemerkte er, dass auf der Rückseite noch mehr in hebräischer Schrift stand. Er zeigte es Rivka. »Und was steht hier?«

Sie lehnte sich näher und erbleichte. »Hier steht: ›Es sind die Nazis.‹«

Tja, damit sind wir am Ende von *Insider-Mission*, und ich hoffe aufrichtig, es hat dir gefallen.

Da es sich um das zweite Buch einer Reihe handelt, gehe ich davon aus, dass ich mich dir bereits vorgestellt habe. Das möchte ich dir ein zweites Mal ersparen.

Sehr wohl jedoch möchte ich ein paar Worte über meinen Vertrag mit dir loswerden, dem Leser.

Ich schreibe, um zu unterhalten.

Das ist aufrichtig mein erstes und oberstes Ziel. Denn genau das wünschen sich die meisten Menschen von einem Roman.

Jedenfalls wollte ich das immer. Vorrang hat stets die Geschichte.

Nicht falsch verstehen, es gibt verschiedenste gute Gründe zu lesen. Und ich freue mich jedes Mal mächtig, wenn mir Leute mitteilen, sie hätten mehrmals recherchieren müssen, ob es etwas wirklich gibt, und dann verblüfft festgestellt, dass dem so ist.

Ich persönlich bemühe mich sehr, Menschen zu unterhalten und mich gleichzeitig so nah wie möglich an Wissenschaft und Technik zu halten. Und wenn ein Roman von realen Ereignissen inspiriert ist wie dieser, versuche ich, überprüfbare Auszüge zu liefern, die Lesern etwas mehr Einblick in die Fakten der in der Geschichte behandelten Themen ermöglichen.

Wenn in der Handlung potenziell kontroverse oder polarisierende Belange auftauchen (z. B. gentechnische Veränderungen), beziehe ich als Autor nie Stellung. Ich lasse die Figuren ihre Rollen spielen und spreche mich weder für noch gegen etwas aus. Sehr wohl jedoch bemühe ich mich, die vorhandenen Fakten so darzustellen, dass der Leser letztlich eigene Schlüsse ziehen kann.

Bisher habe ich über Zwischenfälle des Typs Broken Arrow geschrieben (siehe *Operation Tote Hand)*, das Katastrophenpotenzial unkontrollierter Genmanipulationen (*Darwins Faktor*) und in diesem Roman über den Handel mit Kindern als Sexsklaven.

Man hat schon gemeint, meine Themenwahl sei breitgefächert und unerwartet, aber der Großteil der bisherigen Rückmeldungen ist positiv gewesen. Dafür bedanke ich mich. Rezensionen zu veröffentlichen, ist natürlich der einfachste Weg, andere wissen zu lassen, was du von diesem Roman oder einem meiner anderen Werke hältst. Mundpropaganda ist für uns arme Autoren kostbar.

Aber auch, wenn ich gern über Ereignisse, Geschichte und vor allem Wissenschaft schreibe, bleibt mein Hauptaugenmerk immer darauf gerichtet, zu unterhalten.

Ich hoffe sehr, dieser Roman hat dir gefallen, und ich hoffe, du wirst auch meine künftigen Geschichten lesen.

Mike Rothman

29. März 2019

Ich habe bei diesem Roman einen ungewöhnlichen Ansatz gewählt, indem ich ihn mit einer Zeugenaussage eines Mannes namens Tim Ballard vor einem Unterausschuss des Senats begonnen habe. Wir sind durchaus gewöhnt daran, Romane und vor allem Thriller zu lesen, die Fakten mit Fiktion vermischen, wodurch sich oft schwer sagen lässt, wo das eine endet und das andere beginnt.

Nun, sagen wir in diesem Fall, die genannten Auszüge sind eine wörtliche Wiedergabe der Zeugenaussage, zudem habe ich Fußnoten für alle verwendeten Daten eingefügt.

Ich habe immer nach dem Motto gelebt: Vertrauen ist gut, Kontrolle ist besser. Und das wollte dich dir, dem Leser, vereinfachen.

Ich habe beschlossen, nicht mehr von Tims Aussage einzubauen, weil sie, offen gestanden, ziemlich heftig ist. Sehr wohl jedoch habe ich einige Fakten seiner Aussage in der Geschichte benutzt.

Und da ich seine Zeugenaussage verwendet habe, wäre es unfair von mir, Operation Underground Railroad nicht wenigstens zu erwähnen, eine von Tim gegründete gemeinnützige Organisation, deren Ziel es ist, Opfer des Kindersexhandels zu retten. Weitere Informationen findet man unter https://ourrescue.org.

Obwohl dieser Roman so ziemlich ein Mainstream-Thriller ist, konnte ich es mir nicht verkneifen, Anspielungen auf Wissenschaft in der einen oder anderen Form einzubauen. Und da dem so ist, fühle ich mich verpflichtet, einen Teil davon zu erklären oder zumindest etwas mehr an Details bereitzustellen, als in die Geschichte gepasst hat.

Offensichtlich soll dieser Anhang kein Crash-Kurs über Wissenschaft auf College-Niveau sein, er soll lediglich genug Informationen oder Schlüsselwörter liefern, um bei Interesse eigenständig weiter recherchieren zu können.

Levis Baseballmütze:

Tatsächlich habe ich das Konzept von Levis ziemlich nützlicher Mütze bereits in *Operation Tote Hand* vorgestellt, aber ich möchte kurz auf die Wissenschaft dahinter eingehen.

Als Erinnerung: Diese Mütze ist im Innenfutter mit winzigen Metallstreben ausgestattet, die richtungsgesteuert Kribbeln, wenn jemand den Träger anstarrt. Mit anderen Worten: Setzt man die Mütze auf und begibt sich in eine Menschenmenge, merkt man es, wenn man beobachtet wird und aus welcher Richtung.

Das klingt ein wenig wie Science-Fiction, aber die erforderliche Technologie, um so etwas zu bauen, ist definitiv vorhanden. Natürlich könnte man argumentieren, eine solche Mütze wäre sperrig oder hätte andere Nachteile, aber es ist unbestreitbar möglich, sie zu konstruieren.

Um es ausführlicher zu erklären, füge ich einen kleinen Auszug aus *Operation Tote Hand* ein, indem es mir, wie ich glaube, recht gut gelungen ist, die Funktionsweise für Laien verständlich zu erklären.

Denny schloss die Mütze vom Gürtel ab und zeigte Levi die folienartige Elektronik entlang des Innenfutters der Mütze. »Du kennst das doch, wie die Augen von Tieren in der Nacht unheimlich leuchten, wenn ein Licht auf sie scheint, oder?«

Levi nickte.

»Also, menschliche Augen haben diese reflektierende Eigenschaft nicht, jedenfalls nicht in dem Ausmaß. Damit unsere Netzhaut Licht reflektiert, ist was Helleres nötig. Du weißt ja, was passiert, wenn man mit einem Kcamerablitz ein Foto schießt.«

»Du meinst den Rotaugeneffekt?«

»Genau.« Denny zeigte auf eine Reihe winziger, röhrchenförmiger Vorsprünge, die aus dem Innenfutter der Mütze ragten. »Was ich hier habe, ist ein bisschen verrückt. Denn könnte man das Licht sehen, würde dein Kopf wahrscheinlich leuchten wie 'ne grelle Rundumtaschenlampe.«

»Wie meinst du das?«

Denny presste die Lippen zusammen. »Also, normalerweise können wir nur Licht mit bestimmten Wellenlängen sehen. Ich fange mal ganz simpel an. Wahrscheinlich haben wir alle in der Schule gelernt, dass die Farben des Regenbogens bei Rot beginnen und bei Violett enden. Das entspricht Licht mit Wellenlängen von etwa 700 bis 350 Nanometern. Je größer die Wellenlänge, desto näher an Rot, je kleiner, desto näher an Violett. Das kann unser menschliches Auge wahrnehmen. Aber das sind nicht die Grenzen des Lichts. Diese Mütze zum Beispiel sendet in jede Richtung Lichtbündel mit einer Wellenlänge von ungefähr 1.550 Nanometern aus. Das liegt tief im Infrarotspektrum. Jeder der winzigen Laser saugt ordentlich Energie. Und auch, wenn du's nicht spürst, die Zielrichtung der Laser schwenkt ungefähr zwanzigmal pro Sekunde auf und ab.

Du hast also im Wesentlichen 'ne Mütze, die in alle Richtungen Licht projiziert, das keiner sehen kann. Es ist stark genug, um auf Dinge zu treffen und davon zurückzuprallen. An der Stelle kommen *meine elektronischen Filter ins Spiel. Was zurückkommt, wird stark gefiltert, damit du nur dann was wahrnimmst, wenn ein zurückprallendes Signal erkannt wird, das dir zu folgen scheint.«*

»Funktioniert das auch aus der Ferne?«

»Sollte auf bis ungefähr 100 Meter funktionieren. Alles darüber hinaus filtere ich derzeit heraus, weil die Reflexionen zu ungenau werden.«

Levi nahm den Gürtel ab, und Denny verstaute die Gegenstände wieder im Koffer.

»Lass mich das noch mal zusammenfassen«, sagte Levi. »Wenn ich das trage, strahlt es in jede Richtung Licht aus, das niemand sehen kann. Wenn mich jemand anstarrt, prallt das Licht von demjenigen zurück, und die Mütze hat Sensoren, die mich darauf aufmerksam machen.«

Es mag also vielleicht kein Produkt mit den Fähigkeiten dieser Mütze im Laden um die Ecke zu kaufen geben, aber mich würde nicht im Geringsten überraschen, wenn etwas Derartiges für Personen in Geheimdienstkreisen verfügbar wäre.

Dennys Trockenanzug:

Wir haben alle schon Filme gesehen, in denen der Gute (oder auch der Böse) versucht, in einen Hochsicherheitsraum einzudringen, und wo ein Schweißtropfen alle möglichen Alarme auslöst. Das entspricht zwar nicht ganz dem, womit Levi konfrontiert war, aber es bietet einen Einblick in die Art von Problemen, mit denen sich Langfinger (Einbrecher) gegebenenfalls in einem Umfeld mit fortschrittlichen Sicherheitsvorkehrungen herumschlagen müssen.

Natürlich steigert sich der Schwierigkeitsgrad mit Wärmesignaturen auf eine völlig neue Ebene. Tatsächlich gibt es Filme, die etwas Ähnliches wie Dennys Trockenanzug beinhalten. Insbesondere einer fällt mir ein. Konkret die Mikrochip-Szene in *The Saint – Der Mann ohne Namen* mit Val Kilmer.

In dem Film muss Val Kilmer versuchen, in einen Tresor einzubrechen, um einen Mikrochip zu stehlen. Um aber auch nur in die Nähe des Tresors zu gelangen, muss er zuerst eine Reihe von Thermomeldern überwinden. Eine großartige Szene, denn es ist tatsächlich schwierig, dafür zu sorgen, dass ein menschlicher Körper plötzlich keine Wärmesignatur mehr abstrahlt. Für einen Film hat das *The Saint* ziemlich gut dargestellt. Beim Anzug, den der Schauspieler trägt, wurde zumindest berücksichtigt, die gesamte Haut und das Gesicht zu bedecken. Ein paar Einzelheiten jedoch wurden übersehen, bei einem Film praktisch unvermeidlich. Kommt man aus einer kalten Umgebung in eine warme, kann man sich nicht schlagartig an das wärmere Umfeld anpassen, ganz gleich, wie gut die Temperaturregelung ist. So etwas dauert seine Zeit.

Ein Beispiel für ein verbreitetes Problem wäre die Kondensation.

Man braucht nur an ein kaltes Getränk zu denken – das Glas wird schnell nass, da das Wasser in der Luft auf der kalten Glasoberfläche kondensiert. Das Visier des Schauspielers würde sich so gut wie sicher beschlagen, bevor der Anzug die Temperatur regulieren kann.

Levi braucht in seiner Szene nicht etwas, das einigermaßen gut funktioniert, er braucht etwas, das spitzenmäßig funktioniert.

Zum Glück ist Levi auch mit einem völlig anderen Umfeld konfrontiert als Val Kilmer im Film. Ein Anzug, der sich der Umgebungstemperatur anpassen soll, muss einige Schwierigkeiten überwinden können. Zum einen, dass der Körper, der darin steckt, konstant Wärme generiert. Um ihr entgegenzuwirken, muss der Anzug in der Lage sein, diesem Einfluss zu widerstehen.

Die einzige echte Möglichkeit dafür ist hervorragende Wärmeleitfähigkeit. In einem solchen Fall muss der Trockenanzug in der

Lage sein, die Wärmeenergie effizient und konstant abzuleiten, ohne dass überschüssige Wärmeenergie erkannt wird.

Um das zu erreichen, muss (je nach Bedarf) der Kühl- oder Heizkreis gleichmäßig zirkulieren, damit jede ungeschützte Oberfläche dieselbe Temperatur aufweist. Am einfachsten lässt sich das durch eine zirkulierende (erwärmte oder gekühlte) Flüssigkeit erreichen, fast so, wie eine Klimaanlage funktioniert.

Wenn man jedoch wie Levi versucht, sich der Außentemperatur anzupassen, die beispielsweise um den Gefrierpunkt liegt, möchte man natürlich nicht, dass die Haut friert.

Was also tut man?

Nun, man braucht mehrere getrennte Schichten. Eine Außenschicht, die jede gewünschte Außentemperatur aufrechterhalten kann, aber auch eine weitere zirkulierende Schicht, die verhindert, dass man erfriert. Und in Wahrheit würde man eine dritte Schicht zwischen den beiden anderen haben wollen, um die Wechselwirkungen der beiden aufeinander zu verringern.

So gelangen wir zu einem Trockenanzug mit drei Schichten, zwei davon mit jeweils einer unabhängigen Pumpe, die eine Flüssigkeit zur Anpassung der Temperaturen zirkulieren lässt. Und nicht zu vergessen: Jede dieser zirkulierenden Schichten wäre im Wesentlichen hohl – schließlich benötigen die in ihnen zirkulierenden Flüssigkeiten etwas Platz.

Aber auch, wenn die Herstellung eines solchen Trockenanzugs ein aufwändiges Unterfangen wäre, es wäre mit Sicherheit möglich. Und das Ergebnis wäre vermutlich recht sperrig.

Vielleicht wird so etwas tatsächlich schon verkauft. Aber im schlimmsten Fall wissen wir, dass es Leute wie Denny gibt, die unsere Geheimdienste mit allen möglichen interessanten Tüfteleien versorgen.

Wer weiß, welche neue Erfindung Denny als Nächstes einfällt?

DER AUTOR

Ich wurde in eine Armeefamilie hineingeboren, bin mehrsprachig und der Erste in meiner Familie, der in den USA das Licht der Welt erblickt hat. Das hat meine Jugend stark beeinflusst, indem es in mir die Liebe zum Lesen und eine brennende Neugier auf die Welt und alles darin erweckt hat. Als Erwachsener konnte ich durch meine Vorliebe für Reisen und meine Abenteuerlust zahlreiche unvorstellbare Orte erkunden, die manchmal Einzug in die Geschichten halten, die ich schreibe.

Ich hoffe, diese Geschichte konnte dich gut unterhalten.

– Mike Rothman

Meinen Blog findet ihr unter: www.michaelarothman.com
Ich bin auch auf Facebook unter: www.facebook.com/
MichaelARothman
Und auf Twitter: @MichaelARothman